10639317

CLAUDE MICHELET

Claude Michelet est né en 1938, à Brive-la-Gaillarde, en Corrèze. En 1945, la famille vient s'installer à Paris pour suivre son père, Edmond Michelet, nommé ministre des Armées dans le gouvernement du général de Gaulle. S'étant destiné dès 14 ans au métier d'agriculteur, Claude Michelet s'installe dans une ferme en Corrèze, après avoir effectué son service militaire en Algérie. Éleveur le jour, il écrit la nuit. Il publie en 1965 un premier roman, *La terre qui demeure*, suivi de *La grande Muraille* et d'*Une fois sept*. Parallèlement, il collabore à *Agri-Sept*, hebdomadaire agricole. En 1975, *J'ai choisi la terre*, son plaidoyer en faveur du métier d'agriculteur, est un succès. La consécration a lieu avec le premier volume de la tétralogie retraçant l'histoire de la famille Vialhe, *Des grives aux loups*, qui fait l'objet d'une adaptation télévisuelle. Comme en témoignent ses romans ultérieurs, son goût pour la vie paysanne, qu'elle ait ses racines en France ou au Chili (*Les promesses du ciel et de la terre*, 1985-1988), est pour lui une source d'inspiration romanesque sans cesse renouvelée.
Comptant parmi les fondateurs de l'école de Brive qui a réuni plusieurs écrivains autour d'un amour commun pour le terroir, et aujourd'hui membre créateur de la NEB (Nouvelle École de Brive http://www.quidneb.com), Claude Michelet est aussi l'auteur du livre le plus lu dans le monde rural, *Histoires des paysans de France* (1996).

ILS ATTENDAIENT L'AURORE

DU MÊME AUTEUR
CHEZ POCKET

LA TERRE QUI DEMEURE
LA GRANDE MURAILLE
UNE FOIS SEPT
J'AI CHOISI LA TERRE
CETTE TERRE EST TOUJOURS LA VÔTRE
ROCHEFLAME
LA NUIT DE CALAMA
LES DÉFRICHEURS D'ÉTERNITÉ
EN ATTENDANT MINUIT
QUELQUE PART DANS LE MONDE
QUAND CE JOUR VIENDRA
LES TRIBULATIONS D'ARISTIDE

DES GRIVES AUX LOUPS

1. DES GRIVES AUX LOUPS
2. LES PALOMBES NE PASSERONT PLUS
3. L'APPEL DES ENGOULEVENTS
4. LA TERRE DES VIAHLE

MON PÈRE, EDMOND MICHELET

POUR LE PLAISIR, SOUVENIRS ET RECETTES
Avec Bernadette MICHELET

CLAUDE MICHELET

ILS ATTENDAIENT L'AURORE

ROBERT LAFFONT

Le papier de cet ouvrage est composé de fibres naturelles, renouvelables, recyclables et fabriquées à partir de bois provenant de forêts plantées et cultivées durablement pour la fabrication du papier.

Le Code de la propriété intellectuelle n'autorisant, aux termes de l'article L. 122-5 (2° et 3° a), d'une part, que les « copies ou reproductions strictement réservées à l'usage privé du copiste et non destinées à une utilisation collective » et, d'autre part, que les analyses et les courtes citations dans un but d'exemple et d'illustration, « toute représentation ou reproduction intégrale ou partielle faite sans le consentement de l'auteur ou de ses ayants droit ou ayants cause est illicite » (art. L. 122-4). Cette représentation ou reproduction, par quelque procédé que ce soit, constituerait donc une contrefaçon sanctionnée par les articles L. 335-2 et suivants du Code de la propriété intellectuelle.

© Éditions Robert Laffont, S.A., Paris, 2011
ISBN 978-2-266-22141-2

En hommage au surnommé Duval

« Rien n'est plus important dans l'histoire du monde que de faire partie de ceux qui sont capables de dire non. »

André MALRAUX

« Un des privilèges du véritable homme d'action est, sans doute, que, dans l'action, ses travers s'effacent, tandis que des vertus, jusque-là en sommeil, paraissent alors chez lui avec un éclat inattendu. »

Marc BLOCH

« Il y a l'homme qui aime mieux mourir que trahir et celui qui aime mieux trahir que mourir : Deux races… »

Germaine TILLION

Première partie

Trois de quarante

1.

Maintenant, malgré le très douloureux point de côté qui lui coupait le souffle, il fallait courir ; détaler à toutes jambes, fuir. Fuir pour échapper aux hommes, en uniforme et en civil, agents de police français et soldats allemands qui, là-haut, place de l'Étoile et dans les avenues qui y débouchent, frappaient à coups de crosse, de matraque et de poing tous ceux et celles, des jeunes, lycéens et étudiants, mais aussi des hommes et femmes plus âgés, qui, en ce 11 novembre 1940, en dépit de l'interdiction, avaient poussé l'outrecuidance jusqu'à vouloir rendre hommage au Soldat inconnu.

Jean Aubert était de ceux-là ; il s'était mêlé, dès 16 h 30, heure allemande, à un petit groupe qui, sortant comme lui du métro George-V, avait rejoint le millier de manifestants qui montaient vers l'Arc de triomphe. Déjà, çà et là, s'élevait une timide *Marseillaise* qu'encourageaient, à bout de bras, les frémissements de modestes drapeaux français. Mais il lui avait fallu quelques instants avant de comprendre, et d'en rire aussitôt, pourquoi certains de ses voisins brandissaient deux gaules de noisetier, ou deux cannes à pêche, et semblaient en être très fiers.

« Pas idiot, il fallait y penser ! » avait-il enfin réalisé.

Deux gaules, comme le général qui, de Londres et depuis juin, appelait tous les Français à la résistance.

Lui, Jean, ne demandait pas mieux que de résister mais, jusqu'à ce jour, il n'avait pas encore trouvé le moyen de le faire.

Alors, la veille au soir, dès qu'un de ses camarades, François Morel, étudiant comme lui aux Beaux-Arts, lui avait glissé un tract dans la main en lui disant de faire suivre, il avait su que l'occasion lui était donnée de dire non à un régime ; non à ce gouvernement qui s'était livré, pieds et poings liés, aux envahisseurs en vert-de-gris et, tout aussitôt, couché devant le maître du IIIe Reich.

Très succinct, le tract n'en était pas moins explicite : *Demain 11/11 à 17 heures, tous à l'Arc de triomphe ! Vive la France !*

Il n'avait pas hésité. Mais maintenant, il devait courir et le plus vite possible pour échapper aux forces occupantes. Détaler tout en se répétant qu'il ne devait en aucun cas rejoindre sa mansarde de la rue Saint-André-des-Arts, cette chambre qui, dans quelques heures, allait sûrement être visitée et mise à sac par la police, française ou allemande. Pour lui, adieu donc ses affaires, cours, livres, vêtements ; vouloir les récupérer signifiait son arrestation immédiate.

Il n'en revenait d'ailleurs toujours pas de l'enchaînement des réflexes qui lui avaient permis de fuir la place de l'Étoile, ce haut lieu de l'histoire où tentaient de se regrouper les manifestants ; mais à peine avaient-ils pu approcher du monument que la police avait fondu sur eux et frappé.

Brutalement empoigné, par le col de sa gabardine, par un agent de police qui voulait le traîner vers un fourgon, il avait réagi d'instinct. Et lui qui n'était pourtant pas un adepte de la violence avait lancé son pied dans l'entrejambe du gardien puis, après s'être prestement débarrassé de sa gabardine – laquelle était restée entre les mains de sa victime –, il avait décampé vers l'avenue de Friedland.

C'était là le vrai problème car, passe encore que le policier se souvienne longtemps de lui, mais qu'il possède désormais le calepin, glissé dans la poche intérieure du vêtement, était gravissime ; car le carnet donnait le nom, l'adresse et la carte d'étudiant du dénommé Jean Aubert, né le 30 octobre 1920 à Nantes, étudiant en deuxième année à l'École des beaux-arts et domicilié rue Saint-André-des-Arts. Remettre les pieds à cette adresse était, à coup sûr, s'y faire prendre ; autant aller directement au commissariat de police du VIe arrondissement et annoncer :

— J'étais à la manifestation interdite de l'Arc de triomphe ; pris au col, j'ai expédié mon pied dans les parties intimes d'un de vos collègues et je viens me livrer pour savoir si ça lui fait encore mal…

« Non, tout mais pas ça », se redit-il pour la énième fois en dévalant maintenant la rue d'Artois, en direction du métro Saint-Philippe-du-Roule.

C'est peu après, en s'insérant dans un wagon bondé, qu'il s'aperçut que non seulement il avait perdu sa gabardine, mais que, dans la bagarre, la poche droite de son veston avait été déchirée, elle bâillait, vide du porte-monnaie.

« Bon, il n'y avait que quelques sous dedans, mais je dois avoir la dégaine d'un clochard, alors d'ici à ce que j'attire les regards d'un flic… »

Mais, pour inquiétante que soit cette éventualité, le fait de savoir qu'il n'avait désormais nul endroit pour dormir était beaucoup plus angoissant.

— Faut que je trouve une combine avant le couvre-feu, mais qui va pouvoir m'aider ?

Jean connaissait Albert Morin depuis la classe de troisième, époque pendant laquelle ils avaient d'abord partagé le même pupitre à Janson-de-Sailly et suivi ensemble leurs études jusqu'au bac. Jean avait un peu espacé ses relations avec Albert depuis que leurs orientations réciproques dirigeaient l'un vers les Beaux-Arts, l'autre vers la Sorbonne. Il en avait été de même avec le troisième de la bande, René Lucas, lui aussi ancien de Janson, qui suivait désormais des études de pharmacie.

Pendant des années, les trois amis avaient partagé les mêmes goûts pour le foot, la natation et la contemplation des jolies filles. Mais si les deux premières occupations étaient de pratique facile, il n'en allait pas de même avec la gent féminine, car les demoiselles, toujours flattées d'être admirées, n'en restaient pas moins d'une grande pruderie. Aussi, passe encore quelques rares baisers pris au vol, une invitation au cinéma, une furtive caresse et l'ébauche d'un flirt ; mais, à ce stade, il ne fallait pas compter aller plus loin, ne restait donc que l'espoir qu'un jour, peut-être – et le plus tôt possible –, une des belles farouches accepte de sauter le pas.

Mais, pour l'heure, cette affriolante conclusion n'était pas du tout de mise dans les pensées de Jean, seule importait l'aide que l'ami Albert Morin allait, peut-être, pouvoir lui apporter.

« Peut-être, oui, pas sûr, mais à qui d'autre m'adresser ? Et puis, est-ce qu'il sera chez lui ? »

Jean n'avait pas vu son camarade depuis le 26 septembre précédent. Ce jour-là, comme tous les jeudis après-midi d'avant la défaite et selon une tradition établie depuis des années, Albert, René Lucas et lui se retrouvaient vers 17 heures à la piscine Pontoise, rue de Pontoise. Après quelques longueurs et plongeons, ils allaient ensuite calmer leur faim non loin de là, boulevard Saint-Germain, dans un petit bistrot qui, pour un prix raisonnable, servait d'excellentes frites et de succulentes saucisses.

Mais tout cela, c'était avant le 12 juin. Avant que Paris ne soit déclaré ville ouverte, que les troupes allemandes l'investissent, le 14, et que le Maréchal, vainqueur de Verdun, assure, dès le 17, qu'il fallait déposer les armes ; c'était avant qu'il demande les conditions de l'armistice et que la population, affolée par l'arrivée des troupes allemandes, ne se jette sur les routes, les trains, et fuie vers le sud. Depuis, l'ennemi occupait la capitale ; une ville qui, peu à peu, dès fin août, avait retrouvé presque toute sa population, laquelle, jour après jour, devait s'habituer aux strictes consignes des vainqueurs, aux restrictions, à la pénurie et, déjà, à la faim.

Malgré cela, pour tenter de reprendre pied, de faire comme si de rien n'était, donc de ne pas changer leurs sympathiques bavardages et baignades hebdomadaires, les trois camarades avaient été très dépités, mais pas étonnés, en constatant que la piscine était fermée.

— Ah, ça commence bien ! avait maugréé René.

Vexé, parce que le temps était chaud et orageux et qu'ils avaient envie d'un bon bain, Jean avait proposé :

— Et si on allait piquer une tête au pont du Trocadéro ? Je parie qu'on y sera quasiment seuls !

C'était un lieu de baignade où ils allaient rarement avant guerre car la petite esplanade, au pied du pont, côté tour Eiffel, était toujours noire de monde ; mais, l'Occupation aidant, tout permettait d'espérer, si toutefois la baignade n'était pas interdite, qu'ils n'auraient pas besoin de jouer des coudes et d'enjamber des baigneurs et baigneuses, étalés sur leurs serviettes, pour atteindre l'eau.

— Pas idiote, ton idée, avait approuvé René.

Ils étaient donc partis vers le proche métro. Une heure et demie plus tard, parce que nul agent ni feld-gendarme ne s'étaient opposés à leurs plongeons, bien rafraîchis, ils étaient remontés sur le quai. C'est alors qu'ils avaient vu, marchant vers la tour Eiffel, en touristes, une trentaine de soldats allemands. Ceux-là n'avaient rien de plus particulier que tous ceux qu'ils croisaient chaque jour dans Paris, mais, jusque-là, aucun des trois amis n'avait jugé utile de faire quelque commentaire à leur sujet, comme si, prudents, ils n'avaient pas eu envie de donner un point de vue sur la catastrophique situation de la France. Aussi, Jean avait-il sursauté, choqué, lorsque Albert avait lancé, avec un coup de menton en direction des militaires :

— Vous pouvez dire ce que vous voulez, mais ils ont vraiment fière allure, eux…

— Tu déconnes, non ? n'avait-il pu s'empêcher de rétorquer.

— Pas du tout ! Non mais, tu as vu leurs uniformes, leur tenue, leur allure, tout quoi ! Ils ont vraiment de la gueule, eux ! C'est pas comme nos bidasses ridicules qui perdent toujours leurs bandes molletières ! Quand on voit ces gars-là, on comprend tout de suite pourquoi ils nous ont mis la trempe ! Et on ne l'a pas volée !

— Tu déconnes vraiment, n'avait pu que redire Jean qui, très loin de partager l'avis de son camarade, n'avait pas envie d'entamer un débat sur un sujet aussi scabreux. Car pour lui, quelle que soit l'allure des jeunes Allemands, maintenant occupés à photographier la Tour, pour vainqueurs qu'ils fussent, ils étaient surtout des ennemis, des envahisseurs ; leur présence, leur gaieté manifeste, leur morgue, soulevaient le cœur.

Jean n'avait pas revu Albert depuis ce jour-là. Non qu'il se soit fâché et qu'il l'ait fui mais, n'ayant pas les mêmes horaires, ni l'un, ni l'autre n'avait eu envie de comparer leurs points de vue sur l'occupant. D'ailleurs, depuis juin, tout le monde se taisait, l'étalage des opinions devenait vite dangereux.

Il était presque 19 heures lorsque Jean sonna à l'appartement de l'avenue Parmentier où vivaient Albert et ses parents. Ceux-ci, tous les deux professeurs, l'un d'histoire, l'autre de français, avaient, avant guerre, souvent reçu Jean, allant même, une ou deux fois l'an, jusqu'à l'inviter à déjeuner. Aussi, à leur habitude, le reçurent-ils très aimablement puis lui expliquèrent qu'Albert, soucieux de son indépendance, avait, depuis la rentrée, investi et aménagé une chambre de bonne, sise dans les combles.

— On l'a prévenu qu'il allait s'y geler en hiver, mais monsieur veut sa liberté ! expliqua sa mère. Bon, c'est son problème, pas le mien. Montez-y par l'escalier de service, chambre 5, deuxième couloir à gauche.

Peu après, c'est sans savoir comment il allait être reçu, et surtout ce qu'il allait dire, qu'il frappa à la porte n° 5.

— Ça c'est la meilleure ! lança Albert en lui tapant sur l'épaule, qu'est-ce qui t'amène, tu as l'air tout chose ! Tu t'es bagarré ? insista-t-il en désignant la poche déchirée.

— Si l'on veut... Oh ! et puis jouons franc jeu, je suis dans la merde, jusqu'au cou...

— Toi, tu as la tête d'un gars qui vient d'apprendre qu'il a fait un gosse à une fille, c'était bon au moins ?

— Andouille ! S'agit pas de fille, dans le fond ce serait plus simple. Non, voilà, j'ai besoin de ton aide, au moins pour ce soir, ensuite, je me débrouillerai, enfin, j'essaierai...

— Raconte.

— Voilà...

Il n'avait pas achevé son récit qu'il sut, au regard que lui lançait Albert et à sa moue, qu'il perdait son temps, qu'il plaidait en vain.

— Alors tu fais toi aussi partie de ces méchants cons qui veulent saboter le travail du Maréchal ! le coupa

Albert. Figure-toi que, hier, j'ai collé mon poing dans l'œil d'un abruti qui venait de me tendre ce tract grotesque qui t'a envoyé à l'Étoile ! Parfaitement, mon poing dans la gueule, et j'en suis heureux !

— Eh bien moi, c'est dans les couilles d'un flic que j'ai expédié mon pied, et j'en suis ravi ! dit Jean en se dirigeant vers la porte. Alors salut, j'avais besoin d'aide et d'un abri pour passer la nuit et j'avais pensé que tu pourrais… Mais je me suis trompé !

— Ah, ça oui ! Zéro mon vieux ! Je t'aime bien, mais il fera plus chaud qu'aujourd'hui quand je dépannerai des gars comme toi ou tes amis communistes ! Vous êtes la honte de la France, la honte ! Si on vous laisse faire, vous et les juifs, on peut faire un trait sur la patrie ! Heureusement, on va mettre de l'ordre !

— Salut ! redit Jean.

Il passa la porte et la claqua. C'est alors que lui revint en mémoire la phrase qui eût dû l'avertir : « Vous pouvez dire ce que vous voulez, ils ont vraiment fière allure, eux… »

« J'aurais dû m'en douter, se dit-il en dévalant l'escalier, me douter qu'un type qui m'a souvent parlé de son admiration pour les Camelots du roi, pour Maurras, pour le journal *Candide* et même pour la Cagoule, n'était pas fréquentable, quelle andouille je suis ! »

La nuit était maintenant tombée, attisant l'angoisse qui lui tordait l'estomac car, d'ici moins de deux heures, si le couvre-feu le trouvait encore dehors il était, dans un premier temps, bon pour le poste, pour beaucoup plus sérieux ensuite.

« Mais chez qui frapper ? se demanda-t-il en accélérant sa course vers la station Parmentier. Inutile d'essayer avec Lucas, il habite je ne sais où après les halles et je n'ai pas son adresse. D'ailleurs, si ça se trouve, lui aussi me foutra dehors, il n'a jamais voulu prendre le moindre risque... Alors qui ? Qui va me sortir de cette mouise ? François Morel, que j'ai aperçu tout à l'heure à l'Étoile ? Mais je ne sais pas où il habite... »

Pendant quelques instants, il fut à deux doigts d'abandonner, d'arrêter le premier passant venu, de lui demander l'adresse du plus proche commissariat et d'aller se livrer. Mais c'était idiot, c'était lâche, c'était baisser les bras et rendre stupide et vaine la décision qui, quelques heures plus tôt, l'avait poussé en direction de l'Étoile et lui avait fait prendre conscience qu'il devait être solidaire de tous ceux qui résistaient. Résister ! Facile à dire car, pour ce faire, encore fallait-il d'abord trouver un endroit pour s'abriter !

« À moins que... pensa-t-il soudain, oui, pourquoi pas ? » calcula-t-il en se rappelant où habitait la personne qui, peut-être, le sortirait pour un temps, d'une situation dramatique.

« C'est décidé, je tente le coup et advienne que pourra », se dit-il en préparant un ticket de métro.

Parce qu'il n'était pas raisonnable qu'une jeune fille se hasarde seule dans le quartier Latin à la nuit tombée et peu avant le couvre-feu, Jean avait insisté, trois semaines plus tôt, pour la raccompagner jusqu'à la porte de son studio, rue du Bac.

Il avait fait sa connaissance six mois plus tôt à la piscine Pontoise car elle aussi appréciait la natation. C'était là, mais après trois semaines d'observation, qu'il avait osé l'aborder. Et encore n'eût-il sans doute jamais eu ce culot si Albert et René ne l'avaient mis au défi de le faire, un soir de mai.

— T'es pas cap d'aller lui demander son prénom, l'avaient provoqué ses deux camarades qui, comme lui, n'avaient d'yeux que pour la superbe jeune femme, au crawl impeccable qui, comme eux, fréquentait la piscine tous les jeudis, vers 17 heures.

— Vas-y, toi, s'était-il défendu, car il rougissait déjà à l'idée d'approcher une telle déesse.

— Tu te fous de moi, elle me met une tête dans la vue, sinon plus, avait grincé Albert en haussant les épaules ; et il était vrai qu'il était de petite taille et de frêle constitution.

— Alors toi, René, fonce !

— Zéro, ma maman m'interdit d'adresser la parole aux dames qu'on ne m'a pas présentées, avait plaisanté Lucas qui, de fait, n'avait pas une réputation de grand courageux.

— Non, non, vas-y, toi, avaient insisté les deux compères, et après tu nous l'amèneras. Allez va, t'es pas cap de l'approcher. Regarde, c'est le moment, elle sort de l'eau, ah, dis donc, qu'est-ce qu'elle est chouette !

Mais s'il était indiscutable que la naïade était une beauté, le fait que, manifestement, elle paraisse un peu plus âgée que lui l'avait presque paralysé.

Malgré cela, parce que les ricanements de ses compagnons devenaient vexants, il avait osé s'approcher et s'était presque surpris à balbutier, tout en se maudissant de proférer une telle banalité :

— Vous nagez rudement bien le crawl. Je… vous… vous avez pris des cours de natation, sûrement ?

— Non non, avait-elle souri tout en enfilant son peignoir.

Il était resté là, tout bête, subjugué et ne sachant plus que dire. C'était elle qui avait relancé la conversation :

— Vos amis ont l'air de bien s'amuser en vous regardant…

— Oh ! eux…

« Quels salauds, avait-il pensé, ils me font passer pour une cloche ! »

Alors il s'était lancé :

— Ils s'amusent parce qu'ils m'ont mis au défi de vous demander votre prénom, voilà…

— Mary…

— Marie, c'est joli.

— Non, pas Marie, Mary, Mary-Madelon.

C'est alors qu'il avait remarqué son très léger accent britannique.

— Vous êtes anglaise ?

— Non, française, mais américaine aussi. Je suis née ici, à Paris, d'un père français et d'une mère américaine, c'est elle qui a voulu que j'aie la double nationalité ; d'ailleurs, en temps normal, j'habite en Amérique.

Parce que c'était la première Américaine qu'il rencontrait de sa vie – il n'avait pas plus fréquenté d'Anglaise –, il en était resté muet de surprise.

— Et vous ? avait-elle demandé.

— Moi ? Je… eh bien, heu… Jean, Jean Aubert, étudiant… C'est ça, je… Jean…

— Vous êtes sûr ? s'était-elle gentiment moquée. Eh bien, Jean, vous pouvez aller dire à vos copains que je m'appelle Mary-Madelon Neyrat, que je suis stagiaire journaliste au *Figaro* et que je dois maintenant vous quitter car j'ai du travail. Au revoir, Jean, et peut-être à jeudi prochain.

— Je… Oui, c'est ça, peut-être au revoir, non, pardon, à jeudi…

— Alors, raconte ! avaient demandé Albert et René dès qu'il les avait rejoints.

— Madelon, elle s'appelle Madelon.

— Viens nous servir à boire ! Rigole pas !

— Si, si ! Mary-Madelon, elle est américaine et journaliste au *Figaro*, voilà !

Mais, malgré cette première prise de contact et si, la semaine suivante, il avait revu Mary à la piscine, il n'avait, pas plus que ses camarades, osé l'aborder une nouvelle fois tant elle l'impressionnait par sa prestance. Aussi avait-il été très surpris lorsque, à la mi-octobre, toujours à la piscine, enfin rouverte, Mary était venue vers lui, toute ruisselante et magnifique à la sortie du grand bain et, sans un regard pour Albert et René, lui avait lancé :

— Dites-moi, Jean, vous m'avez bien dit que vous êtes étudiant ?

— Oui.

— En quoi ?

— En deuxième année, à l'École des beaux-arts.

— Parfait. Même si l'ensemble du *Figaro* s'est installé en province, depuis juin, mon chef de stage ne m'a pas oubliée et me demande de faire une enquête sur la jeunesse française qui étudie à Paris, malgré la guerre et les problèmes que cela pose. Vous êtes libre demain après-midi, vers 18 heures ?

— Libre ? Je… oui oui, bien sûr !

— Et vous répondrez à mes questions ?

— Oui.

— Alors rendez-vous à 18 heures, devant votre école, ça va ? Parfait, à demain.

Elle était partie vers sa cabine d'une démarche ondulée qui l'avait laissé sans voix.

Il était de plus en plus sous le charme, mais toujours aussi intimidé, lorsque, le lendemain, il l'avait retrouvée à l'heure dite, rue Bonaparte.

Installés dans un proche bistrot, devant un mauvais et pâle breuvage qui n'avait de café que le nom, ils n'avaient pas vu passer le temps ; aussi la nuit était complète lorsque Mary avait clos l'entretien. Il s'était déroulé en un long bavardage au cours duquel, outre de quoi lui permettre d'écrire un bel article, Jean avait aussi appris qu'elle allait rentrer en Amérique avant la fin de l'année, sur injonction de ses parents, inquiets de la savoir dans une France occupée.

— Mais j'ai raté le principal, l'entrée des Fridolins, comme les appelle mon père, et je veux voir maintenant ce que donne l'Occupation.

— Pourquoi raté ?

— Je suis partie en Suisse, début juin, j'y ai passé trois mois donc je n'ai rien vu, et vous ?

— Pas grand-chose, j'ai rejoint mes parents à Nantes avant l'entrée des Boches à Paris, mais c'était déjà une formidable pagaille.

— Maintenant, il faut que je parte, avait-elle dit en se levant, ma logeuse va se faire du souci.

— Vous habitez loin ?

— Rue du Bac.

— Je vous accompagne, avait-il décidé.

C'est ainsi qu'il l'avait, peu après, laissée devant l'immeuble vers lequel il se hâtait maintenant en priant le ciel pour que la concierge daigne lui ouvrir la porte ; or rien n'était moins sûr pour la simple raison qu'il avait oublié le nom de famille de la si séduisante jeune femme. Par chance, ce qu'il balbutia peu après avec une : « Ma… Mary-Madelon » comme mot de passe lui permit d'entrer.

— Bien sûr que je vais vous aider, mais impossible de vous garder ici, chuchota Mary-Madelon dès qu'il lui eut expliqué sa situation, vous comprenez, je suis ici en location, ma voisine est propriétaire des lieux, elle entend presque tout à travers cette porte vitrée et verrait d'un très mauvais œil que je reçoive un homme ; elle penserait que je me dévergonde et elle serait capable de me mettre à la porte !

— Oui… Mais alors, où puis-je aller ? Le couvre-feu va tomber et…

— Je sais, pas de panique. On va faire un saut jusque chez une dame que je connais depuis ma naissance, ou presque, puisqu'elle est ma marraine.

— Une Américaine ?

— Pas du tout, même si elle a beaucoup travaillé chez nous depuis des années. Vous verrez, elle est formidable. Mais avant de partir, attachez votre poche de veste, ça fera plus propre dans le métro, lui dit-elle en lui tendant une épingle de nourrice.

— Très bien, approuva-t-elle peu après. Et maintenant, filons, on sera rendus en trois stations et, une fois arrivé, n'hésitez pas à raconter à ma marraine tous les détails de votre aventure, je suis certaine que ça va lui plaire, beaucoup…

Très impressionné par le luxe de l'immeuble de la rue du Faubourg-Saint-Honoré au bas duquel s'ouvrait la vaste vitrine d'une maison de couture et où Mary-Madelon venait de le conduire, Jean le fut encore plus lorsqu'une très distinguée dame d'un certain âge, svelte et blonde, les eut invités à entrer.

Gêné, conscient que sa tenue détonnait au milieu du salon – la réparation de sa poche n'avait pas tenu et le tissu béait de nouveau –, il ne savait pas par où commencer son histoire.

— Allez-y, jeune homme, allez-y, l'invita leur hôtesse, tout en fixant une Players dans un long fume-cigarette, vous pouvez parler en toute tranquillité, si Mary vous a conduit ici c'est qu'elle a de bonnes raisons. Allez-y ! Au fait, vous avez dîné tous les deux ?

— J'allais le faire quand il est arrivé, expliqua Mary.

— Alors va préparer ce qu'il faut pour deux à la cuisine, quant à vous, jeune homme, je vous écoute.

Mis en confiance, il relata toutes les péripéties de son après-midi, y compris la façon dont il avait été reçu par Albert.

— Vous comprenez, madame, mes autres compagnons des Beaux-Arts soit habitent trop loin, soit je n'ai pas leur adresse, alors j'ai pensé que Mlle Mary pourrait peut-être me dépanner pour une nuit.

— Vous avez eu raison, il n'est en effet pas question que vous remettiez les pieds dans votre chambre. Il ne fait pas de doute qu'elle est désormais sous surveillance, qu'elle le restera et que la concierge devra signaler votre éventuel retour. Alors on va se débrouiller autrement. Mary ! appela-t-elle, dès que vous aurez dîné tous les deux, tu m'aideras à installer ton protégé là-haut, dans la chambre de bonne qui me sert de débarras. Pour une nuit, jeune homme, il vous faudra coucher par terre, sur des coussins ; demain si besoin, on arrangera ça. Quant à toi, Mary, tu dormiras sur le canapé, à cause du couvre-feu il n'est plus possible que tu rentres chez toi maintenant. On va s'organiser comme ça et on avisera demain.

2.

À peine Jean l'avait-il quitté, en claquant la porte sur son dos, qu'Albert regretta son coup de sang et les propos qui avaient poussé son camarade à déguerpir. D'abord parce que toutes les années qu'ils avaient passées ensemble avaient tissé des liens qu'il était bien regrettable de voir ainsi tranchés en quelques minutes. Ensuite parce que, contrairement aux conseils que M. Delclos – un de ses professeurs, engagé volontaire en 1916 – lui avait donnés, ainsi qu'à une poignée d'étudiants patriotes, dans les premiers jours de la rentrée, ce qu'il fallait, ce n'était pas critiquer et brusquer, mais convaincre. Ce qui importait pour qu'aboutisse au plus vite ce que le Maréchal mettait en œuvre, le total redressement d'une France que tous les errements et les mensonges des politiciens avaient poussée dans l'abîme, c'était, dans un premier temps, regrouper tous les adeptes d'un ordre nouveau, d'une patrie enfin ressuscitée et lavée de toutes les fautes perpétrées par les voyous du Front populaire. Ce qui était indispensable, c'était se débarrasser de toutes les malsaines habitudes et des mortelles scories qu'avaient engendrées des années de gabegie, conduites par les francs-maçons, les juifs et les communistes !

Pour vaincre tous les antipatriotes, en place depuis des décennies, et pour que triomphe enfin, grâce au Maréchal, un ordre nouveau, encore s'imposait-il que toute la jeunesse étudiante se regroupe, face front, marche et forge ensemble ce qui, demain, rendrait à la France toute sa grandeur et sa gloire ! Et s'il était nécessaire, pour ce faire, d'avancer main dans la main avec les adeptes d'un régime exemplaire, tel celui qui faisait ses preuves outre-Rhin, et qui serait, sous peu, un modèle pour l'Europe, il ne fallait pas tergiverser. D'ailleurs, quoi qu'en dise une minorité de mauvais Français, d'apatrides et de métèques, les Allemands étaient très corrects ; certes, leurs exigences d'occupants et de vainqueurs étaient lourdes, mais si c'était le prix à payer pour remettre la nation à sa juste place et l'absoudre de tous ses péchés, il n'y avait pas à hésiter.

Albert, qui, avant guerre, avait pressenti que seul un régime à poigne serait le salut de la France, avait, très jeune, tout de suite adhéré aux idées de Maurras, aux discours de Léon Daudet. Il avait trouvé, dans l'Action française, la preuve que son père, ancien combattant, trois fois blessé, avait tout à fait raison lorsqu'il faisait le procès de la clique de parlementaires véreux et de ministres corrompus, en place depuis 1936, qui avaient l'outrecuidance de vouloir imposer leur politique de dégénérés à la nation !

— Je n'ai pas failli mourir à Thiaumont, puis à Bapaume, pour en arriver là ! Et mes camarades estropiés et gazés non plus ! Ce qu'il nous faut, c'est un gouvernement à poigne, qui serrera la vis aux paresseux et nous débarrassera de ceux qui nous font honte et nous conduisent vers l'abîme ! disait-il souvent.

Tout imprégné, depuis son adolescence, par ce genre de propos, Albert avait d'abord milité avec les Camelots du roi et même, parfois, fait le coup de poing pour pouvoir distribuer le journal du mouvement et répandre ainsi les fortes idées de Maurras et de Daudet. Mais, depuis peu, il avait fini par trouver que Maurras était souvent un brin tiède, un peu timoré, pas assez énergique et, peut-être, trop âgé pour avoir le courage de se lancer vraiment dans la bataille.

Alors, dès janvier 1940, approuvé en cela par son père, il s'était rapproché de la Cagoule d'Eugène Deloncle. Lui au moins n'avait peur de rien, il était l'avenir. Aussi avait-il été ravi lorsque M. Delclos, son professeur d'histoire, qui avait deviné son état d'esprit, l'avait entrepris pour lui confirmer que, oui, vraiment, l'avenir passait par les idées d'un Deloncle, que relayait, depuis juillet dernier et sous la direction d'Alphonse de Châteaubriant, le jeune journal *La Gerbe*.

— Et tenez, prenez et faites-le connaître, avait insisté M. Delclos en lui donnant plusieurs numéros du journal. Vous savez, mon ami, je n'ai pas à m'en cacher, même si je n'adhère pas entièrement à la politique allemande, mais, en totale fidélité au Maréchal, j'ai couru, dès août dernier, m'engager dans la Légion française des combattants. Certes, les Allemands viennent d'interdire ce mouvement en zone occupée, mais, avec plusieurs de mes amis anciens combattants, nous continuerons à nous réunir pour savoir comment aider le Maréchal ; comme lui, nous sommes prêts à faire don de nos personnes à la France ! De même vous, les jeunes, vous pouvez et devez prêcher dans le bon sens ; vous pouvez, avec vos camarades, veiller à ce qu'un bon esprit, un esprit patriote, s'installe dans le milieu étudiant. Les intellectuels comme vous seront, demain, les phares et les gardiens de la nation ! Je peux compter sur vous, n'est-ce pas ?

Très flatté, Albert avait approuvé et aussitôt pensé que ses camarades, René et Jean, bien qu'ils soient sans doute moins motivés que lui, pouvaient devenir des sympathisants du nouvel ordre.

Mais voilà que, sur un coup de tête, au lieu de tout faire pour le récupérer, mais aussi apprendre jusqu'à quel point Jean était parti dans la pire des directions, il l'avait mis dehors !

« C'est stupide de ma part. Il faudra quand même que je le recontacte ; quant à René, ça ne devrait pas poser beaucoup de problème et je le verrai jeudi prochain, à Pontoise. »

Jean mit très longtemps à trouver le sommeil. D'abord, bien qu'il soit, au moins pour la nuit, à l'abri des recherches, il était angoissé en pensant aux jours à venir.

Plus il réfléchissait, plus il mesurait à quel point une seule décision – celle qui l'avait poussé à monter, sans hésiter, à l'Arc de triomphe – avait bouleversé sa vie. Désormais, pour avoir agi comme il l'avait fait, plus rien ne serait semblable à ce qu'il avait déjà vécu, dans une sorte d'amère passivité, jusqu'à ce 11 novembre. Pour autant qu'il se soit senti plutôt d'accord et assez proche de ceux qui refusaient l'occupation, il n'avait jamais trouvé les moyens, ni même tenté, de rejoindre leurs rangs. Car, pour contacter qui que ce soit proche d'un quelconque groupe clandestin, encore eût-il fallu qu'il connût quelqu'un qui s'en revendiquât. Or, mis à part François Morel qui lui avait donné le tract, il ne connaissait pas d'autres opposants. Morel apportait pourtant la preuve que des jeunes œuvraient au sein de l'École des beaux-arts, mais qui étaient-ils ? D'où venaient-ils et de quel bord ? Certes, il avait eu vent de la petite manifestation, vite dispersée, que quelques centaines d'étudiants avaient tenté d'organiser le 8 novembre, boulevard Saint-Michel, pour réclamer la libération immédiate du professeur Paul Langevin, le physicien arrêté par les Allemands. D'après ce qu'il avait entendu dire, l'opération avait été montée sur l'impulsion des antifascistes, de quelques jeunes degaullistes et des communistes.

À leur sujet à tous, il ne savait trop que penser. Élevé dans un cadre familial soucieux de l'ordre et de la loi – son père était banquier à Nantes –, il n'avait pris conscience de l'importance des engagements qu'après l'armistice. Parce qu'il était de milieu aisé et qu'il gardait souvenir des protestations de son père au moment du Front populaire et des changements qui en avaient découlé :

« Bon sang ! Est-ce que j'ai droit, moi, à des congés payés ? Payés par qui, d'ailleurs ? Par des hommes comme moi ! » avait-il maugréé pendant des mois ; il se sentait naturellement plus proche d'une droite bourgeoise que du socialisme prôné par Léon Blum et ses amis. Quant aux communistes, il comprenait mal pourquoi le régime qu'avait mis en place le nouveau chef de l'État français les avait décrétés hors la loi. Après tout, la presse avait très largement fait état de la poignée de main qu'avaient échangée le Führer et le Maréchal, le 24 octobre précédent, à Montoire. Or tout le monde connaissait l'existence du pacte germano-soviétique qui, en fait, était censé sceller une solide entente, voire une amitié, entre fascistes et marxistes ; alors, pourquoi vouloir mettre au ban les communistes français ? Il y avait là une contradiction qu'il jugeait incompréhensible.

Mais là n'étaient pas les seules questions qu'il se posait. En effet si, chez lui, dès le 17 juin, il s'était senti trahi et avait protesté contre le fait de déposer les armes, il était bien le seul ; le ton était monté et il s'était sèchement accroché avec ses parents pour qui le Maréchal était le sauveur.

— Tu ne sais même pas de quoi tu parles, petit imbécile, tu me fais honte, lui avait jeté son père, blessé à Douaumont et au Chemin des Dames.

Vexé, il s'était tu mais n'avait su que faire pour passer concrètement aux actes.

Ce n'était qu'à la mi-juillet qu'il avait un peu entendu parler d'un de Gaulle, ou Degaule, il ne savait trop, qui, de Londres, appelait tous les Français à le rejoindre pour résister. Résister. Facile à dire ! Peut-être, sur une impulsion, aurait-il sauté sur son vélo et filé vers l'Espagne et le Portugal pour tenter de rejoindre Londres. Mais, pour ce faire, encore eût-il fallu que parmi la masse des fuyards qui, dès la mi-juin, avait déferlé sur Paris et avant que lui-même ne rejoigne, tant bien que mal, sa famille, personne ne lui vole son vélo ; un superbe Saint-Étienne, à trois vitesses et pneus demi-ballons, qu'il n'avait pu acquérir qu'après des mois d'économies ! Une bicyclette magnifique grâce à laquelle toute son existence eût, peut-être, changé.

Faute d'engin de locomotion, il n'avait pas bougé. Après quoi, alors qu'il se sentait moralement proche de ceux qui se disaient des alliés, s'était produite l'infamie de Mers el-Kébir ; ce coup bas qui, outre la destruction de croiseurs et de cuirassés de la Royale, avait causé la mort de près de mille trois cents marins français... Alors, comment se forger une solide opinion et choisir au milieu de toutes ces apparentes incohérences ? Comment trier le bon grain de l'ivraie ? Entre l'entente avec les Soviétiques, lesquels jouaient la carte allemande, et les Anglais qui se disaient amis de la France mais qui détruisaient une partie de sa flotte ?

Malgré tout, et quoi qu'il en soit, lui était restée au fond de l'âme et s'était même développée au fil des mois la terrible amertume due à l'humiliation ressentie depuis l'armistice.

C'était pour en atténuer toute l'aigreur qu'il s'était mêlé aux manifestants en marche vers le tombeau du Soldat inconnu. C'était un premier pas, un premier geste de résistance. Mais, désormais, il allait devoir en assumer toutes les conséquences et c'était pour cela que le sommeil le fuyait. De plus, il avait été d'étonnement en étonnement pendant toute la soirée.

D'abord, le menu et sa qualité n'avaient pas manqué de le surprendre. Car, en ces temps de restrictions et de disette, en vigueur depuis la défaite, il était pour le moins ahurissant de pouvoir déguster, entre autres et avec du vrai pain blanc – aussi succulent que celui d'avant guerre –, un excellent jambon de Bayonne – il y avait des mois qu'il en avait oublié le goût –, une omelette d'au moins cinq œufs, baveuse à souhait, une copieuse tranche de vieux cantal et un vrai cake, bourré de fruits confits, un délice ; tous ces produits étaient introuvables, sauf à des prix astronomiques.

C'était pendant qu'il se régalait que la marraine de Mary – qu'amusait manifestement son appétit – lui avait dit, accroissant ainsi sa surprise :

— D'abord, Jean, vous permettez que je vous appelle Jean ? D'abord, sachez que je n'ai pas à approuver ou à condamner votre attitude, elle ne regarde que vous. Cela dit, mettez-vous bien dans la tête que vous êtes désormais une sorte de paria, quelqu'un d'infréquentable. Il vous faut donc agir comme tel et rompre avec toutes vos relations, à commencer par vos parents.

— Ça ne sera pas difficile, je suis plutôt en froid avec eux depuis juin dernier…

— Il n'empêche, pensez quand même à eux, à ce qu'ils risquent.

Et, devant son air un peu interrogatif, elle avait ajouté, sûre d'elle :

— Que croyez-vous ? Tout porte à croire que la police possède vos coordonnées. Faute de mettre la main sur vous, elle saura très vite où habitent vos parents. Aussi, dans les jours qui viennent, recevront-ils la visite de quelques policiers, français, ou allemands… Donc, dès demain, pour mettre vos parents à l'abri, vous leur écrirez une brève lettre dans laquelle vous leur expliquerez que vous avez décidé d'aller vivre en zone sud, pour y rejoindre votre dernière conquête.

— Mais je ne connais pas…

Il avait failli dire qu'il ne connaissait pas de fille, du moins au sens qu'elle lui donnait, et s'était senti rougir.

— Peu importe l'alibi, s'était-elle amusée en voyant sa gêne, vous ne pouvez tout de même pas écrire à vos parents que vous êtes parti pour Londres, ça ne serait vraiment pas bon pour eux, tandis qu'une amourette en zone libre… Bref, l'important sera que tout le monde vous croie loin, très loin de Paris ; alors, peut-être, ceux qui vous cherchent se lasseront-ils et votre famille sera mise hors de cause. Cela étant, pure hypothèse, sauf si vous quittez vraiment Paris, il va vous falloir un logement et aussi de quoi vivre. Je suppose que, jusque-là, votre père subvenait à vos besoins, c'est désormais fini puisque vous êtes censé vivre en zone sud.

C'est alors qu'elle avait observé qu'il perdait pied car elle était en train de lui exposer, avec minutie, tout ce qui se bousculait en lui, l'assaillait depuis qu'il avait fui après avoir laissé sa gabardine entre les mains d'un policier.

— Oui, avait-elle insisté, il faut être lucide, vous êtes maintenant une sorte de hors-la-loi, vous devez en tirer toutes les conséquences. Alors, voilà ce que je vous propose : soit vous sautez dès que possible dans un train pour la zone sud, mais, dans ce cas, il vous faudra franchir la ligne de démarcation sans montrer vos papiers, donc passer clandestinement – certains y parviennent paraît-il –, soit vous décidez de rester à Paris en priant le ciel que ceux qui vous cherchent vous oublient, ce qui est peu probable, mais sait-on jamais… Cela étant, comprenez bien que je ne cherche pas à me débarrasser de vous. Quelle que soit votre décision, je suis prête à vous aider. Et ne me demandez pas pourquoi, c'est mon choix, point final. Donc, je peux vous loger, vous trouver du travail chez des amis, ou ici comme homme de peine, chargé des devantures, des livraisons, des courses chez les fournisseurs. Oui, je ne sais si Mary vous l'a dit, je suis dans la haute couture. J'ai une assistante, j'emploie aussi cinq petites mains et je ne manque pas de travail. Les occupants, et ceux qui les soutiennent, aiment que leurs femmes, ou leurs maîtresses, soient habillées à la dernière mode ; pour eux, les restrictions n'existent pas et, grâce à leur monnaie de singe, ils paient sans compter et je m'y retrouve quand même très bien… Voilà, à vous de réfléchir et de choisir, je n'ai, en ce qui me concerne, pas d'autres solutions à vous proposer.

— Et si je partais pour Londres ? avait-il lancé tout à trac.

Elle avait souri et à peine hésité avant de lui répondre :

— Ça, c'est votre problème, c'est à vous de décider ; mais, pour cela aussi, je pourrai éventuellement vous aider…

— Il faut que je réfléchisse à tout ça, avait-il fini par dire avant d'ajouter : mais si je reste, comme vous l'avez dit, je risque de vous attirer beaucoup d'ennuis !

Elle avait eu alors un petit rire forcé et lui avait lancé un regard soudain chargé d'une profonde tristesse, mais vite voilé par la colère.

— M'attirer des ennuis ? Mon pauvre ami, quand bien même ce serait le cas, ce ne serait rien… Bref, vous ne pouvez comprendre. Enfin, d'accord, réfléchissez. Maintenant, nous allons vous installer pour la nuit, il se dit qu'elle porte conseil, mais je n'y crois guère.

« Elle a raison, ce serait trop beau si c'était vrai », se répétait-il encore lorsque le sommeil le toucha enfin.

Sa décision était prise lorsque, vers 8 heures, il descendit l'escalier de service pour rejoindre l'appartement où devaient l'attendre Mary et sa marraine.

Mais, lorsqu'il entra dans la cuisine, seule l'Américaine était là.

— Thé ou café ? lui lança-t-elle en souriant.

— Euh… Café, s'il vous plaît, accepta-t-il en louchant sur la motte de beurre qui trônait à côté de la corbeille de pain, de brioches et de croissants.

« Et ça continue, pensa-t-il, plus personne ne trouve de vrai café depuis des mois et encore moins de thé, quant au beurre… C'est fou tout ça… »

— Madame n'est pas là ? demanda-t-il en s'asseyant, madame comment, au fait, votre marraine ?

— Diamond, Claire Diamond, c'est le nom que porte sa maison de couture depuis qu'elle l'a créée pendant la dernière guerre. Elle a commencé à cette époque comme modiste et a choisi ce pseudonyme pour je ne sais quelle raison. Elle a dû me le dire, j'ai oublié ; donc, ici, elle est Mme Diamond.

— Elle est partie au travail ?

— Oui, mais elle va remonter, son salon est juste en dessous, vous l'avez sûrement remarqué hier soir, même si les éclairages sont interdits.

— Merci beaucoup, dit-il en humant avec délice les effluves qui montaient de son bol qu'elle venait de remplir. Je voudrais quand même savoir, hésita-t-il, oui, pourquoi est-elle prête à m'aider comme elle me l'a proposé ? Elle m'a dit que c'était son choix, point final, c'est succinct comme explication…

Mary hésita, reprit un autre croissant qu'elle plongea dans son thé avant de répondre :

— Elle en veut beaucoup aux Allemands, elle les déteste, ils ont arrêté son fiancé depuis un an et elle ne sait toujours pas où il est. C'est pour cette raison qu'elle va souvent en Suisse, pour essayer de se renseigner ; c'est pour ça aussi que j'y ai passé tout l'été, à Zurich, avec elle.

— Ah, je comprends mieux, si elle déteste les Allemands, elle doit aimer ceux qui leur résistent.

— Bien entendu, mais c'est moins simple. Oui, je vous ai dit une bêtise, ce ne sont pas les Allemands qu'elle exècre, mais les nazis. J'ai oublié de vous préciser que son fiancé est allemand. Lui aussi était dans la haute couture, avant guerre, il travaillait beaucoup avec marraine, ils avaient prévu de se marier… J'ai eu du mal à apprendre tout ça car elle n'aime pas en parler, alors ne gaffez pas.

— J'essaierai, promit-il en se régalant d'une demi-baguette, blanche et croustillante, beurrée à outrance. Il était en train de déglutir lorsque Mme Diamond entra, il faillit s'étrangler en voulant lui dire bonjour, se leva pour la saluer, toussa et balbutia enfin un faible : « Bonjour madame ».

— Avez-vous passé une bonne nuit ? demanda-t-elle en se versant une tasse de café.

— Parfaite, merci.

— Alors, où en êtes-vous de votre décision ? Si toutefois vous l'avez prise ?

— Oui, je vais essayer de rejoindre Londres. En passant par l'Espagne et le Portugal, ça devrait aller, mais… Je peux difficilement voyager avec cette veste toute déchirée et…

— Naturellement, coupa-t-elle, on arrangera ça, je vous trouverai quelques effets, vous avez à peu près la même taille que mon… qu'un… elle haussa les épaules ; bref vous ferez moins débraillé. Au fait, vous avez de l'argent ? De quoi vous nourrir et prendre un billet de train ?

— Un peu, j'ai heureusement toujours mon portefeuille.

— Un peu ? s'amusa-t-elle, ça veut dire presque pas, non ? Bon, j'arrangerai ça aussi. Ne protestez pas, vous me rembourserez plus tard, quand la guerre sera finie. Et Mary sera témoin que je vous ai avancé de quoi tenir le coup quelque temps. Mais quand comptez-vous partir ?

— Le plus tôt possible, aujourd'hui si je peux.

— Sans aucune préparation, ni aucun itinéraire ? Vous n'irez pas loin, mon pauvre. Vous semblez ignorer que les gares sont très surveillées et qu'il faut des papiers en règle et un *ausweis* pour franchir la ligne de démarcation. Je ne sais pas où vous espérez aller en zone sud, mais, quelle que soit la gare parisienne que vous emprunterez pour vous y rendre, on vous y attend déjà sans doute, comme sont attendus tous les clandestins…

— Alors il faut que je trouve un vélo.

— Vous savez aussi bien que moi que dénicher en ce moment une bicyclette à Paris relève du miracle, même en y mettant le prix ! Bon, on va changer de tactique, vous patienterez bien une semaine caché ici ?

— Oui, mais je ne voudrais pas que… Je ne sais pas, moi, que quelqu'un peut apprendre que je suis chez vous et se demander qui je suis.

— Vous avez raison, je vais dire à mes employés que vous êtes un de mes neveux de province qui, comme moi, se passionne pour la couture, voilà. Bon, dans huit jours, je dois me rendre à Auxerre chez un de mes fournisseurs d'avant guerre qui a encore quelques restes de bon tissu en stock. J'y descendrai en voiture, j'ai réussi à sauver la mienne et à trouver un peu d'essence, grâce à des relations bien placées. Je vous embarquerai donc et je vous lâcherai en gare des Aubrais : je ne peux pas faire mieux, je manquerais d'essence. Mais, aux Aubrais, il y a sans doute moins de surveillance qu'ici et je doute que votre signalement soit diffusé ailleurs qu'à Paris. Vous prendrez le train jusqu'à Vierzon et ensuite à vous de vous débrouiller.

— Mais si on a un contrôle en route et si on me trouve avec vous, vous serez complice…

— Non, pour ça aussi j'ai quelques laissez-passer qui font le poids car ils viennent de très haut, oui, toujours de mes clients en uniforme… Donc on s'organise comme ça. Et si ça tourne mal, je veux dire si vous n'arrivez pas à passer en zone libre, n'hésitez pas à revenir, on s'arrangera toujours.

La semaine que Jean passa rue du Faubourg-Saint-Honoré, loin de lui permettre de comprendre à quel jeu jouait Mme Diamond, ne fit qu'obscurcir la première impression qu'il avait d'elle.

D'abord, n'ayant rien d'autre à faire pour passer le temps, il avait jeté un coup d'œil sur la bibliothèque qui ornait un des murs du salon. Il y avait là quelques romans d'Henri Bordeaux, de René Bazin, de Paul Bourget et de François Mauriac ; mais aussi plusieurs volumes reliés de la revue *Plaisir de France*, laquelle, sur papier glacé, traitait beaucoup de la mode. Mais il y trouva aussi des romans policiers de Georges Simenon, d'Agatha Christie, tout cela étant, somme toute, très banal.

En revanche, il fut très étonné, presque choqué, en constatant que Léon Daudet, Charles Maurras et Alphonse de Châteaubriant faisaient aussi partie des lectures de son hôtesse et il se demanda vraiment qui elle était en feuilletant un Louis-Ferdinand Céline annoté. Déjà perturbé par ses découvertes, il le fut encore plus en trouvant, sur un guéridon, plusieurs numéros de *Candide*, *Je suis partout*, et même de la récente publication *La Gerbe* ; tous ces journaux dont Albert lui avait vanté les mérites et les idées et qu'il avait, en vain, tenté de lui faire lire. Rien de tout cela ne correspondait à l'aide que la marraine de Mary lui avait spontanément apportée.

De plus, il n'avait pu s'empêcher d'observer, caché derrière le rideau de la fenêtre qui surplombait le salon de couture, qu'il ne se passait pas de jour sans qu'un ou plusieurs officiers allemands, toujours accompagnés par des femmes superbes, poussent la porte de la maison Claire Diamond.

Là encore, il n'était pas loin de penser, et c'était peu rassurant, que son hôtesse jouait double jeu car, outre le risque qu'elle prenait en l'hébergeant puis, bientôt, en le conduisant jusqu'aux Aubrais, elle ne manquait jamais, chaque soir, après avoir baissé le son de son gros poste de radio – un Telefunken dernier cri –, de se brancher sur la BBC puis d'écouter religieusement la voix de la France résistante. Aussi, lorsqu'il pensait à toutes ces attitudes et à ces lectures contradictoires, sans oublier les écoutes interdites, ne manquait pas de lui revenir en mémoire la phrase de Mary : « Ce ne sont pas les Allemands qu'elle exècre, mais les nazis. »

Tout cela était bien joli mais il n'en restait pas moins que c'étaient les Allemands qui occupaient la France et la géraient à leur guise, alors, comment faire le tri entre les nazis et les autres ? Les soi-disant « bons » – Mme Diamond avait failli en épouser un – et les « mauvais » ?

De plus, pour autant qu'il s'en souvienne, même si la politique étrangère ne l'avait jamais passionné, il ne pouvait oublier que les régimes fascistes, tant allemand qu'italien, n'avaient vu le jour que grâce à l'assentiment de la majorité de la population. Et s'il poussait son raisonnement plus loin, force lui était de constater que, même si c'était en grognant un peu, la quasi-totalité de ses compatriotes, et lui aussi jusqu'au 11 novembre, s'était platement rangée derrière le Maréchal et sa politique de collaboration…

Alors, où se situait Mme Diamond ? Et, pour elle, n'était-il qu'une simple carte, un petit atout dont, peut-être, elle aurait besoin si le vent tournait un jour, d'un côté ou de l'autre ?

Bien décidé à rattraper la bourde qui l'avait poussé à insulter Jean et à le jeter hors de sa chambre, Albert s'employa, dès le lendemain de l'altercation, à le retrouver. Toutes les années passées ensemble à Janson-de-Sailly, puis celles qui avaient suivi, avaient tressé des liens qui, sans être ceux, indéfectibles, de la véritable et très rare amitié, n'en étaient pas moins ceux qui soutiennent la vraie camaraderie. Pour Albert, même si l'erreur que son compagnon avait commise en se rendant à l'Étoile était stupide et même si ses idées étaient condamnables, il fallait avant tout tenter de le ramener dans le droit chemin ; tout faire pour le convaincre que la bonne et vraie voie que devait suivre tout Français – et surtout les étudiants, futurs piliers d'une patrie rénovée – était celle que le Maréchal traçait, celle qu'il prônait et entendait, avec raison, ouvrir pour le bien commun.

Aussi, en cette fin d'après-midi du 12 novembre, les cours à la Sorbonne étant suspendus jusqu'à la fin de l'année à la suite de la manifestation de la veille, il se rendit rue Saint-André-des-Arts dans l'espoir d'y retrouver Jean qui, peut-être, faute de mieux, avait réintégré son logis. Mais il fut dépité lorsque la concierge lui assura qu'elle ne l'avait pas vu depuis la veille au matin, et qu'en revanche deux messieurs étaient montés jusqu'à sa chambre, avaient ouvert la porte et fouillé ses affaires.

Dubitatif, ayant deux heures à perdre, il décida alors d'aller flâner boulevard Saint-Michel. C'est là, peu après, alors qu'il regardait la devanture de la librairie Gibert, qu'il reconnut François Morel qui fouinait parmi les rayons. Il savait que c'était un camarade de Jean car il l'avait plusieurs fois rencontré en sa compagnie.

— Salut ! Jean n'est pas là ? lui demanda-t-il après l'avoir rejoint.

— Aubert ? Non, et ça m'étonnerait qu'on le revoie avant un bail.

— Pourquoi ?

— Je l'ai vu hier soir, place de l'Étoile, s'amusa François, chapeau l'ami Aubert ! Je ne le connaissais pas sous cet angle…

— Pourquoi ? insista Albert qui, déjà, connaissait la réponse mais tenait à savoir si son interlocuteur était, lui aussi, autant gangrené qu'il ne le craignait.

— T'es pas au courant de la manifestation ?

— Si, vaguement, mais pas plus.

— Alors c'est que t'es aveugle et que vous, les sorbonnards, êtes irrécupérables, parce que chez nous, crois-moi, ça ne manquait pas d'inscriptions sur les murs qui appelaient à la manif ! Du coup, on était au moins deux mille autour de l'Arc de triomphe. On voulait juste honorer le Soldat inconnu et faire la nique à tous ces salopards de Boches ! Ah, ouiche ! Ces fumiers nous attendaient ; ils ont arrêté je ne sais combien de copains et ça cognait dur… Mais ils n'ont pas eu Aubert, je l'ai aperçu qui se tirait après avoir méchamment shooté un flic, vu comme ce salaud se tordait, ça m'étonnerait qu'il s'occupe de sa femme avant un sacré bout de temps !

— Je ne savais pas, assura Albert, tout en se promettant de ne pas oublier que le dénommé François Morel devait, lui aussi, être classé parmi les voyous gaullistes. Mais, parce qu'il ne désespérait pas de remettre Jean dans le droit chemin, il insista :

— Alors tu ne sais pas où il est ?

— Pas la moindre idée.

— Dans sa chambre, peut-être ? essaya Albert tout en sachant bien qu'il n'en était rien mais curieux de savoir jusqu'où Morel était engagé du mauvais côté.

— Peux pas dire. Mais… tu es de ses idées ? Je veux dire contre ce régime de vendus ?

— J'irais pas jusque-là, éluda Albert qui était désormais tout ouïe, faut me comprendre, je ne connais rien à votre truc, mais je ne demande pas mieux qu'apprendre, assura-t-il, persuadé que son professeur, M. Delclos, serait, lui aussi, très content de savoir jusqu'à quel point le monde étudiant était touché par ce mal antifrançais, cette vérole gaulliste. Oui, explique, raconte, je suis partant, insista-t-il.

Et il regretta aussitôt son empressement car, d'évidence, il avait mis la puce à l'oreille de Morel.

— On en reparlera, décida ce dernier, d'ailleurs, tout ça n'est qu'en gestation, mais on trouvera bien l'occasion de se rencontrer ici ou là…

— Volontiers. Et si tu vois Jean, dis-lui bien que je le cherche. Salut !

3.

Jean, un peu gauche et intimidé d'avoir endossé les luxueux vêtements que lui avait donnés Mme Diamond le matin même, se glissa à ses côtés dans la petite Peugeot blanche qu'elle venait de stationner devant chez elle.

— Ça va ? Ils vous vont ? demanda-t-elle en l'observant avec, au fond du regard, cette tristesse qui, parfois, venait le voiler.

— Très bien, oui, merci, merci beaucoup.

— C'est un peu grand pour vous, murmura-t-elle en démarrant, oui, la veste et le pantalon auraient demandé quelques retouches, mais bon, à la guerre comme à la guerre !

— Je… Vous êtes certaine que le propriétaire sera d'accord ?

— Ne vous inquiétez pas, Helmut… elle hésita, consciente d'avoir laissé échapper ce prénom qui, pour elle, évoquait des années de complicité et de bonheur. Oui, bon, je présume que Mary vous en a touché deux mots. Je suis fiancée avec lui et… Peu importe, il sera très heureux lorsqu'il saura que son complet est sur le dos d'un fugitif. Allons, parlons d'autre chose. Voilà, j'ai étudié la carte. On va faire comme je vous ai dit l'autre jour. Je vous lâche aux Aubrais, vous prenez l'omnibus de 12 h 15, j'ai vérifié il fonctionne, qui vous conduira jusqu'à Vierzon, à la limite de la zone occupée. Là-bas, il faudra vous débrouiller pour passer la ligne. Je serais vous, je tenterais de faire ça la nuit, et en banlieue. Je me suis laissé dire que certains villageois connaissent les passages tranquilles et donnent un coup de main ; alors avec un peu de chance…

« Et je vais en avoir sacrément besoin », pensa-t-il car, depuis son réveil, il avait une sournoise boule dans l'estomac. Et même s'il était satisfait d'être enfin en route, la peur des jours à venir, et même des heures, s'était installée en lui et il savait qu'elle serait désormais sa compagne.

De plus, même si, comme le lui avait recommandé Mme Diamond, il avait écrit à ses parents afin de leur annoncer son départ pour la zone sud, il regrettait un peu d'avoir dû leur mentir en leur racontant une idylle avec une supposée Josette dont il était fou amoureux, et il avait eu presque honte en écrivant une telle fable.

— Mais, surtout, soyez bref ! lui avait recommandé Mme Diamond, votre message doit pouvoir leur servir d'alibi si, sait-on jamais, la police à votre recherche débarque sous peu chez eux. Il faut qu'ils puissent prouver qu'ils ignoraient tout de votre décision et de votre coup de foudre ! Votre lettre doit être celle d'un amoureux, pressé de rejoindre sa belle et qui jette quelques lignes à la hâte avant de prendre le train.

« Elle a sûrement raison », pensa-t-il, tout en se disant que, même s'il avait pu dire la vérité, c'est-à-dire qu'il partait pour Londres, jamais ses parents, surtout son père, ne lui auraient pardonné une telle trahison. Quant à sa sœur aînée, épouse d'un capitaine de cavalerie à ce jour prisonnier, il devinait sa réaction. Pour elle, quelles que soient les raisons invoquées, il allait devenir une sorte de renégat car, assurait-elle toujours : « Dans notre famille on sait se tenir ! » Alors, d'apprendre qu'il avait rejoint une gourgandine !

— Vous avez une idée pour atteindre le Portugal ? s'enquit Mme Diamond en s'engageant sur la place de la Concorde totalement déserte, vide de tous véhicules à moteur, où seuls quelques rares cyclistes leur lancèrent des regards étonnés et envieux.

— Non. Enfin si, par l'Espagne, naturellement.

— Bien entendu. Mais prenez garde, je crois savoir que le régime de Franco, sans être totalement pronazi – bien qu'il doive beaucoup à ce régime de tueurs –, n'aime pas non plus les transfuges qui viennent de France. Alors faites attention, je me suis laissé dire que les prisons espagnoles sont des plus inconfortables…

— J'espère bien les éviter, assura Jean qui, pour la énième fois depuis huit jours, se demanda ce qui permettait à son hôtesse de proférer, chaque fois qu'il était question d'engagements clandestins, quelques mots comme : « Je crois savoir… Il semblerait que… Je me suis laissé dire… Il paraît que… » Exactement comme si, tout en étant parfaitement au courant de ce qu'elle évoquait, elle feignait de ne pas en savoir plus que des « on dit », des rumeurs. Or, au cours de la semaine passée sous son toit, des succulents et copieux repas et des soirées communes, il avait été souvent frappé par la façon dont elle énonçait des avertissements, des suggestions ou des conseils, en feignant une sorte d'intuition naïve, que démentait, presque aussitôt, le fond de ses propos.

« Parce que, mine de rien, même si elle le cache, elle me paraît sacrément au courant de tout ce qui touche à la clandestinité mais jamais elle n'a laissé entendre, sauf par de vagues allusions, qu'elle était elle-même impliquée dans cette aventure. Alors, qui la renseigne ? Sa clientèle d'officiers allemands, et elle est conséquente, des pétainistes ou quelques discrets résistants ? Mais, s'il s'agit des premiers, pourquoi m'aurait-elle hébergé sans hésiter et pourquoi roulerions-nous maintenant vers la zone libre ? Ou alors, c'est Mary-Madelon qui a raison, elle fait tout ça parce qu'elle exècre les nazis et, dans ce cas, c'est sa petite résistance à elle, à sa façon. Après tout, moi, jusque-là, je me suis contenté d'aller manifester à l'Étoile. Alors, peut-être que, pour elle, j'ai été l'occasion de marquer le coup. Ce qui est étrange, c'est que Mary ne m'a pas donné le sentiment d'en savoir beaucoup plus que moi. »

Quand il pensait à Mary-Madelon, c'était toujours avec ce petit pincement au cœur et cette émotion qui l'avait envahi la première fois qu'il l'avait vue à la piscine et, à plus forte raison, quand il avait osé lui adresser la parole. La suite, loin d'atténuer son trouble, n'avait fait que le rendre plus gauche, maladroit, dès qu'il l'avait revue au cours des deux soirées qu'elle avait passées chez sa marraine.

Ainsi avait-il incidemment appris que son père, ancien combattant de 1914 lui aussi – et dans l'aviation, je vous prie de le croire –, était un important industriel, propriétaire de mines, de cuivre et d'argent, au Chili ; quant à sa mère, elle était à la tête d'une entreprise de presse, qui gérait trois ou quatre journaux à Boston, et elle supervisait aussi il ne savait trop quelle production de films.

Mais, pour autant qu'il ait poliment écouté les portraits que Mary avait tracés de ses parents, il eût, de loin, préféré qu'elle lui parlât de sa vie, de ses goûts, de ses études. Il en avait été pour ses frais car elle s'était contentée de rappeler qu'elle aussi se destinait au journalisme, que son séjour en France touchait à sa fin, que son billet pour l'Amérique était pris et son embarquement – via Marseille, pour cause de guerre – prévu pour la fin de la semaine.

« Dans le fond, elle a eu raison, se répétait-il depuis, elle a tout de suite compris qu'elle m'en mettait plein la vue, que j'étais comme un gamin devant elle et a tout fait pour que je comprenne que je n'avais aucune chance. Et c'est très bien ainsi puisqu'il ne pouvait en être autrement. N'empêche, quelle classe ! »

Outre ces souvenirs – et il savait qu'il les entretiendrait –, il n'était pas non plus près d'oublier la bise qu'elle lui avait posée sur la joue l'avant-veille au soir, lors du dernier dîner chez sa marraine.

— Il paraît qu'en France ça porte malheur de souhaiter bonne chance et qu'il faut employer un autre mot, je ne le dis pas car je sais que c'est très impoli. Mais on peut toujours se dire au revoir en se faisant une bise, n'est-ce pas ?

Elle s'était exécutée, il lui avait rendu la pareille en rougissant et maintenant lui revenait en mémoire l'invitation qu'elle lui avait lancée :

— Et après, quand votre sale guerre sera finie et que vous l'aurez gagnée, si vous voulez un jour découvrir l'Amérique, je vous la ferai visiter, marraine vous donnera mon adresse à Boston.

« Découvrir l'Amérique ? pensa-t-il, c'est pas demain la veille ; avant, il faut que je découvre comment franchir la ligne de démarcation et ensuite comment passer en Angleterre ; alors d'ici à ce que j'aille en Amérique, il passera de l'eau sous le pont de l'Alma ! »

Parce qu'il s'y était attendu, Albert ne fut pas surpris lorsque, le jeudi, seul René Lucas le rejoignit à la piscine Pontoise. Ils ne s'étaient pas vus depuis la semaine précédente, donc avant le 11, et il ignorait si René était au courant des frasques de Jean.

Rendu prudent à cause de son altercation avec ce dernier, mais au cas où René se fût, lui aussi, embarqué dans l'aventure à l'Étoile, il n'aborda pas immédiatement le sujet qui lui tenait à cœur : d'abord savoir où était Jean, ensuite tester René pour, éventuellement, le convaincre d'adhérer aux idées de l'ordre nouveau. Aussi, ce fut après quelques longueurs qu'il rejoignit René, assis pieds dans l'eau, au bord du petit bain.

— Jean n'est pas là ? feignit-il de s'étonner.

— Pas vu aujourd'hui, c'est pourtant rare qu'il loupe une baignade.

— Plutôt, oui, à moins que…

— Que quoi ?

— J'ai rencontré un de ses copains, Morel, tu connais ? demanda Albert.

— Vaguement, il est aux Beaux-Arts, lui aussi, c'est ça ?

— Oui. Eh bien figure-toi que j'ai eu peine à croire ce qu'il m'a raconté à propos de Jean.

— Je parie qu'il a réussi à mettre l'Américaine dans son lit, s'amusa René, il fallait l'entendre quand il parlait d'elle, il en bégayait ! Mais s'il l'a mise au lit, faudra qu'il nous raconte ça en détail…

— Déconne pas, s'agit pas du tout de ça, mais si c'était le cas ce ne serait pas grave, au contraire, tandis que là…

— Qu'est-ce qu'il a fait ?

— Tu as entendu parler de la manifestation de lundi dernier à l'Arc de triomphe ?

— Naturellement ! Il y a même deux andouilles de troisième année qui se sont fait ramasser par les flics. Sont en taule maintenant, à la prison du Cherche-Midi, c'est notre prof d'anatomie qui nous a raconté ça.

— Ça aurait pu arriver à Jean…

— Pourquoi diable ? Ne me dis pas que… ?

— Si, il y était, cet âne, c'est du moins ce que m'a raconté Morel qui, lui aussi, était avec tous ces crétins. Et il m'a dit que Jean avait fait le coup de poing avec la police, il paraît même qu'il a esquinté un agent, alors d'ici à ce qu'il se soit fait arrêter, lui aussi…

— Merde alors, pour une nouvelle, murmura René.

— Tu me diras, quelle idée d'aller traîner là-haut, ça te serait venu à l'idée à toi ?

— T'es pas malade ? Non, non, moi, tu me connais, la paix avant tout et à tout prix !

— D'accord avec toi, approuva Albert qui reconnaissait bien son camarade et son pacifisme avéré.

En effet, que d'heures Jean et lui avaient-ils passées à écouter, puis à discuter, souvent même à se moquer gentiment des idées que défendait René. Celui-ci, dont le sympathique accent méridional trahissait ses origines – il était né à Béziers où son père était pharmacien –, n'avait jamais caché sa sympathie pour ceux qu'il appelait, un peu pompeusement, les descendants des albigeois, les martyrs du Midi. Déclaration qui amusait beaucoup Jean et Albert, lesquels ne se privaient jamais de lui dire que si ses soi-disant ancêtres avaient, comme lui, cultivé la même phobie des armes et des guerres, Simon de Montfort n'aurait pas eu besoin de se livrer à nombre de massacres, viols, pillages divers, sans oublier d'allumer quelques bûchers, pour en venir à bout !

— Il n'empêche, s'entêtait René, vous, gens du Nord, vous vous êtes conduits comme des sauvages, des voyous !

— Plutôt que de faire la sieste, fallait mieux vous défendre, le taquinait Albert, Parisien de souche et, comme son père, féru d'histoire de France.

La discussion tournait vite court, mais c'est alors que René se lançait dans de dithyrambiques propos au sujet de ce qu'il estimait être l'avenir et le summum de la civilisation.

Il s'était, très jeune, pris de passion pour la nouvelle éthique, ce mode de vie révolutionnaire, que Jean Giono et Lucien Jacques, tous deux rescapés de 1914, avaient mis sur pied depuis 1936. Les deux hommes, et leur poignée de disciples béats, après avoir restauré un vieux moulin dans la montagne de Lure, non loin de Banon, au lieu-dit Contadour, y organisaient des stages au cours desquels ils proclamaient un pacifisme à tout crin avec, comme disait Giono : « L'amour de la paix à tout prix. »

Outre ce pressant appel à déposer les armes, ils invitaient aussi leurs adeptes à se mettre en totale communion avec la nature, laquelle, traitée comme une mère très aimante, leur offrirait en retour le bonheur de pouvoir vivre en autarcie et en communauté, loin du machinisme et du modernisme des villes, bruyantes et sales, où l'homme ne peut s'épanouir au milieu d'une foule anonyme.

Faute d'avoir pu suivre les stages – mais il en rêvait – René s'était procuré les *Cahiers du Contadour* et en dévorait tous les articles. Il n'avait donc pas été étonné, mais très scandalisé, en apprenant que Giono, adepte de l'objection de conscience, avait eu quelques ennuis, en septembre 1939, avec les autorités militaires qui n'avaient pas manqué de lui rappeler ses récentes et honteuses déclarations : « Pour ma part, j'aime mieux être allemand vivant que français mort », avait-il osé dire.

— Et il a raison, insistait toujours René : la paix, la paix !

— Oui, la paix, approuva une nouvelle fois Albert, la paix nous l'avons, grâce au Maréchal ; mais maintenant, il faut tout faire pour la conserver, donc veiller à ce qu'une bande de crapules, payées par les juifs, les marxistes et les Anglais, ne la remettent pas en péril en gangrenant l'Université et toute la jeunesse !

— Bah, c'est pas quelques excités qui vont pouvoir faire grand-chose, temporisa René. Mais tu crois vraiment que Jean est de leur côté ?

— Pardi, si ce n'était pas le cas, il ne serait pas monté à l'Étoile lundi dernier et il serait avec nous aujourd'hui. Écoute, je pense que des gars comme toi et moi, en réponse aux voyous gaullistes, devons nous organiser pour prouver, ne serait-ce qu'à nos professeurs, que nous sommes de bons Français. Est-ce que tu connais le journal *La Gerbe* ?

— Non, et puis moi, la politique…

— Je sais, mais, justement, il est urgent de la changer ; celle dont tu me parles, c'est celle du Front populaire, de ce sale juif de Blum, et on voit où elle nous a conduits !

— Peut-être, peut-être, dit René, pas du tout convaincu.

Mis à part sa dévotion, quasi mystique, aux idées panthéistes et pacifistes de Giono, il n'avait aucune envie de se lancer dans le moindre engagement politique. À l'inverse d'Albert, conquis par elle depuis son adolescence, il avait toujours suivi de très loin les querelles partisanes, les scandales politico-financiers, les résultats des élections et l'action des gouvernements ; et il avait bien l'intention de ne rien faire pour sortir de la reposante indifférence qui était sa ligne de conduite. Alors, même s'il était un peu ennuyé de savoir que Jean était, peut-être, sur une mauvaise pente, il l'était autant par l'activisme d'Albert ; tout cela finissait par devenir très fatigant.

— Je te passerai un ou deux numéros de *La Gerbe*, tu verras, c'est du solide, insista Albert dont le regard fut soudain attiré par la silhouette qu'il reconnut là-bas, au bord du grand bain.

— Mince, dit-il, voilà l'Américaine. Ah, dis donc, qu'est-ce qu'elle est chouette !

— Tu devrais aller lui demander si elle a des nouvelles de Jean, plaisanta René, tout en sachant très bien que ni son camarade ni lui n'auraient cette audace.

— Dis pas de sottises ! Je ne vois pas pourquoi elle saurait quoi que ce soit à son sujet ; ce n'est pas parce qu'elle l'a, paraît-il, interviewé le mois dernier, sur je ne sais quoi, qu'il lui a confié ses projets. Non, je vais repasser rue Saint-André-des-Arts voir s'il est revenu ; après tout, il faut bien qu'il dorme quelque part et si ce n'est pas en prison ce n'est sûrement pas dans les bras de cette miss ! Bon sang, un vrai Maillol, en un peu plus mince…

— Nous voilà arrivés, dit Mme Diamond en arrêtant sa voiture dans la cour de la gare des Aubrais.

Elle coupa le contact, se tourna vers Jean, lui sourit :

— Allons, ne faites pas cette tête d'enterrement, je comprends que vous ne soyez pas très rassuré, mais une figure de carême attire toujours l'attention. Dites-vous que tout va bien marcher et tout marchera bien.

— Oui oui, dit-il, peu convaincu. Bon, alors au revoir, madame, et merci pour votre accueil, pour les vêtements, pour l'argent que je vous rendrai dès que possible, merci pour tout…

— Mais oui, n'y pensez plus. Et surtout, n'oubliez pas qu'en cas de coup dur ma porte sera toujours ouverte. Allez, mon petit Jean, vous permettez que je vous embrasse, n'est-ce pas ? dit-elle en se penchant vers lui.

— Bien sûr, murmura-t-il en rougissant un peu.

Il lui rendit maladroitement son baiser, ouvrit la portière :

— Encore merci, dit-il, et il partit vers la gare sans se retourner.

C'est d'un pas qu'il espérait décidé qu'il prit place derrière la dizaine de voyageurs qui patientaient devant le guichet. Quand vint son tour, c'est d'une voix ferme qu'il demanda un aller pour Vierzon. Il était occupé à récupérer sa monnaie lorsqu'une main se posa sur son épaule. Il sursauta, se retourna, fit face à un civil, accompagné par un gendarme, qui venait de l'appréhender. Il se sentit pâlir, mais fit front, tout en glissant son billet dans sa poche, en espérant que le tremblement de sa main ne le trahirait pas.

— Police, je voudrais voir vos papiers, dit l'inspecteur tout en l'observant de la tête aux pieds.

Il sembla satisfait de son inspection car, grâce au complet offert par Mme Diamond, Jean était non seulement très présentable mais, surtout, très loin de cette toute nouvelle mode, dite zazou, que commençaient, très timidement, à instaurer certains jeunes Parisiens.

— Vos papiers, insista l'homme d'un ton moins agressif.

« Cette fois, je suis bon… C'était pas la peine de venir ici pour me faire coincer aussi bêtement qu'à Paris », pensa-t-il en tendant sa carte d'identité.

— Vous allez à Vierzon ? Pour quelle raison ? insista le policier après avoir jeté un coup d'œil sur la carte.

— Je vais voir mes grands-parents, assura-t-il aussi instinctivement qu'il s'était défendu, place de l'Étoile, dix jours plus tôt.

— C'est bon, dit l'homme en lui rendant ses papiers, il fit demi-tour en cherchant déjà une nouvelle proie et le laissa là, tout étonné de s'en être tiré à si bon compte et d'avoir triomphé de ce qui n'était sans doute qu'un simple contrôle de routine.

Mais il n'en revenait toujours pas de s'être aussi facilement sorti d'affaire lorsque, peu après, il s'installa à grand-peine dans le couloir d'un wagon de troisième classe, bondé.

« Tout ça me prouve au moins que, comme l'a estimé Mme Diamond, mon signalement n'est pas diffusé partout, c'est déjà ça et c'est rassurant. Mais ça ne me dit quand même pas comment je vais passer cette foutue ligne de démarcation. D'après Mme Diamond c'est impossible par la ville où tout est trop surveillé. Je ne sais pas comment elle le sait, mais la façon dont elle m'en a parlé prouve qu'elle est au courant : "Essayez par la banlieue et de nuit", m'a-t-elle aussi recommandé. Moi je veux bien, mais je n'ai jamais mis les pieds à Vierzon, ni dans ses environs. D'accord, j'ai vu la carte qu'elle m'a montrée hier soir et je l'ai encore en mémoire, mais ça ne va pas plus loin ; autant dire que, là encore, je vais avoir besoin de l'aide du ciel et d'une chance de pendu, les deux ne seront pas de trop. Enfin, je suis dans le train, c'est déjà ça, or, si j'en crois Mme Diamond, il va falloir jouer serré à l'arrivée, il paraît que la gare est pleine de Boches… »

Parce que le strict contrôle de laissez-passer pour les voyageurs qui voulaient aller en zone sud avait lieu dans la gare de Vierzon, Jean se hâta de quitter un endroit aussi surveillé où grouillaient beaucoup trop d'uniformes *feldgrau* pour quiconque n'avait pas la conscience tranquille.

Ce fut donc en flâneur qu'il marcha d'abord vers le centre-ville où il comprit vite, au vu des panneaux, où se situait le partage de la ville, cette frontière très bien gardée qui la coupait en deux.

« Pas question de tenter le coup par là », se dit-il en observant, de loin, à quel point étaient sourcilleux et nombreux les Allemands et les gendarmes français chargés de filtrer le passage.

Aussi, parce que la nuit était encore loin, il était 16 heures à l'heure de Berlin, ce fut après avoir acheté et avalé un maigre sandwich, qui le laissa sur sa faim, qu'il partit sans se presser en direction de Méry-sur-Cher, proche petit village où, s'il avait bien lu la carte, la ligne serait peut-être moins difficile à franchir, du moins l'espérait-il.

« C'est là qu'il va falloir se piquer de culot », se redit Jean, sans pour autant oser se lancer.

Parce qu'une pluie froide s'était mise à tomber alors qu'il arrivait à Méry-sur-Cher, il n'avait eu d'autre solution que d'entrer s'abriter dans le premier bistro rencontré. Mais, depuis, après avoir bu, en traînant au maximum, deux tasses d'un infect breuvage baptisé café – sorte d'infusion de chicorée et de glands torréfiés –, il ne savait toujours comment agir. Maintenant, la nuit allait tomber, le patron du café et les trois clients le dévisageaient avec insistance et il n'avait pas la moindre idée de ce qu'il allait pouvoir faire.

« Faut tenter le coup, décida-t-il, et advienne que pourra. De toute façon je ne peux pas rester plus longtemps ici… »

Il se préparait à demander crûment à son proche voisin de table par où il était possible de franchir clandestinement la ligne lorsque le patron, un pichet de tisane à la main, vint s'asseoir en face de lui et emplit d'office sa tasse.

— Touai, mon ch'ti gars, j'te vouai v'nir, dit-il avec un accent berrichon que Jean eut du mal à traduire ; ouais, t'mas tout l'air d'un ch'ti bounoume qui, des fouai, voudrait ben passer de l'autre côté et sans être ramassé par ces foutus doryphores.

Agréablement surpris, mais prudent, Jean approuva d'un hochement de tête et attendit la suite.

— S'tu veux passer tranquille, j'ai celui qui te trouvera le bon chemin, là où y a pas trop de patrouilles ; mais y prend quand même des risques et ça te coûtera trois cent cinquante francs, ben ouais, faut ben qu'y vive, hein ?

— Vous plaisantez ! À ce prix-là autant acheter un des hommes qui gardent le passage, protesta-t-il car, pour lui, une telle somme devait lui permettre, en comptant juste, de se nourrir pendant plus de deux mois !

— Mouais, c'que j'en dis... Dame, si tu veux rien débourser, tu peux marcher jusqu'à Thénioux, mais t'es pas rendu...

— Thénioux ?

— Ouais, paraît qu'là-bas, y a un gars qui fait traverser gratis. Mais s'tu veux essayer tout seul et rien débourser, je suis bien sûr que le Jean-Pierre y t'indiquera le chemin, de loin, pas vrai Jean-Pierre ? insista le patron en s'adressant à un client.

— Ça peut se faire, assura l'homme, mais moi, je fais juste voir le sentier à suivre, c'est sur ma route ; après, bon vent... Et viens pas te plaindre si les autres fumiers te tirent dessus...

— D'accord, je prends le risque, décida Jean, encore scandalisé par le prix du premier passeur.

— Alors faut partir. D'ailleurs moi, faut que je rentre à la maison, la patronne m'attend et les bêtes aussi, dit le dénommé Jean-Pierre en se levant.

La nuit était maintenant totale lorsqu'ils sortirent du bistro. Par chance, la pluie s'était arrêtée, mais le chemin qu'ils empruntèrent peu après, à la limite des champs labourés, était tellement boueux qu'il rendait la marche difficile et lente.

— Tu vois ce bosquet là-bas, oui, cette tache noire, dit le guide après un bon quart d'heure de marche.

— Oui.

— Tu laisses le hangar, qu'est là-bas à ta gauche, et tu vas droit sur le bosquet ; tu le traverses, tu traverses aussi un autre champ et tu arrives sur le Cher. Et là, gars, c'est à toi de te trouver une barque pour traverser; paraît que celle du père Pinaud est toujours attachée là-bas. Salut ! dit Jean-Pierre en partant.

— Vous êtes sûr qu'il y a une barque ? demanda Jean de plus en plus inquiet.

— Dame, paraît que oui, j'ai pas vérifié, alors va savoir… Allez salut, redit son guide en s'éloignant.

— Mais… mais ? balbutia Jean, surpris d'être aussi promptement contraint d'agir seul.

« Bon, là encore faut y aller », décida-t-il en notant avec déplaisir que ses chaussures, pourtant de bonne qualité d'avant guerre, étaient en train de prendre l'eau ; quant au bas de son pantalon, il était à tordre.

Peu après, alors qu'il allait sortir du bosquet en se demandant, angoissé, si, faute de repères, il n'avait pas dévié de sa marche et tourné en rond, il s'arrêta, tétanisé, en entendant discrètement rire à quelques pas devant lui.

Bloqué dans sa marche, il réalisa qu'à trente mètres près il avait failli se jeter dans un groupe d'Allemands, manifestement placés là pour cueillir les imbéciles qui, comme lui, refusaient de payer le passeur proposé par le patron du bistro. « Doucement, s'ordonna-t-il, recule tout doucement, sans bruit, et file en direction de je ne sais où, mais sûrement pas devant… »

Il fit demi-tour en espérant qu'aucune brindille ne craquerait sous ses pas et que nulle ronce n'entraverait sa fuite. Mais la nuit était telle qu'il avait à peine fait cinquante mètres quand il se heurta à un épais buisson d'épines. Affolé, il se dégagea du mieux qu'il put, mais bruyamment, et partit en courant vers ce qu'il espérait être la sortie du bois.

C'est à peine s'il entendit les « halte, halte ! » tonitruants qui accompagnèrent sa fuite; quant à la rafale qui suivit, elle ne fit que l'inciter à s'éloigner encore plus vite, droit devant lui. Il courait toujours à travers champ en direction de ce qu'il pensait être Méry-sur-Cher lorsqu'il trébucha sur un outil, une herse laissée là, en bout de labour. Il chuta lourdement sur la ferraille et faillit hurler tant fut violente la douleur qui lui vrilla la cheville. « Foutu, ils vont m'avoir », pensa-t-il avant de perdre connaissance.

Le froid le réveilla peu après, et la douleur. « Manquait plus que ça », pensa-t-il sans bouger car il voulait d'abord s'assurer que nul n'était sur ses traces. Puis, avec précaution, il tâta sa jambe, sentit le sang qui suintait à travers sa chaussette tandis que de violents élancements fusaient de sa cheville. « D'ici à ce que je me sois cassé quelque chose… Bon Dieu, pourvu que je puisse marcher… »

C'est en retenant des gémissements qu'il se leva puis qu'il posa doucement le pied à terre. La souffrance lui coupa le souffle. Malgré cela, parce qu'il devait absolument sortir du champ, mais qu'il lui était désormais impossible de passer la ligne car, là-bas, les autres devaient l'attendre, sauf s'ils l'avaient confondu avec un cerf ou un sanglier, ce qui expliquait, peut-être, pourquoi personne ne l'avait poursuivi, il commença à marcher. « Faut que je me tire de là et que je trouve un coin pour m'abriter. » C'est alors qu'il se souvint que son guide lui avait, de loin, montré un hangar. « Oui, mais où il est maintenant ? se demanda-t-il en scrutant la nuit. Il tenta de se rappeler son cheminement depuis Méry, hésita et se décida : « À Dieu va », et il partit vers la droite en claudiquant.

La douleur devenait de plus en plus insupportable lorsqu'il arriva enfin au hangar, vingt minutes plus tard. C'est en tâtonnant entre une charrue, deux remorques et un épandeur à engrais qu'il atteignit enfin les bottes de paille qui occupaient les deux tiers du bâtiment. Il s'y laissa tomber, s'y pelotonna du mieux qu'il put, car il faisait maintenant très froid, et espéra que la douleur ne l'empêcherait pas de dormir. Ce fut pourtant le cas, il ne sombra que de très brefs instants dans une inconscience peuplée de cauchemars.

— Toi, mon p'tit gars, t'aurais mieux fait d'écouter le père Chardon, oui, le patron du bistro. Si tu l'avais fait, tu serais de l'autre côté, à c't'heure, et en bon état, tandis que là…

— Il demandait une fortune ! grimaça Jean en essayant de marcher

— Possible, mais celui qui t'aurait fait passer, il risque de se faire tirer dessus presque toutes les nuits, alors ça se paie.

Jean n'était pas du tout persuadé, sinon de la justesse, du moins de la morale de l'histoire. Pour l'heure, tout ce qu'il savait c'est qu'il était là, certes à l'abri, mais quand même perdu et qu'il discutait avec le propriétaire du hangar qui, accompagné par son fils, l'avait découvert un quart d'heure plus tôt.

Heureusement c'était un brave homme car la première chose qu'il lui avait demandée c'était ce qu'il pouvait faire pour l'aider.

— Il me faudrait de quoi désinfecter ma jambe, ça saigne dès que je bouge, et aussi une bande, pour ma cheville.

— Et puis peut-être aussi de quoi casser la croûte, non ? avait souri l'homme.

— Ça serait pas de refus…

— On va arranger ça.

Et il avait expédié son fils chercher ce qu'il fallait à la ferme ; c'était un gamin de dix ans, ravi et fier d'occuper ainsi son jeudi.

— Voilà Pierrot qui revient, tu vas pouvoir te soigner et manger, mais ensuite, quoi ?

— Ensuite il faudra que je marche, je veux absolument passer de l'autre côté.

— Ça, c'est impossible, mon gars, parce que, autant que je sache, il faut sacrément courir pour traverser les mauvais coins et t'es pas près de courir ! Ta cheville est salement abîmée, cassée peut-être. Alors, possible que tu puisses avancer, doucement, mais galoper, faut pas y compter. Et puis, tu vas pas traverser le Cher à la nage !

— Il faut pourtant que j'y arrive, coûte que coûte.

— Non, non, mon gars, faut pas rêver. Je sais pas d'où tu viens, mais tu ferais mieux d'y retourner. Tu vas quand même pas passer trois semaines ou un mois dans ma paille, le temps que ta cheville s'arrange !

— C'est vrai, avoua Jean, de plus en plus vexé et proche du désespoir.

« Et dire que la zone sud ne doit pas être à plus de deux ou trois kilomètres, quelle guigne ! »

— Bon, vous avez raison, décida-t-il, je vais me soigner, bander ma cheville et je partirai.

— Et où que tu veux aller ?

— À Vierzon, prendre le train pour Paris.

— Oui, c'est mieux, mais je t'y conduirai ce midi car je te garantis que t'iras pas loin en marchant… Allez, nettoie cette vilaine blessure et ensuite, serre bien fort ta cheville avec cette Velpeau. T'as quand même de la chance, si ça avait pas tant saigné ça aurait gonflé encore pire et tu pourrais pas mettre ta chaussure.

« De la chance ! Façon de parler », pensa Jean amèrement en calculant que, vingt-quatre heures plus tôt, il était en route pour Les Aubrais et pour la zone libre, alors la chance…

4.

Ce fut en souffrant le martyre que Jean parvint à se hisser dans le train qui allait le conduire jusqu'à la gare d'Austerlitz. Sa douleur avait atteint un tel degré qu'il en était presque à souhaiter qu'on l'arrêtât sous n'importe quel prétexte, pourvu qu'on le conduisît au plus tôt – et même menottes aux mains – chez le plus proche médecin, lequel saurait bien atténuer son calvaire.

Car, quoi qu'en ait dit le brave propriétaire du hangar qui l'avait très gentiment conduit à la gare, après l'avoir installé dans sa carriole à cheval, sa cheville, bien que bandée à l'extrême, avait gonflé dans d'inquiétantes proportions et les élancements qui en fusaient devenaient insoutenables.

Malgré cela, il avait réussi à prendre son billet, à grimper dans le convoi et à s'asseoir entre deux wagons de troisième classe, dans le soufflet, car le train était archicomble.

« Et dire qu'il va falloir prendre le métro et ses interminables couloirs avant d'arriver à la Concorde et, de là, me traîner jusqu'à la rue du Faubourg-Saint-Honoré… »

Car même si l'idée de revenir chez Mme Diamond le remplissait de confusion et de honte – comme expérience ratée on ne pouvait pas faire mieux ! – il ne voyait nul autre endroit pour s'abriter et se faire soigner.

« Je vais passer pour le roi des incapables, mais qu'importe ! Et tant pis si la marraine de Mary se moque de moi, après tout, elle ne pourra me reprocher de ne pas avoir tenté le coup. D'ailleurs, dès que je pourrai, je recommencerai. »

Trois heures plus tard, car le train non seulement se traînait mais s'arrêtait à la moindre gare, ce fut en retenant des larmes de douleur et en se mordant la langue pour ne pas hurler qu'il parvint à descendre du wagon et à claudiquer vers le métro. Il souffrait tellement qu'il n'eut pas la moindre appréhension en marchant vers les équipes de surveillance allemandes qui, semblait-il, arrêtaient au hasard certains voyageurs pour vérifier leurs bagages et leurs papiers.

« Tant pis s'ils me ramassent », se répéta-t-il en essayant, en vain de cacher son état physique.

Quant à sa tenue, il était tout aussi impossible d'en dissimuler le piteux état ; son pantalon était taché par la boue jusqu'aux genoux et encore humide, et son veston, après une nuit dans la paille, était froissé jusqu'au bout des manches.

Néanmoins, sans doute parce qu'il n'avait pas de valise ni de sac, preuve qu'il n'avait pas été se ravitailler à la campagne, personne ne l'arrêta et il put, à tout petits pas, descendre dans le métro. Une heure plus tard, car, bien qu'il ait décidé de tenir, il avait été plusieurs fois obligé de s'appuyer sur le mur des couloirs pour reprendre un semblant de forces, c'est en titubant qu'il sonna chez Mme Diamond et s'effondra dès la porte ouverte.

Après quelques vaines semaines de recherches dans le quartier Latin, Albert abandonna l'idée de retrouver

Jean. Il était une autre fois revenu rue Saint-André-des-Arts pour s'entendre répondre par la concierge que son camarade n'avait pas remis les pieds dans sa chambre. Cela posait d'ailleurs un problème car le propriétaire, faute d'avoir reçu le loyer, pourtant scrupuleusement versé jusque-là par les parents du locataire, voulait maintenant récupérer le local et ne savait comment se débarrasser des affaires et des livres qui l'encombraient.

— Vous qui le connaissez, vous ne voulez pas vous charger de tout ça ? lui avait proposé la pipelette.

— Non ! Que voulez-vous que j'en fasse ! Je ne veux pas me mêler de cette affaire !

— Et vous avez eu bien raison, lui avait plus tard assuré M. Delclos avec qui il avait évoqué l'attitude de Jean le 11 novembre. À mon avis, non seulement votre camarade s'est conduit comme un imbécile et un voyou mais, d'après ce que vous me dites, il a cherché refuge hors de Paris. Croyez-moi, tirez un trait sur ce sinistre personnage, il me paraît irrécupérable. À propos, où en sont vos autres contacts ?

— Pas brillant, pas brillant du tout, avait-il dû avouer car, de fait, malgré les encouragements répétés de son professeur, il n'avait pu réussir à convaincre aucun de ses camarades d'études à adhérer au groupe que M. Delclos voulait mettre sur pied ; une équipe de jeunes patriotes, prêts à porter la bonne parole où c'était nécessaire, à faire des adeptes, à distribuer les tracts et les journaux qui défendaient la politique de Vichy et, enfin, à surveiller les mauvais citoyens et à en relever les noms.

Albert trouvait cela très séduisant, excitant même, mais, malgré la fougue qu'il mettait à endoctriner ceux qu'il estimait dignes de l'être, les résultats n'étaient pas du tout concluants.

René, surtout, le décevait beaucoup. Il avait pourtant réussi à l'emmener écouter trois passionnantes conférences d'un membre du Mouvement social révolutionnaire pour la Révolution nationale, disciple d'Eugène Deloncle, créateur de ce formidable groupe dont la devise à elle seule, pour brève qu'elle soit, était excellente : *Aime et sers !*

Albert avait vibré à chaque démonstration de l'orateur car il y avait retrouvé les doctrines, enfin officiellement reconnues, qui l'avaient tant séduit avant guerre.

Malheureusement, tout ce que René avait retenu, c'était qu'on lui demandait un engagement qu'il n'avait aucune envie de prendre. D'abord, l'idée même de distribuer des journaux lui paraissait puérile, pour ne pas dire grotesque.

— Tu me vois, à la sortie du métro, en train de beugler comme un veau : « Demandez, lisez, faites connaître *La Gerbe, Je suis partout* ! », j'aurais l'air d'un fou !

Ensuite, parce qu'il était évident que tout ce que prônait la doctrine de Deloncle ne pouvait être appliqué que par de vigoureuses mises au pas des éventuels opposants, René avait aussitôt jugé que tout cela était en totale opposition avec un calme et reposant pacifisme à la Giono, et aux antipodes des charmes bucoliques de *Que ma joie demeure* ou de *Un de Baumugnes*. Enfin parce qu'il se méfiait beaucoup de tout ce qui, pour peu qu'il prenne parti, qu'il s'engage, risquait un jour ou l'autre de lui attirer des mauvais coups. Avec des gens excités comme ceux qu'il avait vus et entendus lors des conférences, on ne savait jamais où finissait la dialectique et où commençaient les coups de poing !

Albert n'avait donc pu l'attirer que trois fois, et encore, lui avait avoué son camarade :

— Parce que, les deux premières fois, j'étais à côté d'une fille magnifique, des seins sublimes et des fesses de reine ! D'accord, j'ai pas pu y toucher, mais j'espérais y arriver… Malheureusement, comme elle n'était pas là à ta troisième soirée, je m'y suis ennuyé comme un rat mort. Enfin, j'en ai une autre en vue qui, elle au moins, ne s'occupe pas de politique et qui n'est pas du tout, mais alors pas du tout farouche…

— Donc, je ne peux pas compter sur toi ?

— Pour aller à la piscine et regarder les filles, tant que tu veux, pour le reste, zéro. Comprends-moi, je ne veux prendre parti pour personne ; pas plus pour ton vieux crabe de Maréchal que pour l'autre excité de général ; tout ça, c'est militaires et compagnie, donc nocif pour la paix !

— Tu es vraiment irrécupérable ! Vrai, avec des copains comme toi, ou comme Jean, je suis gâté.

— À propos de Jean, tu as de ses nouvelles ?

— Non et j'ai tiré un trait.

Il n'avait pas dit à René qu'il n'était pas loin d'agir de même avec un individu aussi peu intéressant que lui, mais ça avait été tout juste. Depuis, ils se revoyaient épisodiquement à la piscine mais pas toutes les semaines car, outre ses études – les cours à la Sorbonne allaient reprendre en janvier et il fallait s'y préparer –, Albert, depuis peu, et à l'instigation de M. Delclos, s'était lancé dans la confection d'une petite feuille ronéotée à usage des étudiants, dans laquelle il déversait, avec talent, tout ce qu'il avait sur le cœur : d'abord le dégoût que lui inspiraient les communistes, les juifs, les francs-maçons et les gaullistes, et ensuite l'enthousiasme qui le poussait à agir pour que triomphent sous peu les idées d'un Deloncle, d'un Rebatet, d'un Brasillach, de ces hommes debout, ces guides grâce à qui la France était en train de se hisser à une place digne d'elle et de ses enfants.

— Sachez que vous vous en tirez bien, du moins en ce qui concerne la fêlure, assura le Dr Grasset lorsque, quatre semaines après avoir pris Jean en charge, il défit le plâtre qui lui tenait la cheville. Oui, poursuivit-il, elle semble bien ressoudée, en revanche je n'aime pas du tout l'aspect de la plaie…

Appelé en urgence par Mme Diamond dès que celle-ci avait reçu le blessé dans ses bras, il l'avait d'abord aidée à le soutenir jusqu'à sa chambre ; puis, Jean enfin allongé, il avait fait la grimace lorsqu'il avait connu les causes de la blessure.

— Vous vous êtes embroché sur une herse ? C'est plein de fumier, ces engins-là, alors attention au tétanos… avait-il commenté en préparant une piqûre antitétanique.

Parce qu'il n'avait pas demandé comment, vivant à Paris, son patient s'était blessé en plein labour, Jean, malgré sa fièvre – il avait maintenant 39 °5 –, en avait déduit que, comme Mme Diamond, le docteur en savait plus qu'il ne voulait le dire et qu'il n'ignorait rien de la raison qui avait poussé son jeune client à aller courir dans la campagne… Puis, délicatement, il avait tâté la cheville, ce qui avait failli faire hurler Jean.

— Même pas besoin de radio, vous vous êtes fêlé la cheville, je ne sais d'où vous venez, mais je me demande vraiment comment vous avez réussi à marcher jusqu'ici, ça tient du miracle, ou d'une sacrée volonté ! Bon, on va arranger ça ici car je présume que ni vous ni mon amie Claire, oui, Mme Diamond, ne tenez à fréquenter l'hôpital… Mais vous en avez pour plusieurs semaines avant de pouvoir galoper. Disons que si tout va bien, vous pourrez reprendre votre footing rural début janvier, sauf si la plaie nous fait des misères… D'ici là, repos et je ne doute pas que votre hôtesse y veillera.

— Bien entendu, avait-elle approuvé.

Elle avait tenu parole, montant le voir chaque jour, autant pour lui apporter ses repas, toujours délicieux et copieux, que de la lecture car, lui avait-il dit après une semaine : « Si je reste là à ne rien faire, cloué au lit ou dans un fauteuil, je vais devenir fou. »

Il n'en avait rien été car, dès le lendemain, Mme Diamond lui avait apporté une brassée de journaux, ceux dont les outrances, le parti pris et la violence ne cadraient pas du tout avec ce qu'il avait déduit de son attitude, de certains de ses propos et de l'aide qu'elle lui avait apportée depuis que Mary-Madelon l'avait conduit rue du Faubourg-Saint-Honoré.

— Voilà de quoi lire. Ah, je vois que vous espériez autre chose, s'était-elle amusée devant sa mine.

— J'avoue que…

— Je comprends et rassurez-vous, j'ai beaucoup mieux.

Puis elle s'était assise au bord du lit et lui avait enfin dit ce qu'il espérait entendre depuis qu'il la connaissait.

— Bon, vous avez sûrement compris que nous partageons les mêmes idées, que nous avons le même but, libérer le pays de ses occupants. Mais voyez-vous, si je n'ai pas, d'emblée, affiché mon engagement c'est que je suis persuadée que la plus grande discrétion est de mise si nous voulons que notre combat aboutisse au plus vite et avec le moins de victimes possible. De plus, tant que ma petite Mary était là, je ne voulais surtout pas lui donner l'idée de s'impliquer dans notre aventure. J'ai fait la connaissance de ses parents en pleine guerre, en 16, et, croyez-moi, l'un et l'autre méritaient d'être connus… En 18, je fus témoin à leur mariage et, en 21, lors d'un de mes passages aux États-Unis, ils m'ont demandé d'être sa marraine ; elle avait alors trois ans et c'était déjà un caractère… Donc, la connaissant bien, et tant qu'elle était à Paris, en quelque sorte sous ma responsabilité, bien qu'elle soit majeure, je n'ai surtout pas voulu lui parler de notre engagement, elle aurait été capable de rester en France rien que pour nous aider à le mener et aurait pris des risques insensés. Je crois qu'elle s'est doutée de quel côté je me trouve mais, faute de preuve concrète et parce que je me suis tue, je pense qu'elle en est restée aux hypothèses. C'est mieux, et maintenant qu'elle a rejoint Boston, je me sens plus tranquille, enfin, dans la mesure où, comme vous et d'autres, nous sommes des hors-la-loi. Mais je présume que, vous aussi, vous subodoriez tout ça ?

— Un peu, oui, autrement pourquoi m'auriez-vous aidé ?

— Détrompez-vous, je connais très bien les nazis et leurs méthodes. Oui, je sais que Mary vous a touché deux mots de ma... situation. Mais c'est justement parce que mon fiancé est allemand et qu'il a été arrêté par la Gestapo que je sais à quel point ils sont pervers, intrinsèquement mauvais, pourris ; capables, pour me démasquer, de se servir d'un jeune comme vous comme appât. Après tout, votre histoire de vouloir passer en Angleterre aurait pu être fabriquée de toutes pièces, parfaitement fausse et uniquement montée pour me confondre car ils connaissent mes relations avec un citoyen allemand, un de leurs opposants... De même, sans doute ne vous est-il pas venu une seconde à l'idée que j'aurais pu, moi aussi, travailler pour eux, vous faire croire que j'étais des vôtres, uniquement pour savoir si, sur Paris, ou ailleurs, vous étiez aussi isolé que vous vouliez me le faire croire... Et si, d'aventure, j'avais été une de leurs agents – ils en ont partout, même aux Amériques, et depuis longtemps –, vous seriez entre leurs mains, et moi je serais à la recherche d'une nouvelle victime.

Pendant quelques instants, il était resté abasourdi par la logique de la démonstration. Puis il s'était souvenu des réflexions qu'il s'était faites au sujet de son hôtesse et des hypothèses qu'il avait levées. Tout était maintenant clair et il en était heureux.

— Je comprends, mais, si je puis me permettre, et si ce n'est pas indiscret, depuis quand êtes-vous… résistante ?

— Depuis qu'ils ont arrêté mon fiancé, en 39, et qu'ils l'ont expédié je ne sais toujours pas où, mais sûrement dans un de leurs camps, là où ils jettent tous ceux qui s'opposent à la doctrine d'Hitler, les juifs, les catholiques et protestants, les communistes qui osent critiquer le régime, bref les Allemands qui, là-bas, chez eux, tentent de résister et qui sont pourchassés, jour et nuit.

— Mais ici, en France, depuis quand et comment êtes-vous engagée contre eux ? Moi, vous savez, madame, je n'ai pas aimé que l'on dépose les armes en juin dernier, mais je n'ai pas tout de suite su comment réagir, comment me battre. Et peut-être que si personne ne m'avait glissé un tract dans la main pour aller manifester le 11 novembre, je ne saurais toujours pas quoi faire.

Il avait hésité, conscient d'être peut-être trop curieux, presque grossier, mais il avait besoin de savoir, de tout comprendre du cheminement suivi par Mme Diamond.

— Oui, s'était-il permis d'insister, comment avez-vous franchi le pas, entre celui qui forge les sentiments – ceux qu'a fait naître en vous l'arrestation de votre fiancé – et celui qui conduit à l'action, celle qui vous a poussée à m'accueillir sans hésiter, à m'aider et à continuer à le faire ?

— C'est simple. Vous avez vu, et cela vous a peut-être choqué, j'ai, depuis qu'ils sont là et qu'ils nous pillent, une grosse clientèle allemande. J'ai, par exemple, parmi mes habitués – et c'est lui qui me fournit mes *ausweis* et quelques bons d'essence –, un général qui est amoureux fou de sa maîtresse, une jeune femme superbe qui a des mensurations idéales pour qui, comme moi, vit et aime la haute couture. Bref, il apprécie beaucoup la façon dont j'habille cette demoiselle et il était chez moi, début septembre, lorsqu'une de mes très bonnes clientes d'avant guerre, Mme Langlois, l'épouse d'un professeur de médecine, est passée me saluer. Elle a attendu que le général et sa compagne quittent le salon et, après avoir vérifié que mon assistante et mes employées ne pouvaient l'entendre, elle m'a sèchement lancé :

« Vu ce que je viens de voir, votre attitude et votre complicité avec ces gens-là, vous comprendrez, madame, que je ne remettrai jamais plus les pieds chez vous ! Je ne vous salue pas ! »

Elle allait sortir lorsque j'ai compris, par intuition, que nous étions du même bord et je lui ai dit :

« Ne vous fiez pas aux apparences, même si j'ai comme clients ces “ gens-là ”, comme vous dites, je les exècre sûrement encore plus que vous. Mais ne faut-il pas très bien connaître ses ennemis et les appâter si on veut, un jour, les vaincre et les anéantir ? »

J'ai vu, dans son regard, qu'elle hésitait avant de se prononcer. En effet, ce jour-là, elle m'a juste souri et a quitté le salon sans un mot de plus. Elle est revenue huit jours plus tard et, discrètement, car mes couturières étaient là, m'a donné le premier numéro que je voyais du journal clandestin *Les Petites Ailes*, une feuille de mauvais papier, mal imprimée mais tellement chargée d'espoir et de symboles ! J'ai donc tout de suite compris, grâce à Mme Langlois, que j'allais pouvoir entrer en contact et œuvrer avec des gens qui, comme moi, n'acceptent ni l'occupation ni la collaboration. Voilà, maintenant, vous savez. Et puis, comme j'ai noté que vous n'appréciez pas du tout les journaux que je vous ai apportés, vous trouverez au centre de *Je suis partout* le premier numéro des *Petites Ailes* ainsi qu'un manifeste clandestin qu'on vient de me faire parvenir. Lisez tout ça et dites-moi ce que vous en pensez. Maintenant, reposez-vous. Vous en avez pour plusieurs semaines d'immobilisation, donc tout le temps de réfléchir à ce que vous allez faire quand vous serez debout.

— Rejoindre Londres !

— On en reparlera, en attendant, bonne lecture.

En ce glacial matin du 16 janvier 1941 – il faisait un froid sibérien et tout le monde grelottait dans l'amphithéâtre – Albert n'avait jamais vu M. Delclos dans un tel état de rage.

Il était vrai que sa colère était ô combien légitime, pour ne pas dire sainte ! En effet, comment eût-il pu ne pas s'insurger lorsque, après être monté sur son estrade, lui avait sauté aux yeux, bien étalée sur son bureau et fixée grâce à quelques punaises, une sorte d'affiche, un grand carton sur lequel se lisait, écrite au pochoir, la phrase assassine qui l'avait fait blêmir avant de le pousser dans une rage qui semblait inextinguible. Car, non content de lire « SALE COLLABO ON AURA TA PEAU ! », lui avait sonné aux oreilles, venant il ne savait d'où, cette invective elle aussi pleine de menaces : « On te crèvera ! Vive de Gaulle ! »

C'en était trop pour l'ancien de 14, pour le légionnaire zélé qu'il était, pour l'adulateur du Maréchal. Beaucoup trop pour le bon Français qu'il n'avait jamais cessé d'être ! Alors, de se voir ainsi insulté et menacé au sein même de cette si respectable Sorbonne relevait quasiment du crime de lèse-majesté.

— Qui sont les salopards qui ont osé placarder ce torche-cul sur mon pupitre ? Quel est le voyou qui vient de m'insulter ? Dénoncez-vous si vous êtes un homme, et non un cloporte !

Puis il avait frisé l'apoplexie quand, pour toute réponse, lui prouvant ainsi que le coupable avait des complices, venant d'un autre coin de la salle, un autre étudiant avait lancé :

— Aux armes citoyens ! À bas Pétain !

— Qui ? Qui ose ? J'exige que vous vous dénonciez ! Et vous, étudiants patriotes, mes amis, désignez-moi les coupables, ils seront châtiés comme ils le méritent, comme le méritent les traîtres !

Mais, comme nul n'avait bronché, c'est en désespoir de cause qu'incapable de se maîtriser, il avait hurlé :

— Sortez tous ! Mon cours est suspendu jusqu'à nouvel ordre ! Sortez et croyez-moi, vous aurez de mes nouvelles !

— Ah ! vous êtes là, vous, maugréa-t-il peu après en apercevant Albert qui l'attendait dans le couloir. Qui ? Qui s'est permis ? lui demanda-t-il.

Et parce que Albert, penaud, ne put que hausser les épaules, il poursuivit :

— Je vous avais demandé la liste des étudiants qui vous semblaient peu patriotes, vous n'avez été capable de n'en citer que quatre qui, comme par hasard, n'ont plus remis les pieds ici depuis que je les ai vertement tancés et menacés de renvoi ! Alors, qui sont les coupables ? Car ils sont plusieurs, cette cabale en est la preuve !

— Je ne sais pas, monsieur. Ceux qui ont crié étaient dans mon dos, je ne les ai pas vus…

— Et vous n'avez pas la moindre idée de leur identité, naturellement ?

— On est nombreux et…

— Taisez-vous ! Je ne suis pas loin de croire que vous êtes aussi gangrené que ces voyous par les mensonges des gaullistes !

— Ah non, monsieur, non, pas du tout !

— Alors prouvez-le ! Je trouve insensé et scandaleux que des jeunes osent faire le jeu des ennemis de la France, au sein même de cet amphithéâtre, scandaleux ! Mais croyez-moi, je n'aurai de cesse de mater ces crapules ; et si vous n'êtes pas capable de m'aider à en venir à bout, j'en déduirai que vous êtes leur complice.

— Mais non, monsieur, absolument pas ! protesta Albert, vexé.

Mais déjà, toujours aussi furieux, M. Delclos venait de tourner les talons, le laissant là, sonné par l'accusation.

Il la trouvait d'autant plus imméritée qu'il avait déjà tout tenté pour convaincre certains de ses camarades que la seule voie du salut était celle que le Maréchal demandait de suivre. Mais, soit par prudence, soit par indifférence, soit – et c'était là qu'était peut-être le pire – parce qu'ils étaient moralement d'accord avec les propos infâmes que distillait Radio-Londres, les étudiants qu'il rencontrait semblaient n'avoir aucune envie de le suivre dans son engagement.

Pourtant, ce n'était pas faute d'œuvrer au maximum pour promouvoir ses idées. Grâce à M. Delclos, à la ronéo qu'il mettait à sa disposition et aux rames de papier qu'il lui procurait, il avait toutes les facilités pour répondre, par son style acéré, aux monstruosités subversives répandues par quelques libelles clandestins et tracts qui circulaient au sein de l'université ; des torchons comme le journal *Université libre*, ou des tracts immondes comme *Pantagruel* et *Valmy*.

Il rendait coup pour coup, appuyant ses articles et ses démonstrations sur des citations puisées aux meilleures sources, celles qu'alimentaient des intellectuels de haut niveau, comme Lucien Rebatet, Drieu la Rochelle, Brasillach et Pierre-Antoine Cousteau, pour ne citer qu'eux. Mais il était à croire que les mots, pour puissants qu'ils puissent être, étaient insuffisants pour répondre et faire taire les hommes qui, de Londres, proclamaient que seule une résistance active pouvait renverser le cours de l'histoire ; et que cette résistance devait, avant tout, combattre et vaincre ceux qui, sagement, pensaient, comme le Maréchal, que la collaboration était le meilleur moyen, et le seul, capable de sortir le pays des ornières où il s'était embourbé depuis tant d'années. Et la preuve que le Maréchal était un guide lucide n'était-elle pas, entre autres, dans cette sage décision qu'il avait récemment prise de démettre Laval de ses fonctions ; cet homme sans doute de valeur mais qui avait trop tendance à n'en faire qu'à sa tête alors qu'il n'avait ni le passé glorieux du Maréchal, ni son sens du nouvel État, ni la fermeté qu'il affichait pour protéger le peuple de France ; et, surtout, Laval n'irradiait pas cet amour paternel dont le vainqueur de Verdun inondait tous ceux et toutes celles à la tête desquels il s'était si courageusement placé, pour les protéger.

Ce dévouement pourtant ne suffisait pas pour convaincre tous les étudiants, la preuve en était dans le scandaleux incident qui venait d'interrompre le cours de M. Delclos et de le pousser dans son homérique colère.

« Mais ce n'est pas une raison pour m'accuser de ne rien faire », pensa Albert très vexé par les reproches. Il les jugeait injustes, mais pas entièrement superflus car l'honnêteté l'obligeait à reconnaître que tout son activisme n'avait donné aucun résultat. Ainsi, par exemple, René avait maintenant pris ses distances et, non content de refuser tout engagement, il coupait court à la discussion dès qu'il sentait qu'Albert tentait de l'entraîner.

— Fous-moi la paix avec tes histoires, lui avait-il lancé un mois plus tôt. Tiens, au lieu de perdre ton temps avec toutes ces sottises sans intérêt, tu ferais mieux de faire comme moi, trouve-toi une belle et chaude fille et tu verras que la vie est magnifique ! Ah, mon vieux, quelles nuits ! Si tu savais…

Justement, Albert ne savait pas ; tout au plus, et c'était très agaçant et gênant dans le travail, devait-il seulement, peut-être faute d'audace, n'avoir recours qu'à son imagination et à ses rêves pour deviner à quoi René attachait désormais tant d'importance : faire l'amour à temps et à contretemps.

De plus, non content de lui en mettre plein la vue depuis qu'il ne dormait plus seul plusieurs fois par semaine, il affichait une assurance presque condescendante, tout à fait agaçante car il ne manquait jamais de relater ce qu'Albert, gêné, appelait ses bestiales copulations.

— Bestiales ? Non, ricanait René, les animaux n'ont pas découvert le Kama-sutra, mais Huguette et moi, oui ! Alors copulations tant que tu voudras, mais crois-moi, tout ce qu'on se fait avant mérite qu'on s'y emploie… Tu vois, au lieu de t'exciter avec ta politique à la con et de me casser les oreilles avec elle et si tu n'as aucune fille bien roulée et pas farouche en vue, tu devrais faire une descente rue Saint-Sulpice, chez Christine, ou Aux Belles Poules, rue Blondel. Personne ne te foutra dehors puisque, comme moi, tu es maintenant majeur. N'hésite pas, tente le coup, tu apprendras au moins à quoi ressemble une femme et tout ce qu'on peut faire avec ! Et puis, ainsi, tu perdrais cette face de croque-mort qui, à mon avis, doit faire fuir les filles !

Ce genre de propos avait le don de mettre Albert de très mauvaise humeur. D'abord parce qu'il les trouvait trop crus, presque obscènes ; ensuite parce qu'il était effectivement bien possible que les filles se détournent de lui dès qu'elles le jaugeaient, enfin parce que, pour autant que l'envie le tenaille de pousser la porte d'une maison close, l'audace lui faisait défaut pour transformer ses envies en actes.

René l'agaçait donc beaucoup par son manque total de patriotisme, son pacifisme écœurant et par cette honteuse propension à se vanter de sa lubricité. Peu à peu, les deux camarades avaient donc espacé leurs rencontres. Le froid terrible qui sévissait ne donnant aucune envie de piscine, chacun avait un emploi du temps bien rempli et comme lors de leurs rares entrevues la discussion dégénérait presque toujours, soit vers la politique, soit vers le sexe, Albert ne faisait plus aucun effort pour fréquenter celui qu'il tenait désormais pour un piètre citoyen et un mauvais Français, un jean-foutre pour tout dire.

Comme l'avait craint le Dr Grasset, la profonde entaille ouverte dans le mollet de Jean se révéla encore plus longue à guérir que la fêlure de la cheville. Ainsi, alors que celle-ci se résorba comme prévu, la plaie s'infecta dans un premier temps puis, lorsque les soins vinrent à bout de l'ulcération, la cicatrisation fut longue, douloureuse. Aussi, alors qu'il espérait être ingambe pour le début de l'année, Jean, tout boitillant, dut prendre son mal en patience.

Au début de son immobilisation, alors qu'il était très gêné d'être une charge pour Mme Diamond – N'êtes-vous pas un de mes neveux ? plaisantait-elle pour couper court à ses excuses –, il avait cherché, en vain, comment lui rendre service. Mais, incapable de se mouvoir sans appui, il avait abandonné l'idée de descendre au salon où, d'évidence, il eût pu se rendre utile en rangeant les pièces de tissu et en participant à l'agencement des deux grandes vitrines, son piètre état physique s'y était opposé. Aussi pour tuer le temps s'était-il mis à lire, d'abord des romans, puis aussi les journaux clandestins que lui apportait Mme Diamond. Au sujet de certains, il n'avait pu s'empêcher de lui faire part de son incompréhension, voire de ses doutes.

— Je ne comprends pas, ça ne va pas du tout, lui avait-il dit après avoir lu et relu le premier numéro des *Petites Ailes*, ainsi que le manifeste qu'un capitaine, un certain Frenay, avait lancé en novembre, depuis la zone libre.

Dans les deux cas, pour engagés que soient les articles, qui tous appelaient à la résistance, en recommandant, comme le faisaient les *Petites Ailes*, « Lisez attentivement. Recopiez copieusement. Distribuez prudemment », la ligne directrice restait toujours dans une ambiguïté plutôt dérangeante.

— Lui, par exemple, ce capitaine, je suis d'accord avec lui lorsqu'il demande à tout le monde de résister, mais alors, pourquoi assure-t-il que le Maréchal résiste, lui aussi, et qu'on doit lui faire confiance ? Bon sang, c'est quand même lui qui a été se vendre à Montoire ! Et c'est du même niveau pour les *Petites Ailes*. À croire que les auteurs ne savent qui choisir entre Pétain et de Gaulle !

— Vous avez raison, certains pensent, mais je n'en suis pas, qu'on aura un jour ou l'autre besoin des deux pour débarrasser le pays des occupants ; c'est un point de vue, mais… ce n'est pas l'avis de tout le monde, vous avez bien vu ce numéro de *Rouleau rouge* qui, comme son titre l'indique, roule pour le parti communiste ; après tout pourquoi pas ? En ce qui me concerne, je pense que, pour commencer, ce qu'il faut c'est s'organiser ; quels que soient les engagements et les préférences politiques d'avant guerre, souvenez-vous de l'appel qui, de Londres vous a poussé à vouloir rejoindre son auteur lequel s'adresse à TOUS les Français…

— Vous parlez de l'appel du Général ? Je ne l'ai pas entendu et je n'ai jamais eu le texte entre les mains ! On m'en a vaguement parlé, c'est tout.

— Je vous en apporterai l'intégralité, elle a récemment été imprimée par… par des amis…

Elle n'en avait pas dit plus ce jour-là mais lui avait, dès le lendemain, tendu la feuille de mauvais papier sur laquelle avait été recomposée la totalité du message. Enfin, deux jours avant Noël, alors qu'un froid terrible s'abattait sur la capitale et qu'il grelottait dans sa chambre de bonne non chauffée, elle lui avait donné un nouveau journal, baptisé *Résistance*, daté du 15 décembre.

— Voilà le premier numéro, lui aussi vient d'être édité par des amis qui, peut-être, seront un jour les vôtres…

Et devant sa moue interrogative, elle avait enchaîné :

— Je sais que vous avez dans l'idée de retenter le coup et de rejoindre Londres, n'est-ce pas ?

— Bien entendu, et cette fois, je réussirai.

— Ce serait à souhaiter. Mais… avez-vous pensé que, nous aussi, en France, et surtout en zone occupée, avons besoin de jeunes comme vous ? Savez-vous que si vous acceptiez d'être des nôtres, oui, de notre petit groupe de résistants, vous nous rendriez de grands services ?

— Je ne comprends pas…

— Mais si ! Vous savez très bien de quel côté je suis, n'est-ce pas ? Je vous ai parlé de Mme Langlois, cette dame qui me menaçait de ne jamais remettre les pieds chez moi ; de même, vous êtes toujours soigné par le Dr Grasset qui, lui aussi, est des nôtres, eh bien, c'est avec des gens comme eux et avec quelques autres que nous avons monté notre équipe. Nous sommes, grâce à Mme Langlois, en liaison avec des intellectuels et des ethnologues qui, dès l'été dernier, sous couvert d'une société littéraire, ont commencé à résister. Depuis, outre l'accueil et l'aide donnée aux hommes et aux femmes recherchés par les nazis – des juifs allemands, polonais ou autres, des prisonniers anglais et français évadés et qu'il faut cacher et aider à rejoindre l'Angleterre –, ils se sont spécialisés, et nous aussi, dans le renseignement. Londres a besoin de connaître le maximum de ce que font les troupes d'occupation, ce qu'elles installent un peu partout dans Paris comme batteries antiaériennes ; par exemple, pour ne citer qu'elles, celles des terrasses du 29, rue Cassette, du 76, rue de Rennes ou de la Sorbonne... Nous essayons aussi de savoir où sont tel ou tel régiment, d'en connaître, si possible, les noms et grades des officiers, bref, tout ce qui un jour, bientôt j'espère, permettra d'anéantir cette peste qui nous pille et nous gangrène. Voilà pourquoi nous avons besoin d'hommes comme vous, prêts à lutter ici même, en zone occupée. Personne ne vous oblige à accepter cette forme de résistance on ne peut plus clandestine et dangereuse. Et, voyez-vous, si vous choisissez de rejoindre Londres dès que vous pourrez marcher, nous vous aiderons, beaucoup mieux que je n'ai su le faire lorsque je vous ai laissé aux Aubrais. À l'époque, je commençais à être en relation avec les membres du réseau dont je viens de vous parler, celui qui édite *Résistance* et qui, sous peu, va, je crois, correspondre avec Londres par radio. Eux, de leur côté, et c'est normal, avaient toutes les raisons de se méfier de moi ; pour eux aussi, le fait de commercer avec des officiers allemands était suspect. C'est, entre autres, l'aide que je vous ai apportée qui les a convaincus que j'étais bien de leur bord et que mes amis et moi pouvions être utiles. Voilà, j'ai pris le risque de tout dire. À vous de choisir, Londres ou nous. De notre côté, on ne vous promet pas des combats glorieux, les armes à la main. En fait, on ne vous promet rien, sauf la peur d'être pris, torturé et fusillé. C'est tout et c'est terrible car n'oubliez jamais que c'est ainsi qu'en Allemagne, et ça commence en France, les nazis font la loi...

Deuxième partie

La flamme vacillante

5.

Soucieux de remonter dans l'estime de son professeur et de lui prouver à quel point il s'investissait dans un juste combat, Albert se lança dans une traque journalière. Son but n'étant plus de rallier qui que ce soit aux idées collaborationnistes, il s'appliqua d'abord à tenter de débusquer ceux qui avaient manifesté et troublé l'ordre dans l'amphithéâtre ; il changea donc à cent pour cent de méthode.

Il n'avait jusque-là pas caché que ses préférences penchaient vers l'ordre établi et tout fait pour convaincre ses condisciples de le rejoindre dans son engagement pour le Maréchal. Mais, parce que les injustes remontrances de M. Delclos lui avaient fait comprendre qu'il se fourvoyait et qu'il ne servait à rien de convertir, peut-être, une poignée d'étudiants, il jugea plus efficace de démasquer les sournois qui, discrètement, continuaient à faire circuler des tracts immondes et à salir les murs de la Sorbonne avec d'ignobles graffitis, des V, comme Victoire, encadrant une croix de Lorraine.

Aussi décida-t-il que le meilleur et le plus sûr moyen d'éradiquer le mal était de se glisser parmi ceux qui le propageaient. Il fallait donc, dans un premier temps, faire oublier ses premières prises de position et ensuite persuader les adeptes du gaullisme qu'il était des leurs, car enfin convaincu de la justesse de leur combat.

Il commença son travail de sape par le biais d'une jeune fille, Simone Bertier, étudiante comme lui en histoire, et qu'il soupçonnait d'accointances avec les fauteurs de troubles.

Avant tout, parce que, d'évidence, son physique était loin de ceux qui attirent les regards des garçons et qu'elle devait en souffrir, il devint celui qui lui fit comprendre qu'elle ne le laissait pas du tout indifférent. Pour ce faire, il devina qu'étant lui-même très loin d'avoir les canons d'un apollon, il suffisait de lui faire croire qu'elle avait enfin trouvé un garçon qui, contrairement aux autres, ne détournait pas les yeux après l'avoir jaugée.

Pas plus grande que lui, mais boulotte autant qu'il était maigre, elle apprécia d'abord qu'il s'installe à ses côtés dans l'amphithéâtre, puis qu'il l'aide à rédiger un très ennuyeux pensum sur le serment de Strasbourg. Enfin, elle se laissa convaincre de l'accompagner au cinéma pour voir jouer *L'Acrobate*, avec Fernandel et Jean Tissier. Trois semaines et deux films plus tard, alors qu'ils étaient censés, l'un et l'autre, se passionner pour les aventures de Renée Saint-Cyr et Vittorio de Sica dans *Rose écarlate*, elle accepta le bras qu'il passa autour de son cou. Et elle ne broncha pas lorsque sa main, d'abord discrète puis exploratrice, se posa sur son genou avant de se hasarder plus haut et de se heurter alors à une résistance assez faible pour lui faire comprendre qu'un ou deux autres films permettraient, à coup sûr, d'autres découvertes ; ce qu'il fit la semaine suivante en s'aventurant davantage. Et lui qui n'avait jamais osé ni eu l'occasion de palper un sein n'en fut pas déçu. Celui-ci, bien qu'enfoui sous deux tricots, un chemisier, une combinaison et un soutien-gorge de toile épaisse, n'en était pas moins d'une élasticité et d'un galbe des plus excitants. Et lui qui n'avait jamais non plus effleuré et découvert la douceur d'une cuisse faillit oublier pourquoi il s'était mis en tête de séduire une fille aussi peu attrayante que Simone. Ce n'était pas pour découvrir avec elle les extases dont René lui rebattait les oreilles, c'était pour infiltrer un groupe nuisible, une bande de dangereux voyous. Quoique, en y réfléchissant bien, il n'était pas interdit de traiter d'abord l'agréable puis, confidences sur l'oreiller aidant, de passer à l'utile…

Ce fut, une fois encore, son professeur qui le poussa à l'acte sans se douter bien sûr que son élève allait, avec grand plaisir, perdre sa virginité et, sans plus de remords, son honneur.

Prudent et de plus en plus soucieux de tromper son monde, donc de ne plus s'afficher avec M. Delclos, dont tout le monde connaissait les idées, Albert l'avait convaincu de la nécessité de le rencontrer chez lui. Il habitait rue du Chemin-Vert, dans un endroit assez éloigné du quartier Latin, où il était peu probable de croiser un condisciple.

Son professeur, veuf depuis trois ans, le recevait dans son bureau, lequel, outre un cadre où trônaient quelques décorations de 14-18 – dont la croix de guerre avec palmes –, s'ornait d'une grande et belle affiche en couleur du Maréchal portant cette sublime devise : « Avec lui, pour refaire le bonheur de la France, notre Patrie ». C'était là que M. Delclos prenait connaissance de ses articles, qu'il les corrigeait éventuellement, avant de lui donner le feu vert ; là aussi qu'il lui communiquait les informations susceptibles d'étoffer le bulletin *Jeunes de France* qu'Albert déposait ensuite très discrètement dans les salles de la Sorbonne.

— Alors, quoi de neuf, toujours aucune liste de crapules à me fournir ? lui demanda ce matin-là M. Delclos.

— Je pense que ça ne saurait tarder, assura Albert qui projetait d'inciter Simone, le lendemain soir, après une séance de cinéma, à visiter sa chambre et, une fois là…

— Très bien, voilà une bonne nouvelle. Mais j'en ai une autre et des meilleures, dont vous allez pouvoir tirer quelques bons papiers. Oui, mon cher, je viens d'apprendre que nos… – il faillit dire « amis », mais n'alla pas jusque-là – nos compagnons de lutte ont enfin mis la main sur un redoutable réseau de résistants. Après une longue enquête, ils viennent enfin d'arrêter le dénommé Honoré d'Estienne d'Orves et plusieurs de ses complices, vous vous rendez compte ?

Albert n'avait pas la moindre idée au sujet de ce monsieur dont il n'avait jamais entendu parler. Aussi, son air interrogatif n'échappa point à son professeur, qui insista :

— Mais si, voyons ! C'est un officier de la Royale ! Un homme qui a choisi de trahir la France en se mettant au service de ce renégat, ce condamné à mort, cet ex-Français, ce sinistre de Gaulle ! Quelle honte ! Comment un officier, un polytechnicien comme d'Estienne d'Orves, voué aux plus hautes destinées et grandes responsabilités, a-t-il pu tomber aussi bas ! Quelle déchéance ! Enfin, nous en voilà débarrassés, mais il apporte bien la preuve que la gangrène gaulliste cherche à s'installer chez nous ! Et je sais que notre université en est déjà très menacée ; cette vérole guette autant les professeurs que les étudiants. À nous donc, à nous tous, de la traquer et d'y porter le fer rouge pour l'éradiquer, partout où elle se trouve !

Jean put enfin remarcher sans souffrir fin janvier. En effet, après sa cheville, sa plaie qui n'en finissait pas de se cicatriser, la jambe blessée fut atteinte par une très douloureuse et handicapante crise de furonculose.

— Ça, c'est le signe d'une belle carence, il est vrai qu'avec ce que les autres nous laissent comme nourriture, plus ce froid sibérien… Et encore, vous avez de la chance, je sais que Claire vous nourrit bien, avait conclu le docteur qui en avait été réduit à désinfecter les éruptions en attendant qu'elles évoluent vers la guérison.

« C'est à croire que tout s'en mêle pour m'empêcher de partir », avait pensé Jean, de plus en plus désolé – et vexé – d'être une charge pour Mme Diamond.

À son sujet, il avait beaucoup médité depuis sa proposition de s'engager aux côtés de ceux qui, en France, voulaient organiser le résistance intérieure. Médité pour savoir de quelle façon et sous quelle forme il allait éventuellement pouvoir être utile à la cause qu'il voulait défendre. Il s'avouait maintenant qu'à quelque chose malheur est bon, son immobilité forcée dans sa chambre glacée – il passait la quasi-totalité de ses journées emmitouflé dans son lit – lui avait permis de beaucoup lire. Outre les romans qui formaient la bibliothèque de Mme Diamond – mais peu l'avaient séduit, sauf les policiers –, il avait lu et apprécié les journaux et publications clandestines que son hôtesse lui avait apportés. Enfin, grâce à un antique poste de radio, il pouvait, chaque soir, écouter Radio-Londres. Aussi, grâce aux divers articles – et ce, quelle que soit leur tendance politique – et aux hommes qui, de Londres, tentaient d'entretenir le moral des Français, son engagement, jusque-là plus instinctif que réfléchi, était désormais bâti sur une solide analyse. Celle-ci débouchait inéluctablement vers la Résistance et la totale confiance en ce général qui, le premier, avait eu le courage et la force de dire non.

Lorsqu'il repensait au 11 Novembre et à sa marche vers l'Étoile, il savait maintenant qu'elle avait surtout été un réflexe d'étudiant, comparable à tous les amusants monômes auxquels il avait participé. Bien sûr, celui-ci avait dégénéré et ce n'était pas à coups de cape pliée que les forces de l'ordre avaient dispersé les manifestants. Mais depuis, lucide, il s'était plusieurs fois posé la question pour savoir quelle aurait été son attitude si personne n'avait tenté de l'arrêter, s'il n'avait pas réagi et s'il ne s'était soudain retrouvé dans la peau d'une sorte de délinquant. Et si tel n'avait été le cas, sa probité le poussa à se dire qu'il eût sans doute poursuivi à Paris sa banale existence d'étudiant. Peut-être, un jour, eût-il choisi de sauter le pas, de passer du rôle de spectateur – râleur bien sûr, mais sans plus – à celui d'acteur. En fait, en avait-il conclu, son désir de partir pour Londres avait beaucoup plus été motivé par le besoin d'échapper aux recherches que par celui, beaucoup plus sérieux et noble, de défendre un idéal, de lutter contre le nazisme.

Maintenant, après avoir découvert tout ce qu'était l'essence de la Résistance, et ce que celle-ci était en droit d'attendre des Français, il voyait à quel point la démonstration de Mme Diamond était juste. À quel point ceux et celles qui, comme elle, voulaient se battre au sein d'une France occupée, vaincue, humiliée, avaient toutes les raisons de le faire en y restant.

« Après tout, pourquoi pas ? avait-il fini par penser. Rester à Paris ? D'accord pour y résister, mais en vivant comment ? En faisant quoi ? Avec quel emploi du temps, quels moyens financiers ? Impossible de faire appel aux parents, ils me croient au diable vauvert et à la colle, donc impossible aussi de reprendre mes études aux Beaux-Arts, d'ailleurs, mon nom doit être souligné de rouge. Alors que faire ? »

Il en était toujours là de ses réflexions lorsque tout évolua un soir de fin janvier. En règle générale, pour que les gens de maison qui logeaient, comme lui, dans des chambres de bonne et sous les toits ne se posent pas trop de questions à son sujet – il était paraît-il son neveu, mais quand même –, Mme Diamond ne montait le voir qu'une fois par jour, au petit matin. Elle lui apportait alors ses repas de la journée – il les faisait réchauffer sur une plaque électrique –, ainsi que quelques journaux. Elle ne lui avait jamais redemandé ce qu'il comptait faire lorsqu'il pourrait enfin marcher normalement et, de son côté, il n'avait toujours pas relancé la conversation sur ce sujet.

Il fut donc très surpris lorsque, en cette soirée du 26 janvier, Mme Diamond poussa la porte de sa chambre après avoir discrètement frappé. Il faisait nuit depuis plus de deux heures et très froid ; aussi, son dîner avalé, il s'était glissé sous ses couvertures et lisait *Les Trois Crimes de mes amis* de Simenon.

— J'espère que je ne vous dérange pas ? dit-elle en s'asseyant sur la seule chaise de la chambre.

— Pas du tout, assura-t-il en notant aussitôt à quel point elle semblait soucieuse, grave.

« Non, pensa-t-il, plutôt triste, avec ce même regard qu'elle eut le jour où elle m'a vu vêtu avec le costume de son fiancé, oui très triste… »

Elle soupira, alluma une cigarette après l'avoir fixée dans son fume-cigarette.

— Votre jambe va mieux, j'espère.

— Oui, la pommade du docteur est très efficace.

— Tant mieux, car il va falloir que vous marchiez, pas plus tard que demain…

— Ah ?

— Vous allez comprendre, poursuivit-elle avec, de plus en plus présent au fond du regard, une sorte de désespoir, de chagrin, proche des larmes.

Mais elle prit sur elle, se redressa et c'est d'une voix qui ne tremblait pas qu'elle annonça :

— Je viens d'apprendre ce qui est une vraie catastrophe, un immense malheur. Un des nôtres, un des premiers, vient d'être arrêté alors qu'il distribuait le journal *Résistance*. Je n'ai jamais rencontré cet homme mais je sais que lui aussi fait partie des intellectuels et des ethnologues qui travaillent au musée de l'Homme... D'autre part, et cela aussi est extrêmement grave, un autre résistant, un officier de marine venu en France, à la demande du Général, pour organiser la Résistance, vient, lui aussi, d'être arrêté. Je ne sais s'il était en relation avec le réseau dont je viens de vous parler et avec lequel nous œuvrons, mais je sais, hélas, par expérience, à quel point les nazis savent très vite remonter les filières. Aussi, n'en doutons pas, vont-ils très rapidement tirer parti de ces arrestations. C'est pourquoi nous devons tout verrouiller et agir exactement comme si les nervis de la Gestapo se préparaient à débarquer ici... Ils ne trouveraient pas grand-chose me concernant, rien de sérieux même. Mais si, d'aventure, une de mes petites mains leur parle de vous, soi-disant mon neveu, ils verront vite que c'est faux et en déduiront aussitôt que si je vous ai hébergé et soigné depuis presque deux mois, alors que vous ne m'êtes rien, c'est que nous avons tous les deux quelque chose à cacher. Et ce n'est pas sur votre participation à une manifestation interdite qu'ils feront tout pour vous faire parler et moi aussi, c'est sur ce qu'ils auront envie d'entendre qu'ils vous obligeront à raconter tout ce que j'ai, peut-être, eu tort de vous dire, tout ce que je vous ai proposé et les décisions que vous devez prendre maintenant.

— Bien sûr, murmura-t-il, abasourdi par la logique de la démonstration. Mais alors, que faire ?

— En ce qui me concerne, j'ai tous les *ausweis* nécessaires, je vais donc, dès demain, partir pour la Suisse. Je devais de toute façon m'y rendre pour... elle hésita, retint un sanglot, se reprit aussitôt : pour essayer d'avoir des nouvelles de mon fiancé et des siens... Quant à vous, même si vous boitez encore, il faudra, dès demain matin, rejoindre la chambre où vont vous installer deux de mes amis.

— Mais je n'ai pas un sou pour louer quoi que ce soit !

— Je vous ai déjà dit de ne pas vous inquiéter pour si peu car de surcroît, et si vous êtes d'accord, vous allez avoir du travail donc un salaire. Alors demain nous irons ensemble jusqu'à votre nouveau domicile. Après quoi, mon ami Maxence, un monsieur charmant, libraire, vous demandera ce que vous comptez faire. C'est alors, et au plus tôt, que vous devrez décider : la France ou Londres. Dans les deux cas, c'est de la résistance et, dans un cas comme dans l'autre, ce sera un bon choix. À vous de voir…

— C'est tout vu, je reste.

— Tu as l'air tout dépité et triste, c'était donc si désagréable ? Moi, j'ai beaucoup aimé, dit Simone en remontant les couvertures jusqu'au menton car, malgré le petit réchaud électrique, il faisait très froid dans la chambre d'Albert.

— Non, non ! Pas du tout ! assura-t-il en se blottissant contre elle pour se réchauffer.

« Dépité et triste ? pensa-t-il, non, mais surpris, oui ! Ah ! ça oui alors, si j'avais su j'aurais attaqué plus tôt… »

Il n'en revenait toujours pas de l'enchaînement des événements et se sentait même idiot lorsqu'il se remémorait son plan, ses calculs, ses hésitations.

Car rien ne s'était déroulé comme il l'avait prévu et étudié : d'abord, à la sortie du cinéma, convaincre Simone de le suivre dans sa chambre, ensuite, après quelques baisers et caresses, l'inviter à s'allonger à ses côtés, sur le lit, puis passer enfin aux choses sérieuses après l'avoir peu à peu troussée.

Rien ne s'était enchaîné de cette façon, et il était encore tout ébahi, et même sonné, par la demi-heure qu'il venait de vivre. En premier lieu parce que, sitôt la porte fermée, ça n'avait pas été lui, mais Simone, qui avait pris les initiatives, en ouvrant le lit, puis en dégrafant sa jupe et en faisant glisser sa culotte Petit-Bateau, lui offrant ainsi un spectacle qu'il n'avait jusque-là vu que sur les photos et cartes postales interdites qui circulaient parfois dans l'amphi et qui se vendaient sous le manteau.

— On est bien là pour ça, non ? avait-elle souri en déboutonnant son tricot, mais, franchement, je me demandais depuis plus d'un mois à quel moment tu allais enfin cesser de me faire languir, parce que le pelotage au cinéma, c'est bien gentil, mais ça m'a toujours laissée sur ma faim...

Pour lui, la suite n'avait été qu'une succession de révélations, un festival de découvertes, un enchantement. Maintenant, un peu groggy, c'est à peine s'il arrivait à retrouver ses esprits, à admettre que, oui vraiment, il venait enfin d'entrer dans sa vie d'adulte, grâce à la première femme qu'il venait d'honorer.

— Ça ne t'a pas étonné ? lui demanda-t-elle en lui caressant le ventre.

— Quoi ?

— Que je ne sois plus vierge ?

— Mais non, assura-t-il crânement car pour rien au monde il ne voulait lui avouer sa totale ignorance en la matière.

Vierge ? Pas vierge ? Encore eût-il fallu qu'il eût un minimum d'expérience pour s'apercevoir et comprendre que Simone était une femme faite et experte, et non une jeune et farouche oiselle.

— C'est avec mon cousin, crut-elle bon d'expliquer, oui, pendant les grandes vacances de 38 ; on était partis nous promener ensemble en vélo, au bois de Boulogne. Il faisait très chaud et lorsque nous nous sommes arrêtés à l'ombre… Enfin, tu vois la suite. On en avait tous les deux très envie, et, comme mon cousin est très gentil, j'ai laissé faire, cette fois-là et les autres aussi, contente, oui, j'aime beaucoup et ça me manquait depuis quelque temps.

— Tu le vois toujours ?

— Mon cousin ? Non, il a deux ans de plus que moi et il a été appelé, en 39. Depuis, il est prisonnier, je ne sais où, quelle sale guerre !

Nous y voilà, pensa Albert qui, repu pour l'instant, entendait maintenant passer à la deuxième phase de son plan. Car le tout n'était pas d'avoir, à l'en croire, satisfait Simone, encore fallait-il maintenant qu'elle parle.

— Oui, sale guerre, relança-t-il, ça, tu peux le dire… Tiens, à propos, est-ce que tu as lu ce torchon baptisé *Jeunes de France* que des voyous déposent dans l'amphi ?

— Non.

— Eh bien, tu aurais dû. Je ne sais quel est le pourri qui écrit ça, dit-il en se retenant pour ne pas rire, car il en était l'auteur, mais quelle honte !

Et, d'un ton indigné et complice, il poussa le mensonge en narrant ce qu'il avait sur le cœur, ce qui, sans doute, le rendait triste et scandalisé, comme elle venait de le remarquer : l'arrestation d'un grand résistant, un pur gaulliste, d'Estienne d'Orves, un officier de marine qui, lui au moins, avait le sens de l'honneur et du devoir.

— Je ne savais pas que tu étais du côté des résistants ; avec les amis on te croyait carrément du côté de Vichy, s'étonna-t-elle, il n'y a pas longtemps tu as bien distribué des tracts à la gloire du Maréchal, non ?

— Oui, et ça me fait honte, crois-moi, je le regrette. Mais tu as raison, jusqu'il y a peu, j'ai vraiment cru que le Maréchal nous sortirait très vite d'affaire. J'étais certain qu'il travaillait dans le même sens que de Gaulle, et avec lui. Je me suis complètement trompé, je sais maintenant qu'il n'est qu'un jouet entre les mains des Allemands et qu'ils en font ce qu'ils veulent. Et je sais surtout ce que ces salauds de nazis nous réclament par jour, en guise de dommages de guerre, quatre cents millions de francs, plus tout ce qu'ils réquisitionnent ! Tu te rends compte, c'est une honte d'avoir accepté de telles conditions d'armistice ! Ah ! les fumiers. Il va falloir qu'on les foute dehors au plus vite.

— Plus facile à dire qu'à faire…

— Hélas, oui, mais tu parlais de tes amis, ils résistent, eux ?

— Bof, couçi-couça, pas terrible, quelques tracts, des croix de Lorraine à la craie sur les murs ; des gamineries comme lorsqu'ils ont chahuté M. Delclos, ça ne va pas loin, je crois.

Il faillit insister, demander les noms des coupables, mais se retint à temps, par crainte de se trahir. Pour connaître les auteurs il allait lui suffire de noter avec qui Simone discutait entre les cours, qui elle rencontrait hors de la Sorbonne, bref, l'espionner et cette idée l'enchantait.

— Il va falloir que je rentre, ma mère va s'inquiéter, dit-elle après avoir regardé sa montre.

— Et ton père aussi ? hasarda-t-il, car il n'avait jamais abordé avec elle sa situation de famille.

— Mon père ? dit-elle en haussant les épaules et avec une moue de tristesse, lui aussi est prisonnier ; depuis Dunkerque, il est en Prusse-Orientale et je crois qu'on n'est pas près de le revoir. Bon, il faut sortir du lit, même s'il fait froid.

Elle se leva, lui offrant ainsi la vue sur sa croupe.

« Elle est quand même vraiment boulotte, mais à la guerre comme à la guerre », décida-t-il, soudain excité et en tendant les bras vers les hanches offertes, et les fesses imposantes.

— Je t'ai dit qu'il fallait que je rentre, rappela-t-elle sans aucune conviction puisqu'elle se laissa aller et se glissa à ses côtés.

« Voilà ce que j'appelle une bonne soirée, pensa-t-il en l'enlaçant avec la hâte d'un néophyte avide d'apprendre ; du plaisir et du travail, c'est quand même beaucoup plus excitant que Travail, Famille, Patrie ! »

— Je serai absente pendant plusieurs semaines mais, grâce à M. et Mme Perrier, vous n'avez plus besoin de moi, assura Mme Diamond après avoir conduit Jean à ce qui allait être non seulement sa nouvelle adresse, mais aussi son lieu de travail.

À ce sujet, alors qu'il venait à peine de découvrir la chambre de bonne d'un immeuble de la rue de Vaugirard, tout à côté de la porte de Versailles, Mme Diamond l'avait ensuite conduit au rez-de-chaussée où était la librairie de Maxence et Marthe Perrier.

— Des amis sûrs, lui avait-elle dit avant les présentations, ils sont de notre bord et c'est grâce à eux que nous pouvons, entre autres, éditer notre petit bulletin *France éternelle* et nos tracts. Grâce à eux, toujours, que nous pouvons également fabriquer des faux papiers pour ceux qui en ont besoin, et ils ne manquent pas... Enfin, ils sont tout à fait d'accord pour vous embaucher comme vendeur et vous loger ici, ce sera une excellente couverture car, je ne vous le cache pas, nous avons des projets pour vous...

— De quel ordre ?

— Vous avez choisi de rester en France pour résister, eh bien, mes amis, Maxence et Marthe, ont de quoi vous occuper ! D'abord pour tourner la ronéo qui est dans leur arrière-boutique, mais ça ce n'est rien ; ensuite pour aider un autre de nos amis à confectionner les faux papiers, enfin, le plus important, sur Paris et ailleurs, à être notre courrier.

Comme il n'avait manifestement pas compris à quoi correspondait cet emploi, elle avait précisé :

— Agent de liaison, si vous préférez. Oui, il faut quelqu'un pour relever et transmettre les messages, ceux qui nous viennent de Londres et ceux qu'on leur envoie. Nous n'en sommes qu'au début et pas encore en liaison radio avec Londres, mais ça viendra ; d'ici là, c'est de relais en relais que nous communiquons. Voilà, je vous laisse en de bonnes mains ; et surtout, ne vous fiez pas aux apparences quand, tout à l'heure, vous allez découvrir les vitrines de la librairie Marque-Pages, c'est son nom. De même que j'ai et que je cultive une très importante clientèle allemande, de même les Perrier ont une très grosse clientèle grâce à tous ceux qui, comme Pétain, sont les adeptes de la collaboration la plus engagée…

En effet, s'il n'avait été prévenu, la librairie Perrier était de celles qui devaient inciter tout opposant au régime à changer de trottoir pour ne pas avoir à contempler la grande photo couleur du Maréchal, mais aussi les livres exposés dans les vitrines. Car, outre les ouvrages de Drieu la Rochelle, Paul Chack, Rebatet, Brasillach, Céline et autres laudateurs du nazisme et de l'antisémitisme, trônait au milieu, bien en vue sur un présentoir, la traduction française de *Mein Kampf*, par André Calmettes, aux Nouvelles Éditions latines.

Pour Jean, cette surprise ne fut pas la seule lorsque Mme Diamond le présenta à Maxence Perrier. Celui-ci, dont le revers du veston, outre un insigne en forme de francisque, s'ornait de plusieurs rubans attestant nombre de décorations – dont la Légion d'honneur et la croix de guerre –, était âgé d'une soixantaine d'années et manchot du bras droit.

— Je l'ai laissé pas loin des Éparges, sourit-il en notant la gêne qu'eut Jean pour lui serrer la main gauche, puis il ajouta plus bas : Vous comprenez pourquoi j'ai besoin d'aide pour faire tourner la ronéo, ça fatigue beaucoup à la longue, et comme en plus je suis cardiaque et que ce n'est pas un travail pour une faible femme comme mon épouse…

Celle-ci, à peu près du même âge que lui, était frêle à un point qu'on pouvait craindre de la voir s'envoler au premier courant d'air. Mais l'un et l'autre accueillirent Jean comme ils l'eussent fait d'un de leurs petits-fils si, comme le lui dit Maxence Perrier, le ciel avait bien voulu nous envoyer des enfants.

Ce n'était pas le cas, aussi reportèrent-ils aussitôt toute leur affection sur lui. Il était à croire que Mme Diamond leur avait brossé un très sympathique tableau de lui, grâce auquel il se sentit tout de suite à l'aise chez eux.

En revanche, il eut beaucoup de mal à se faire aux chalands qui fréquentaient la librairie Marque-Pages. Ceux-ci, persuadés, puisqu'il travaillait chez les Perrier, qu'il partageait leur idéal fasciste, non contents d'acheter ce qu'il tenait pour la lie de la littérature, se plaisaient à lui parler de tout le bonheur que leur avait procuré la lecture de telles ou telles charges contre la juiverie, la franc-maçonnerie, les bolcheviques, sans oublier les Anglais et ce traître, ce vendu d'ex-colonel de Gaulle.

De même, il eut du mal à comprendre pourquoi M. Perrier, deux jours après son embauche, lui demanda un matin :

— Jean, quel âge avez-vous ?

— J'aurai vingt et un ans en octobre.

— Trop jeune, beaucoup trop jeune… Bon, on va arranger ça…

— Mais…

— Oui, trop jeune. Supposez qu'on doive bientôt vous envoyer en zone libre – et, cette fois, vous passerez la ligne de démarcation sans trop de problèmes – donc on vous envoie, disons, du côté de Lyon, de Marseille, ou dans le Limousin, là où ce que nous aimons se développe bien. Mais, une fois là-bas, savez-vous ce qui risque bêtement de vous arriver si on vous demande vos papiers ? Je parle des vrais, ceux qu'il vaudrait mieux ne pas avoir à présenter à Paris, si j'en crois notre amie Claire, oui, Mme Diamond, qui nous a parlé de vos quelques déboires, place de l'Étoile.

— Bien sûr, reconnut Jean qui comprenait de moins en moins, mais je ne vois pas…

— C'est pourtant simple, en zone sud si, pour une raison ou pour une autre, on vérifie votre âge, vous êtes tout de suite bon pour les Chantiers de jeunesse. Ils sont obligatoires pour tous les jeunes, de vingt à vingt-deux ans.

— Je n'y avais pas pensé…

— Alors à mon avis, dans un premier temps, vous allez vous laisser pousser un vrai collier de barbe, du solide, qui va vous vieillir disons de… trois ans, ça devrait suffire. Après quoi, avec une bonne photo, un ami vous peaufinera des papiers plus vrais que nature ; vous verrez, sa femme et lui sont très, très doués. Bref, on va arranger ce problème d'âge et votre lieu de naissance. Voilà, d'ici là, vous allez attendre ici, et sans sortir, que votre barbe pousse. Mais ça ne vous empêchera pas de m'aider le soir à imprimer notre bulletin et, dans la journée, à servir la clientèle avec le sourire, même si c'est la plus déplaisante que j'ai jamais eue en trente ans de métier !

René n'en revenait pas de l'évolution d'Albert ; il ne savait toujours pas si celui-ci avait renoué avec lui pour lui faire part de ses exploits amoureux ou de son total changement d'idées politiques. À ce propos, il lui avait tout de suite fait comprendre que son point de vue n'avait en rien changé, pacifiste et prudent il était, prudent et pacifiste il resterait quoi qu'il arrive. Et ce n'était pas parce que les bombardements sur l'Angleterre faisaient rage et que les Anglais seraient, sous peu, écrasés, du moins si l'on croyait Radio-Paris, que cela allait changer quoi que ce soit dans sa ligne de conduite. Aussi, sur ce sujet, Albert semblait avoir compris qu'il n'était pas à la veille de le convertir à ses nouvelles orientations ; qu'il se veuille désormais gaulliste n'avait aucun intérêt.

Par contre, René s'amusait beaucoup de ses conversations au cours desquelles il lui vantait ses prouesses horizontales avec cette fille, très chaude, disait-il, mais qu'il avait toujours refusé de lui présenter.

— Tu as peur que je te la prenne ?

— Pas de risque ! Elle est folle accrochée, mais elle ne veut pas qu'on nous voie ensemble. Ses parents habitent à côté de la Sorbonne, rue Soufflot, et elle a toujours peur que son père nous surprenne car, d'après elle, ce serait affreux et il serait tout à fait capable de la corriger à coups de ceinture !

— Paraît qu'il y a des femmes qui aiment ça ! Bon, d'accord, tu ne sors pas avec, mais tu la baises où ?

— Dans ma chambre, tranquille, sous les toits ; ma mère n'y met jamais les pieds, c'est l'étage réservé aux bonniches, alors tu penses ! Non, là-haut, aucun risque d'être surpris ; la seule chose qui manque, m'a dit Simone, c'est un bidet, mais on se débrouille très bien sans lui. Après tout à quoi servirait d'avoir des parents pharmaciens si on ne pouvait trouver des préservatifs ?...

— Ses parents sont pharmaciens, comme les miens ? Alors qu'est-ce qu'elle fout à la Sorbonne ? Elle ferait mieux de faire pharmacie, comme moi ! Mais si tu as des combines pour avoir des capotes je suis preneur. Ben oui, si j'étais à Béziers, mon père m'en fournirait, mais avec la politique nataliste de l'autre vieux crabe étoilé, un paquet de capotes risque de t'expédier en tôle ; alors si tu as une combine, je suis preneur, ton prix sera le mien, il ne pourra pas être plus élevé que celui qui a cours à l'École !

— Impossible. Comme tu dis, c'est beaucoup trop dangereux par les temps actuels, avait coupé Albert qu'amusait beaucoup l'accumulation de ses mensonges car, avant la guerre et sa captivité, le père de Simone, loin d'être pharmacien, était opticien, n'avait jamais levé la main sur sa fille, habitait Issy-les-Moulineaux et n'avait sans doute pas beaucoup fait usage de préservatifs puisque Simone était la cadette d'une fratrie de cinq !

Mais, passionné par le rôle qu'il avait décidé de tenir, celui d'une sorte d'agent double, il prenait de plus en plus plaisir à tester la crédulité de ses compatriotes, à mesurer jusqu'à quel point il pouvait les berner, leur faire avaler les plus grosses couleuvres et gober les plus énormes fables. Grâce à tout cela il apprendrait ce qu'il voulait savoir et que lui réclamait M. Delclos, le nom des étudiants gangrenés par le gaullisme, ou le communisme, ce qui revenait au même.

Cela étant, parce qu'il savait que René ne le rejoindrait jamais dans son combat, qu'il était un incurable pleutre, un neutre digne d'être citoyen d'Helvétie, il avait abandonné l'idée de le convaincre ; mais il misait quand même sur le fait que son compagnon devait, comme tout un chacun, plus ou moins connaître les engagements politiques de ses condisciples, par exemple ceux qui, comme lui, étaient en première année de pharmacie ; de même pouvait-il connaître l'état d'esprit des professeurs. Car, comme le lui disait toujours M. Delclos : « C'est toujours par les enseignants que se transmettent les idées et les doctrines, les bonnes, celles pour lesquelles nous luttons, et les nocives qu'il est un devoir d'éradiquer, par tous les moyens ! »

6.

Pendant les trois mois qui suivirent son embauche à la librairie, Jean rongea son frein ; il en vint même à se dire qu'il perdait son temps et qu'il eût pu se dispenser de se laisser pousser la barbe – certes, elle le vieillissait, mais à quoi cela servait-il ?

Car, malgré ce que lui disait Maxence Perrier, qui devinait son impatience et tentait de le modérer, il se sentait inutile à la cause qu'il avait décidé de servir. Pour lui – il regrettait maintenant d'avoir choisi de rester en France –, la vraie résistance ne pouvait se résumer à faire tourner une ronéo. Certes, M. Perrier lui avait demandé d'apprendre à taper à la machine et même si les fautes de frappe étaient encore trop nombreuses, c'était maintenant lui qui transcrivait les articles et les informations que lui donnait Maxence pour le bulletin *France éternelle*. De même était-il celui qui livrait les exemplaires, à quelques adresses bien précises et en prenant toutes les précautions nécessaires.

Mais, pour lui, même si ces transports étaient dangereux, c'était plus un travail de facteur qu'un acte dont il pouvait tirer gloire. Aussi voulait-il tenir un vrai rôle, être autre chose qu'un simple exécutant qui passait les trois quarts de son temps à vendre des livres qu'il exécrait et à tenir à leur sujet des propos dont il ne pensait pas un mot, avec des clients qui ne manquaient jamais de le féliciter pour son bon esprit !

Le seul avantage de cet exercice – car il fallait bien qu'il soit au courant de ce qu'il proposait – avait été de lui rendre encore plus haïssable ce que prônaient les auteurs collaborationnistes et d'exacerber l'envie qui le tenait de les combattre, armes à la main. Mais, comme le lui avait dit un jour Claire Diamond, il semblait de plus en plus évident que son travail ne serait jamais glorieux. Et lorsqu'il tentait d'aborder le sujet avec Maxence Perrier, celui-ci, pour toute réponse, l'interrompait en assurant :

— Chaque chose en son temps. Comprenez, nous n'en sommes qu'au tout début de notre combat, aux prémices de son organisation, à la mise en place de ce qui, un jour, si nous réussissons, posera d'énormes problèmes aux ennemis ; alors patientez et ne désespérez pas : vous êtes utile où vous êtes et c'est très bien ainsi, pour l'instant... De plus, Joachin est très très satisfait de votre travail à ses côtés.

Dès le début de son embauche, sachant qu'il poursuivait ses études aux Beaux-Arts, M. Perrier lui avait lancé, un soir, pendant le dîner :

— Les Beaux-Arts, donc vous devez savoir bien dessiner, faire des plans, des croquis ?

— Oui, à peu près...

— Alors vous allez pouvoir travailler avec Joachin, un Espagnol qui a trouvé refuge à Paris, depuis 1939.

— Un Espagnol, réfugié ? Un communiste alors ! s'était étonné Jean qui, malgré son peu de connaissance et d'intérêt pour l'histoire de l'Espagne, savait quand même ce qu'il en était de Franco et de l'aide que lui avaient apportée les mussoliniens et les hitlériens pour venir à bout de ses opposants.

— Communiste ? Non, je ne crois pas, plutôt anarchiste mais, dans tous les cas, opposé au fascisme, qu'il soit espagnol, allemand, italien ou, hélas ! et pour certains de chez nous, français ; pour moi c'est ce qui compte et peu m'importent ses éventuelles orientations politiques.

— Et que puis-je faire pour lui ? avait demandé Jean qui ne comprenait toujours pas.

— C'est un grand spécialiste des faux papiers, de tous les faux documents… D'après ce qu'il m'a laissé entendre, il a commencé à se faire la main pendant la guerre d'Espagne, pour aider tous ceux de ses amis du Sud à s'échapper au Portugal, ou en Algérie, quand Franco a commencé à sévir avec toute la brutalité qu'on lui connaît. Cela étant, on me dirait que Joachin s'était d'abord fait la main, et depuis longtemps, dans les faux billets de banque ou bons du Trésor que je n'en serais pas étonné… Vous verrez, il vous apprendra toute la technique, et comme on a vraiment besoin de documents de toute sorte, il a du mal à fournir. Pourtant, Carmela, sa femme, et aussi mon épouse l'aident avec succès, mais vous ne serez pas trop de quatre…

— Très bien, pour moi, ce qui compte c'est de servir à quelque chose, alors pourquoi pas en fabriquant des faux papiers, je verrai au moins si je n'ai pas trop perdu la main.

Grâce à la technique, très au point, de Joachin, à la sûreté de ses traits et à son habileté, Jean devint rapidement, sinon un grand faussaire, du moins un très correct artisan, capable de fabriquer des tampons aussi vrais que les officiels.

Ceux-ci, toujours gravés au nom des archives de municipalités détruites, soit en 14-18, soit en 39-40, n'avaient plus qu'à être apposés sur des cartes d'identité vierges, en vente dans tous les bureaux de tabac. Les maquettes de cachets et de tampons une fois réalisées étaient ensuite portées par Maxence Perrier à de mystérieux amis.

— C'était déjà leur métier tout à fait officiel avant guerre, lui avait expliqué M. Perrier, ils fabriquaient des tampons pour les entreprises et les commerçants, alors ils ont la technique et le matériel, je ne vous en dis pas plus, car moins on en sait, mieux ça vaut…

Ce fut donc grâce à cette occupation illicite que Jean prit son mal en patience. Par chance, d'emblée, il s'était entendu au mieux avec Joachin et sa femme ; ce n'était pourtant pas toujours facile, car l'un comme l'autre pratiquaient un français à peine compréhensible tant il était chargé d'un accent souvent indéchiffrable, mais aussi parce que Joachin n'était pas plus bavard qu'un morceau de calmar dans une paella. Malgré cela, Jean et eux travaillaient au mieux.

Un des avantages de cette coopération était aussi que Joachin et Carmela habitaient un petit pavillon à Vanves, donc, pour Jean, pas très loin de la librairie des Perrier. Grâce aux explications de Maxence, il avait compris que le couple n'avait pu s'installer et vivre là qu'avec l'aide de tous les faux papiers, passeports et permis de séjour dûment fabriqués par Joachin. Quant à leur gagne-pain, et lorsqu'il en avait le temps, Joachin était un homme tout à fait capable de réparer tout autant une installation électrique défectueuse qu'une robinetterie défaillante ou qu'un moteur d'aspirateur. Mais, à en croire Maxence, sa principale occupation et son plaisir était le travail de contrefacteur.

Malgré un emploi du temps chargé, autant chez les Perrier que chez Joachin, Jean ne se sentit pleinement reconnu comme résistant que le jour où il aida Joachin à fabriquer ses propres faux papiers d'identité ; grâce à eux, il s'appelait désormais Jean Bertaud, né le 2 octobre 1917 à Moreuil. Joachin et lui avaient choisi cette petite commune car celle-ci avait été intégralement détruite pendant la bataille de la Somme, en mars 18, et que ses archives de l'état civil, même reconstituées, pouvaient être incomplètes donc difficilement vérifiables.

— Vous voilà donc définitivement des nôtres, le félicita M. Perrier, vous allez pouvoir voyager… Ah, il faut aussi que vous le sachiez, même si vous l'avez sans doute déjà deviné et même si, de prime abord, ça peut paraître excessivement puéril, mais, pour limiter les éventuelles fuites, les trahisons ou même les simples gaffes, tous ceux de notre groupe, conformes en cela à ce qui se pratique dans les autres réseaux, ont choisi des pseudonymes en s'inspirant de l'ornithologie ; pour vous, il reste Pinson ; ça vous convient ?

— Oui, pourquoi pas ?

— Quant à Marthe, mon épouse, c'est Alouette, moi-même étant Tétras ; d'accord, tout cela fait très boy-scout, mais c'est quand même un excellent moyen pour ne pas avoir à nous connaître sous notre vrai nom, sauf, bien entendu, pour le petit groupe des fondateurs.

— Je comprends, dit Jean, heureux d'être mis dans le secret ; et Mme Diamond, a-t-elle un pseudonyme ?

— Claire ? Bien sûr, pour nous et pour ceux de Londres elle est Hulotte, et notre réseau est celui des Ornithologues…

— Même pour Londres ?

— Bien entendu. Comment croyez-vous que nous puissions avoir une quelconque utilité en France si nous ne sommes pas en rapport avec ceux qui, en Angleterre, s'emploient à organiser la Résistance intérieure ? Organisation qui, au demeurant, n'est pas facile, du moins si j'en crois ce que certains laissent entendre lorsqu'ils reviennent de Londres... Il paraît qu'il y a des frictions...

— Sur quel sujet ?

— La politique, naturellement ! Vous êtes jeune, mais pas naïf au point de croire que les orientations partisanes et les ambitions personnelles ont disparu avec la défaite, ce serait trop beau ! Croyez-moi, elles sont toujours là. Enfin, il ne faut pas que cela nous empêche de nous battre, il sera bien temps, quand nous aurons gagné, de décider qui furent les vrais patriotes ; je doute que ce soient des parlementaires, car n'oublions jamais que, dans leur grande majorité, ils ont, l'an passé, voté les pleins pouvoirs à Pétain !

S'il était satisfait des résultats obtenus, Albert estimait néanmoins ne pas avoir son content d'activités patriotiques. Certes il était fier d'avoir reçu les chaleureuses félicitations de M. Delclos et, grâce à lui, d'avoir été présenté à un des proches d'Eugène Deloncle. De même était-il heureux d'avoir désormais la possibilité, grâce à ses chroniques, de donner ses avis d'étudiant, sous divers pseudonymes, dans des journaux aussi importants que *La Gerbe*, *Je suis partout* et *Le Petit Parisien*.

Malgré cela, force lui était de constater que lui manquait l'excitation ressentie pendant les mois au cours desquels, grâce à Simone, il avait discrètement traqué les mauvais Français qui, tout en se disant étudiants, étaient surtout de dangereux propagandistes des idées gaullistes ou communistes.

Au sujet de Simone, parce qu'il ne pouvait nier qu'elle savait, une fois au lit, faire oublier son physique ingrat, il était toujours ravi de l'honorer aussi bien qu'il pouvait une, parfois deux fois par semaine. Sûrement aurait-il fait mieux si les restrictions alimentaires ne le laissaient en permanence dans un état peu propice à la répétition des exploits amoureux. Car malgré quelques denrées que ses parents se procuraient au marché noir, à des prix prohibitifs, il avait toujours faim ; il ne gagnait pas encore assez bien sa vie avec ses articles pour accéder au marché interdit, du moins pour la majorité des consommateurs. Mais qu'il ait été plus ou moins ardent avec Simone depuis qu'elle l'avait tant étonné le premier soir ne l'avait pas empêché, semaine après semaine, de traquer discrètement ses relations ; de repérer lesquels, parmi ceux avec qui elle discutait le plus souvent, pouvaient être de dangereux clandestins et, mine de rien, avec une prudence de renard, de l'interroger sur tel ou tel. Grâce à quoi, petit à petit et tout en levant même l'hypothèse qu'elle était, peut-être, elle aussi atteinte de « dingaullite » – maladie honteuse et incurable –, il avait établi une liste de quatorze suspects sur laquelle figuraient, en bonne place, les auteurs du chahut de février, ainsi que d'autres fauteurs de troubles, propagandistes, par oral ou par écrit, des thèses gaullistes.

Tous ces noms, confiés à M. Delclos, avaient permis le renvoi immédiat de neuf étudiants, mais aussi, et c'était plus sérieux, l'arrestation de cinq autres. Il se disait que ces derniers avaient reconnu leurs engagements et qu'ils n'étaient pas à la veille de sortir de Fresnes ou du Cherche-Midi.

Quant à Simone, même si, parfois, il avait quelques doutes à son sujet, il s'était bien gardé de la dénoncer, d'une part pour qu'elle ne devine pas qu'il jouait double jeu, de l'autre parce qu'elle pouvait encore l'informer ; et comme, de plus, elle était un excellent repos du guerrier… D'ailleurs, dans le fond, peu importait qu'elle penchât, peut-être, du côté de ceux qu'il fallait éliminer, l'essentiel était qu'il puisse toujours la questionner discrètement pour connaître l'état d'esprit de ses condisciples.

Il avait d'ailleurs été étonné qu'elle n'ait jamais évoqué avec lui les renvois et les arrestations qui avaient touché leur promotion. Et lorsqu'il avait devant elle abordé ces événements, pour les déplorer et assurer qu'il était de tout cœur avec les punis, elle s'était contentée de hausser les épaules en assurant que tout cela n'était que des enfantillages de potaches.

Il était persuadé du contraire mais, tout en étant heureux des résultats obtenus, lui manquait maintenant, faute de gibiers gaullistes et marxistes, le plaisir de la chasse. Il fut certain de l'avoir retrouvé lorsque, un jeudi de mai, une fois de plus à la piscine Pontoise, il vit arriver René, qu'accompagnait Huguette. René la lui avait présentée deux mois plus tôt et il devait avouer que son camarade n'avait pas exagéré lorsqu'il lui avait assuré qu'elle était superbe ; il ne devait pas non plus farder la vérité en proclamant, sans aucune pudeur, qu'elle était chaude comme une caille et toujours prête à s'envoler vers le septième ciel.

Mais, ce soir-là, bien qu'il fût, sans le laisser paraître, jaloux de la chance qu'avait René de partager ses nuits avec une aussi belle fille – la comparaison avec Simone n'était même pas possible ! –, ce que lui annonça son compagnon lui fit aussitôt oublier les égrillardes pensées que la contemplation d'Huguette faisait naître en lui, car ce que laissait deviner son maillot de bain humide était une vraie provocation ; il les repoussa dès les premiers mots de René :

— Tiens, au fait, dimanche dernier, au cinéma, devine qui j'ai rencontré ? annonça René dès qu'Huguette eut plongé.

— C'était quoi, le film ? demanda Albert en admirant le style de la nageuse.

— *Mélodie pour toi.*

— C'est bien ?

— Non, trop cucul la praline.

— Et alors, tu parlais de qui, avant ?

— Ah ! oui, à la sortie, je me suis cassé le nez sur Morel, tu t'en souviens, le copain de Jean.

— Oui, et alors ?

— Alors mon vieux, figure-toi qu'il a croisé Jean, la semaine dernière, dans les couloirs du métro Pasteur…

— Jean ? Tu rigoles, dit Albert, cœur battant car il pressentait qu'une telle information allait lui permettre d'inscrire une nouvelle proie sur son tableau.

En effet, il ne doutait pas une seconde que la soudaine disparition de Jean apportait, à elle seule, la preuve qu'il n'avait pas abandonné ses coupables engagements, bien au contraire. Mais, sans nouvelles de lui depuis des mois, il avait fini par penser qu'il avait rejoint la zone libre ou, pis encore, l'Angleterre.

— Tu rigoles ? insista-t-il.

— Pas du tout. Mais tiens-toi bien, Morel a failli ne pas le reconnaître. Oui, mon vieux, l'ami Jean s'est laissé pousser la barbe, paraît que ça lui a foutu un de ces coups de vieux ! Tu te rends compte, c'est farce, non ?

« Sûrement pas, pensa Albert, c'est plutôt la preuve que, non content d'être toujours à Paris, il ne veut pas qu'on le sache et il se cache derrière sa barbe. Il n'a pas remis les pieds aux Beaux-Arts, je l'ai vérifié, et pas non plus dans sa chambre, donc il en est réduit à s'abriter on ne sait où, tout ça pue la clandestinité à plein nez… »

— Oui, oui, dit-il enfin, c'est amusant ; mais alors, pourquoi on ne le voit plus ?

— Ça, c'est son problème, pas le mien.

— Morel ne t'a rien dit d'autre à son sujet ?

— Non, moi, je n'ai pas insisté, tu me connais !

« Oh, pour ça, oui, pensa Albert, il est bien évident que tu es de plus en plus poltron et que ce n'est pas toi qui poseras des questions, les réponses risqueraient de déranger ta petite vie minable de pacifiste ! »

— Et Morel, lui, il est toujours aux Beaux-Arts ? insista-t-il.

— Je pense. Et toi et tes amours, ça marche toujours avec ta Vénus invisible ?

— Ça marche très très bien, et tu avais raison, ça change la vie.

— Et les nuits, surtout, ricana René. Oh ! dis donc, vise la fille là-bas, en maillot bleu deux pièces, oui, celle qui sort du grand bain, regarde-moi ce cul ! Sublime, non ?

— Ça, j'avoue… Mais celui d'Huguette ne te suffit pas ?

— Si, si, pas de problème. Mais, crois-moi, il ne faut jamais perdre l'instinct du chasseur, jamais, il faut toujours être à l'affût de la bonne affaire…

— Tu ne crois pas si bien dire, approuva Albert qui, déjà, se promettait de partir à la recherche de Morel et, par lui, de retrouver la trace de Jean, Jean qui devait avoir beaucoup de choses à cacher, des informations que les amis de M. Delclos seraient ravis d'entendre.

Jean n'avait pas revu Claire Diamond depuis le jour où elle l'avait accompagné chez les Perrier. À l'époque, elle lui avait expliqué qu'elle allait partir pour la Suisse. Il en était resté là, mais, dans ses souvenirs, ne s'était pas effacée l'image, vite corrigée, qu'elle lui avait laissée entrevoir le jour où elle lui avait annoncé les premières arrestations. Il avait donc, toujours en mémoire, le regard, lourd de tristesse, qu'elle lui avait lancé.

Aussi, en ce matin de fin mai, fut-il choqué par la première impression qu'elle lui donna lorsqu'elle entra dans la librairie Perrier. Elle ne se savait pas observée car il était en train d'encaisser le prix du volume qu'il venait de vendre à un chaland, après en avoir fait l'apologie ; c'était le dernier pamphlet de Céline, *Les Beaux Draps*, édité par les Nouvelles Éditions françaises, un texte ignoble qu'il avait honte de vendre, comme toute la littérature collaborationniste. Mais, comme le répétait toujours Maxence Perrier, nous avons là notre meilleure couverture, qui pourrait se douter de tout ce que nous faisons d'interdit ?

Ce fut lorsqu'il eut rendu la monnaie que Claire, s'approchant vers lui, reprit en un instant le visage qu'il lui connaissait, celui d'une femme forte, que rien ne semblait pouvoir impressionner, ni marquer ni assombrir. Mais déjà, pour lui, la première image reçue lui avait porté un coup au cœur ; car pendant quelques secondes, sans doute parce qu'elle croyait que nul ne la regardait, il avait eu le temps de mesurer à quel point une poignante tristesse, un immense chagrin, déformait ses traits, voilait ses yeux. Et des rides, jusque-là à peine perceptibles, étaient désormais définitivement creusées. Aussi, pour très fugitif qu'ait été le coup reçu, ce fut lui qui eut du mal à se remettre et ce lui fut d'autant plus difficile quand Mme Diamond, maintenant tout sourire, lui lança :

— Eh bien, mon petit Jean, vous voilà bien changé ! Ce collier de barbe blonde vous va à ravir, heureusement que je ne vous loge plus, vous feriez un malheur parmi mes petites mains, mais je suis sûre que vous en faites ailleurs… Vous allez bien ?

— Oui, oui, je… et vous ?

— On ne peut mieux, assura-t-elle, ma cure en Suisse a été excellente.

Il approuva poliment tout en se disant qu'il fallait avoir une force de caractère hors du commun pour mentir avec une telle audace, car il savait qu'il n'oublierait jamais ce que quelques secondes de relâchement de Claire lui avaient fait découvrir.

— Maxence et Marthe sont là ?

— Oui, dans la remise.

— C'est donc que tout fonctionne au mieux et c'est l'essentiel, dit-elle en se dirigeant vers l'arrière-boutique.

Ce ne fut que le soir, au cours du très léger dîner qu'il prenait avec les Perrier, qu'il apprit la vérité. En d'autres temps, sans doute lui eût-elle coupé l'appétit ; il n'en fut rien car pour un jeune de vingt ans, deux cent cinquante grammes de pain par jour, cent quatre-vingts grammes de viande par semaine et cinquante grammes de fromage ne pouvaient que le rendre plus féroce, presque d'heure en heure. Et ce n'étaient ni les infects rutabagas, ni, en saison, les encore plus indigestes et répugnants topinambours qui pouvaient atténuer une fringale que le pain, aussi immonde que noir, ne calmait pas.

— Vous savez ce qui mine Claire ? lui demanda Maxence.

— Non, pas du tout, assura-t-il tout en se disant qu'il n'était donc pas le seul à avoir vu ce qu'elle tentait pourtant de cacher.

— Un drame affreux. Elle vous avait dit qu'elle allait en Suisse pour avoir des nouvelles de son fiancé ?

— Oui.

— Elle sait maintenant qu'il est mort, assassiné par les nazis.

— Assassiné ?

— Oui. Ils l'avaient jeté dans un camp de concentration, du côté de Munich. Et, si j'ai bonne mémoire, il doit s'agir de Dachau. J'ai lu, il y a quelques années, dans la revue *Lecture pour tous*, que j'ai toujours dans mes archives, un grand reportage, avec photos, sur ce premier camp ouvert par les nazis, en 1933. Ils y ont déjà expédié des milliers d'opposants allemands, lesquels y meurent de faim, de maladie, sous les coups, ou, encore, d'une balle dans le crâne… C'est ce genre d'information qui m'a tout de suite fait comprendre, bien avant la guerre, les mortels dangers que représente pour nous ce IIIe Reich, qu'apprécient notre Maréchal et ses dévots. Et lorsque, en 39, nous avons fait la connaissance de Claire, chez des amis communs, elle nous a tout de suite confirmé toutes les horreurs qu'a installées le système hitlérien et pourquoi, depuis trois ou quatre ans, arrivaient en France les Allemands qui fuyaient le régime nazi. Elle savait de quoi elle parlait, son fiancé venait juste d'être arrêté, en août, je crois…

— Je comprends, murmura Jean en raclant au fond de son assiette, mais sans espoir d'en être rassasié, une infime bribe de chou : oui, maintenant je comprends.

— Vous comprenez quoi ? coupa Marthe.

— Pourquoi elle a l'air si malheureux quand elle croit qu'on ne la regarde pas…

— Ah, ça ne vous a pas échappé non plus, approuva Maxence, oui nous aussi nous avons observé à quel point elle prend sur elle pour cacher ses sentiments, mais ça ne marche pas toujours. Cela étant, ne vous y trompez pas, Claire est d'une trempe exceptionnelle et d'une efficacité redoutable dans le combat que nous menons. Et elle a beaucoup de mérite car il n'est pas donné à tout le monde de faire bonne figure et même de fréquenter, avec le sourire, des individus qu'on exècre, dont on souhaite à chaque instant la disparition.

Ce fut ainsi que Jean, tout en contemplant son assiette vide et en rêvant de la voir débordant d'un cassoulet fumant, ou de frites dorées à point, avec une entrecôte épaisse de deux doigts, entendit Maxence lui brosser le jeu dangereux mais efficace que pratiquait Claire. Il savait, pour l'avoir observé lors de son séjour rue du Faubourg-Saint-Honoré, qu'elle avait de nombreux officiers allemands parmi sa clientèle ; il ne connaissait rien aux grades mais était suffisamment observateur pour deviner que les uniformes et les galons portés par ces clients n'étaient pas ceux d'hommes de troupe ; ceux-ci, d'ailleurs, vu les prix pratiqués par la maison Claire Diamond, n'avaient aucune chance de pouvoir acquérir la moindre écharpe marquée au chiffre C.D. Paris. Mais de là à apprendre que Mme Diamond avait beaucoup de colonels et plusieurs généraux comme relations, il y avait un pas qu'il n'avait pas encore franchi.

Pourtant, à en croire Maxence et Marthe – et ils n'avaient aucune raison d'exagérer –, Claire, non contente d'habiller les compagnes des occupants, n'hésitait jamais à les fréquenter, à faire bonne figure à ceux qui, quelque part du côté de Munich, avaient assassiné son fiancé. Elle acceptait donc leurs invitations, les côtoyait volontiers et faisait très grande impression lors des dîners chez Maxim, à La Tour d'Argent ou au Fouquet's ; et elle ne boudait pas non plus les soirées au Tabarin, au Moulin de la Galette ou au Lido. De même, sans doute en souvenir de son premier métier, modiste, elle était à Longchamp ou à Auteuil celle dont les chapeaux étaient, de loin, les plus élégants et originaux.

— Mais dans quel but tout ça ? demanda Jean qui peinait à croire qu'il fût possible de jouer une telle partition sans aucune fausse note.

— Son but ? Très simple, exactement comme nous avec notre librairie, surtout axée sur les immondices que pondent les de Poncins, Rebatet, Drieu et autres fascistes ; grâce à cette compromission avec ces vendus, nous nous mettons à l'abri des soupçons que pourraient un jour avoir, suite à d'éventuelles dénonciations ou recoupements, autant les voyous de la Gestapo que ceux de l'Abwehr – individus qui, dans tous les cas, sont de redoutables limiers. Quant à Claire, qui tient un grand rôle dans notre mouvement, je ne vous dis pas lequel, car moins on en sait sur chacun d'entre nous, moins on prend de risques, elle n'a pas son pareil pour ne pas perdre une miette de ce que peuvent se raconter les occupants entre deux bouteilles de champagne au Schéhérazade ou au Lido…

— Elle parle donc allemand ?

— Elle jure que non, mais je suis sûr du contraire, car, d'après ce qu'elle nous a dit, elle a travaillé avec les couturiers allemands jusqu'en 34, époque à laquelle elle a fait la connaissance de son fiancé. Bref, elle préfère assurer ne pas connaître trois mots de boche, en revanche, elle comprend tout, à la virgule près. Grâce à quoi, aux conversations tenues, propos entendus mais aussi aux passementeries et aux numéros des uniformes, elle permet aux gens de Londres de savoir, à peu de chose près, où sont stationnés ou encore où vont aller tel ou tel régiment. Ça n'a l'air de rien mais c'est d'une importance capitale pour les hommes des 2e et 3e Bureaux de Londres. Voilà pourquoi je peux vous assurer que Claire est d'une trempe exceptionnelle, oui, exceptionnelle.

Jean ne parvenait pas à trouver le sommeil. D'abord parce que la faim lui provoquait d'horribles crampes d'estomac, des douleurs que n'avait pas calmées le breuvage froid, à base de chicorée et de glands torréfiés – que n'améliorait en rien la pastille de saccharine donnant l'illusion du sucre –, qu'il avait bu avant de se coucher. Ensuite parce qu'il faisait une chaleur d'enfer dans la chambre ; juin commençait à peine, déjà une température de four régnait sous les toits et nul souffle d'air n'entrait par le vasistas grand ouvert. Mais, là aussi, il y avait un problème : soit il le laissait fermé après l'avoir masqué d'une couverture, et alors il pouvait lire, soit il l'ouvrait et ne pouvait alors allumer car la défense passive interdisait toute source de lumière. Le soir, il en était donc réduit à lire en ruisselant de sueur, ou à mijoter dans son lit dans l'obscurité, en attendant qu'arrive enfin le sommeil.

Outre la faim et la chaleur, le harcelait aussi, et toujours, le souvenir de sa rencontre avec Morel, un mois plus tôt, dans les couloirs de la station Pasteur. Non qu'il se méfiât de lui, tant s'en fallait puisque, en y réfléchissant bien, c'était grâce à son tract qu'il avait fait ses premiers pas dans la Résistance. Là n'était donc pas le problème.

En revanche, le fait que Morel l'ait aussitôt reconnu, dès que vu, malgré sa barbe, prouvait bien que celle-ci ne changeait pas grand-chose à sa physionomie et que d'autres anciens camarades d'études pouvaient, tout aussi bien, lui taper un jour sur l'épaule au hasard d'une rue et lui lancer :

— Sacré Aubert, pourquoi on ne te voit plus ? Tu te caches ? Tiens, ça fera plaisir aux copains quand je leur dirai que je t'ai rencontré…

Et ça, ce n'était pas sain du tout car, au sujet de ses relations, il n'était pas à la veille d'oublier comment Albert l'avait reçu le soir du 11 Novembre. Cela ne prouvait pas que celui-ci ait persisté dans une voie aussi exécrable que celle de la collaboration, mais, à en croire M. Perrier, auquel il s'était confié, cela devait, plus que jamais, le pousser à la prudence. Quant à Morel qui, pendant leur brève rencontre, lui avait franchement laissé entendre qu'il était résistant, façon discrète de lui tendre une perche, là encore Maxence était resté dans l'expectative.

— Certes, lui avait-il dit, votre camarade est sans doute des nôtres, sa présence à l'Étoile et ce qu'il vous a dit dans le métro tendent à le prouver. Mais jusqu'où est-il prêt à aller ? Je sais très bien que nous devons recruter des jeunes comme vous, mais avant de tenter quoi que ce soit, encore faudrait-il savoir, exactement, mais discrètement, quel est son niveau d'engagement ; c'est bien joli de se proclamer résistant, mais c'est insuffisant, il faut des actes… Alors, de là à prendre le risque de le contacter à la sortie de ses cours, j'avoue que je ne sais trop que vous conseiller car vous risquez de vous casser le nez sur quelqu'un que vous ne voulez pas voir… Parlez-en à Claire quand elle repassera et suivez son conseil.

Il ne demandait pas mieux, mais il ne l'avait pas revue depuis son retour de Suisse et sa visite à la librairie. Aussi s'interrogeait-il toujours au sujet de Morel, partant du principe que si le hasard les avait remis une première fois en présence, rien ne prouvait qu'il n'y en aurait pas une seconde ; et alors que dire, que répondre ? Tout cela était agaçant et n'aidait en rien à trouver le sommeil.

— Cette fois, mon cher Albert, nous les tenons, ils sont perdus. Quel grand jour et aussi quelle intelligence de la part de ceux qui ont réussi à faire croire aux Soviétiques qu'on resterait leurs alliés ! triompha M. Delclos lorsque, en cet après-midi du lundi 23 juin, Albert vint lui apporter les articles qu'il destinait au bulletin *Jeunes de France*, à *La Gerbe*, à *Je suis partout* et au *Petit Parisien*.

— Certes, approuva-t-il, c'est une excellente nouvelle et nous allons enfin pouvoir sérieusement traquer tous ces cochons de communistes qui pourrissent la France depuis trop longtemps ! Mais la Russie est grande et…

— Tatata ! Pas de défaitisme ! coupa M. Delclos, si le Führer a décidé de frapper c'est qu'il est sûr de la valeur de ses troupes et de leur force ! Elles vont nous balayer toute cette racaille rouge qui pollue l'Europe, et je parie qu'elles seront à Moscou dans moins de trois mois, quelle magnifique journée ce sera !

« En attendant, ces fameuses troupes ne sont toujours pas à Londres », pensa Albert qui se garda bien de faire état de l'inquiétude que son père lui avait transmise, pas plus tard qu'au repas de midi, en se taillant une tranche de rillettes du Mans qui ne figuraient sur aucun bon d'alimentation et qui se monnayaient très cher au gramme !

— Dangereux tout ça, dangereux, lui avait-il dit, j'espère de tout cœur que ce plan réussira et que les armées allemandes vont écraser les Soviets. Mais… moi, je ne peux oublier l'erreur qu'a faite Napoléon en s'embarquant dans la même aventure… Enfin, croisons les doigts…

— Vous ne partagez pas mon bonheur ? s'inquiéta M. Delclos qu'étonnait l'air songeur de son élève.

— Si, si, bien entendu, ce jour de juin fera date dans l'histoire de cette grande Europe que nous rêvons tous d'établir, une Europe qui sera débarrassée de la vérole marxiste et de la juiverie.

— Exactement. Vous verrez, mon petit Albert, votre génération va vivre de grands moments, de très grands moments, grâce au triomphe de nos idées ! Tenez, on m'a récemment fait passer une bouteille de Dubonnet, on va trinquer à la victoire ! Désormais, elle est à portée de main !

— Vous avez entendu ? demanda Maxence Perrier dès que Jean entra dans la librairie, en ce lundi 23 juin.

— Entendu quoi ?

— Churchill, bien sûr !

— Non, je n'ai pas la radio, là-haut, rappela Jean.

— C'est vrai. Alors tenez-vous bien, hier, les Boches et les Macaronis ont rompu le pacte germano-soviétique ! Les Allemands ont attaqué la Pologne et foncent maintenant vers l'est.

— C'est une bonne ou une mauvaise nouvelle ? demanda Jean car, en toute honnêteté, il ne savait que penser.

— Difficile à dire. Bonne dans la mesure où les troupes envoyées là-bas ne débarqueront pas en Angleterre, très mauvaise si elles écrasent la Russie… Mais soyons optimistes et n'oublions jamais comment a fini la Grande Armée de Napoléon.

Jean n'eut pas le temps de poursuivre la conversation car venait d'entrer dans la librairie M. Boutrot, un fidèle client.

Il était de ceux qui n'achetaient pas souvent de livres mais qui aimaient beaucoup venir tailler une bavette avec Maxence ou Marthe Perrier, histoire de partager avec eux ses points de vue sur la politique.

— Alors, vous avez appris ? lança-t-il joyeusement.

— Vaguement, éluda Maxence, j'ai mal entendu le Poste parisien ce matin et j'ai cru comprendre que…

— Qu'ils sont foutus ! coupa M. Boutrot, oui, oui, c'est une question de quelques semaines avant que les rouges soient définitivement supprimés ; très bientôt, nous n'aurons plus à craindre ni leur faucille ni leur marteau !

— Certes, certes, approuva Maxence en se tournant vers Jean : Dites-moi, mon petit, passez voir mon épouse à la remise, je crois qu'elle veut vous confier une commission.

Puis, stoïque, il se retourna vers M. Boutrot et se prépara à subir les insanités dont celui-ci avait le secret.

Cinq minutes plus tard, Jean quitta la librairie après avoir salué l'importun qui en était maintenant à expliquer comment les troupes allemandes allaient, sans coup férir, progresser jusqu'aux frontières de la Mongolie et de la Chine.

« Et pourquoi pas jusqu'en Alaska, tant qu'il y est, cet abruti », pensa-t-il en serrant sous son bras une serviette d'étudiant. Dans celle-ci, logées au milieu de journaux très proches des idéaux de Vichy, reposaient les maquettes de plusieurs tampons et cachets, rapportés la veille au soir de chez Joachin et que le surnommé Loriot, le fabricant spécialiste de timbres en caoutchouc, allait rendre opérationnels. Il habitait rue Émile-Zola, à Saint-Ouen, aussi fut-ce en souhaitant ne croiser aucun ancien camarade au cours du trajet à venir qu'il partit vers la station Convention.

7.

Fidèle aux conseils que lui avait donnés Maxence dès ses premières missions, Jean tentait toujours de savoir si la voie était libre avant de se présenter chez ses correspondants. Pour ce faire, tout en observant l'immeuble, soit il jouait les lèche-vitrines, soit il s'offrait un simili-café si un bistro existait à proximité de son rendez-vous.

Ce jour-là, comme il l'avait toujours fait à chaque livraison, il s'installa à la terrasse de Chez André, commanda son breuvage et ouvrit le numéro du *Petit Parisien* qu'il venait d'acheter. Comme prévu, l'éditorial ruisselait d'éloges pour la décision, tant souhaitée, que venait de prendre le maître du Reich en attaquant l'URSS.

— Pas prudent ce que vous faites là, lui chuchota le patron en posant la consommation devant lui, pas prudent du tout, insista-t-il.

Et parce que Jean feignait l'incompréhension, il ajouta :

— Je vous ai vu plusieurs fois ici, avec toujours le même manège ; d'abord la lecture d'un torchon, pour essayer de donner le change, mais zéro. J'ai tout de suite vu chez qui vous alliez… là-bas, à côté de l'épicerie, chez les Dubois…

— Et quand bien même ?

— Partez ! insista l'homme en essuyant la table d'un coup de torchon, filez, ils vous attendent, vous ou un autre…

— Ah, ils sont… murmura Jean en se sentant pâlir.

— Sont arrivés ce matin, vers 6 heures et quart, j'ouvrais juste… Deux voitures, six hommes, mais ils étaient neuf en ressortant, avec M. et Mme Dubois et leur fils ; vous pensez si je les connais, je suis né ici, et eux aussi. Voilà, mais c'est pas tout, quand ils ont eu embarqué les Dubois, deux types sont revenus dans l'immeuble, ils attendent… Alors si vous y allez, vous êtes bon. Filez maintenant, cette saloperie de tisane est à mon compte…

— Merci, balbutia Jean en se levant et en se jurant de ne jamais oublier celui qui venait de le sauver.

C'était un petit bonhomme d'une cinquantaine d'années, à l'air affable, un peu chauve, dont l'accent, très parisien, prouvait bien qu'il était né dans cette rue Émile-Zola où, grâce à lui, il venait d'échapper à une souricière.

Ce fut d'un pas qu'il s'efforça de rendre le plus naturel possible, alors qu'il mourait d'envie de courir, qu'il se dirigea vers la station Garibaldi. C'est toujours en s'interdisant de se retourner pour savoir si on ne le suivait pas qu'il entra dans le wagon de deuxième classe.

Quand les portes eurent claqué et que la rame démarra, il s'aperçut qu'il ruisselait de sueur et qu'il tremblait à un point tel que sa proche voisine, une dame de l'âge de sa mère, ne put s'empêcher de lui dire, index dressé :

— C'est pas bon de courir comme vous avez dû le faire, surtout par cette chaleur, c'est comme ça qu'on attrape du mal…

Il approuva poliment, alla même jusqu'à sourire et feignit de s'absorber dans la lecture de son journal.

— Il faut prévenir Claire, décida Maxence Perrier dès que Jean, toujours très tendu, lui eut rendu compte de sa mission ratée.

— Vous voulez que j'y aille ? proposa-t-il.

— Surtout pas ! Vous ne devez, en aucun cas, remettre les pieds chez elle, ses petites mains et son associée se poseraient trop de questions à votre sujet. Non, Marthe va y faire un saut, après tout rien n'est plus naturel pour une femme que de rentrer dans une maison de couture. Vous avez les maquettes ?

— Bien sûr.

— Bon. J'ignore qui va maintenant pouvoir nous fabriquer les tampons, mais, en attendant, je vais les mettre en lieu sûr. Quant à vous, jusqu'à nouvel ordre, vous allez continuer à vendre ce que nous sommes, hélas ! obligés de vendre à de dangereux crétins comme M. Boutrot.

Plus la date des vacances approchait, plus Albert se reprochait de n'avoir toujours pu rencontrer François Morel. Ce n'était pourtant pas faute d'avoir plusieurs fois fait le planton à la sortie des Beaux-Arts dans l'espoir de l'apercevoir. De même avait-il été jusqu'à demander à quelques étudiants qui, vu leur âge, devaient être de la même année que lui s'il suivait toujours les cours. Or, depuis plus d'un mois, il était évident qu'il les séchait sans vergogne. Point n'était besoin d'être très futé pour en déduire que, tout comme Jean Aubert, son collier de barbe et sa disparition, Morel filait un mauvais coton et s'en cachait. Le tout était de savoir pourquoi, le tout était surtout de découvrir qui étaient les auteurs des libelles répugnants qui faisaient maintenant florès, tant à la Sorbonne qu'aux Beaux-Arts et partout ailleurs.

À leur sujet, les renseignements que M. Delclos obtenait étaient irréfutables, il les tenait des confidences de quelques confrères aussi patriotes que lui et que scandalisait la prolifération des tracts subversifs, des bulletins infâmes et même de quelques vrais journaux, en provenance de la zone sud, comme *Liberté*, *Vérité*, *L'Université libre* ! Il était donc urgent de mettre bon ordre à cette gabegie, faute de quoi, à la rentrée d'octobre, le risque était grand de voir s'étendre l'épidémie antifrançaise, peut-être contagieuse, qui commençait à infecter le monde étudiant.

Mais, autant il était facile d'observer la progression du mal, autant il devenait difficile de dénicher les agents porteurs du microbe gaullo-britannique. En ce qui concernait Albert, après les beaux succès obtenus, il était maintenant obligé de reconnaître qu'il ne savait plus que faire pour mettre des noms sur les fauteurs de trouble ; ceux-ci, échaudés par les renvois et les arrestations, avaient acquis une prudence qui rendait son double jeu très difficile. De plus, malgré les discrets appels du pied qu'il tentait auprès de ceux qu'il soupçonnait d'être les meneurs, ces derniers tardaient à répondre favorablement à ses avances. À tel point qu'il en était à se demander s'il ne perdait pas son temps et son énergie en voulant persuader les résistants, maintenant actifs et clandestins, qu'il était des leurs.

Même Simone, qui n'avait jamais été très loquace lorsqu'il avait tenté d'évoquer avec elle ceux qui, parmi leurs compagnons d'études, étaient des agitateurs, devenait maintenant muette dès qu'il abordait le sujet. Aussi en était-il à se demander si les vagues soupçons qu'il avait eus, dès le début, à son égard n'étaient pas justifiés et si, comme d'autres, elle n'était pas du côté des crapules de la Résistance. Faute de la moindre preuve, parce qu'elle était toujours aussi ardente au lit que silencieuse sur certains sujets, il se contentait de ses prouesses horizontales ; mais, pour autant qu'il y trouvât du plaisir, cela ne satisfaisait point son besoin d'action et ce désir qu'il avait d'être vraiment utile à la cause qu'il servait, celle du Maréchal.

Quant aux articles, de plus en plus virulents, qu'il commettait ils ne lui suffisaient plus car il rêvait d'engagements plus virils, plus concrets. Aussi, parce que le manque de résultats exacerbait sa mauvaise humeur au fil des jours, en était-il arrivé à ne plus supporter les conversations qu'il ébauchait avec René lorsqu'ils se rencontraient à la piscine.

Leurs entrevues étaient devenues rares car, l'été et la chaleur arrivant, la belle Huguette avait vite convaincu son amant que les bains Deligny, grands ouverts au soleil, étaient parfaits pour, d'une part, bien bronzer, et d'autre part pour rencontrer des jeunes avec qui il était possible de discuter sans aborder aussitôt des sujets aussi ennuyeux que ceux qu'Albert affectionnait. Car même s'il avait réussi à faire gober à René sa totale évolution et ses engagements dans la Résistance, celui-ci n'en était pas moins resté un égoïste que rien ne touchait. Rien, sauf ses nuits avec Huguette et, nouvelle lubie qui avait le don d'exaspérer Albert, sa récente passion pour la peinture – passion très souvent pratiquée au détriment de ses études en pharmacie.

En effet, depuis le printemps, il avait découvert ce qu'Albert désignait cruellement comme « le plaisir de se salir les doigts, tout en barbouillant une toile qui ne t'a rien fait ! Et, en plus, tu voudrais qu'on te félicite pour tes croûtes ! ».

Parce que cette occupation semblait le conforter dans son incurable pacifisme : « Un pinceau n'est dangereux que pour le crétin maladroit qui se le met dans l'œil ! » ricanait-il, leurs dialogues tournaient très vite à l'aigre et ils se quittaient presque toujours après s'être copieusement insultés. Malgré cela, en ce 26 juin, alors qu'Albert avait tenté d'amorcer leur conversation en lui demandant ce qu'il pensait de la déclaration de guerre que la Finlande venait de signifier à l'URSS, la réponse de René le laissa coi :

— Qu'est-ce que tu veux que ça me foute ? Qu'ils s'étripent entre eux, ce n'est pas moi qui irai les séparer ! Au fait, tu n'as toujours pas de nouvelles de Jean ?

— Non, pourquoi ?

— Parce que j'ai revu Morel et qu'il m'a demandé si je savais où il était.

— Morel ? Tu l'as vu où ? insista Albert en espérant que sa voix ne trahissait pas son émotion.

— Comme l'autre fois, au cinéma, il était avec une amie, sacré belle fille d'ailleurs !

— Quel cinéma, quel jour ?

— Montmartre-Ciné, boulevard de Clichy, dimanche dernier.

— Ah bon, éluda Albert, soucieux de ne pas attirer ses soupçons en étant trop curieux. Non, redit-il, aucunes nouvelles de Jean et, pour tout dire, j'ai tiré un trait, assura-t-il en se promettant de fréquenter le Montmartre-Ciné aussi longtemps qu'il le faudrait et jusqu'à ce qu'il retrouve Morel.

Morel qui, il n'en doutait pas, appartenait à cette maudite engeance de résistants prosélytes. Il en avait maintenant la preuve, car nulle autre raison ne pouvait le pousser à vouloir renouer contact avec quelqu'un qui avait fait le coup de poing contre la police et qui, de ce fait, s'était mis hors la loi. Or qui se ressemble s'assemble…

Avertie par Marthe Perrier de l'arrestation des Dubois, Claire ne put que lui redire, en lui demandant de transmettre, qu'il fallait d'abord s'attendre au pire, stopper tout contact avec ceux et celles à qui Maxence et elle confiaient les missions ou donnaient les messages. Il fallait faire les morts pendant au moins quarante-huit heures et, passé ce délai, qui apporterait l'ébauche de la preuve qu'aucun des Dubois n'avait parlé, reprendre l'action en redoublant de prudence.

— Quarante-huit heures, avait-elle insisté, ce sont les consignes, il paraît que ceux qui ne peuvent tenir parlent en moins de vingt-quatre heures, et c'est déjà très long… Alors, après quarante-huit heures, à Dieu va, et il faut courir le risque de continuer. D'ici là, plus aucun contact entre nous. Mais, si rien ne se passe, dites à Jean de me retrouver après-demain, à 12 heures, à la Brasserie de l'Ouest, boulevard Montparnasse, devant la gare. Qu'il vienne avec une petite valise, ça fera plus sérieux, même vide… D'ici là, qu'il ne bouge pas de chez vous, après tout il y travaille.

Jean obéit, mais, pendant deux jours, il dut prendre sur lui pour ne pas trembler dès qu'un client entrait dans la librairie et voir en lui un membre de la Gestapo. Cependant, au fil des heures, surtout au surlendemain de l'arrestation des Dubois, parce que rien ne laissait entrevoir le moindre aveu de leur part, il retrouva son calme et parvint même à faire croire à une cliente qu'il était encore plus antisémite qu'elle puisqu'il parvint à lui vendre *L'École des cadavres*, de Céline, paru en 1938, mais qu'elle n'avait pas encore lu.

Le délai de précaution écoulé, enfin rassuré, mais en espérant toujours ne croiser aucune connaissance, il partit en direction de la gare Montparnasse.

— C'est bien, vous êtes à l'heure, lui dit Claire dès qu'il l'eut rejointe dans la brasserie. Elle s'était installée à une table, dans un coin de la salle, et fit signe au garçon qu'il pouvait servir.

— Le menu est nul, prévint-elle, ici il est à deux vitesses, l'une pour les occupants, l'autre pour nous. Je pourrais vous offrir la première, mais ça étonnerait le serveur, alors ne prenons pas de risques, d'ailleurs, il faut bien se nourrir. Mais au train où nous allons, nous pouvons nous attendre à être encore plus sévèrement rationnés d'ici peu. Il va même falloir des tickets pour les textiles à partir du 1er juillet, des tickets comme pour tout d'ailleurs et là, avec Joachin, vous n'allez pas manquer de travail, sourit-elle.

Il approuva tout en regardant avec convoitise les quatre sous-officiers de la Wehrmacht qui occupaient la table d'à côté et qui se bâfraient sans vergogne avec une plantureuse choucroute garnie.

— Ne rêvez pas, plaisanta-t-elle, amusée par son regard envieux, ce sont eux les vainqueurs, ils ont tous les droits. Mais nous, si j'en crois ce qui est inscrit au tableau, nous nous contenterons d'une portion congrue d'un vague ragoût de je ne sais quoi, de cheval peut-être, et d'une purée moitié pommes de terre, moitié navets. Ah si, il y a aussi un bout de fromage, un festin quoi !

Elle attendit que le garçon apporte leurs assiettes dans lesquelles, effectivement, le soi-disant ragoût était caché sous une demi-louche de purée douteuse et chuchota :

— Donc, vous l'avez échappé belle, si je comprends bien. Racontez…

Il acquiesça et, tout en mâchouillant un grisâtre et assez répugnant morceau de viande, lui narra son épopée à Saint-Ouen.

— Vous avez eu beaucoup de chance, dit-elle lorsqu'il se tut. Oui, nous aussi d'ailleurs… D'après ce qu'on m'a dit, c'est un certain Müller qui a vendu ces pauvres Dubois. Un jeune de votre âge, prétendument alsacien, qui était entré depuis huit mois dans le groupe Saint-Just en assurant qu'il était réfractaire à la conscription allemande qui le visait en Alsace. Par chance, même si nous travaillons aussi avec ce réseau, nous n'avons jamais eu affaire avec ce mouchard, donc ne nous connaissant pas, sauf peut-être uniquement sous nos noms d'oiseaux, il n'a pas pu nous vendre.

Jean approuva tout en notant que le « d'après ce qu'on m'a dit » et le pluriel employé ensuite indiquaient à quel point Claire était beaucoup plus qu'une simple exécutante. Il s'en doutait depuis longtemps mais les conseils de Maxence, à propos de Morel, lui revenaient en mémoire : « Il faudra demander à Claire », lui avait-il dit. C'était, là encore, la preuve qu'elle tenait une place importante dans l'organisation. Mais, comme il eût été indécent de vouloir en savoir plus, il se contenta d'opiner.

— Voyez ce journal, dit-elle en poussant vers lui un numéro de *Candide*, il y a, à l'intérieur, six feuilles dactylographiées et codées, donc incompréhensibles pour quiconque n'a pas la grille, elles doivent absolument être remises à celui qui se chargera à son tour de les transmettre, un homme dont j'ignore tout, et c'est tant mieux ; oui, nous avons enfin un émetteur, un seul, pas trop loin de Paris.

— Un radio ?

— Oui, quelqu'un qui émet en direction de Londres. Nous n'avons encore que très peu de postes, en zone occupée, aussi est-il essentiel qu'il ne se fasse pas repérer ; c'est pour ça, je suppose, qu'il agit je ne sais où, de province, mais pas très loin de Paris…

— Que dois-je faire ?

— Vous connaissez la cathédrale de Chartres ?

— Pas du tout.

— Vous allez la découvrir, elle est magnifique, je l'ai visitée en… 37, avec Helm… Bref, se reprit-elle vivement, vous verrez elle est grandiose. Au fait, vous êtes pratiquant ?

— Pas tellement, non, enfin oui, dans le temps, jusqu'à ma première communion, mais depuis…

— Parfait. Demain matin, vous partirez pour Chartres. Une fois là-bas, vous irez au presbytère, vous demanderez à voir l'abbé Leclerc. C'est un jeune vicaire, m'a-t-on dit, à qui vous demanderez discrètement de vous confesser, après vous être présenté comme « Pinson », ce sera votre mot de passe. Il est au courant et, rassurez-vous, il ne vous mettra pas sur le gril pour connaître vos turpitudes. Tout ce qu'il veut, ce sont les six pages que vous lui remettrez. Il se chargera à son tour de les confier à qui de droit. Et vous rentrerez ensuite sur Paris. Nous comptons sur vous, n'est-ce pas ?

— Bien sûr, assura-t-il, à la fois inquiet en pensant à la mission à venir et flatté qu'on la lui confiât. Mais supposons que cet abbé Leclerc ne soit pas là demain ? dit-il.

— Il y sera et il attend votre confession de pied ferme, plaisanta-t-elle. Au retour, vous rendrez compte à Maxence et il transmettra…

— À propos, il faut que je vous demande un conseil, dit-il en essuyant son assiette avec une croûte de pain noir. À côté d'eux, les quatre Allemands en étaient à leur deuxième assiette de choucroute, qu'ils arrosaient avec force bocks de bière, il se mit soudain à les haïr car, son repas maintenant presque fini, il avait toujours aussi faim.

— Un conseil ? insista-t-elle.

— Oui.

Et il parla de sa rencontre avec Morel et des questions qu'il se posait à son sujet :

— J'aimerais savoir si je dois essayer de le revoir et, si c'est le cas, ce que je dois lui dire.

— Rien, décida-t-elle. Comprenez bien, Jean, moins on en dit, mieux on se protège. Alors, si par hasard vous le rencontrez, n'allez surtout pas lui raconter ce que nous faisons. Tâchez d'abord de savoir ce qu'il fait lui-même, et avec qui, on avisera ensuite.

— Vous vous en méfiez ?

— Ce n'est pas le mot. Tout ce que je sais c'est que chaque jour qui passe accroît les divergences entre nous, résistants. Je ne sais si Maxence vous en a parlé, mais la politique reprend le dessus, hélas ! Pour simplifier, disons qu'il y a déjà ceux, de tous bords, de droite comme de gauche, qui pensent surtout à leur carrière politique d'après guerre et qui la préparent… Il m'est revenu aux oreilles qu'un homme au demeurant tout à fait remarquable et efficace comme résistant ne se prive pas pour assurer, loin des oreilles ennemies : « Ce que nous faisons maintenant nous vaudra un jour un portefeuille de ministre… »

— Ça prouve au moins qu'il mise sur la victoire !

— Certes, mais ça n'augure rien de bon pour l'après-guerre. Je n'ai jamais fait de politique, n'ai aucune attirance pour aucun parti, à quoi bon d'ailleurs puisque nous, les femmes, n'avons pas le droit de voter ! Alors, pour moi, résister, c'est tout faire pour détruire le nazisme et ceux qui l'approuvent. Le reste, et la suite, ne m'intéresse pas, ça ne me rendra pas… Helmut.

Elle se mordit la langue, comme pour se punir d'avoir prononcé ce prénom et cédé à son émotion, haussa les épaules et se leva.

— Prenez ce journal et faites-en bon usage, dit-elle en le poussant vers lui. Elle posa le prix du repas sur la table, marcha vers la sortie. J'ai un train à prendre, expliqua-t-elle.

— Vous n'avez plus votre voiture ? demanda-t-il en l'accompagnant.

— Non. Ils auraient sans doute fini par me la réquisitionner, alors j'ai préféré la mettre sur cales, quelque part en zone libre. De toute façon, il n'y aura bientôt plus d'essence, car tout est destiné au front russe. Maintenant, séparons-nous, à bientôt donc, et soyez très prudent.

Il acquiesça et, valise à la main, marcha vers le métro.

Autant Jean s'était attendu à ce que le train soit bondé – ce qui fut le cas – autant il n'avait pas prévu que son contact, l'abbé Leclerc, serait indisponible jusqu'à la fin de l'office qui venait juste de commencer.

D'abord reçu au presbytère par une matrone pas plus aimable qu'un percepteur hépatique, mais que les restrictions alimentaires ne touchaient sûrement pas – il estima qu'elle dépassait quatre-vingt-dix kilos –, il fut d'abord dirigé vers un prêtre qui, vu son âge, ne pouvait être le jeune vicaire dont Claire lui avait parlé.

Guère plus affable que la mégère qui l'avait reçu en lui lançant : « C'que vous voulez ? », le prêtre se contenta d'un : « Pourquoi vous voulez le voir ? » lorsqu'il lui eut fait part de son désir de rencontrer l'abbé Leclerc.

Instinctivement, exactement comme lui était venue à l'esprit la réponse faite à un policier, plusieurs mois plus tôt, en gare des Aubrais, il lança :

— Je suis de passage à Chartres et, comme il est mon cousin, je voulais le saluer…

— Votre cousin ? Ah bon. Mais il faudra l'attendre, il est d'enterrement ce matin.

— Ce sera long ? s'inquiéta-t-il car, ses documents remis, il avait espéré pouvoir reprendre le train de 11 h 30 ; faute de quoi il était bon pour patienter jusqu'à 17 heures.

— Ça vient de commencer, et comme c'est un première classe, avec messe chantée, vous en avez pour plus d'une heure…

— Alors je vais patienter.

— Oui, mais pas ici, j'ai mon ménage à faire, intervint le dragon qui l'avait accueilli et qui, curieuse, venait de les rejoindre.

— D'accord, dit-il, agacé, je vais l'attendre à la cathédrale.

— Ça pourra pas vous faire de mal, grinça la matrone qui voulait avoir le dernier mot.

Il haussa les épaules et sortit.

Il ne gardait qu'un lointain souvenir de ses années de jeunesse au cours desquelles il avait préparé, dans l'attente de sa première montre, cette grande fête familiale qu'était la communion solennelle. Cérémonie dont il n'avait oublié ni la longueur, ni l'élégant costume et le brassard acquis pour l'occasion. Pas oublié non plus le superbe stylo, offert par son parrain, objet qui, avec la montre, lui avait donné l'illusion d'être sorti de l'enfance.

Ce qu'il n'avait pas non plus oublié, c'était que la lecture de l'Évangile, que le célébrant entamait, n'annonçait pas non plus la fin de la messe, tant s'en fallait !

« Encore au moins trois quarts d'heure et à condition que le sermon ne soit pas trop long », pensa-t-il en s'installant au fond de la cathédrale. Peu après, quand les fidèles se furent assis pour écouter l'homélie, c'est après avoir admiré les vitraux qu'il attendit la fin de l'office en rêvassant.

— Je suis à vous, assura l'abbé Leclerc lorsque, l'office enfin terminé, Jean, après s'être présenté un peu gêné comme « Pinson » et avoir demandé à être entendu en confession, le tout à voix basse, car la mégère du presbytère était aux aguets, put enfin aborder le but de sa visite.

Soulagé dès que les six feuillets en sa possession eurent changé de main, il n'en constata pas moins qu'il avait raté son train.

— Désolé pour vous, s'excusa l'abbé, mais dites, vous vous êtes présenté comme mon cousin, m'a dit Léonie, notre bonne, c'est ça ?

— Oui.

— Alors jouons le jeu. Je ne peux vous inviter à déjeuner avec nous au presbytère, Léonie ne me le pardonnerait pas, vous n'étiez pas prévu, vous comprenez, et comme c'est elle qui cuisine…

— Bien sûr.

— Alors, allons tenter de nous restaurer au buffet de la gare, comme deux cousins, heureux de passer un moment ensemble.

Ce fut au cours du déjeuner, d'une nullité banale due aux restrictions imposées, que Jean laissa paraître son étonnement en découvrant qu'un prêtre était dans la Résistance. Car, même s'il ne pratiquait plus depuis des années, il savait, comme tout un chacun lisant la presse officielle, que le Maréchal avait les faveurs, sinon de la totalité du clergé, du moins de la grande majorité de l'épiscopat. Alors de voir un jeune vicaire empocher sans frémir six pages de messages codés l'avait surpris.

— Ça vous étonne que je travaille pour Londres ? s'amusa l'abbé Leclerc en triant dans son assiette les lentilles, dans lesquelles se voyaient presque autant de cailloux que de graines.

— Plutôt, c'est pas banal, non ?

— Peut-être, mais je sais que nous sommes plus nombreux que nous ne le laissons croire ; ça, c'est la faute, et que Dieu leur pardonne, à certains de mes confrères qui refusent l'absolution à ceux et celles qui s'avouent dans la Résistance. Mais moi, je n'ai aucun mérite à avoir tout de suite adhéré, j'ai eu la chance d'entendre l'appel du 18 Juin, ça explique tout ! Je dis bien la chance, j'étais infirmier de garde, ce soir-là, mon régiment s'était déjà replié sur Châteauroux, j'ai branché le poste et c'est en tâtonnant au hasard que je suis tombé sur Londres. Voilà, c'est tout simple.

— Et vous n'avez pas eu envie de partir pour l'Angleterre ?

— Si, mais c'était alors impossible. Je suis fils unique, ma mère, veuve de 14, peu après ma naissance, était déjà très malade et je n'avais qu'une hâte, la rejoindre. Elle est décédée en octobre dernier, mais j'avais déjà été contacté par des amis pour résister en France. Je n'ai pas hésité car ils m'ont assuré que le principal animateur du réseau, un dénommé Raymond qui, dit-on, travaille pour les Anglais, est un homme très pieux, la preuve, il récite son chapelet tous les jours ! Je ne le connais pas et je n'ai pas vérifié, mais j'ai confiance, pas vous ?

— Si, approuva Jean en grimaçant, car un caillou venait de crisser sous ses dents.

Cela étant, pour d'accord qu'il soit avec son voisin, il ne pouvait s'empêcher de penser que celui-ci était d'une imprudence qui frisait l'inconscience. Car, lorsqu'il comparait ce qu'il venait d'entendre et les très rares et toujours très édulcorés et évasifs propos que Mme Diamond et Maxence tenaient au sujet de leurs engagements mutuels, il ne pouvait que se réjouir de travailler avec des gens aussi prudents. Lui revenaient en effet les propos de Claire qui, au tout début, lui avait sans détour avoué qu'elle n'avait pas exclu la possibilité qu'il fût envoyé par les Allemands ou leurs alliés collaborationnistes, d'où sa circonspection. Alors que là, en quelques minutes, l'abbé Leclerc venait de tout, ou presque, lui dire, y compris le nom de son chef de réseau. C'était un comble car lui-même ignorait, et ne voulait d'ailleurs pas savoir, le nom du radio pour qui il était venu à Chartres, afin que l'abbé Leclerc lui remette d'importants documents ; l'abbé qui, pour sympathique qu'il soit, n'en était pas moins un grand bavard ! Il ne lui en voulait pas mais se promit d'en rendre compte à Maxence, à charge pour lui de transmettre, ou non, à Claire. Il en était là de ses réflexions lorsque l'abbé Leclerc lui donna en quelque sorte le coup de grâce.

— Ce n'est pas tout, dit-il, finissons vite de déjeuner car il faut que, d'un coup de vélo, j'aille porter les documents à notre radio, un pianiste, comme on dit, et un vrai champion ! paraît-il. Et vous savez d'où il émet, avec, c'est vrai, la bénédiction d'un de mes confrères, le curé de la paroisse, du clocher de l'église ! C'est farce, non ?

Parce qu'il avait calculé qu'il ne prendrait aucun risque d'être reconnu par ceux à qui il faisait croire qu'il était des leurs – les résistants –, Albert, pour rien au monde, n'aurait manqué la manifestation du 18 juillet au Vél' d'Hiv. Un mois et demi après, il en gardait un grandiose souvenir et avait toujours plaisir à feuilleter les journaux d'alors pour y relire les discours prononcés ce jour-là par des hommes aussi énergiques, passionnants et patriotes que l'étaient Jacques Doriot, Déat, Deloncle ! Des chefs qui, par leur fougue, leurs talents oratoires et leurs arguments, avaient fait vibrer les quelque dix mille vrais Français réunis pour les écouter et les ovationner, pour adhérer à chacune de leurs paroles et les applaudir à tout rompre lorsqu'ils avaient démontré, avec une foi à déplacer les montagnes et des raisonnements irréfutables, à quel point allait être magnifique – et tellement efficace – cette toute jeune, mais si exaltante, Légion des volontaires français. Grâce à elle et aux milliers de jeunes qui, à n'en point douter, allaient s'y engager, allait pouvoir être conduite, main dans la main avec les Allemands, cette indispensable croisade antibolchevique qu'il fallait, au plus tôt, mener à son terme ; déjà, grâce aux vaillantes troupes de la Wehrmacht et de la Waffen SS, elle triomphait chaque jour dans sa marche libératrice vers Moscou.

Outre son enthousiasme pour les orateurs et leurs démonstrations, il gardait aussi de cette soirée le merveilleux souvenir de son aventure avec Germaine. Il connaissait la jeune femme depuis qu'il collaborait à *La Gerbe* ; c'était une secrétaire, à peu près du même âge que lui, beaucoup plus belle que Simone et qui lui paraissait tellement inaccessible qu'il n'avait jamais tenté la moindre approche, certain d'être aussitôt rabroué. Aussi avait-il été très surpris lorsque, apprenant qu'il allait se rendre à la manifestation du Vél' d'Hiv, elle lui avait demandé sans détour si elle pouvait l'y accompagner.

Ravi de l'aubaine et d'une totale disponibilité – Simone était partie en vacances chez ses grands-parents, du côté de Cancale, et ne reviendrait pas avant la rentrée –, il était passé prendre Germaine chez elle, dans le XIIIe et, bras dessus bras dessous, ils avaient rejoint la foule qui se pressait dans le vélodrome.

Tout au long de la soirée, il avait beaucoup apprécié que Germaine soit aussi enthousiaste que lui en buvant les paroles des orateurs.

Il avait surtout été très flatté lorsque, pendant qu'il la raccompagnait jusqu'à son immeuble, elle lui avait spontanément déclaré qu'elle appréciait beaucoup ses articles, qu'elle les lisait et relisait et qu'elle ne doutait pas que les prochains seraient de la même veine. Il en était resté coi, et stupide aussi lorsqu'elle lui avait gentiment posé un chaste baiser sur la joue.

Ce soir-là, seul dans sa chambre, il avait longuement revécu toute la soirée et décidé d'aller plus avant dans la conquête de la jeune femme. « Après tout, c'est elle qui a fait le premier pas, donc à moi maintenant de poursuivre… », s'était-il dit.

Mais, là encore, il n'en revenait pas qu'une aussi gracieuse et jolie fille pose les yeux sur lui ; il avait conscience de sa petite taille et s'il se comparait, par exemple, à René, il ne pouvait que constater sa faible carrure et son allure efflanquée.

Malgré cela, parce que, deux jours plus tard, Germaine lui avait redit à quel point elle aimait ses articles, son style et ses arguments, il l'avait invitée au cinéma.

Un mois plus tard, ébloui, il avait découvert dans ses bras à quel point Simone, en comparaison, était disgracieuse et l'avait aussitôt oubliée. Depuis, Germaine et lui filaient le grand amour, la jeune femme lui permettait aussi de ne plus penser à son échec dans sa chasse aux résistants ; malgré sa fréquentation du Montmartre-Ciné et son total fiasco pour retrouver Morel.

« Mais, avec les vacances, inutile de compter sur quelques grands coups parmi les étudiants, se disait-il pour s'excuser. On verra plus tard, en octobre, et, à ce moment, pas de pitié pour les crapules ! »

8.

Même dans ses rêves les plus optimistes, Albert n'avait jamais espéré avoir autant de chance qu'en ce matin du 21 novembre.

Comme beaucoup de Parisiens du quartier, il venait d'apprendre l'attentat à la bombe qui avait en partie ravagé les vitrines et les étagères de la librairie allemande Rive Gauche, située à l'angle du boulevard Saint-Michel et de la place de la Sorbonne. Aussi, séchant un de ses cours, il s'était précipité sur les lieux pour voir à quel point la racaille avait frappé !

C'était d'ailleurs à croire que l'arrestation, le 20 août précédent, de six mille juifs apatrides dans le XIe arrondissement – et certains de ces déchets habitaient son immeuble ! – n'avait servi à rien et qu'il allait falloir cogner beaucoup plus fort ! Il en avait vu la preuve dans le fait que, huit jours plus tard, Laval avait été victime d'une agression qui eût pu lui être fatale. Il n'en avait rien été, mais cela méritait que soit renforcée la répression.

Arrivé sur place, il se mêla aux badauds, que retenait à distance de la librairie un cordon de policiers. Et là, parmi les curieux, dont certains ricanaient discrètement, il aperçut François Morel au premier rang. Morel sur lequel, n'espérant plus le retrouver, il avait tiré un trait depuis des mois. Cœur battant, heureux, il se fraya un passage jusqu'à ses côtés et lui posa la main sur l'épaule.

— Décidément, ce boulevard est un lieu de rencontre, lui dit-il, la dernière fois que nous nous sommes vus c'était l'an passé, chez Gibert. Alors, quoi de neuf depuis ?

Il comprit tout de suite, à la mine de Morel, que celui-ci était moins content de le revoir qu'il ne l'était lui-même. Malgré cela, parce qu'il était bien décidé à ne pas lâcher une telle proie, il hasarda discrètement, avec un coup de menton en direction de la librairie :

— Beau travail, hein ? Il y a longtemps que j'attendais ça, on devrait décorer les auteurs, non ?

Et parce que Morel semblait très dubitatif, il insista :

— À ton avis, qui a fait le coup ?

— Pas la moindre idée, dit Morel en reculant.

— Tu es toujours aux Beaux-Arts ? demanda-t-il en le suivant.

— Non, j'ai arrêté, c'était vraiment pas ma vocation.

— Tu ne travailles plus du tout ?

— Bien sûr que si, je ne suis pas rentier, moi ! Avec mon bac et mes deux années aux Beaux-Arts, j'ai pu rentrer dans les bureaux, chez Renault ; ils cherchent des gens, comme moi, qui savent ce qu'est une planche à dessin…

— Bravo, par les temps qui courent c'est sûrement mieux que de crever de faim comme étudiant. Au fait, tu as des nouvelles de Jean Aubert ?

— Aucune, et toi ?

— Moi non plus, et depuis plus d'un an ; dommage d'ailleurs parce que, franchement, je suis sûr qu'il était des nôtres… Après tout c'est bien toi qui m'as dit qu'il était à l'Étoile, l'an dernier.

— Oui, oui, mais c'est pas la preuve qu'il allait dans le bon sens…

— Ah bon ? feignit de s'étonner Albert, j'aurais juré que lui aussi, comme moi d'ailleurs et pas mal de copains de la Sorbonne, était plutôt du côté des… il hésita comme s'il cherchait ses mots, disons du bon côté… j'entends par là celui de la Résistance, chuchota-t-il.

— D'accord, mais laquelle ? Celle qui travaille pour le triomphe du capitalisme, celle dont de Gaulle est l'otage, et même le valet, ou celle qui œuvre pour l'avènement du prolétariat ? Celle contre laquelle les fascistes envahissent l'URSS et massacrent le peuple ?

En quelques secondes, Albert comprit dans quel sens il devait abonder, à eux seuls, les propos de Morel étaient un aveu. M. Delclos lui répétait toujours que, parmi les pires ennemis de la France et du régime, figuraient, certes, les gaullistes, mais que les plus dangereux, car mieux organisés, étaient de très loin les marxistes ; d'ailleurs, les Allemands ne s'y trompaient pas et leur faisaient une chasse effrénée.

Il en trouvait la confirmation dans le fait qu'après avoir exécuté d'Estienne d'Orves et deux de ses complices, en août, mais eux étaient gaullistes, les Allemands, après tous les attentats – autant en zone occupée que libre –, prenaient maintenant des otages en puisant chez les communistes, lesquels étaient promptement fusillés ; d'un côté trois gaullistes, de l'autre déjà près de cent rouges ! Nul doute que Morel était de leur côté.

— Là, je suis tout à fait d'accord avec toi, assura-t-il. D'abord parce que de Gaulle est un militaire bourgeois et qu'il est parti se mettre à l'abri chez les richards de la City ! Oui, franchement, je préfère les vrais Français, ceux qui n'ont pas fui en Angleterre comme des péteux et qui prennent le risque de se battre ici, comme ceux qui viennent de donner un avertissement aux gérants de cette librairie pourrie…

Il se demanda aussitôt s'il n'avait pas été un peu loin dans sa démonstration car Morel parut soudain plus réservé, prudent.

— Tu te bats, toi ? demanda-t-il, toi, un sorbonnard ? À ce que je sais, tes copains et toi n'êtes pas des foudres de guerre ! Allez, salut !

Et il descendit vers le boulevard Saint-Germain.

Albert fut à deux doigts de le retenir en lui assurant qu'il était prêt à se battre à ses côtés, mais il se retint, conscient de l'inutilité d'un tel mensonge. Il en savait désormais assez pour donner à M. Delclos les renseignements qui permettraient aux spécialistes de démanteler, chez Renault, le groupe auquel Morel appartenait sûrement, ses propos ne laissant aucun doute sur son engagement. Et qu'importait si tel n'était pas le cas, il avait très mauvais esprit et c'était bien suffisant pour que s'impose une vigoureuse mise au pas.

Si Jean avait rongé son frein au début de l'année en estimant qu'il perdait son temps et qu'il eût beaucoup mieux agi en essayant de rejoindre l'Angleterre, ces temps étaient révolus.

Au cours de l'été et de l'automne, mandaté par Maxence et aussi, parfois, par Claire – elle lui donnait toujours rendez-vous à midi dans un buffet des gares parisiennes –, les missions qu'on lui confia se succédèrent de semaine en semaine.

Sans qu'il demande jamais comment avait été trouvé un nouveau fabricant de timbres en caoutchouc, il porta chez lui, ou chez son contact, les maquettes et revint rue de Vaugirard avec en poche plusieurs tampons, dont des secs, tous indispensables pour établir les *ausweis* et les faux papiers qu'il livrait ensuite dans toute la région parisienne.

Jamais à l'abri de devoir présenter ses propres faux papiers et d'être même éventuellement fouillé, il acquit au fil des jours un excellent sens de l'observation ; un instinct qui, de loin, lui faisait changer de rue lorsqu'il apercevait le moindre attroupement, ou quelques uniformes *feldgrau* dans celle qu'il devait théoriquement emprunter.

De même évitait-il, dans la mesure du possible, de fréquenter certains quartiers très surveillés par les occupants, quelques avenues et rues des VIIe, VIIIe et XVIe arrondissements où même les cyclistes étaient interdits et où les passants risquaient d'être interpellés pour peu que leur allure, leur mine ou leurs bagages attirent l'œil des feld-gendarmes.

Par chance, depuis fin juillet, il pouvait se déplacer en vélo. Il ne savait où Mme Diamond se l'était procuré – ni à quel prix prohibitif – mais le fait était qu'il préférait de très loin – ses sacoches pleines de journaux et de tracts clandestins – pédaler pendant des kilomètres plutôt que d'emprunter le métro ; car, très souvent, à la sortie d'une station, attendaient des policiers auxquels il était impossible d'échapper. Ils réclamaient les pièces d'identité, faisaient ouvrir les valises pour vérifier leur contenu, mieux valait donc s'abstenir de prendre le métro. Aussi, même si sa bicyclette, dûment immatriculée comme l'ordonnait le règlement, était hors d'âge, rafistolée de partout, sans changement de vitesses et à frein par rétro-pédalage, il était beaucoup plus rassuré avec elle que dans les transports en commun ; elle lui donnait l'illusion de la liberté et de l'indépendance.

Outre son travail d'agent de liaison à Paris et jusqu'en grande banlieue, il retourna plusieurs fois à Chartres et en revint toujours aussi effaré par l'imprudence – ou l'inconscience – de l'abbé Leclerc. Il avait quand même obtenu que celui-ci fût prévenu de sa visite par un coursier qu'un coup de téléphone de Maxence – soi-disant pour prendre des nouvelles d'une vieille tante malade –

avertissait la veille de sa venue. L'abbé savait alors que Jean, alias Pinson, l'attendrait le lendemain à midi au buffet de la gare.

Jean avait tout de suite compris que leur prétendu cousinage, entre l'abbé et lui, ne duperait pas deux fois de suite la redoutable et sûrement sagace Léonie, la bonne du presbytère. Malgré cela, c'était toujours la peur au ventre qu'il poussait la porte du buffet car, estimait-il, il était impossible que le garçon qui travaillait là ainsi que le patron ne se posent pas de questions après leur troisième entrevue. Car passe encore qu'un curé vienne se restaurer au buffet, sans jamais prendre le train, mais qu'il y rencontre toujours le même barbu ne pouvait qu'intriguer le moins doué des observateurs. Et encore eût-il fallu que ceux-ci soient sourds comme des pots pour ne pas comprendre de quel côté et pour qui œuvrait l'abbé Leclerc !

Jean frémissait encore au souvenir du mardi 9 décembre. Il avait appris, l'avant-veille au soir, grâce à la radio qu'il avait achetée au cours de l'été et qui, branchée sur Londres, lui donnait de vraies nouvelles, l'attaque des Japonais sur Pearl Harbor. Il s'en était vivement réjoui car elle annonçait que les États-Unis se décidaient enfin à entrer dans la bataille, ce que tous les résistants attendaient depuis très longtemps ; grâce à quoi, nul ne pouvait en douter, les Allemands, déjà bloqués sur le front russe, allaient maintenant devoir lutter contre l'Amérique, son énorme puissance industrielle, ses hommes, des « *forces immenses qui, un jour, écraseront l'ennemi…* », comme l'avait prédit de Gaulle.

Aussi, cœur en fête, Jean était entré au buffet de la gare de Chartres où, une fois de plus, il devait remettre à l'abbé plusieurs feuilles codées.

Quinze jours après, il tremblait toujours lorsque la scène et les propos lui revenaient en mémoire. D'abord la vue de l'abbé qui, au lieu d'être assis dans un coin de la salle, était debout devant le bar en train de boire une pâle imitation de bouillon Kub ; mais là n'était pas le plus grave. En revanche, qu'il ait lancé en guise d'accueil, dès que Jean était entré, un tonitruant : « Ils sont cuits, tous ! Venez, c'est ma tournée, on les aura ! » relevait de la plus totale folie. Car l'abbé avait beau lui répéter que le Seigneur et la Vierge Marie étaient avec eux, puisqu'il était impossible qu'ils fussent avec le parti des assassins, Jean était très loin de croire que cette foi du charbonnier était suffisante pour gagner la guerre. Chaque fois que l'abbé faisait référence à l'aide du Très-Haut, lui revenait à l'esprit ce constat d'Ernest Renan – il l'avait lu l'année de son bac : « Le prétendu Dieu des armées est toujours pour la nation qui a la meilleure artillerie, les meilleurs généraux… », mais, soucieux de ne pas choquer le prêtre, il gardait ses réflexions pour lui.

Il était en revanche persuadé que les propos de l'abbé pouvaient leur coûter la vie, aussi appréhendait-il désormais ses voyages à Chartres. Mais, comme le lui avait dit Claire lors d'une de leurs rencontres :

— Tant que nous n'avons pas suffisamment de radios, il faut bien que quelqu'un prenne le risque d'apporter les messages là où nous avons un opérateur, alors…

Albert décida de jeter le masque au lendemain de Pearl Harbor et ce après avoir donné à M. Delclos les nom, prénom et lieu de travail de Morel et en lui rapportant ses récents propos, indiscutablement bolcheviques. Il estima que, dès l'instant où la guerre devenait mondiale, le temps n'était plus aux demi-mesures. Comme, de surcroît, il ne pouvait plus berner ses camarades de cours car Simone, pour se venger d'avoir été délaissée – elle avait compris dès la rentrée qu'elle ne reprendrait plus jamais dans son lit la place qu'occupait Germaine –, ne s'était pas privée de dire qu'elle n'avait jamais cru à son revirement ; elle avait surtout rappelé ses premiers engagements pétainistes.

Alors, se sachant découvert et désormais quasiment mis en quarantaine par ses condisciples de la Sorbonne qui, heureusement, ne pouvaient deviner à quel point il les avait bernés, il avait cessé son double jeu. Mais, par basse vengeance, il n'avait pas manqué d'inscrire Simone sur une des listes de suspects transmise à M. Delclos.

Convoquée, interrogée, elle s'en était tirée beaucoup mieux que Morel, lequel, ainsi que plusieurs de ses camarades de chez Renault – tous marxistes –, était désormais retenu à Fresnes, comme otage. Il était donc, comme ses comparses, sur la liste des condamnés à mort dès que des représailles s'imposeraient, ce qui ne pouvait tarder puisque, depuis août et l'attentat contre un officier de la Wehrmacht, les exécutions d'Allemands perpétrées par les résistants devenaient aussi meurtrières que banales ; les jours de Morel étaient donc comptés...

Albert n'en avait cure car il n'avait jamais tenu Morel pour un ami, à peine une lointaine connaissance. Quant à Simone, s'il lui arrivait parfois d'y penser, il savait qu'elle avait effectué quinze jours de prison au Cherche-Midi et, dès sa sortie, abandonnant ses études, elle avait rejoint ses grands-parents à Cancale. Il ne conservait d'elle que la vision et la palpable découverte d'un corps de femme. Mais, sur ce sujet, ses souvenirs étaient déjà flous car Germaine, sa joliesse, son affriolante impudeur et ses initiatives les lui faisaient oublier chaque fois qu'elle le rejoignait dans sa mansarde.

Outre les instants de pur érotisme qu'elle lui offrait, elle ne venait jamais les mains vides car, suite à quelques arrangements avec l'un des rédacteurs de *La Gerbe* qui, grâce au marché noir, ignorait jusqu'au mot « restrictions », elle apportait toujours de quoi améliorer leurs dîners grâce à quelques épaisses tranches de jambon de Bayonne, de la rosette de Lyon, six œufs et du pain blanc !

De plus, avec elle, point besoin de tricher à propos de ses engagements, elle était, sur ce point, encore plus extrémiste que lui, n'hésitant pas, entre deux étreintes, à l'encourager à aller plus loin dans la voie de la collaboration.

Ce fut d'ailleurs parce qu'elle l'avait un jour poussé à adhérer au Mouvement social révolutionnaire, formation créée par Deloncle et toute dévouée au Maréchal, qu'il avait participé, début octobre, à des attentats contre six synagogues des IIIe, IVe et XIe arrondissements. Malgré ces expéditions qu'il avait trouvées très drôles – car, en tant qu'auteurs, ni lui ni ses comparses ne risquaient rien puisque couverts en haut lieu par leur appartenance au MSR –, il avait vite jugé que tout cela n'était que gamineries, chahuts d'adolescents. Or il se voulait adulte responsable. Aussi, mis dans l'impossibilité de noyauter, puis de dénoncer ses camarades étudiants, l'action lui manqua dès qu'il eut réglé le sort de Morel et de ses amis ; quant à ses études, elles lui semblaient maintenant fades et en aucun cas aptes à l'aider à servir la cause qu'il avait choisie.

C'est ainsi que, encouragé tant par M. Delclos que par Germaine – elle rêvait de le voir en uniforme et lui promettait de lui faire l'amour toute une nuit dès qu'il le porterait –, il se présenta à la caserne Borgnis-Desbordes, à Versailles, une semaine avant Noël. Il savait déjà que quelque mille trois cents engagés dans la LVF se battaient devant Moscou et il brûlait d'envie de les rejoindre pour faire rendre gorge aux bolcheviques.

À propos de sa décision, il avait eu quelques mots avec son père, lequel, ancien de 14, était bien placé pour savoir que la guerre n'est jamais drôle ni exaltante. Mais, Albert étant majeur, il n'avait pu que lui dire qu'il faisait sans doute une bêtise puis, devant sa détermination, lui souhaiter bonne chance. Quant à sa mère, ses flots de larmes ne l'avaient en rien détourné de son projet.

Ce fut donc avec un enthousiasme qu'il n'avait pas ressenti depuis longtemps – exactement depuis ses premières dénonciations – qu'il se mit en rang derrière les quelques dizaines d'hommes, jeunes et moins jeunes, qui, complètement nus et grelottants, car il faisait un froid de loup, se préparaient à passer l'indispensable visite médicale. À son sujet, il était inquiet puisqu'il était bien précisé dans toutes les campagnes incitant à s'engager que les hommes de la LVF devaient, au minimum, mesurer un mètre soixante, or il faisait juste, en se tenant très très droit, un mètre soixante et un et craignait donc que cela soit insuffisant sous la toise.

L'humiliation qu'il subit, devant nombre de témoins, lui vrilla le cœur, l'assomma littéralement.

— Un peu trop petit, mon vieux, décida le médecin en consultant sa fiche. Et puis on m'a dit que tu t'étais mis sur la pointe des pieds ! D'ailleurs, même si tu avais quinze centimètres de plus, tu serais quand même réformé. Ici, on veut des hommes en bon état, avec une denture parfaite et une vue impeccable. Toi, tu devrais te dépêcher d'aller consulter ton dentiste, et tu devrais aussi porter des lunettes ! De toute façon, tu es beaucoup trop maigre. Allez, au suivant, le Reich a besoin de guerriers solides, pas de demi-portions !

À ce moment, eût-il eu une arme entre les mains qu'il eût aussitôt abattu celui qui, en quelques phrases, venait de le détruire.

En ce 25 janvier, comme pour commencer agréablement l'année 42, Claire donna rendez-vous à Jean au Train Bleu, le restaurant de la gare de Lyon.

D'habitude, elle se contentait de le rencontrer au buffet des gares, mais, en ce dimanche, outre son invitation dans un vrai restaurant, celle-ci touchait aussi Maxence. C'était donc la première fois, hormis leurs très rares contacts dans la librairie, qu'ils allaient être ensemble pour travailler.

Prudent, Jean et Maxence avaient décidé de se rendre séparément au rendez-vous ; mais, bien qu'ayant choisi des itinéraires différents, ils y arrivèrent presque en même temps et prirent place à la table qu'occupait déjà Claire.

Jean ne l'avait pas vue depuis sa dernière expédition à Chartres, le 2 janvier. Voyage au retour duquel, une fois de plus, il en avait rendu compte en mentionnant l'imprudence de l'abbé Leclerc. Ce jour-là, celle-ci avait battu tous les records car, ayant célébré un mariage dans la matinée et invité à déjeuner par les belles-familles, il était dans l'impossibilité d'apporter, d'un coup de vélo et l'après-midi même, les messages au radio. Alors, pensant faire au mieux, il avait tout bonnement donné rendez-vous à celui-ci au buffet de la gare ; et c'est tout juste s'il n'avait pas claironné, en le présentant à Jean :

— Voilà Gaston ! alias Tanger, notre pianiste, c'est lui qui transmet à Londres, depuis le clocher !

Ses termes, quoique moins précis, mais à peine, auraient pu faire comprendre au plus sot des témoins à qui il avait affaire et ce que complotait un curé volubile, qu'entouraient un jeune barbu et un homme d'une quarantaine d'années qui l'un comme l'autre ne semblaient pas du tout à l'aise. Et plus l'abbé bavardait, plus Jean et son voisin faisaient grise mine en l'entendant leur expliquer que les Boches, bloqués en Russie, étaient foutus et que ce n'était pas parce que les Japonais progressaient en Birmanie qu'il fallait douter de la proche victoire du monde libre !

— Si, si ! Ils sont foutus ! Tenez, je prends les paris que les Alliés débarqueront chez nous avant la fin de l'année !

Par chance, la salle était pleine et le brouhaha assourdissant. Malgré cela, Jean n'avait pu s'empêcher de porter discrètement son index à la bouche, geste qui avait amusé l'abbé.

— On ne risque rien, avait-il décidé. Bon, donnez vos papiers à notre ami Gaston. Déjeunez ici si vous en avez le courage, moi, il faut que je file, les mariés m'ont invité à déjeuner et je ne veux pas rater ça ! Pensez, le beau-père de la petite est marchand de bestiaux et son père a deux cent vingt hectares de bonne terre à blé ! Alors je ne voudrais pas vous faire saliver mais, Dieu me pardonne et je crois en Sa miséricorde, je m'attends à faire un gros péché de gourmandise dans les heures qui viennent !

Manifestement ravi, il était parti après leur avoir tapé sur l'épaule.

— Il est gentil, mais il parle trop, beaucoup trop, avait dit Gaston après avoir discrètement empoché les messages.

Jean n'avait pu qu'approuver, mais comme il ne pouvait rien y changer… Tout au plus, dès son retour, avait-il fait part de son inquiétude à Claire. Il ne l'avait pas rencontrée depuis et lui trouva très mauvaise mine ; elle avait les traits tirés et ce regard lourd de tristesse qu'il avait déjà plusieurs fois remarqué.

— Ici, le menu est très correct, annonça-t-elle, les prix pas du tout, mais ne vous en occupez pas et commandez. Ici, je suis connue et ma réputation m'oblige à ne pas tenir compte des restrictions, ajouta-t-elle en poussant la carte vers eux.

Jean, dont la faim était permanente, saliva à la seule lecture des plats proposés et, après une copieuse entrée de charcuterie, il commanda du gigot d'agneau qu'accompagnait une montagne de haricots blancs.

Claire attendit qu'arrivent les premiers plats, fit signe au sommelier de servir le meursault qu'elle avait commandé et lâcha, dès qu'il eut tourné le dos :

— Vous aviez raison, Jean, j'ai appris hier soir ce que nous redoutions. Une terrible rafle, dans la région de Chartres, avant-hier matin… Vous voyez ce que je veux dire ?

— L'abbé ? murmura Jean, souffle court.

— Oui, mais pas seulement lui…

— Tanger ? aussi ?

— Il a pu s'échapper et c'est lui qui m'a fait prévenir, hier soir ; il est maintenant à l'abri, mais ils ont mis la main sur tout son matériel, et aussi sur six des nôtres qui œuvraient avec l'abbé. Ils sont maintenant on ne sait où…

— Une dénonciation ? demanda Maxence.

— Sûrement, mais impossible de savoir, vous avez une idée, Jean ?

— Aucune, mais il était tellement imprudent et bavard que n'importe qui a pu le dénoncer.

— J'espère qu'il ne vous a jamais connu que sous votre pseudo de Pinson ?

— Bien entendu.

— Il n'empêche que, comme chaque fois, on doit s'attendre au pire. Alors voilà, moi, j'ai reçu hier soir la consigne d'aller en Suisse pour y rencontrer celui, ou celle – je l'ignore encore – qui va, peut-être, nous permettre de mieux nous organiser en zone occupée.

— Vous allez passer comment ? s'inquiéta Jean.

— En toute quiétude car mes papiers sont parfaitement en règle, grâce à un colonel de la Wehrmacht dont la femme est folle de mes toilettes, alors…

— Vous serez absente longtemps ? s'enquit Maxence.

— Je l'ignore car, après Genève, je dois passer par Lyon et par le Limousin pour prendre contact avec des gens du réseau Combat. Ils se sont baptisés ainsi depuis deux mois, je crois ; mais c'est aussi le nom du journal clandestin qui vient de paraître. Ce sont des gens actifs et eux, ils ont plus de matériel que nous, j'entends par là de quoi émettre. Oui, les parachutages sont moins difficiles là-bas qu'ici…

— Vous avez dit le réseau Combat, insista Jean.

— Oui, c'est celui qu'a mis sur pied celui qu'on appelle désormais Charvet.

Elle se tut car le garçon venait d'apporter les entrées. Elle se servit, fit passer le plat et poursuivit :

— Il m'a aussi été demandé de prendre contact avec le mouvement que vous connaissez, Jean, celui dont l'abbé Leclerc était membre.

— Il ne m'a jamais donné son nom, seulement celui de son patron, Raymond, je crois, dit Jean en se servant car, malgré les sinistres nouvelles, il mourait de faim.

— Son nom ? Oui, Raymond, ou Rémy, vient juste de le trouver, il l'a baptisé Confrérie Notre-Dame.

Jean, soudain très ému et les larmes aux yeux, cessa de mastiquer, il souffla, se reprit avant d'expliquer d'une voix tremblante.

— L'abbé Leclerc m'avait parlé de ça à propos de ce Raymond qui, paraît-il, récite son chapelet tous les jours et s'est mis sous la protection de la Vierge Marie… Est-ce que l'abbé a eu le temps de savoir comment vient d'être appelé son réseau ?

Claire haussa les épaules :

— Je l'ignore, mais je suis certaine qu'il va avoir grand besoin de toute son aide… Bon, dit-elle en regardant Maxence, en mon absence, c'est vous qui recevrez les consignes qu'on me donnait jusque-là, ça ne vous posera pas de problème pour les transmettre aux amis, vous en savez autant que moi. Et vous, Jean, cette fois il va falloir réussir le passage en zone libre. Et sans vous faire prendre, ni à l'aller, ni surtout pas au retour…

Elle vit qu'il s'était arrêté de manger et qu'il attendait des explications.

— Je vous ai dit que Tanger s'était sauvé, mais il n'a plus d'émetteur, autant dire qu'il est dans le cas d'un chauffeur de taxi sans véhicule. Il faut donc lui trouver de quoi remonter son matériel au plus vite. Vu son silence depuis deux jours, Londres a dû comprendre mais, pour un temps, nous sommes dans l'impossibilité de recevoir leurs messages et de leur répondre, vous comprenez ?

— Oui. Mais où dois-je aller, et comment ?

— En train, mais surtout en clandestin car même si vos faux papiers paraissent vrais, il suffira qu'on vous demande le but de votre voyage en zone sud pour que ça vous pose de gros problèmes. Vous n'y travaillez pas, n'y avez pas de famille non plus, donc aucune raison solide capable de berner ceux qui vous poseront des questions ; il faudra d'ailleurs qu'on règle ce problème pour vos prochains voyages. Quant au retour, inutile de vous préciser qu'avec ce que vous aurez dans votre valise, qu'on vous fera ouvrir au premier contrôle, vous serez bon…

— Je vois, approuva-t-il en sentant monter en lui à la fois une terrible appréhension mais aussi une grande excitation. Mais par où vais-je passer ? Je n'ai pas plus d'idée que pour la première fois et…

— Ne vous inquiétez pas pour ça. Nos amis ont fait de gros progrès depuis votre expérience ratée. À l'époque, moi-même j'ignorais presque tout, ça s'est arrangé. Quand je partirai, tout à l'heure, vous prendrez, comme d'habitude, ce torchon de *Je suis partout*. Vous trouverez tout ce que vous devez savoir à l'intérieur. Et, maintenant, finissons vite de déjeuner car l'heure de mon train pour Lyon approche.

— Et en cas de coup dur, hasarda Jean, je ne voudrais pas me porter la poisse, mais si je rate tout, qu'est-ce que je… ?

— N'y pensez pas, le coupa-t-elle. De deux choses l'une, ou vous êtes pris, à l'aller comme au retour, et là… Ou bien vous réussissez et vous donnerez votre colis à Maxence. Il sait à qui le remettre. Mais surtout, n'oubliez pas, en cas de pépin, essayez de tenir au moins vingt-quatre heures, ça permettra de limiter la casse dans notre équipe…

Bien qu'il eût appris par cœur les directives que lui avait laissées Claire dans *Je suis partout* – qu'il n'avait pas osé appeler devant elle Je chie partout, comme il était de bon ton de le désigner –, Jean gardait un souvenir tellement cauchemardesque de sa première tentative ratée qu'il redoutait beaucoup cette nouvelle expérience. Cette fois, il estimait pourtant que les atouts étaient de son côté. Grâce aux indications détaillées – et il appréciait beaucoup la différence entre ces dernières et celles, très vagues, que Claire lui avait données quatorze mois plus tôt –, il eût dû être beaucoup plus tranquille qu'il ne l'était, en ce soir du 28 janvier.

Après avoir étudié son plan, au détail prêt, il avait, comme beaucoup de voyageurs, chargé son vélo dans le wagon de marchandise, ultraplein, attaché au train qui descendait jusqu'à Bourges. Maintenant, alors que la nuit approchait, il pédalait en direction du Subdray, ce petit bourg sis à quatorze kilomètres au sud-ouest de Bourges, dernier point avant la ligne de démarcation. Il avait en mémoire le nom du passeur bénévole, Louis Pélerin, un vrai spécialiste, qui lui ferait franchir la ligne, à l'aller et au retour comme il le faisait depuis plus d'un an pour les clandestins.

Malgré cela, la peur lui nouait le ventre lorsque, maudissant les bruyants grincements de sa bicyclette et son sac à dos qui lui sciait les reins, il arriva au Subdray. Il savait que la maison du passeur était la quatrième à la sortie du village, à droite, et qu'elle était entourée d'un jardin qui donnait sur les champs. Mais comme il faisait maintenant une nuit d'encre, qu'il n'était pas certain d'avoir bien compté et qu'il avait peur de se tromper de porte, son cœur battait à tout rompre quand il frappa le vantail. Ce fut une toute jeune gamine – elle n'avait pas plus d'une dizaine d'années – qui lui ouvrit la porte et qui claironna aussitôt :

— Papa, y a un monsieur barbu qui est là !

Se remémorant le mot de passe indiqué par Claire, il récita d'un trait, dès qu'apparut Louis Pélerin :

— Bonsoir, monsieur, je viens de la part de Hulotte et je suis fatigué comme un vol de gerfauts hors du…

— … du charnier natal, sourit l'homme en lui tendant la main, entrez, entrez, on m'a prévenu, vous êtes ?

— Pinson.

— C'est bien ça. Bon, nous traverserons demain matin, départ 6 h 10. Oui, il faut attendre que la patrouille des doryphores soit passée. Ces imbéciles crèveront un jour de leur total manque de fantaisie, ils arrivent toujours à la même heure, à une minute près, donc 6 heures pile ! Alors on va dîner, dormir, et après une bonne nuit, on partira. Ça vous ira de coucher dans le grenier ?

— Pas de problème, mais c'est loin ?

— Saint-Florent, où vous arriverez ? Non, quatre kilomètres, mais la ligne est beaucoup plus proche, et, une fois passé, vous serez tranquille.

— Et ma bicyclette ?

— Pas de problème non plus si vous la mettez sur l'épaule quand on sera dans les champs. Mais dame, si par malheur il faut courir, laissez-la tomber.

— Et il faut souvent courir ? s'inquiéta Jean qui venait de se souvenir de sa fuite à travers les labours, par une nuit aussi noire, et de la herse brutalement heurtée.

— Courir ? Non, c'est rare. Ne vous affolez pas, jusque-là, et depuis plus d'un an, personne n'a été pris.

— Et pour le retour ?

— Quand ?

— Pas la moindre idée, mais le plus tôt possible.

— Vous passerez par Saint-Florent et vous irez chez mon beau-frère, Marcel. Vous demanderez la ferme de la Garancière, lui, il passe comme il veut parce que ses champs sont coupés par la ligne alors il a un laissez-passer ; il me préviendra et je viendrai vous chercher.

— Ça ne serait pas plus simple de passer avec lui ?

— Non, il ne faut surtout pas qu'il prenne le risque de se faire ramasser avec un clandestin comme vous. Si par malheur ça arrivait, il n'y aurait plus personne pour me prévenir que quelqu'un du Sud veut passer au Nord. C'est exactement comme si mon contact de Bourges n'était pas là pour m'annoncer la venue d'hommes ou de femmes dans votre situation.

— Je comprends, approuva Jean qui, une fois de plus, mesura à quel point s'était organisée et mise en place une filière qui, si elle avait existé fin 1940, aurait totalement changé son existence.

« Oui, pensa-t-il, aujourd'hui je serais sûrement en Angleterre mais alors je n'aurais pas rencontré Michelle, et ça… »

Jean connaissait la jeune femme depuis début janvier et n'avait qu'une hâte, la revoir. Mais, pour cela, encore fallait-il passer en zone libre et, une fois là, pédaler pendant quatre-vingts kilomètres jusqu'à La Châtre, y contacter, place des Carmes, un dénommé Milan, se présenter en assurant : Je viens de la part de Jojo la Couelle, et prendre possession du colis. Ensuite, il faudrait faire le chemin inverse avec, en prime, la certitude d'être fusillé si, par malheur, on découvrait ce qu'il transportait.

« Mais ils ne m'auront pas », décida-t-il en se remémorant, ému, le sourire de Michelle et ce regard, sombre mais pétillant, qu'elle lui accordait chaque fois qu'il passait déposer, ou prendre, chez son frère aîné, Maurice, alias Merle, soit des renseignements et des consignes, soit un lot de journaux clandestins, fruit du travail des Perrier et du sien.

Assureur, le frère de Michelle avait une agence avenue de la République, à Vincennes. C'était là, secrétaire de vingt et un ans, qu'elle travaillait.

Il avait eu un choc, et même un vrai coup de foudre, la première fois qu'il s'était présenté à l'agence. Maxence Perrier lui avait brossé le portrait de Maurice Brousse, aussi, alors qu'il s'attendait à être reçu par un homme d'une trentaine d'années, à fines moustaches et déjà un peu chauve, de l'être par une très gracieuse et svelte jeune fille… Déconcerté et déjà sous le charme, car paralysé par les yeux presque noirs, ne sachant que dire par crainte du ridicule – il se refusait à demander si Merle était là ! –, il n'avait pu que balbutier :

— Je… enfin, je repasserai plus tard…

— Mon frère a dû s'absenter, avait-elle dit, et elle avait pouffé en expliquant : Un accident idiot, un tandem vélo-taxi contre un taxi à gazogène ! Ça ne serait pas arrivé avant guerre ! On aura vraiment tout vu !

— Sans doute, avait-il murmuré, de plus en plus séduit par les deux adorables fossettes qui embellissaient les joues de Michelle.

— Vous pouvez me laisser ce que vous avez dans votre serviette, avait-elle proposé, Maurice, mon frère,

Merle si vous préférez, m'a prévenue. Eh oui, s'était-elle amusée en voyant son air étonné, vous, vous êtes Pinson, moi je suis Fauvette et nous travaillons tous pour Hulotte, on devrait pouvoir s'entendre, non ?

— Je… oui, sans doute, mais… s'était-il embrouillé en estimant que Maxence aurait dû le prévenir qu'une fauvette pouvait remplacer un merle : « Car moi, maintenant, j'ai l'air d'une véritable dinde ! »

— Allons, insista-t-elle, vous n'allez pas repartir avec votre paquet de journaux ! Mais oui, je suis au courant de tout et, pour être franche, j'ai hâte de les lire avant d'aller les glisser dans les boîtes aux lettres des amis, des amis sûrs, naturellement.

— Ah ! bon… alors.

Et il s'était débarrassé d'un gros paquet de feuilles et de tracts polycopiés la veille au soir.

Il était revenu, ravi, deux jours plus tard car l'agence de Maurice Brousse servait de boîte aux lettres et nécessitait de fréquents relevages. Mais, sous le charme, il en eût fait dix fois plus puisque, à sa troisième visite, Michelle avait accepté de l'accompagner au cinéma car, de son côté, elle n'avait pas caché son attirance pour lui. Depuis, ils se rencontraient le plus souvent possible chez elle, rue Diderot, à Vincennes, dans le petit pavillon où elle vivait seule. C'était un bien de famille, en pierres meulières, avec un minuscule jardinet dans lequel, à la belle saison, il devait faire bon prendre le café en flemmardant.

L'un et l'autre étaient transformés, car follement heureux de vivre leur amour ; des relations platoniques – Michelle y tenait beaucoup, tout en s'accordant le droit de rendre les fougueux baisers qu'il lui donnait. Très vite, comme ils partageaient une foule de points communs et de goûts, ils en étaient arrivés à tirer des plans sur l'avenir, un avenir dans une France libérée où, ensemble et pour la vie, ils traceraient leur chemin.

Troisième partie

Au fond de la nuit

9.

Humilié comme il ne l'avait jamais été, Albert sombra dans le désespoir pendant les jours qui suivirent son éviction des candidats à la LVF.

Il eut d'abord à subir, sinon le mépris, du moins la froideur de Germaine qui, trois jours après sa réforme, même si elle lui accorda ce qui aurait pu atténuer son déshonneur, le fit avec une telle parcimonie, une telle distance, qu'il fut incapable, paralysé sur elle, d'aboutir à la logique conclusion de leurs tristes ébats.

Parce que c'était la première fois de sa vie qu'il se trouvait dans une aussi pitoyable situation et qu'elle ne fit rien pour l'aider, il fut submergé par un flot de haine qui, faute d'avoir pu se déverser sur le major qui l'avait réformé, le poussa à insulter, sans retenue, celle qui, à son tour, venait d'être témoin de sa défaillance physique.

Vexée, elle lui rétorqua, tout en s'habillant à la hâte, qu'il n'était qu'un miteux et qu'il était bien normal que ceux qui avaient la charge de mettre sur pied une légion de combattants refusent d'y incorporer des impuissants. Puis elle sortit en claquant la porte et, ultime brimade, en emportant le poulet froid et le saucisson qu'il avait prévu pour leur souper d'après l'amour. C'est alors qu'il se jura de ne plus lui adresser la parole, ni le moindre regard.

Heureusement, quatre jours plus tard, sa rencontre avec M. Delclos se passa beaucoup mieux qu'il ne le redoutait. Bon pédagogue et fin psychologue, son professeur, loin de l'accabler après qu'il lui eut lancé d'entrée : « Je suis le dernier des minables ! », le calma et se fit expliquer l'histoire. Celle-ci racontée, il lui rappela que beaucoup de grands hommes, loin d'être des apollons – Napoléon était petit, Talleyrand avait un pied bot et Jules César souffrait de crises d'épilepsie, pour ne citer qu'eux –, avaient formidablement sublimé leur handicap.

— Dites-vous, mon ami, que vous avez d'autres talents que ceux, très primitifs, qu'exhibent les minus qui cultivent à un point tel leurs pectoraux et leurs deltoïdes qu'ils en oublient que leur cerveau a, lui aussi, grand besoin d'être entraîné ! Alors, de votre côté, oubliez donc cette petite et désagréable brimade. Décidez que peu importe votre allure, dès l'instant que vous possédez d'autres atouts, et des meilleurs. Malgré votre jeune âge, ou peut-être grâce à lui, votre plume et votre style sont redoutables. Tous mes amis apprécient beaucoup vos articles, moi aussi, et nous sommes prêts à vous ouvrir d'autres portes, dans d'autres journaux. Alors écrivez, dites ce que vous avez sur le cœur, fustigez nos ennemis, attaquez sans relâche ! Et puisque le sort préfère vous voir poursuivre vos études, continuez-les. D'ailleurs il est bon que quelqu'un de notre bord sache ce qui se passe, se dit et se fait dans le monde étudiant. Vous rendrez aussi de grands services à notre cause en nous signalant tous les mauvais sujets qui hantent notre Université. Vous rendrez aussi de grands services à notre croisade. Ne l'oubliez jamais, les porteurs de fusils ne manquent pas, la preuve, quand il en tombe un on le remplace aussitôt par deux ! Rien à voir avec les intellectuels et les écrivains ; soyez l'un d'eux, vous le pouvez et nous vous aiderons, en tout !

Rassuré, il rejoignit sa chambre de bonne, qu'il trouva bien vide, sinistre. Aussi, lorsqu'il ramassa sous son lit le soutien-gorge rose oublié là par Germaine lors de sa dernière et orageuse visite et qu'il huma son parfum, lui revinrent aussitôt en mémoire leurs plus torrides ébats. Ils lui manquaient déjà, aussi se promit-il d'aller, sans pour autant perdre la face mais, si nécessaire, en s'excusant un peu, rendre l'affriolant sous-vêtement à sa propriétaire. Ce qu'il fit dès le lendemain et qui eut pour résultat une soirée réconciliation des plus réussies.

Sa forme et son allant retrouvés il put ainsi, au fil des jours suivants, commenter fielleusement, dans un long article, l'excellente décision qu'était la nouvelle ordonnance allemande contre les juifs, en zone occupée. De même, ce fut d'une plume acerbe qu'il annonça, et s'en réjouit, l'arrestation de plusieurs responsables communistes clandestins. Enfin, avec un cynisme rare car, écrivit-il, on ne pouvait que déplorer d'être contraints d'en arriver à ces extrémités – et les vrais coupables, les Anglais et les gaullistes, devaient en rougir ! – ce fut sans trembler qu'il glosa sur l'exécution, au mont Valérien, de sept membres d'un réseau qui se réunissait au musée de l'Homme.

Ce soir-là, 27 février, ce fut Germaine qui demanda grâce en lui avouant, vers minuit, après son troisième assaut, qu'il était un amant parfait, même sans uniforme. Sens apaisés, mais estomacs affamés, ils s'offrirent, en chahutant, un véritable et copieux réveillon car Albert, désormais très bien payé pour tous ses articles, s'approvisionnait au marché noir.

Étonné par l'apparente facilité avec laquelle, grâce à Louis Pélerin, il était entré en zone libre, Jean, dès qu'il fit jour, s'élança en direction de La Châtre. Il n'avait pas voulu le faire tant que la nuit était complète. D'une part parce qu'il n'avait aucune confiance dans la capacité d'éclairage de la dynamo de son vieux vélo, de l'autre parce que le passeur lui avait dit :

— En plein jour, vous attirerez moins l'attention qu'à 7 heures du matin ; avec leur connerie d'heure de Berlin que les autres salauds nous imposent, il n'est jamais que 5 heures au soleil et c'est la nuit noire ! Puis il lui avait tendu un tournevis et avait insisté devant son incompréhension.

— Que voulez-vous que j'en fasse ?

— Il faudra que vous disiez aux gars de là-haut, je veux dire de la zone occupée, de faire très attention aux détails, autrement vous serez vite piégé…

Parce qu'il ne comprenait toujours pas, Pélerin avait eu un coup de menton en direction de la plaque d'immatriculation de la bicyclette.

— Ici, ces numéros aux fesses ne sont pas obligatoires, alors si vous vous baladez avec, le plus couillon des pandores, et c'est la majorité, saura d'où vous venez… Ce n'est pas interdit si vos explications et vos papiers sont parfaits, mais s'ils ne le sont pas, c'est la fin du voyage.

— Bien sûr, et merci, avait-il balbutié, conscient des risques qu'il avait failli prendre, sans le savoir.

« Faudra que je rende compte de ça aussi, et ce n'est pas un détail », s'était-il promis.

Depuis, sous une très désagréable pluie glaciale, il pédalait vers La Châtre. Il avait calculé que, sauf imprévu, il devait l'atteindre au début de l'après-midi. Mais, faute de changement de vitesses, la première côte fit tomber sa moyenne. Puis, vers 10 heures, alors que tout semblait aller bien, il creva à l'arrière ; d'où une grosse perte de temps car, dans la chambre à air, déjà rafistolée de partout, il eut du mal à trouver la fuite, cachée entre une multitude de rustines. Malgré cela, et une deuxième crevaison, à l'avant cette fois et un peu moins vicieuse à réparer que la première, il atteignit La Châtre peu avant 15 heures. Il était moulu, trempé jusqu'aux os et mourait de faim. Ce fut donc en se promettant de ne pas repartir avant d'avoir pris quelques heures de repos qu'il frappa à l'adresse indiquée par Claire.

Là encore, dès qu'une vieille dame lui eut ouvert la porte et eut appelé son correspondant, il fut étonné d'être accueilli par un ecclésiastique d'une bonne cinquantaine d'années ; un homme qui, prudent, se contenta de lui demander ;

— C'est à quel sujet ? Si c'est pour le presbytère, c'est un peu plus haut, à gauche…

Gêné d'avoir à réciter devant un homme qui inspirait le respect une phrase aussi idiote que « Je viens de la part de Jojo la Couelle et je suis Pinson », il le fit à voix basse.

— C'est un peu court…, prévint l'abbé.

Alors il ajouta les mots de passe qui, cette fois, faisaient référence à Victor Hugo : « Quel Dieu, quel moissonneur de l'éternel été avait… »

— C'est bien, coupa l'abbé en finissant le vers : « … en s'en allant négligemment … ». Bonjour, mon ami, mais ne restez pas sur le pas de la porte, vous allez vous geler, et nous avec !

— Merci, approuva Jean en frissonnant car il avait maintenant vraiment très froid et faim, une faim d'ogre.

— Venez vous sécher au coin du feu, par là, invita le prêtre, et, ensuite, ma mère vous donnera de quoi vous restaurer, vous semblez en avoir grand besoin.

Peu après, c'est en se disant que, pour la troisième fois en une semaine, il mangeait vraiment à sa faim, une fois au Train Bleu, l'autre la veille au soir, chez Pélerin, et maintenant, en cette zone libre et agricole où, d'évidence, toutes les récoltes n'étaient pas livrées aux Allemands, qu'il écouta l'abbé évoquer sa résistance.

— Ici, on fait ce qu'on peut, mais pas grand-chose pour l'instant, lui dit-il en roulant une cigarette grosse comme le doigt. Je cultive mon tabac dans mon jardin, c'est interdit, donc c'est bien meilleur ! Alors si vous en voulez tout à l'heure.

— Merci, je ne fume pas.

Jean se souvint que Maxence fumait beaucoup, se plaignait sans cesse des restrictions, récupérait tous ses mégots et le peu de tabac qui y restait.

— Moi, je ne fume pas, redit-il, mais si vous en avez un peu pour un ami…

— Pas de problème. Mais là-haut, en zone occupée, que faites-vous ?

— Bah, pas encore grand-chose, mis à part les faux papiers, mais on manque vraiment de moyens, la preuve, on n'a même plus de radio.

— Et c'est bien pour ça que vous êtes là.

— C'est ce que j'ai cru comprendre…

— Oui, c'est bien pour ça et j'ai ce qu'il vous faut. On m'a expliqué que la pièce que je vais vous confier permettra, une fois regroupée avec d'autres, de monter un poste émetteur-récepteur. Ne me demandez pas comment, pour moi, c'est du chinois, je n'y connais absolument rien, et vous ?

— Rien non plus. J'espère que ce n'est pas trop encombrant, ni trop lourd ?

— Quelques kilos. On voit que ce n'est qu'une partie de ce qui, paraît-il, une fois accolé à je ne sais quoi, permettra d'entrer en contact avec Londres.

— Puisque vous le dites… Mais il faut croire qu'un spécialiste saura le faire, estima Jean en pensant qu'un homme comme Tanger attendait sans doute la pièce qu'il allait transporter sans en connaître le fonctionnement.

« Mais si je me fais prendre, ce sera pareil, que je sache comment ça marche ou pas », pensa-t-il en rognant voracement l'os de poulet qu'il venait de nettoyer, après les deux ailes et la carcasse.

— Vous pouvez le finir, s'amusa l'abbé en désignant le peu de volaille froide qui restait dans le plat, allez, profitez-en ; on m'avait bien dit que vous mouriez de faim en zone occupée, mais à ce point ! Allez, allez, mangez ! Ma mère l'avait prévu pour ce soir mais on trouvera autre chose !

— Vrai ? s'inquiéta Jean en louchant sur le plat.

— Bien sûr. Vous comptez repartir quand ?

— Tout à l'heure, je ne veux pas vous embarrasser davantage. Je vais rouler jusqu'à la nuit, dormir dans le premier hangar à paille venu et passer la ligne demain.

— Pas sérieux et surtout inutile puisque vous ne pourrez pas la franchir avant demain soir, décida l'abbé. Vous allez rester ici jusqu'à demain matin. Comme ça, vous arriverez à la nuit et ce brave Jojo s'occupera de vous.

— Vous le connaissez ?

— Seulement par son surnom. Voyez-vous, au risque de vous surprendre, vous n'êtes pas le premier qui débarque ici ; ce sont souvent des agents de Londres, parachutés en zone nord et qui, comme vous, ont eu Jojo comme passeur ; ou encore, et le plus souvent, des juifs allemands en fuite. Moi, disons que je suis seulement un point de chute, un relais, mais il en faut, paraît-il.

— Sans aucun doute, approuva Jean qui, maintenant repu, sentait la somnolence le gagner.

— Il est temps d'aller vous reposer, décida l'abbé, j'ai une chambre d'ami pour vous, dormez et ce soir, ensemble, nous écouterons Radio-Londres, d'accord ?

Jean approuva et c'est presque en somnambule qu'il suivit son hôte jusqu'à la chambre. Moins de dix minutes plus tard, il dormait, englouti dans un édredon qui embaumait la lavande.

Comme l'avait prévu l'abbé, dont il savait qu'il n'oublierait jamais l'accueil, Jean, mis à part une autre crevaison, n'eut pas de problème pour repasser en zone occupée. Grâce à la complicité de Marcel, qui le prévint dans l'après-midi, Pélerin arriva vers 10 heures du soir et, grâce à sa parfaite connaissance des lieux et des horaires des patrouilles, le conduisit jusque chez lui où il passa la nuit.

Au matin, après avoir remercié son passeur, il pédala jusqu'à Bourges. Mais, une fois là, il réalisa que la peur qu'il avait éprouvée à l'aller n'était en rien comparable à celle qui lui tordait maintenant l'estomac. Car, dans son sac à dos, caché sous quelques vêtements, qui ne pouvaient tromper aucun curieux, reposait un bloc métallique sur lequel devaient se brancher d'autres pièces. Pour un profane comme lui, cela ne représentait rien, mais pour la Gestapo c'était sûrement très limpide...

Outre ce matériel destiné à Maxence, son sac renfermait aussi près d'une livre de tabac et, cadeau que Michelle apprécierait sans aucun doute, trois kilos de pommes de terre, un fromage de Valençay, un saucisson et une douzaine d'œufs. Craignant de priver son hôte de tous ces produits, si rares en zone nord, il s'était entendu répondre, avec un bon sourire :

— Ne vous inquiétez pas pour ça, le ciel a voulu que je naisse dans une famille de paysans. Mon frère est agriculteur à six kilomètres d'ici et il ne veut pas que sa mère et moi mourions de faim !

Pour Jean, si les denrées, en cas de fouille – et le fromage de chèvre, vu ses effluves, avait toutes ses chances d'attirer l'attention –, risquaient au mieux d'être confisquées, il n'en était rien pour le reste, aussi avait-il hâte de s'en débarrasser dès son arrivée à Paris ; mais encore fallait-il y parvenir sans accrocs. De plus, l'ensemble lui pesait tellement sur les épaules que c'est avec soulagement qu'il grimpa dans l'omnibus qui partait vers Paris.

Il avait calculé que, pour limiter les risques d'être repéré en gare d'Austerlitz ou des Aubrais, le plus prudent allait être de descendre en gare d'Étampes et de finir son périple en vélo. Mais ce qu'il n'avait pas prévu était que quatre feld-gendarmes et un civil filtraient la sortie de la gare. Par chance, il les aperçut avant de descendre sa bicyclette du wagon, sauta aussitôt au milieu des diverses marchandises et se demanda comment il allait pouvoir sortir de la gare d'Austerlitz sans être interpellé.

Ce fut lorsque le convoi stoppa – et la chance voulut que ce soit au quai numéro 1, donc contre le mur de la gare – et alors qu'il se rongeait d'angoisse, que l'idée lui vint de partir à l'opposé de la sortie, exactement comme le faisait au même instant un cheminot qui, tranquillement, marchait vers Ivry. Il prit le risque de le héler, lui lança :

— Dites, je peux vous suivre ?

— Je vois ce que c'est, dit l'homme en opinant, d'accord, on part ensemble.

Il sortit sa bicyclette du wagon et s'éloigna de la sortie où, manifestement, vu la lenteur avec laquelle elle s'écoulait, la foule était fouillée, sinon dans sa totalité, du moins suivant les bagages des voyageurs.

Dix minutes plus tard, le cheminot lui montra une ouverture dans le grillage, manifestement souvent empruntée, qui lui permit de sortir. Il remercia son guide, enfourcha son vélo et fonça vers la rue de Vaugirard. Il avait calculé qu'après avoir livré le matériel compromettant et le tabac, un kilo de pommes de terre et six œufs à Maxence et à Marthe, il aurait le temps de pédaler jusqu'à Vincennes.

Prudent, il n'avait pas averti Michelle de son expédition en zone libre. Mais, maintenant que celle-ci avait réussi, il avait hâte de lui en conter les moindres détails. Follement hâte aussi de la serrer dans ses bras, de l'embrasser à pleine bouche, d'entendre ses faibles protestations lorsque ses mains effleureraient un peu trop son corsage et de se régaler de son rire en cascade.

S'il n'avait pas reçu, la veille, confirmation de son rendez-vous avec un représentant de la revue *Signal* et, en même temps, pris connaissance d'un événement de haute importance, Albert aurait très mal pris la goguenarde réflexion que lui fit René en cette soirée de mars.

Ils ne s'étaient pas rencontrés depuis plusieurs mois mais, fréquentant tous les deux le quartier Latin, il était bien normal que le hasard les remît en présence. Ce fut le cas à la brasserie Chez Marcel, place de l'Odéon, où ils eurent, à la même heure, l'idée d'entrer.

En ce qui concernait Albert, ce n'était pas pour se restaurer car, grâce à ses émoluments et à ses relations de plus en plus influentes, il avait la possibilité de se nourrir en des lieux où tickets de rationnement et restrictions étaient des mots qui ne voulaient rien dire, sauf pour les imbéciles – majoritaires au demeurant – qui n'avaient toujours pas compris de quel côté il fallait être pour ne pas crever de faim. C'était donc pour un rendez-vous avec un confrère journaliste qu'il était là.

En revanche, René, qui ne bénéficiait d'aucun passe-droit et dont les moyens financiers étaient limités, pouvait espérer se nourrir d'un très maigre plat du jour, pour quelques francs et grâce à quelques tickets réclamés et donnés au loufiat.

La lecture du menu – brandade de morue, dans laquelle les topinambours remplaçaient sans doute en partie les pommes de terre – le mit d'assez méchante humeur. Malgré cela, parce qu'il s'ingéniait à être toujours aussi peu concerné par la guerre – sauf pour les difficultés qu'elle engendrait dans trop de domaines –, mais qu'il aimait toujours manier l'ironie, il lança, dès qu'Albert vint le saluer :

— Alors, vieux, il paraît que tu n'es pas assez grand pour porter un fusil ! J'espère que tu es content, il n'y a rien de plus dangereux que ces saloperies !

Albert comprit aussitôt à quoi il faisait allusion et en déduisit qu'un des camarades de René, sans doute lui aussi candidat à la LVF et lui aussi réformé, avait dû être témoin de son humiliation et ne s'était pas privé de relater la scène autour de lui. Son humeur n'eût-elle pas été au beau fixe qu'il eût vertement mouché René, mais le lieu n'était pas propice aux esclandres, aussi laissa-t-il simplement tomber :

— Ça te va bien de parler de fusil, pauvre minable, toi qui ne sais même pas à quoi ça ressemble ! Tout le monde sait que le bruit d'un bouchon de champagne qui saute te fait pâlir de trouille et te pousse à te cacher sous la table !

— Ça fait longtemps que je n'ai pas eu la chance d'entendre sauter un bouchon !

— Tu es toujours dans tes croûtes et tes barbouillages ?

— Bien entendu, et même de plus en plus car c'est beaucoup plus amusant que les études en pharmacie ! Mais bon, si je ne veux pas que mon père me coupe les vivres, il faut bien que je suive quelques cours. Et toi, toujours bêtement sorbonnard ?

— Toujours, et ça me convient très bien, assura Albert qui ne voulait pas lui dire que ses études d'histoire étaient surtout un prétexte et que, grâce aux très efficaces appuis de M. Delclos, il gagnait désormais très bien sa vie, sous divers pseudonymes, avec les articles qu'il fournissait aux journaux collaborationnistes, le dernier en date étant l'hebdomadaire *Au pilori*.

Et puisqu'il allait, peut-être, toucher aussi un bon salaire pour sa collaboration à *Signal* – et savoir que certains de ses papiers seraient peut-être traduits en vingt-cinq langues le réjouissait encore plus que l'argent à venir –, il n'avait que faire de la grotesque ironie de son ancien camarade.

D'ailleurs, depuis deux jours, son humeur était au beau fixe. À cause de l'énorme bourde que venaient de commettre les Anglais en bombardant les usines Renault de Boulogne-Billancourt, assassinant ainsi six cent vingt-trois civils et faisant plus de mille cinq cents blessés, ils avaient offert à toute la presse, la vraie, et à la propagande, l'occasion de mettre les choses au point en dénonçant, preuves à l'appui, leur totale immoralité et leur nature de criminels, bien connue depuis Mers el-Kébir ! Certains journalistes avaient même été jusqu'à assurer que déjà, à Dunkerque, fidèles à leur habituelle perfidie, les marins britanniques avaient tout fait pour que le maximum de soldats français se noient et qu'ils avaient même coupé, à la hache, les mains des malheureux qui s'accrochaient à leurs bateaux ; il était donc bien logique qu'ils continuent à massacrer les Français !

De tout cela, Albert riait encore, *in peto*, lorsqu'il se remémorait ce qu'il avait dit, la veille, à M. Delclos :

— Dans le fond, les salopards comme Morel, qu'on a fait mettre en taule, devraient nous remercier de les avoir sauvés des Anglais. S'ils étaient restés chez Renault, ils seraient sans doute morts à l'heure actuelle, ils nous doivent donc une fière chandelle !

Comme, de plus, ce bombardement aveugle – et cette tuerie – lui avait donné un magnifique thème pour ses articles – Germaine les avait beaucoup appréciés et le lui avait amoureusement prouvé –, il était euphorique et n'avait donc que faire des fielleux propos d'un minable comme René, aussi, par amusement, lança-t-il :

— Et ta belle blonde, ton Huguette, elle a encore le mauvais goût de te supporter, nul comme tu es ?

— Oui, mon vieux, et je te souhaite d'en trouver une d'aussi chaude qu'elle ! Mais, entre nous, je ne sais plus trop où donner de la tête, enfin, façon de parler… Oui, je me suis inscrit aux cours Louis David, c'est indispensable pour qui veut vraiment apprendre le dessin et la peinture.

— Tu n'as pas honte de perdre ton temps avec de telles conneries alors que, pendant ce temps, des Français se font tuer sur le front russe, tu me dégoûtes !

— Rien à foutre de tes dégoûts et des crétins qui se font tuer là-bas ! D'ailleurs, tu ne dirais pas ça si tu voyais sur quoi on travaille ! Sur le vif, mon pote, de vrais modèles, d'authentiques filles, superbes, payées pour se foutre à poil dans toutes les positions qu'on leur demande, et on ne s'en prive pas ! Un vrai régal ! Comme elles sont mal payées, elles se débrouillent autrement, tu m'as compris ? Et toi, ça marche aussi ?

— Impeccable, peux pas demander mieux. Ah ! voilà mon homme, dit-il en voyant entrer celui avec qui il avait rendez-vous. Salut, peaufine bien tes affreux barbouillages et rince-toi bien l'œil puisque c'est tout ce que tu es capable de faire, pauvre con !

Et, heureux d'avoir eu le dernier mot, il lui tourna le dos.

René venait de poser sur la table le prix de son très frugal dîner et se préparait à sortir lorsque la porte de la brasserie, vivement poussée, laissa s'engouffrer sept hommes, dont deux agents de police français, deux soldats allemands et trois civils dont l'allure ne laissait aucun doute quant à leur appartenance à la Gestapo.

— Debout tout le monde, et papiers ! hurla l'un des civils.

« Merde, on n'est pas sorti de la mouise, pensa-t-il en se levant et en sortant sa carte d'identité, mais aussi faudrait que les autres couillons arrêtent de flinguer les Boches à l'aveuglette… »

Deux jours plus tôt, la presse écrite et Radio-Paris, par la voix éraillée d'Hérold-Paquis, avaient dénoncé l'assassinat d'un simple soldat allemand, annoncé que les forces d'occupation ne pouvaient rester sans réagir devant une telle barbarie et que de sévères représailles s'imposaient ; Hérold-Paquis, le chantre pronazi, en avait une fois de plus profité pour ressasser son habituelle rengaine : « L'Angleterre, comme Carthage, sera détruite ! »

« Et maintenant, c'est nous qui allons trinquer », était en train de s'inquiéter René lorsque son regard se posa sur Albert et surtout sur l'homme qui l'avait rejoint, lequel, complètement indifférent à l'ordre lancé, était resté assis et ne semblait pas du tout inquiet.

« Ma parole, Albert est des leurs ! » comprit-il lorsqu'un des civils hocha brièvement la tête quand le compagnon d'Albert lui eut, de loin, montré une carte.

Depuis bien avant guerre, et c'était toujours, avec Jean, un de leurs sujets de plaisanterie, il savait vers qui inclinait son ancien camarade. À l'époque, il n'en avait cure, partant du principe que chacun est libre de ses idées. Mais parce qu'il n'avait jamais imaginé qu'Albert puisse aller au-delà d'un simple engouement pour la doctrine fasciste, il lui pardonnait ses propos souvent outranciers. De même, il n'avait jamais pensé qu'il irait plus loin que de vouloir partager l'enthousiasme que lui procurait la lecture de *Candide* ou de *L'Action française*. Quant à ce qu'un de ses camarades de pharmacie, sachant qu'ils se connaissaient, lui avait appris à propos de ses velléités d'engagement dans la LVF, il s'avouait ne pas trop savoir ce qu'était ce mouvement qu'il comparait à tous les autres et qu'il pensait être un dérivé des boy-scouts ; c'est du moins ce qu'il avait déduit à la vue des affiches de propagande. Aussi estimait-il que tout cela n'allait pas très loin et que le cas d'Albert relevait plus d'un penchant mal maîtrisé que d'une décision bien raisonnée. En revanche, si, comme il venait de le voir, son ancien compagnon s'était franchement engagé du côté des gestapistes, cela changeait tout ; il devenait dangereux, capable de vous expédier à Fresnes pour une simple réflexion anti-allemande, ou traduite comme telle.

Il ne pouvait oublier qu'au début de l'année, une de ses camarades de pharmacie avait écopé de quinze mois de prison ferme avec pour motif : « Paroles outrageantes à l'égard du chef de l'État ». La malheureuse n'avait pu résister à rétorquer à une de leurs professeurs qui leur faisait l'apologie du Maréchal :

— Mais non, madame, Pétain n'est pas un génie et ne le sera jamais, il est complètement gâteux !

Et, devant la suffocation de leur professeur, elle avait été jusqu'à rajouter, encouragée par les ricanements que ses propos avaient déclenchés :

— D'ailleurs, ce n'est pas à Vichy qu'il devrait être, c'est à Charenton, chez les dingues !

Depuis, c'était elle qui était à la prison du Cherche-Midi ; elle avait été arrêtée le lendemain et en plein cours, sans doute pour que ses camarades sachent à quoi s'en tenir.

Alors, si, comme il le redoutait maintenant, Albert avait franchi le pas et s'était rangé du côté de ceux qui envoyaient une gentille fille de vingt ans en prison, il allait non seulement falloir s'en méfier, mais surtout le fuir comme la peste !

Si au moins il avait pu reprendre des forces grâce à un solide dîner, Jean eût sans doute été beaucoup moins épuisé qu'il ne l'était en regagnant sa chambre, vers 22 heures, en ce soir du 29 mars. Mais, malgré les prouesses que Marthe Perrier accomplissait pour tenter de rendre mangeables les denrées qu'elle pouvait se procurer, celles-ci restaient toujours non seulement réduites, mais d'un goût exécrable. Car, quoi qu'elle fît, et faute de matière grasse pour les cuisiner, ses « escalopes » de rutabagas, rehaussées d'un soupçon de Viandox, empestaient toujours autant la vase, et la purée de topinambours restait infâme. Quant au pain, il était de plus en plus gris, bourré de son, gluant et beaucoup plus proche du mastic que de la brioche. Mais, la faim aidant, et quelle faim ! ne restait plus que la solution d'avaler ce qui se trouvait dans l'assiette et de s'en contenter. Aussi, pour qui, comme lui, venait de pédaler pendant quelque cent vingt kilomètres – il s'était rendu au-delà de Meaux –, la frugalité du repas poussait à se persuader que « qui dort dîne ! ». Or à l'impossible nul n'est tenu et il était depuis longtemps persuadé que ce dicton stupide n'avait pu germer que dans le cerveau somnolent d'un homme repu.

Aussi, pour moulu qu'il soit, il alluma son poste de radio, le mit en sourdine et chercha la BBC parmi les brouillages en souhaitant enfin entendre quelques bonnes nouvelles. Car il était à croire, depuis deux jours, que le ciel s'ingéniait à faire pleuvoir les catastrophes.

Au soir du 27 mars, un ami de Maxence, résistant lui aussi et en cheville avec un réseau de cheminots, était venu lui apprendre qu'un gros convoi de juifs avait, le jour même, été expédié vers l'Allemagne et que d'autres imminents départs étaient prévus. Et, vu la façon dont les malheureux avaient été poussés et entassés dans les wagons à bestiaux, leur destination n'était certainement pas une villégiature.

Dès le lendemain, Maxence l'avait donc envoyé, tant à Paris qu'en banlieue, avertir quelques amis juifs du départ de ce nouveau convoi et tenter de les convaincre que le mieux, pour eux, et dans la mesure du possible, était d'essayer de passer en zone libre où, peut-être, ils seraient moins en danger.

De retour, au soir, Maxence lui avait d'abord appris que, dans la journée, cinq des leurs, non juifs, dont Mme Langlois, l'amie de Claire, avaient été arrêtés. Il fallait donc, de toute urgence, avertir d'autres membres du réseau, une famille d'agriculteurs du côté de Meaux qui, pour l'heure, outre une résistance active, hébergeaient un jeune Français du Bureau central de renseignements et d'action, parachuté du côté de Barcy, dix jours plus tôt, et qui s'était brisé une jambe à l'atterrissage.

— Dites-leur que, s'ils peuvent, ils tentent de trouver un autre abri pour leur pensionnaire. Insistez aussi pour que le père et ses deux fils se fassent oublier, car je sais qu'ils étaient en relation et ont œuvré avec un des hommes arrêtés aujourd'hui ; quelqu'un qui n'allait pas du tout chez eux pour en ramener cinq ou dix kilos de pommes de terre… Alors…

Comme si cette sinistre nouvelle n'était pas suffisante, Radio-Paris, triomphante, était venue leur annoncer le total échec et la destruction d'un commando britannique qui avait effectué un raid sur Saint-Nazaire, le jour même. Tout ça était à désespérer.

Aussi, avide de nouvelles moins sinistres, oreille collée au poste, il écouta, ému comme chaque fois : « Ici Londres, les Français parlent aux Français… » Et de penser qu'au même moment, de l'autre côté de Paris, Michelle écoutait elle aussi lui rendit un brin de réconfort.

Mais il mit du temps avant de s'endormir car la faim le tenaillait. Et de se dire que, les jours suivants, Marthe pourrait améliorer l'ordinaire grâce aux pommes de terre, au poulet et aux œufs qu'il avait rapportés de la ferme de Meaux, loin de le calmer, le faisait saliver davantage. La fringale le tenait plus que jamais lorsque, vers 7 heures du matin, une forte explosion, en provenance de la rue de Vaugirard, le jeta hors du lit.

« Une bombe ? » pensa-t-il en s'habillant.

C'est en se demandant où elle avait pu tomber qu'il dévala l'escalier de service et, par la cour intérieure, entra chez les Perrier.

— Ah, vous voilà mon garçon, ils ont mis le paquet, non ? On ne va pas manquer de travail. Mais, sans le savoir, des amis anonymes et qui ignorent ce que nous sommes viennent de renforcer notre couverture. Allez voir le magasin, mais, attention, il y a du verre partout !

Jean comprit tout de suite que ce n'était pas une bombe de la RAF qui avait causé les dégâts, mais quelques grammes d'explosifs qui, placés entre la grille et la vitrine, avaient pulvérisé celle-ci, éparpillé et déchiré les livres qu'appréciaient tant les clients collaborationnistes qui fréquentaient la librairie, détruisant beaucoup d'ouvrages, y compris *Mein Kampf* !

Présenté comme le vendeur aux policiers, inspecteurs et journalistes qui ne tardèrent pas à arriver, Jean se garda bien de participer à la déclaration que leur fit Maxence. Elle était limpide. En effet, puisque, en vrai et honnête Français, il avait à cœur de proposer à ses chalands de bons et sains ouvrages, les mêmes que ceux que vendait la librairie allemande Rive Gauche du boulevard Saint-Michel, déjà plastiquée, il était bien logique que lui aussi devienne la cible des terroristes, ces nervis sans foi ni loi payés par Londres et Moscou !

— Et je suis certain qu'ils vont maintenant chercher à m'assassiner ! ajouta-t-il.

Jean estima qu'il en faisait peut-être un peu trop, mais se tut. Plus tard, alors qu'il était toujours en train de balayer les gravats et de ramasser les livres encore vendables, il dut subir et répondre aux propos incendiaires et vengeurs que les habituels clients – dont l'insupportable et toujours aussi phraseur M. Boutrot –, scandalisés que des factieux aient osé s'attaquer à la librairie de ce remarquable et si bon Français qu'était M. Perrier, se crurent tenus de ressasser.

Ils étaient encore nombreux à réclamer vengeance jusqu'à ce que les artisans et vitriers appelés à la rescousse mettent tout le monde dehors pour pouvoir tranquillement réparer les dégâts.

— Bon, c'est pour nous la certitude que même nos amis nous prennent pour des collabos, résuma Maxence, c'est un excellent atout, avec lui, la Gestapo doit nous considérer comme d'irréprochables alliés, estima-t-il pendant le dîner lorsque lui-même, Marthe et Jean purent, au calme, commenter l'attentat.

— Certes, approuva Jean, mais il ne faudrait quand même pas que ces mêmes amis inconnus s'habituent à nous plastiquer trop souvent.

— Bien sûr. Et c'est là le problème. Ce ne sont pas nos deux vitrines en miettes et je ne sais combien de volumes désormais invendables qui me choquent dans cette histoire, c'est qu'elle nous prouve à quel point notre résistance agit dans un désordre des plus regrettables. Il serait pourtant urgent qu'on sache qui est qui et qui fait quoi ! Notre attentat prouve que ça n'en prend pas le chemin ; aussi, face à un ennemi qui fait bloc, notre dispersion est une vraie et dangereuse faiblesse. Lorsque nous avons appris, début janvier, que le représentant du Général venait d'être parachuté en zone libre, j'ai espéré qu'il allait, au plus vite, mettre de l'ordre dans tous ces mouvements et réseaux, dont le nôtre, qui se recommandent de la Résistance. Je redoute que sa tâche soit beaucoup plus ardue que je ne le pensais car, d'après ce que je sais par diverses sources, ça grince partout et il semblerait que cet homme envoyé par de Gaulle – je n'en sais pas plus sur lui – ait beaucoup de mal à s'imposer. Mais, je crois vous l'avoir déjà dit un jour, l'ambition des politiciens nous tuera.

10.

Dès son retour à Paris, début avril, Claire donna rendez-vous à Maxence et à Jean au buffet de la gare du Nord. Au cours du repas, aussi léger que mauvais, elle ne demanda aucune explication à Maxence et Jean en déduisit que, d'une façon ou d'une autre – sans doute par le biais d'un autre membre du réseau –, elle était déjà au courant de l'ensemble de leurs activités. Il en eut la preuve grâce à l'allusion qu'elle fit sur sa mission à La Châtre et son déplacement à Meaux. Il apprécia beaucoup, une fois de plus, la façon qu'elle avait d'en dire le moins possible quant à son propre rôle et à sa place dans l'organisation. En revanche, il comprit que le but de leur réunion était de les mettre au courant de ce qu'elle avait appris sur l'organisation et l'évolution de la Résistance en zone libre.

Lors de son passage en Suisse, après avoir d'abord rencontré un authentique résistant allemand, elle avait pris contact avec un jeune Français et tout de suite déduit que si un nombre non négligeable d'hommes et de femmes de valeur étaient foncièrement dévoués à la cause que défendait de Gaulle et se battaient pour elle, d'autres, eux aussi de valeur, tenaient toujours le Général pour un intrigant ambitieux, voire un fasciste. Ils cherchaient donc à le pousser à l'écart, quitte à négocier d'improbables soutiens avec les Américains, lesquels, espéraient-ils, les reconnaîtraient, le moment venu, comme seuls représentants de la France.

— C'est vous dire le travail qu'a Rex pour coordonner tout ça.

— Qui ? demanda Maxence.

— Rex, c'est l'homme qui représente le Général.

— Vous l'avez rencontré ?

— Non, mais, en revanche, j'ai vu plusieurs responsables de Combat qui sont en train de mettre sur pied, en zone libre, quelque chose qui semble concret, solide. J'ai aussi vu un des hommes de la Confrérie Notre-Dame, dont les membres font un bon travail, en liaison avec les Anglais.

— Et ce Rex, que fait-il dans la vie ?

— Je n'en ai pas la moindre idée. On m'a dit qu'il était souvent à Lyon, et aussi à Montpellier, mais je n'en sais pas plus. D'ailleurs, l'essentiel c'est qu'il arrive à tout organiser comme le lui a demandé le Général. Mais je crains qu'il ait beaucoup de mal, car vous n'imaginez pas à quel point la politique sévit en zone libre ! Enfin, il ne faut pas que ça nous empêche d'agir, bien au contraire. Avec vous, poursuivit-elle en regardant Maxence, nous allons poursuivre notre travail d'information, mais en beaucoup mieux !

— C'est-à-dire ?

— Fini la fastidieuse et fatigante ronéo et les modestes tirages de notre bulletin.

— Je ne vois pas comment nous pourrions faire autrement, s'étonna Maxence en repoussant son assiette vide.

— Très simple, sourit-elle, de passage en Limousin, j'ai évoqué la faiblesse de nos moyens avec un imprimeur de Limoges. C'est un homme du réseau Combat qui publie une revue d'élevage et d'agriculture, et avec les subventions de Vichy, ce qui l'amuse beaucoup. Oui, vous connaissez la stupide antienne du Maréchal : « *La terre ne ment pas, elle !* » Quelle sottise ! On voit bien qu'il ne la connaît pas ! assura-t-elle en haussant les épaules.

Réflexion qui amusa beaucoup Jean car, vu la profession et l'existence très parisienne de Claire Diamond, il doutait qu'elle-même soit férue en la matière, mais il garda ses réflexions pour lui.

— Oui, poursuivit-elle, cet imprimeur joue aussi le jeu de cette mode, grotesque, que lance Vichy : le retour à la terre ! Il est donc en relation, sur Paris, avec un groupe de presse clandestine baptisé de la Rue de Lille, créé par le fondateur de l'Office de publicité générale.

— Je connais, assura Maxence, ça existait déjà avant guerre.

— Exact. Mais, là encore, ce qui est très amusant c'est que ce groupe, qu'anime un ami à nous, Félicien Maury, a été choisi et est donc payé par Vichy pour diffuser la propagande sur le thème de la famille, autre sujet cher à Pétain, qui s'est pourtant bien gardé d'en fonder une ! Mais l'essentiel est que Félicien dispose donc de très importants stocks de papier, ce qui est rarissime par les temps actuels. Mais ce n'est pas tout, il fait aussi travailler deux imprimeurs, l'un à Puteaux, l'autre à Ivry, qui, sous la couverture officielle de la propagande, éditent en sous-main des journaux comme *Combat* ou le *Courrier du Témoignage chrétien*, des tracts, des affiches et beaucoup de bulletins comme le nôtre. Donc, fini la ronéo. Mais, en revanche, Jean, préparez-vous à faire du vélo, beaucoup de vélo, car il ne suffit pas d'imprimer, il faut diffuser et pas par la poste, naturellement.

— Volontiers, dit-il, mais il y a un gros problème, je n'ai plus de vélo…

— On vous l'a volé ?

— Pas du tout, il est à l'abri dans ma chambre, d'ailleurs personne n'en voudrait, les pneus sont totalement hors service et il n'y a même plus la place de coller une seule rustine sur les chambres à air, alors pour les livraisons et les courses…

— Ça doit pouvoir s'arranger très vite, assura Claire, on trouve de tout au marché noir et, de ce côté aussi, j'ai de bons contacts.

Jean n'en doutait pas une seconde. Il savait, par Marthe Perrier, désormais la seule autorisée à servir de liaison avec la maison Claire Diamond, que celle-ci battait des records de fréquentation, tant allemande que française ; elle ne manquait jamais de tissu, lequel n'était sûrement pas acquis avec des tickets. De même, toujours d'après Marthe, sa réputation était telle que, outre les luxueuses toilettes réclamées par sa clientèle, elle s'était remise à son premier métier, celui de modiste.

— Ne vous inquiétez pas, insista-t-elle comme si elle avait deviné la pensée de Jean, vous pourrez rouler avant peu. C'est d'ailleurs indispensable car, en plus de la presse à distribuer, vous aurez à relever beaucoup plus de boîtes aux lettres. Maxence vous en donnera la liste et les adresses dès que je les lui transmettrai. Et ça ne saurait tarder. Mon voyage en zone libre n'a pas été inutile. Il va nous permettre non seulement d'étendre notre action, mais de le faire en liaison avec ceux de la zone sud. Et, là encore, Jean, vous aurez sans doute à repasser la ligne avant peu…

Entre avril et juin, Jean fit deux fois ce qu'il appela lui-même le facteur entre la zone occupée et la zone libre. Parce qu'il n'eut, chaque fois, à transmettre que des documents parfaitement anodins pour quiconque n'avait pas la grille nécessaire – ce qui était son cas –, il prit le risque de tenter le passage par Vierzon donc par le train du matin qui desservait Limoges et Brive, son point de chute.

Tous ses faux papiers ayant déjà fait la preuve de leur perfection, lors de plusieurs contrôles de routine à Paris, il adopta un métier justifiant des déplacements dans toute la France. Il le fit sur les conseils de Maxence, lequel, bien renseigné, lui assura que la profession de représentant en produits pharmaceutiques, ou celle d'agent d'assurances, étaient souvent celles que choisissaient les clandestins. Il bourra donc sa serviette de prospectus à en-tête de laboratoires, fournis par un ami pharmacien et par le Dr Grasset, et alla prendre son train, bondé comme toujours.

Mais, pour autant qu'il ait confiance dans sa couverture et en sa bonne étoile, ce fut quand même avec beaucoup d'appréhension qu'il présenta ses papiers en gare de Vierzon et expliqua, avec force détails, pourquoi il se rendait en zone sud. Mais il ne respira plus calmement que lorsque le convoi reprit sa route vers Châteauroux.

Une fois à Brive-la-Gaillarde, et selon les directives reçues, ce fut avenue de la Gare, dans les bureaux du Secours national, qu'il rencontra le dénommé Duval, un homme affable d'une quarantaine d'années, à qui il remit ses documents en échange de plusieurs feuillets, aussi hermétiques que ceux qu'il venait de livrer. Puis, ayant sa soirée à perdre avant le train du lendemain, il flâna en ville et apprécia, avec volupté, le calme qui y régnait et surtout, il en avait oublié tout le charme, l'absence totale et si oppressante de soldats en tenue *feldgrau*. De même, au restaurant de l'Hôtel Terminus, où il allait passer la nuit, le repas qu'on lui servit, contre quelques tickets, lui sembla plus copieux et savoureux que ceux de la zone occupée.

« Mais je ne suis peut-être pas très objectif », pensa-t-il en sirotant un excellent digestif de fabrication locale.

Quinze jours plus tard, toujours sous le couvert de son métier de représentant, il redescendit à Brive, rencontra le même Duval, mais à son domicile, dans une rue dont il s'empressa d'oublier le nom, et reprit le train pour Paris le lendemain matin, à nouveau porteur de documents dont il ne voulait rien savoir.

Par malchance, alors que le train, après huit heures de trajet, eût dû atteindre la gare d'Austerlitz à 17 heures, il stoppa en pleine campagne pendant trois heures, pour raison inconnue, peu après avoir dépassé Vierzon. Ce contretemps réduisit à néant, pour cause de couvre-feu, les projets qu'il avait d'aller embrasser Michelle dès son arrivée.

Ce ne fut donc que le lendemain soir, parce qu'il n'avait pas vu la jeune fille depuis plus de huit jours et qu'elle lui manquait beaucoup, qu'il sauta sur son vélo et pédala jusqu'à la rue Diderot, à Vincennes. Comme toujours très prudent, il fit d'abord un passage devant le petit pavillon et nota avec satisfaction que le râteau était bien appuyé à côté du portail du jardin, donc qu'aucun danger ne guettait. Avec Michelle, ils avaient trouvé ce moyen pour être certains que la voie était libre, que tout était normal, sans aucune souricière en place.

— Pas compliqué, avait-elle décidé, le matin, en partant pour l'agence, je poserai le râteau par terre, contre le mur, donc invisible de la rue ; et, le soir, je le dresserai contre le portail. Si un jour, à l'heure où je dois être rentrée, tu ne le vois pas, c'est que je serai absente, donc que ça ira très mal…

Ce soir-là, tout étant normal, il fit demi-tour et se jeta peu après dans les bras de la jeune femme. Et là, sur le pas de la porte, après avoir fiévreusement répondu à ses baisers, ce fut elle qui lui apprit comment, le jour même à Bir-Hakeim, les troupes françaises, pourtant très inférieures en nombre et en armes, avaient réussi à tenir tête à l'armée de Rommel et que cette première victoire méritait d'être dignement fêtée.

Plus tard, parce que ni l'un ni l'autre n'avaient vu passer le temps, trop occupés à se cajoler, et qu'il s'aperçut qu'il lui était impossible de rentrer rue de Vaugirard avant le couvre-feu, Michelle, quand même un peu émue, mais plus que jamais amoureuse et très caressante, accepta de devenir sa femme.

Ils se connaissaient et s'aimaient depuis près de sept mois sans avoir, jusque-là, été plus loin que des caresses et des baisers qui les laissaient, l'un et l'autre, toujours sur leur faim. Ce ne fut plus le cas ce soir-là, et c'est en s'étirant après l'amour que Michelle déclara :

— Je m'étais pourtant juré d'attendre jusqu'à notre mariage, mais…

— Tu regrettes ? coupa-t-il, très heureux mais quand même un peu confus.

— D'avoir trop attendu, oui, pouffa-t-elle. Après tout, il fallait bien fêter Bir-Hakeim, non ? Et puis on est en guerre, on ne sait pas ce que sera demain, alors profitons-en, pour une fois que le couvre-feu sert à quelque chose !

Depuis deux mois, Albert vivait dans l'euphorie. Dès qu'il avait accepté la proposition faite par l'homme rencontré le soir où il avait subi les sarcasmes de René, son train de vie s'était encore amélioré grâce à son travail pour la célèbre revue *Signal.* Les responsables de celle-ci, soucieux d'agrandir le nombre, déjà considérable, de lecteurs français – le tirage atteignait les huit cent mille exemplaires – l'avaient embauché pour qu'il y soit une sorte de porte-parole de la jeunesse, tant étudiante qu'ouvrière. Heureux de ce qu'il estimait être une formidable promotion, il signait désormais deux fois par mois, toujours sous pseudonyme, des billets à la gloire de tous les jeunes qui, en France et en Europe, combattaient le bolchevisme et sa barbarie.

Là encore, sa prose et sa fougue faisaient mouche à tel point qu'on lui avait quasiment promis une proche promotion. De même, le journaliste rencontré un soir à la brasserie Chez Marcel lui avait laissé entendre qu'il n'était pas impossible qu'on l'envoyât sous peu en reportage sur le front de l'Est. Mais pour ce faire encore fallait-il qu'il continuât à poursuivre ses études ; les rédacteurs de *Signal*, et des autres publications, tenaient beaucoup à ce qu'il reste dans le monde étudiant pour pouvoir rendre compte de l'esprit qui régnait en Sorbonne. Il avait aussi accepté de poursuivre son rôle d'indicateur car cette tâche lui plaisait presque autant que la rédaction de ses multiples articles. Grâce à eux, il s'attirait non seulement les encouragements et les félicitations de M. Delclos, les délicieuses cajoleries de Germaine, mais gagnait de plus en plus d'argent. À tel point qu'il avait averti ses parents de sa décision d'abandonner sa chambre de bonne et de louer, à ses frais, un très agréable studio rue du Dragon. Il le partageait désormais avec Germaine, aussi ne fréquentait-il quasiment plus l'appartement paternel.

La dernière fois qu'il y avait mis les pieds, quinze jours plus tôt pour y récupérer ses dernières affaires, lui avait permis de découvrir, avec horreur, que la concierge, qu'il aimait bien jusqu'à ce jour, mais dont il n'avait jamais soupçonné les origines, arborait désormais l'étoile jaune !

Son port était obligatoire depuis l'ordonnance du 29 mai, applicable le 7 juin et touchait toute la population juive ; seuls les enfants de moins de six ans n'avaient pas à proclamer leur appartenance aux tribus de Ruben, Lévi, Juda et compagnie.

N'en eût-il tenu qu'à lui, qu'il eût interdit à toute cette crasseuse populace de pratiquer le moindre métier, y compris celui de concierge ou d'éboueur car, qu'elle soit employée dans les plus basses tâches, dans le commerce ou dans les banques, tout le monde savait à quel point cette haïssable engeance ne devait sa dangereuse prolifération qu'à son parasitisme héréditaire.

Mais, il le reconnaissait volontiers, l'exécration que tous ces gens-là soulevaient lui permettait de n'être jamais en panne d'inspiration pour ses articles. D'ailleurs, puisque les juifs avaient cru intelligent, quelques millénaires plus tôt, d'inventer l'hypocrite solution de se faire pardonner leurs fautes par l'intermédiaire de boucs émissaires et autres bestiaux expiatoires, il était bien normal, et très sain, qu'ils soient enfin, à leur tour, contraints de régler concrètement leur note. Et Dieu savait à quel point elle était lourde !

Aussi, entre ses virulentes diatribes contre le peuple dit élu, les communistes, les gaullistes, les Anglais et les francs-maçons, ne manquait-il jamais d'idées pour écrire ce que ses lecteurs attendaient de lui, des textes virils.

Cela étant, parce qu'il n'oubliait pas les alléchants projets évoqués par ceux qui l'avaient accueilli à *Signal* – l'expédier sur le front de l'Est pour en rendre compte et inciter les jeunes Français à s'engager dans la LVF –, c'est avec impatience qu'il attendait maintenant les vacances. Grâce à elles, espérait-il, et puisque, pour un temps, il n'aurait pas besoin de fréquenter les cours, même s'il le faisait peu, rien ne s'opposerait à ce qu'il aille voir, sur place, comment les hommes de la Légion française faisaient régner l'ordre chez les bolcheviques.

Outre le plaisir d'écrire de très bons papiers, grâce à ce voyage, il y voyait aussi une réjouissante vengeance ; puisqu'on n'avait pas voulu de lui comme soldat, puisqu'on l'avait humilié en lui refusant un fusil, il allait se servir de son stylo comme d'une arme et prouver à tous qu'il était, lui aussi, un combattant, un guerrier, un vrai tueur.

Pour autant qu'il s'en souvienne, René ne s'était jamais senti aussi déprimé. Jamais non plus la peur ne l'avait tant perturbé. Une peur stupide, exagérée sans doute, mais tellement présente qu'elle lui gâchait la vie dès son réveil et le poursuivait très avant dans la nuit en l'empêchant de trouver le sommeil. Et lui, l'incorrigible pacifiste, en arrivait maintenant presque à se dire qu'il allait devoir se faire violence et employer la manière forte pour faire cesser les agressions verbales dont il était l'objet.

Tout avait commencé quelques jours avant que le mari de sa concierge, M. Pasquier, agent de police, ne lui lance, goguenard :

— Vous savez, m'sieur Lucas, j'ai toujours deviné que c'était une fausse blonde, je les renifle de loin, moi…

Et, devant sa stupéfaction, car il avait aussitôt compris, Pasquier avait ajouté avec un clin d'œil canaille :

— Dame, vous êtes beaucoup mieux placé que moi pour le savoir, mais c'est bien une fausse blonde la petite qui vous rejoint là-haut, trois fois par semaine, ou même plus…

— Je ne vois pas en quoi ça vous regarde ! J'ai le droit de recevoir qui je veux chez moi et sans vous demander votre avis ! avait-il protesté.

Mais l'autre, impassible, n'en avait pas moins poursuivi :

— Peut-être, peut-être… Mais dites, j'y pense, ma femme m'a dit que ça faisait bien huit jours qu'elle l'avait pas vue, votre blonde… L'est pas malade chez vous, au moins ?

René s'était contenté de répondre par un haussement d'épaules et avait quitté l'immeuble avec, une fois de plus, un douloureux sentiment de honte. Cette honte, déjà mêlée à la peur, qu'il avait ressentie lorsque, au soir du 9 juin, alors qu'il attendait Huguette avec toujours la même impatience, il était resté stupéfait après lui avoir ouvert la porte. Car devant lui la si belle jeune femme, qui faisait ses délices depuis deux ans, se tenait là, confuse, l'air coupable, mais sans même essayer de cacher la grosse étoile qui tachait son corsage rouge d'un jaune indécent.

— Ça alors, avait-il balbutié, tu… tu es… ?

— Oui, juive, la preuve, avait-elle dit avec un pâle sourire en tapotant ce signe qu'on lui imposait désormais.

— Mais tu t'appelles Huguette Martin ! Martin ! Ce n'est pas un nom juif, ça !

— Quelle importance ? Chez nous, l'appartenance à notre race se fait par les femmes, et depuis toujours ; depuis qu'on nous persécute. Depuis que nos femmes sont violées, grâce à quoi, les malheureuses ainsi mises enceintes perpétuent notre race en mettant au monde des enfants juifs ! Ma mère, mes grands-mères sont juives, je le suis aussi et j'en suis fière, même si mon père ne l'est pas ! Et si tu m'avais fait un enfant, il serait juif !

Il avait frémi à cette idée et s'était réjoui d'avoir toujours pris ses précautions au cours de leurs ébats.

— Pourquoi tu ne me l'as jamais dit ? avait-il protesté, à la fois vexé de n'avoir rien deviné – mais comment aurait-il pu ? – et déjà très inquiet à l'idée qu'on pût le soupçonner de complaisance, pour ne pas dire pire, avec une femme de cette lignée.

Avec une représentante de cette communauté tellement dénoncée et décriée que, outre les articles assassins qui fleurissaient dans tous les journaux, une exposition, boulevard des Italiens, dénonçant tous ses membres sous le nom de : *Les Juifs et la France*, attirait la foule depuis deux ans ; quant au film *le Juif Süss*, il faisait salle comble.

Comme il ne s'était jamais senti concerné, il n'avait eu aucune envie, jusqu'à ce soir du 9 juin, d'en savoir plus, et encore moins de prendre parti. Mais ce dont il était maintenant sûr, c'était qu'il était de plus en plus malsain, pour ne pas dire très dangereux, d'être en relation avec les juifs et, à plus forte raison, de coucher avec une de leurs filles.

— Je peux quand même entrer ? avait-elle murmuré.

Et, comme elle avait aussitôt compris qu'il hésitait, elle lui avait tristement souri, caressé la joue du dos de la main et était partie sans se retourner.

Il n'avait rien fait pour la retenir, rien, mais depuis la honte ne l'avait pas quitté. La peur non plus car, s'amusant de cette espèce de pouvoir que lui donnaient autant son uniforme que sa découverte des origines d'Huguette, l'agent Pasquier ne manquait jamais de le titiller dès qu'il le croisait, insistant toujours grassement sur la fausse blondeur de la jeune femme :

— Dame, ça a dû vous sauter aux yeux tout de suite, dès la première fois, pas vrai ? D'accord, c'est pas une preuve, mais si elle avait été aussi maligne qu'on le dit, elle se serait rasée ! Enfin moi, je l'ai tout de suite deviné qu'elle était youpine et noiraude, cette petite pimbêche ! Mais dites, si on la voit plus monter chez vous, c'est'ti pas que vous la cachez là-haut, des fois ?

Ou encore, malgré les faibles protestations qu'il tentait de lever :

— Voyez, m'sieur Lucas, à mon avis, c'est dommage qu'on puisse pas les baptiser au sécateur, elles aussi, ça éviterait de se faire rouler par elles dès le premier coup ! Pas vrai ?

Il en était ainsi depuis des jours, aussi, pour éviter les oiseux sarcasmes de Pasquier, avec toujours, en sous-entendu, l'éventuelle cachette qu'était sa chambre pour Huguette, il partait très tôt le matin et rentrait le plus tard possible, juste avant le couvre-feu.

Malgré cela, tenaillé par la peur que lui inspirait maintenant l'agent Pasquier et la totale conscience de son ignominie, il en venait à se dire que seule une fuite vers le Midi et sa ville natale lui ferait tout oublier, lui rendrait sa bonne humeur et sa reposante indifférence envers tout ce qu'engendrait la guerre.

Parce que c'était la première fois, depuis des mois, que Claire prenait le risque de venir à la librairie Perrier,

Jean en déduisit aussitôt que l'affaire devait être d'une extrême gravité pour qu'elle ait jugé indispensable de se déplacer.

Il était occupé à placer en vitrine les derniers ouvrages reçus, dont *Les Décombres* de Rebatet, lorsque, en ce lundi matin, 13 juillet, elle entra dans le magasin. Elle s'assura qu'aucun client n'était là, lui fit signe de la suivre et passa aussitôt dans l'arrière-salle où travaillaient Maxence et Marthe.

Il prit sur lui de suspendre la pancarte « Fermé » sur la porte d'entrée et les rejoignit. Comme chaque fois, il devina, à son air grave et fermé, qu'une catastrophe – sans doute des arrestations – venait de se produire et, cœur battant, se prépara à entendre les noms des responsables des boîtes aux lettres qu'il visitait régulièrement.

Claire alla droit au but :

— Voilà, le contact que nous avons à la préfecture de police nous a fait savoir, voici deux heures, qu'une rafle gigantesque se prépare sur Paris.

— Parmi les nôtres ? coupa Maxence.

— Peut-être, mais ce que l'on m'a transmis, avec mission de faire suivre, c'est que les nazis, aidés par la police française, se préparent à arrêter plusieurs milliers de juifs, j'ai cru comprendre dans les vingt mille…

— Aujourd'hui ? demanda Jean.

— Je ne sais pas, et notre informateur non plus, mais sans doute demain, 14 juillet, histoire de répondre aux consignes de Londres qui nous demande de marquer le coup pour la fête nationale partout où ce sera possible, ou peut-être plus tard, je ne peux le dire. Tout ce que nous a assuré notre contact, c'est que la rafle va avoir lieu dans les jours, voire les heures qui viennent. Il en est certain car toutes les dispositions sont prises en vue de cette opération. Alors voilà, comme l'autre fois, c'est à nous de prévenir non seulement nos amis juifs, mais aussi ceux des nôtres du réseau qui, de leur côté, doivent de toute urgence transmettre cette information au maximum de gens concernés.

— Bien sûr, approuva Jean, mais que pourront-ils faire ? Je veux dire les juifs ?

— Je ne sais, avoua-t-elle avec lassitude, se cacher, fuir peut-être, du moins savoir ce qui les menace. On ne peut rien faire de plus que les avertir, mais ça, nous allons le faire, chacun de notre côté, et tout de suite. Vous, Jean, pour ne pas nous disperser et joindre deux fois les mêmes personnes, voyez avec Maxence les connaissances que vous allez contacter. Mais faites vite, tel que je les connais, et je les connais très bien, les nazis sont tout à fait capables de lancer leur action d'une minute à l'autre. Ils se sont déjà fait la main chez eux, depuis des années, je suis bien placée pour le savoir… Il ne nous reste donc que le bouche-à-oreille pour contre-attaquer, c'est dérisoire mais indispensable.

Un quart d'heure plus tard, alors que la journée s'annonçait magnifique et chaude, Jean enfourcha son vélo et commença son périple à travers Paris et la banlieue est. Il roulait vite, sans craindre les crevaisons et encore moins les éclatements car, comme promis, Claire, deux mois plus tôt, lui avait fait passer une paire de pneus tout neufs, par l'intermédiaire de Marthe.

Surpris en plein sommeil, en ce matin du 16 juillet, René se demanda pour quelle raison sa garce de voisine s'acharnait sur sa porte à coups de poing.

C'était une femme d'une quarantaine d'années, sans aucun charme et déjà sèche mais qui, forte de son statut d'épouse de prisonnier depuis mai 40, en voulait à la terre entière. Elle était tellement désagréable avec tous les gens de l'immeuble que René en était arrivé à se dire que le mari, où qu'il soit, ne devait pas faire le moindre effort pour s'évader ; il ne devait avoir aucune envie de retomber sous la férule de cet autre garde-chiourme !

Mais ce n'était pas pour autant, de la part de sa voisine, une raison pour défoncer sa porte à 5 heures du matin alors que, l'heure allemande aidant, le jour était encore loin.

Il se leva en maugréant, enfila son caleçon – il faisait une chaleur de four et il dormait nu – et alla ouvrir. Il avait à peine tourné la clé que la porte lui arriva en pleine figure alors qu'un civil, qu'accompagnait un agent de police – qui n'était pas M. Pasquier – et un confrère, lui hurla :

— Où est-elle ?

Encore ensommeillé et dépassé par les événements, il bégaya :

— Mais de quoi vous parlez ? qui lui attira aussitôt une bourrade de la part du civil.

— De ta juive ? Où est-elle ? Explique ! ordonna l'homme pendant que les deux agents passaient dans la pièce d'à côté.

— Ma quoi ? balbutia-t-il tout en réalisant en même temps de qui il s'agissait.

Mais déjà, énervé par sa réponse, l'autre lui avait envoyé une gifle qui lui fit monter les larmes aux yeux.

— Ta foutue salope de juive blonde ! On nous a dit qu'elle était sans doute cachée ici !

— Non, y a personne, assura l'un des agents en revenant de la salle de bains, mais elle est passée là y a pas longtemps, dit-il en brandissant une fiole.

René reconnut la petite bouteille de teinture dont se servait Huguette pour s'enduire les jambes et pallier ainsi la pénurie de bas ; elle avait oublié le flacon, ainsi qu'une combinaison et une chemise de nuit, la dernière fois qu'elle avait partagé son lit, un mois et demi plus tôt.

— Non, elle est pas là, assura le deuxième agent après avoir ouvert le placard et même regardé sous le lit.

— Alors où est-elle ? Son adresse, vite ! insista le civil en secouant la chemise rose que venait de lui donner l'agent.

— Son adresse ? Mais je ne l'ai pas ! assura René en reculant car l'autre avait déjà levé la main.

C'était un mensonge éhonté, mais, s'il l'énonça sans frémir, ce fut moins pour tenter de protéger Huguette que pour se disculper. Car passe encore de mettre une juive au lit, mais de la fréquenter au milieu des siens était passible de très graves ennuis.

— Tu te fous de moi ! À qui tu feras croire que tu te contentes de baiser les youpines chez toi, tu l'as jamais fourrée dans son taudis ?

— Ben non, pourquoi ? Je vous jure que je n'ai jamais été chez elle, d'ailleurs elle n'aurait sûrement pas voulu ! Oh, et puis demandez à M. Pasquier ou à la concierge. Ils vous diront qu'ils ne l'ont pas vue, et moi non plus, depuis… (il hésita, calcula) début juin, dit-il enfin, demandez-leur !

— Bon ça va, on sait tout ça, mais le gardien Pasquier avait des doutes…

« Je suis bien placé pour le savoir, pensa René, quel salaud ! »

— Allez, on file, décida l'homme, j'espère que tous les youtres de l'immeuble n'ont pas fait comme ta pute et qu'on les a cueillis au lit. Quant à toi, trouve-toi des vraies Françaises pour baiser, pas des juives comme celles d'en bas…

René hocha la tête en comprenant que les membres de la famille du premier étage, qui comptait un garçonnet, deux gamines et dont, comme pour Huguette, il n'avait découvert l'origine qu'à cause de leurs étoiles, avaient, eux aussi, sûrement été dénoncés par Pasquier.

Mais, peu après, alors que, encore sous le choc, il venait de pousser les contrevents, il comprit que Pasquier n'était qu'un exécutant parmi tant d'autres. En bas de l'immeuble, et dans toute la rue de Cléry, attendaient plusieurs dizaines de personnes qu'encadraient les agents de police. Et des portes cochères sortaient encore, petite valise à la main, hommes, femmes et enfants dont beaucoup, trop brutalement tirés du lit, sanglotaient en se cramponnant aux jupes de leur mère.

« Une rafle, pensa-t-il, et une sévère, mais ce n'est pas mon affaire et il y en a marre de tout ça ! Cette fois, je rentre à Béziers », décida-t-il et, prudent, même si le couvre-feu était levé, il referma ses volets, se passa un gant de toilette humide sur la poitrine, se recoucha et calcula ce qu'il allait raconter à son père qui justifiât son retour.

« Je vais dire que Mme Lagorce « c'était la pharmacienne qui l'avait pris en stage pour l'été » a préféré faire travailler un de ses neveux plutôt que moi, personne n'ira vérifier. Et à elle, j'expliquerai que mon père a besoin de moi et que, travail pour travail, autant le faire chez moi… »

S'il avait décidé, trois mois plus tôt, de passer l'été à Paris c'était pour rester avec Huguette, mais désormais…

« Pour la suite, on verra plus tard et, à la rentrée, tout se sera peut-être calmé ici. En attendant, je vais aller faire les démarches pour obtenir un *ausweis* pour rejoindre Béziers. J'y ai droit puisque mes parents y habitent et que j'y suis toujours domicilié. Et, une fois là-bas, à moi le repos, les siestes, la baignade, les bons repas – ils ne pourront pas être pires qu'ici ! –, les filles et la peinture, parce que ça, au moins, c'est beaucoup plus marrant que de faire des analyses d'urine à longueur de journées ! »

Satisfait de son plan, il flemmarda au lit jusqu'à 8 heures puis, rassuré par sa décision, il se leva enfin en estimant que, tout compte fait, il suffisait de se dire que la vie était belle pour qu'elle le soit.

11.

Ce ne fut qu'au soir du samedi 18 juillet, parce que, pris par son travail d'informateur, il n'avait pas revu Michelle depuis l'après-midi du 13 – il lui avait alors fait part de l'imminence de la rafle –, que Jean put la rejoindre à Vincennes.

Fatigué par plus de quatre jours de courses dans Paris et au-delà, mais aussi désespéré par ce qui se disait maintenant, presque sous le manteau tellement la peur – à moins que ce ne soit l'indifférence – était grande d'avoir à prendre parti, que quelque douze à quinze mille juifs de tous âges, et peut-être plus, avaient été arrêtés.

Les bruits couraient aussi, mais très discrètement, là encore par crainte de trop parler, que la gigantesque rafle n'avait pu être menée à bien que grâce au travail et à la totale complicité de la police française laquelle, fidèle en tout point à la politique que Laval conduisait depuis son retour au gouvernement, en avril, avait aveuglément obéi aux ordres et tout fait pour que l'opération soit une réussite.

Il se disait aussi que les juifs arrêtés étaient regroupés à Drancy, dans l'attente d'un départ pour, suivant les cas, la Pologne ou l'Allemagne, on ne savait trop exactement.

En fait, rien n'était vraiment très sûr sauf, et cela était avéré, qu'il y avait des milliers d'hommes, de femmes et d'enfants victimes de cette ignominieuse rafle. Et il se chuchotait déjà qu'il y en aurait sûrement d'autres puisque, comme l'affirmait la propagande officielle, il était de salubrité publique de nettoyer la France de tous les chancres israélites qui la rongeaient depuis beaucoup trop longtemps. Et de s'y employer au plus vite car, comme l'avait proclamé, dès avant guerre, Robert Brasillach, « ces gens-là n'étaient que des singes et des guenons, donc à traiter comme tels… ».

Ce fut donc avec, au fond de lui, la rage de n'avoir pu faire grand-chose en réponse à cette infamie et la tristesse de se savoir aussi peu efficace pour lutter contre un haïssable et impardonnable régime de collaboration qu'il rejoignit Michelle, chez elle, rue Diderot, vers 19 heures ; le râteau étant à sa place il poussa le portail.

Parce qu'il avait le moral au plus bas, c'était beaucoup plus pour tenter de le raffermir en partageant sa colère et son dégoût que pour des retrouvailles seulement physiques qu'il avait en projet de passer la nuit chez la jeune femme.

Mais à peine lui avait-elle ouvert la porte qu'elle se jeta dans ses bras, en pleurant silencieusement. Et ses sanglots et ses hoquets étaient tels qu'il comprit qu'elle devait pleurer depuis longtemps, des heures peut-être, comme le prouvaient aussi ses yeux et son nez rougis.

— Allons, allons, murmura-t-il en lui caressant le visage, raconte, explique…

Elle haussa les épaules, se dégagea un peu, attrapa son mouchoir dans son corsage et se tamponna les joues.

— Les salauds ! Les salauds ! murmura-t-elle tandis qu'une nouvelle crise de larmes la submergeait, les ordures !

— Viens t'asseoir, dit-il en l'entraînant, et raconte.

Elle se nicha sur ses genoux, se cramponnant à lui comme à une bouée.

— Parle, insista-t-il en sortant son propre mouchoir pour lui essuyer les yeux.

— Myriam, et toute sa famille… hoqueta-t-elle.

— Qui ?

— Tu ne connais pas. Myriam Bloch, une amie d'enfance, une grande amie, depuis toujours…

— Oui ? insista-t-il alors qu'il avait déjà deviné la suite.

— On a fait toutes nos études ensemble. J'allais très souvent chez elle, et elle chez nous…

Elle prit sur elle pour tenter d'enrayer ses pleurs.

— Ils ont arrêté son père, sa mère, son frère de quinze ans et sa petite sœur de douze… (Elle renifla.) Et j'ai appris tout à l'heure qu'ils ont aussi arrêté son fiancé, Joseph Salomon, ils devaient se marier en septembre…

— Tu les avais prévenus ?

— Bien entendu, en premier, dès que tu m'as passé le message, lundi dernier.

— Et alors ?

— Alors, soit ils n'ont pas cru que c'était grave, soit ils ne savaient pas où aller, ils ont été raflés avant-hier matin. C'est la concierge des Bloch qui me l'a dit et une voisine de Joseph… Ah, les salauds ! Les salauds ! redit-elle en serrant les poings et en lui frappant les épaules et le torse, les fumiers !

— Va, cogne, ma chérie, cogne si ça te fait du bien, dit-il en l'embrassant doucement.

Anéantis l'un et l'autre, ils restèrent ainsi plusieurs minutes, puis ce fut elle qui se leva enfin. Elle alla ensuite se passer de l'eau sur la figure, revint, dents serrées.

— Bon, il faut quand même qu'on essaie de dîner, je n'ai rien mangé depuis hier, mais je n'ai pas grand-chose à t'offrir.

— Aucune importance. Mais peut-être qu'on ferait mieux de sortir et de trouver un restaurant, histoire de nous changer les idées, enfin, d'essayer…

— Si tu veux, soupira-t-elle en prenant sur elle pour ne pas craquer à nouveau. On va aller Aux Deux Fourneaux, c'est le plus près, tu as tes tickets au moins ?

— Bien sûr. Allez, viens.

Ils rentrèrent peu avant le couvre-feu, lequel, suite aux derniers et maintenant si fréquents attentats contre les soldats allemands, commençait à 21 heures ; ce qui permettait aux résistants d'assurer, en pouffant, que les Boches le faisaient sans doute exprès pour que personne n'ait besoin de veiller pour écouter la radio anglaise…

Ce soir-là, ni Jean ni Michelle n'avaient le cœur à plaisanter mais c'est côte à côte qu'ils se penchèrent pour entendre, en sourdine et malgré un affreux brouillage, la voix du Français qui parlait aux Français.

Plus tard, lumière éteinte car, à cause de la chaleur, il n'était pas possible de fermer les volets et d'en masquer les éventuels interstices par une couverture, ce fut Michelle qui murmura :

— Viens, on va faire l'amour.

Parce qu'il hésitait, ne sachant trop si, vu son immense chagrin, sa douleur, elle le lui proposait avec un vrai désir ou par une sorte de dévouement, il demanda :

— Tu es sûre ? Tu en as vraiment envie ?

— Oui, redit-elle en lui prenant la main, viens, et faisons l'amour comme jamais, de toutes nos forces, exactement comme si on devait mourir cette nuit, comme si c'était la dernière fois de notre vie ! D'ailleurs, qui sait…

Même si Albert tenta de se consoler en se répétant que, si son projet avait pris forme, il n'aurait jamais pu assister à ce qu'il tenait pour une formidable et indispensable preuve d'autorité, la rafle, le fait de n'avoir pas été choisi comme correspondant pour aller sur le front de l'Est lui laissa un goût amer.

Pour la deuxième fois, on lui refusait l'honneur et le plaisir de participer, à sa façon, à la grande épopée de la LVF. Il en était très dépité car, estimant que les propos qu'on lui avait tenus quelques mois plus tôt étaient quasiment des promesses fermes, il n'avait pas imaginé qu'il pût en être autrement. D'où sa déception en apprenant que, tout compte fait, il était plus utile en France que sur le font russe.

Il s'était pourtant préparé à cette grandiose aventure, à cette expédition historique. Cartes de la Russie étalées sur sa table, il savait, grâce aux communiqués officiels, où se trouvaient, au jour le jour, les Français qui, sous uniforme allemand, traquaient les partisans bolcheviques dans toute la région de Briansk, au sud-ouest de Moscou. Et, sur la carte, imaginant leurs opérations, leurs attaques, il frémissait avec eux en les supposant en train de s'engager dans les immenses et si redoutables forêts où s'embusquaient les racailles rouges ; des assassins sadiques qui devaient être tués deux, sinon trois fois, tellement ils étaient coriaces, assuraient les permissionnaires.

— Les tuer trois fois ? Et comment ça ? avait-il une fois bêtement demandé, stylo et papier en main, à un jeune sergent, impeccable dans son uniforme, qu'il avait invité, ainsi que deux de ses compagnons d'armes, à prendre un verre au Colisée.

— Comment ? s'était esclaffé l'autre, au MP, à la MG, à la grenade, au couteau ; à coups de pied s'il faut ! Ah, mon vieux, à tout ! ces gars-là sont increvables, comme leurs femmes d'ailleurs qu'on peut grimper cinquante fois de suite avant qu'elles crient grâce !

Il ne s'était pas ridiculisé davantage en demandant ce qu'étaient un MP et une MG mais, le soir même, il s'était discrètement renseigné auprès d'un confrère allemand, travaillant lui aussi à *Signal*, qui lui avait donné l'origine des initiales des armes : *Maschinenpistol* et *Maschinengewehr*.

Cela étant, malgré les excellents articles qu'il écrivit, grâce aux confidences et souvenirs – sans doute exagérés, mais peu importait – que lui narrèrent les permissionnaires qu'il fit parler avec l'aide de nombreux verres de cognac et de coupes de champagne, il ne parvint vraiment pas à se consoler de ne pas avoir été choisi pour aller voir ce qu'il en était exactement des actions de la LVF.

Aussi trouva-t-il enfin quelques consolations lorsque, officiellement reconnu et mandaté comme observateur et journaliste, il put, au matin de la rafle, en toute quiétude et sans en perdre une miette, assister à ce qu'il titra, le soir même, en majuscules :

« 16 JUILLET 42. LA FRANCE ÉTERNELLE FAIT LE MÉNAGE ! »

Témoin direct, il put ainsi suivre une équipe d'agents de police et d'inspecteurs qui, dès 5 heures du matin, sur renseignements, mais surtout grâce aux adresses fournies par les fichiers dûment tenus à jour depuis deux ans, ramassèrent plusieurs familles, aussitôt enfournées dans les autobus réquisitionnés.

Vers midi, estimant qu'il en avait suffisamment vu et, de plus, parce qu'il mourait de faim après un tel exercice – la majorité des immeubles visités n'avaient pas d'ascenseur –, il s'octroya d'abord un excellent et copieux repas chez Lipp et, repu, commença la rédaction de son article. Il travaillait toujours pour plusieurs revues et journaux mais savait que personne ne s'offusquait de lire le même texte, sous divers noms, dans divers titres.

Aussi, martyrisant une fois de plus Péguy, trahi et récupéré depuis deux ans par Vichy, mais que tout bon Français se devait d'admirer, il commença par :

« *Et ce ne sera pas à ces lèvres trop grasses*
Que nous demanderons notre baiser de paix ! »
Non, car si nous voulons la paix, nous ne pourrons jamais la faire avec cette race de cloportes qui, depuis trop longtemps, a envahi et ruiné la France de Vercingétorix et de Jeanne d'Arc. Aussi devons-nous applaudir l'opération de salut public et d'hygiène qui va permettre de recenser, de regrouper et bientôt, espérons-le, de chasser des milliers d'apatrides et de parasites ; ces sous-hommes que, dans leur faiblesse, nos aînés ont eu tort de tolérer chez nous pendant si longtemps !

Son article terminé, il le corrigea, biffa quelques mots, s'octroya un double cognac et, très satisfait de sa journée, partit livrer son texte en souhaitant que d'autres événements comme celui du jour lui facilitent encore la tâche.

Moralement très touché par le souvenir des jours précédents, par la tristesse de Michelle et par le sentiment de pratiquer une résistance stérile, Jean faillit demander à Marthe Perrier d'aller prévenir Claire qu'il abandonnait le combat. En effet, à quoi servaient les faux papiers, les journaux clandestins, les tracts et tous les renseignements envoyés à Londres puisque rien de tout cela n'avait empêché deux horribles jours de rafle et qu'il était évident que d'autres razzias auraient lieu.

De même, puisque, en zone libre, les sabotages se faisaient de plus en plus fréquents, mais que cela ne changeait rien, bien au contraire, à la politique des occupants nazis en zone occupée – ils fusillaient des dizaines d'otages à chaque attentat –, mieux valait tenter le coup, partir vers l'Espagne, puis vers l'Angleterre. Une fois là-bas, s'engager dans une véritable armée, y apprendre à se battre pour, un jour, sous peu, armes à la main, nettoyer le pays de toute la vermine verte et de tous les pétainistes, ces pleutres vendus qui fermaient les yeux sur les exactions nazies et même, souvent, les approuvaient ! Ça, oui, c'était une vraie, une grande résistance, celle qu'il eût aimé pratiquer.

Mais, parce qu'il se savait quand même utile, même si, à ses yeux, c'était à un trop faible niveau – lequel pouvait néanmoins le conduire devant un peloton d'exécution –, il se tut et poursuivit au mieux son travail d'agent de liaison.

Grâce aux actions du groupe de la Rue de Lille et à la prolifération de toutes les publications clandestines, il eut, de plus en plus souvent, à distribuer des paquets de journaux et beaucoup de faux papiers. De même, à la fin juillet, il eut à charge de transmettre les adresses d'amis, indispensables à tous ceux qui, sous peine d'arrestation, devaient fuir coûte que coûte et trouver un abri sans se jeter dans la gueule du loup.

Beaucoup de ces persécutés pensaient qu'il suffisait de quitter Paris et croyaient être en lieu sûr s'ils atteignaient la zone libre. Mais ce n'était plus du tout le cas. En effet, pour complaire aux nazis, Laval, qui souhaitait la victoire de l'Allemagne, avait, à son tour, lancé en zone libre de vastes rafles qui permettaient de se débarrasser de plusieurs milliers de juifs étrangers et apatrides. Toutes ces familles qui avaient fui l'Allemagne bien avant la guerre et qui espéraient avoir trouvé la tranquillité en s'installant en zone non occupée, dénoncées, traquées, grossissaient les convois de déportés.

À leur sujet, il se disait – mais personne ne pouvait sincèrement y croire – que tous ces juifs étaient expédiés en Pologne où, assuraient les vichyssistes, main sur le cœur, ils allaient créer un nouvel État israélite ; donc, la tâche qui les attendait justifiait et rendait on ne peut plus logique et surtout parfaitement humain le fait qu'il soit impensable – et même barbare – de séparer les enfants de leurs parents…

Pour aider tous ces clandestins s'accélérait la mise en place de multiples filières qui dirigeaient les fugitifs vers des points de chute où ils risquaient moins d'être arrêtés à la première vérification d'identité, ou sur dénonciations, ces dernières étant très nombreuses, souvent anonymes, mais toujours efficaces.

Jean comprit donc que les kilomètres qu'il parcourait à vélo pour savoir si tel ou telle, de Provins, des Andelys ou de Châteauroux, était prêt à accueillir, un temps, des gens traqués, était une forme de résistance aussi indispensable que d'autres, plus violentes et concrètes. Et que participer au sauvetage d'un peuple était d'une importance comparable au plastiquage d'un transformateur ou d'un aiguillage, ce dont, faute de la moindre connaissance en pyrotechnie, il eût été incapable.

En revanche, il savait pédaler et les distances ne l'effrayaient pas. Aussi, même s'il était certain que ses papiers semblaient plus vrais que nature, mais ignorant cette fois si, au retour, il ne serait pas chargé de quelques objets très compromettants et si prendre le train serait un risque, il préféra descendre à La Châtre en deux étapes. Toujours grâce à Louis Pélerin qui se flattait maintenant d'avoir fait passer la ligne à plus de trois cent quatre-vingts clandestins, il la franchit à son tour et gagna La Châtre.

Une fois de plus chaleureusement accueilli par le même prêtre, il reçut de sa part une longue liste de personnes, de l'Indre et du Cher, prêtes à accueillir les proies de la Gestapo. Cela fait, puisqu'il n'était pas, ce jour-là, chargé de rapporter des pièces de radio, il en profita pour bourrer son sac à dos de plusieurs kilos de pommes de terre, de trois douzaines d'œufs frais, d'un demi-jambon, d'un fromage de Valençais, d'un kilo de graisse de porc et de tabac – inestimables denrées qui allaient faire le bonheur de Michelle, de son frère, de Maxence et Marthe Perrier.

En zone occupée, la famine faisait désormais partie intégrante de la vie quotidienne ; les queues devant les commerces d'alimentation s'étendaient parfois sur quatre-vingts ou cent mètres et, très souvent, les derniers arrivés s'entendaient répondre qu'il n'y avait plus rien, donc que les tickets présentés étaient inutiles.

Pour un adulte, la ration hebdomadaire de viande était tombée à cent vingt grammes et celle de fromage à quarante. Tout était à l'avenant depuis que l'avait décrété le commandant du *Gross Paris*, qui entendait ainsi punir l'ensemble de la population, à ses yeux complice des attentats. Désormais, encadrées par les horoscopes et les mots croisés, fleurissaient dans toute la presse d'invraisemblables recettes de cuisine ; elles incitaient les ménagères à réussir de « succulents » et « nourrissants » bouillons grâce à un litre d'eau et deux cent quarante grammes d'un mélange d'oseille, de cresson, de cerfeuil, de laitue et d'un peu de sel… De même, il devenait, paraît-il, possible de confectionner une omelette pour quatre ou cinq personnes avec deux œufs, à condition de bien battre les blancs en neige et d'ajouter des brisures de pain rassis…

Aussi, le demi-jambon rapporté, même partagé, les œufs, la graisse et le fromage étaient une bénédiction du ciel, surtout quand toutes ces délices étaient dues à la générosité d'un curé !

Chaque fois qu'il revivait la scène, René ne pouvait s'empêcher de sourire. De plus, parce qu'il n'en revenait toujours pas du culot qu'il avait eu ce matin-là, c'est avec bonheur qu'il se répétait sa réponse et revoyait la stupéfaction de cette chamelle de mère Pasquier, sa garce de concierge.

Contrairement à ce qu'il avait craint, il lui avait fallu peu de temps et de démarches pour obtenir son *ausweis* pour Béziers. Celui-ci acquis, il avait bouclé sa valise et, tout guilleret et même sifflotant, avait claqué la porte de son deux-pièces et descendu les escaliers. C'est en arrivant au rez-de-chaussée qu'il avait rencontré Mme Pasquier ; celle-ci, narquoise, n'avait pu s'empêcher de lui lancer, tout en rinçant sa serpillière :

— Vous nous quittez quand même pas, m'sieur Lucas ?

— Non, je reviendrai fin septembre.

— Vous partez en vacances alors ?

— Exactement.

— Loin ?

— Plutôt oui ! Je vais retrouver ma petite juive blonde ! N'oubliez pas de le dire à votre mari !

Il ne savait toujours pas ce qui l'avait poussé à lancer cette réplique – stupide au demeurant car sans aucun fondement – mais il en était très fier et se sentait un peu vengé, grâce à elle.

Il était aussi très heureux de son existence depuis qu'il avait rejoint la maison familiale. Reçu à bras ouverts par ses parents, surtout par sa mère et sa sœur cadette, il n'avait pas eu de problème pour convaincre son père que ses études se passaient au mieux – ce qui n'était pas exactement le cas – et qu'il allait donc attaquer sa troisième année en toute quiétude, et là, rien n'était moins sûr, mais pourquoi le proclamer ?

De plus, et cela contribuait à lui mettre le moral au beau fixe, si la zone sud était, elle aussi, sous le régime des restrictions, celles-ci étaient, de loin, beaucoup moins sévères qu'à Paris car, d'évidence, avec quelques connaissances bien placées à la campagne – et un pharmacien comme son père n'en manquait pas – et quelques billets, il devenait possible de se nourrir très convenablement. Enfin, le soleil et la mer étaient là pour donner à chaque jour un goût de fête et de vacances. Quant à la guerre, à l'occupation, aux Allemands, tout cela était loin et sans aucun intérêt pour quiconque décidait de ne pas s'en occuper !

Seules, pour l'instant, lui manquaient les filles. Mais il estimait que cette situation n'allait pas durer car il espérait bien en appâter quelques-unes, parmi les mieux faites, et elles ne manquaient pas, lorsque, sur la plage, son carnet de croquis en main, il tracerait les courbes des plus accortes puis leur promettrait de les peindre, en maillot d'abord, pour ne pas les effaroucher, et ensuite…

Outre ses talents de rapin – ils étaient prometteurs au dire de son professeur du cours Louis David – il entendait aussi charmer, puis séduire les demoiselles en les éblouissant avec son statut de Parisien. Car, même s'il était natif de Béziers, il avait fait une partie de ses études dans la capitale et les y poursuivait. Et si deux ans plus tôt, au temps de son amitié avec Jean et Albert, ceux-ci se moquaient de son accent du Midi, il savait que, comparé à celui des jeunes du cru, le sien était devenu très VIe arrondissement ; parisiennes aussi sa façon de s'habiller et sa coiffure, lesquelles, sans pouvoir être confondues avec la mode zazou – beaucoup trop dangereuse à suivre pour lui, car condamnée par les occupants –, étaient d'un modernisme qui commençait à peine à atteindre la Côte.

Enfin, et là quoi qu'il fasse tout pour tenter d'oublier à qui il devait cette découverte – et il entendait, grâce à elle, éblouir les jeunes filles –, il était assez féru en jazz ; musique qui, en zone occupée et depuis l'entrée en guerre des États-Unis, était interdite et assimilait ses amateurs à la racaille des résistants.

Il en avait découvert tous les charmes grâce à Huguette. Celle-ci, un soir, chez elle, rue Montorgueil, après une torride séance amoureuse, avait remonté son phonographe, un très bel engin moderne, à la sonorité exceptionnelle. Puis, après avoir choisi un disque de Louis Armstrong, mis en sourdine à cause des voisins, elle était revenue se blottir dans ses bras et lui avait retracé l'histoire du jazz, du blues, des negro spirituals ; toute cette musique née des souffrances, mais aussi de la foi d'un peuple.

Parce qu'il s'était étonné de son érudition en la matière, elle lui avait expliqué que c'était grâce à son père qu'elle avait découvert et aussitôt aimé cette musique. Elle n'avait alors que quinze ans mais avait tout de suite vibré en écoutant le grand Armstrong, lors d'un de ses concerts à Paris.

— En ces temps, ce n'était pas comme maintenant où ils sont interdits, j'ai pu me faire offrir les disques, ceux d'Armstrong, mais aussi de Big Bill Broonzy, Duke Ellington, je te les ferai aimer. Un de mes oncles, un frère de ma mère, me les rapportait d'Amérique à chacun de ses voyages.

Effectivement, il avait beaucoup apprécié mais, ne possédant pas de phono, c'était donc chez elle et avec elle qu'il avait écouté les disques. Depuis, lorsqu'un air lui revenait en tête, même s'il tentait chaque fois d'effacer l'image de sa mémoire lui revenait le souvenir d'Huguette, nue sur le lit, yeux clos, en train d'écouter, béate, *Nobody Knows* ou *Go Down, Moses*… C'était toujours très perturbant, mais il savait que cela ne l'empêcherait pas de briller auprès des filles en leur expliquant doctement ce qu'étaient le blues, le swing, le negro spiritual et le scat. Et peut-être qu'à force de s'attribuer, sans lui faire référence, tout ce qu'elle lui avait appris sur ce sujet, sans doute finirait-il par oublier Huguette, du moins l'espérait-il.

Jean savait que Marthe Perrier revenait toujours par le métro chaque fois qu'elle avait été prendre quelques consignes ou documents à la maison Claire Diamond. Aussi, alors qu'il empaquetait un roman de Pierre Benoit pour une cliente et qu'il vit Marthe descendre d'un vélo-taxi, il sut aussitôt que, une fois de plus, les nouvelles devaient être d'une extrême gravité pour que la messagère ait voulu à ce point gagner du temps.

Il songea que tout allait décidément de mal en pis car, comme beaucoup, il était encore sous le choc des nouvelles révélées les derniers jours, tant par Radio-Paris que par la BBC, mais sous des formes bien différentes : à savoir d'autres et massives arrestations de juifs dans toute la zone occupée et l'exécution de quatre-vingt-treize otages. Informations qui avaient aussitôt éteint la joie qu'avait apportée l'annonce du débarquement américain à Guadalcanal, une semaine plus tôt.

Inquiet, mais très agacé car retenu par la cliente qui, son paquet-cadeau fait et sa note réglée, s'était remise à fouiner dans les rayons, il dut patienter plusieurs minutes avant qu'elle parte, il put alors rejoindre Maxence et Marthe dans l'arrière-salle.

— Branle-bas de combat, annonça Maxence, l'air grave, nous devons tout de suite rejoindre Claire au buffet de la gare Montparnasse. Alors sautez sur votre vélo, car je crains que vous en ayez besoin ce soir… Moi, je vais prendre le métro. Filons, en souhaitant qu'il ne soit pas trop tard…

Jean savait depuis longtemps que l'absence quasi totale de voitures – les quelques rares gazogènes ne créaient aucun embouteillage – permettait de se déplacer très vite dans Paris. Aussi arriva-t-il gare Montparnasse avant Maxence. Il vit Claire au fond de la salle, la rejoignit aussitôt.

— Faites comme moi, prenez n'importe quoi, dit-elle en désignant la tasse d'ersatz de café posée devant elle.

— Maxence arrive, dit-il en faisant signe au garçon.

Il commanda un demi de prétendue bière, et nota que la main de Claire, malgré son flegme, tremblait un peu lorsqu'elle alluma une cigarette.

— Ah, voilà Maxence, soupira-t-elle peu après en le voyant entrer.

— C'est grave ? attaqua-t-il dès qu'il les eut rejoints.

— Oui, très. Préparons-nous au pire, mais faisons tout pour le verrouiller.

— Qui ? demanda Jean car seule une arrestation pouvait justifier le rendez-vous.

— Germaine, une amie… Mais aussi une des dernières rattachées au musée de l'Homme, elle vient d'être arrêtée, juste devant moi.

— Oh ! Seigneur, murmura Maxence, où ?

— Nous avions rendez-vous gare de Lyon. Comme toujours j'étais en avance, et j'ai tout de suite repéré les crapules de la Gestapo ; depuis que j'en ai tant vu en Allemagne, avant guerre, je les renifle de loin…

— Ils étaient donc au courant de votre rendez-vous, constata Maxence.

— Sans aucun doute. Moi, j'attendais Germaine assez loin de notre point de rencontre habituel et je partais pour la prévenir qu'ils étaient là lorsqu'ils l'ont arrêtée, avant même qu'elle entre dans la salle.

— Donc elle a été dénoncée par quelqu'un qui la connaît bien, qui était là et qui a prévenu les autres salauds, dit Maxence.

— Bien sûr, mais de là à savoir qui est le mouchard, ou la vendue… Bref, on doit s'attendre à une rafle visant tous ceux qui furent en rapport avec Germaine, donc nous puisque nous marchions souvent ensemble. Vous Jean, et vous aussi Maxence, faites tout de suite la tournée de nos amis, que tous ceux qui, de près ou de loin, ont été en contact avec Germaine disparaissent quelque temps. Quant aux autres, qu'ils transmettent la nouvelle.

— Mais vous aussi vous avez été en contact ! dit Jean.

— Oui, soupira-t-elle, avec elle et avec tant d'autres…

— Alors ?

— Alors rien. Ou celui, ou celle, qui dénonce me connaît et la Gestapo sera chez moi tout à l'heure ; ou je n'ai jamais rencontré cette pourriture et il ne faut surtout pas que je déserte mon salon. J'ai rendez-vous demain à Longchamp avec quelques officiers et leurs compagnes, ils ne comprendraient pas, ou trop bien, pourquoi je leur fais faux bon, dit-elle en se levant. Et maintenant, assez perdu de temps, au travail.

Dès qu'il eut récupéré son vélo à la consigne de la gare – précaution élémentaire pour ne pas se le faire voler –, Jean commença une tournée qu'il connaissait maintenant parfaitement. Ce fut la rage au cœur, mais aussi avec la peur au ventre, qu'il transmit l'annonce de l'arrestation de Germaine à tous ceux qu'il convenait d'appeler des complices, donc des résistants. Et si, dans son périple, la peur supplanta – et de loin – la colère, c'est qu'avant de frapper à une porte ou de sonner à un appartement, il se demandait toujours qui allait l'ouvrir. Car si la rafle avait été aussi efficace et dramatique que toutes les précédentes – et pourquoi ne l'aurait-elle pas été ? – il y avait neuf chances sur dix pour que la Gestapo soit passée avant lui et qu'au lieu d'un ami se soit un gestapiste qui l'accueille.

Ce ne fut pas tout à fait le cas, mais la panique lui coupa presque le souffle lorsque, peu avant de descendre de vélo devant le magasin de chaussures de la rue de Charenton qui servait de boîte aux lettres et où œuvrait un couple de gaullistes, il vit la 15 CV Citroën stationnée devant l'entrée. Réalisant qu'il avait failli, une fois de plus, se jeter tête baissée dans la souricière, glacé malgré la forte chaleur par la poussée de sueur qui l'inonda, il accéléra et s'efforça de ne pas trop regarder l'intérieur de la boutique. Mais un rapide coup d'œil lui suffit pour apercevoir trois hommes qui n'étaient pas des clients.

Il lui restait encore deux visites à faire, dans les XIIe et XIIIe arrondissements, et il dut prendre sur lui, se rabrouer et même s'insulter pour maîtriser sa peur et remplir sa mission.

Parce qu'il avait commencé sa tournée – c'était humain – en allant prévenir Michelle, à charge pour elle d'alerter son frère, il rejoignit sa mansarde après avoir rendu compte à Maxence et partagé le dîner du couple. Épuisé par sa course, malheureux de ne pouvoir rejoindre Michelle car le couvre-feu était tombé depuis plus d'une heure, affamé, Marthe n'avait pu lui offrir, avec un quignon de pain, qu'une infâme soupe à la citrouille « enrichie » par deux navets, il se coucha en maudissant, une fois de plus, l'Allemagne, les nazis, Vichy, Pétain et tous les collabos, en regrettant de ne pouvoir leur résister armes à la main, pour en tuer le plus possible.

Le lendemain matin, Jean devina, avant même que Maxence le salue, mais à son regard, que le drame se poursuivait.

— Ils ont eu Joachin et Carmela… murmura Maxence.

— Quand ?

— Hier soir, je viens juste de l'apprendre. Ils sont venus à trois pour les arrêter ; mais parce que Joachin n'a jamais été un homme à se laisser faire, il a sorti sa navaja…

— Je vois, approuva Jean qui se souvenait de l'avoir vu se curer les ongles avec sa lame de Tolède de vingt-cinq centimètres et couper son pain juste après. Et alors ? insista-t-il.

— Il en a proprement éventré deux, c'est leur voisin qui m'a dit ça, il a tout vu.

— Et ensuite ?

— Le troisième l'a abattu, ainsi que Carmela qui, elle aussi, les a attaqués à coups de couteau de cuisine… Voilà, morts tous les deux et tout le matériel saisi. Enfin, et c'est horrible à dire, mais on est au moins certains que les sadiques de la rue des Saussaies ne leur arracheront pas un mot…

— Ils n'auraient pas parlé, jamais, assura Jean, très ému.

Très malheureux aussi car il ne gardait que d'excellents souvenirs de ses relations et de son travail de faussaire avec ce couple si sympathique, avec cet homme et cette femme qui étaient heureux et fiers de poursuivre leur juste combat contre le fascisme, avec ces vrais combattants qui, pour fuir l'immonde régime qui s'installait en leur pays, avaient cru trouver asile en France. Ils en étaient morts.

12.

Jamais, depuis des mois, Albert n'avait eu autant l'occasion de s'amuser et de se réjouir en écrivant ses articles.

D'abord, les aveugles bombardements anglais faisaient maintenant tellement de victimes civiles qu'il n'était plus nécessaire de montrer les auteurs du doigt pour que la population sache qui étaient les vrais ennemis de la France, les authentiques et barbares assassins.

Grâce à leurs pluies de bombes, point n'était besoin de ressasser qu'ils étaient tous à la solde des bolcheviques et que, derrière son cigare et sa trogne d'alcoolique, Churchill n'était que le piètre valet, le larbin de Staline. Quant à de Gaulle, ce renégat déchu de la nationalité française, il ne valait pas la corde pour le pendre et méritait douze balles dans la peau !

À tous ces bonheurs s'ajoutait l'annonce du bon travail qu'effectuait la police en démantelant les réseaux payés par ces tueurs d'Anglais, donc aux ordres du tyran rouge ; par ces bourreaux qui abattaient aveuglément, et tous grades confondus, les soldats allemands, que la majorité des Parisiens estimaient tout à fait corrects.

Mais ce qui, depuis quelques semaines, déclenchait son rire, attisait sa bonne humeur et son style, était la mise au pas d'une grotesque catégorie d'individus. À leur sujet, il était toujours bon de rappeler qu'on avait beaucoup trop attendu pour gérer les problèmes que posait une frange dégénérée de la jeunesse ; urgent de raconter, pour s'en réjouir, comment, grâce aux actions de la Jeunesse populaire française – toute dévouée au Maréchal –, étaient en train d'être éradiqués des groupes de jeunes gens qui étaient une honte pour la France.

Il était en effet scandaleux et intolérable que, dans le quartier Latin, mais aussi sur les Champs-Élysées et alentour, des petites bandes, se revendiquant de la mode zazou, fassent, par leur tenue, leur coiffure, leur dégaine, et pendant des heures, une insupportable provocation et narguent ouvertement la politique du Maréchal et de la Grande Allemagne.

Tout bon Français devait donc applaudir la juste et indispensable reprise en main à laquelle se livraient les membres de la Jeunesse populaire française ! Grâce à eux, la totalité des adeptes de cette dégénérescence zazou, issue d'une Amérique totalement dépravée, allait prendre fin.

Albert, toujours à l'affût d'un bon reportage, n'avait pu s'empêcher de rire, à en perdre le souffle, lorsque, à la hauteur du métro George-V, alors que déambulaient trois de ces provocateurs à cheveux longs et en costume de clown, les avaient soudain cernés une vingtaine de jeunes, impeccables dans leur sobre et viril uniforme bleu. Aussitôt, forts de leur bon droit, et on pouvait même écrire de leur devoir, ciseaux et tondeuses en main, ils avaient prestement tondu et un brin molesté les adulateurs de cette civilisation décadente que tentait d'imposer une Amérique gangrenée, elle aussi, par la juiverie apatride ! Et ce qui l'avait peut-être le plus réjoui était que les témoins, nombreux en ce délicieux après-midi d'été, avaient presque tous applaudi cette légitime et ô combien indispensable mise au pas. On était donc en droit de voir dans cette attitude, saine et patriotique, la réponse de la majorité des Français aux mensonges immondes que répandait une presse clandestine, hélas de plus en plus fournie et virulente.

Mais, à ce sujet, Albert tenait de source sûre que la lutte contre la racaille résistante allait s'intensifier, que les jours des terroristes étaient comptés grâce au travail efficace de bons Français qui, main dans la main avec la police allemande, étaient en train de les mettre définitivement hors d'état de nuire. On ne pouvait que s'en réjouir.

Jean, déjà très touché par la rudesse et l'efficacité avec lesquelles l'Abwehr et la Gestapo avaient frappé et frappaient toujours, était chez Michelle en ce soir du 19 août ; il espérait trouver auprès d'elle un peu d'optimisme et de joie de vivre. Mais la nouvelle transmise par Radio-Paris vint leur saper un peu plus le moral, à l'un comme à l'autre.

Ravi d'annoncer en premier, par un Hérold-Paquis triomphant, le total fiasco du débarquement des troupes canadiennes sur Dieppe, le poste officiel diffusa et rediffusa des communiqués triomphants. Et même si les auditeurs pressentaient qu'il y avait sûrement beaucoup d'exagération dans les dithyrambiques commentaires du journaliste, les faits n'en restaient pas moins réels et dramatiquement douloureux.

Car il était impossible de ne pas gronder de colère et de rage en écoutant un Paquis hilare raconter que les troupes lancées par ce vieil et pitoyable ivrogne de Churchill avaient laissé – nez dans l'eau – des milliers de malheureux assez stupides pour avoir cru une seconde qu'il était possible de vaincre la si redoutable défense allemande en place autour des ports de la Manche.

La totale défaite des envahisseurs, expédiés par une Angleterre plus soucieuse de la scandaleuse exploitation de ses multiples colonies que de la survie de ses troupes, en était la preuve irréfutable.

— On ne viendra jamais à bout de tous ces salopards nazis, murmura Jean en éteignant le poste.

— Essaie Londres, proposa Michelle.

— À quoi bon ? Tu penses bien que si cette pourriture de Radio-Paris et cette ordure de Paquis sont si triomphants et heureux, c'est que tout ça est vrai. Alors, ça plus ce que Mme Diamond nous a dit hier, c'est vraiment le bouquet !

La veille, au cours d'un frugal repas pris au buffet de la gare Saint-Lazare, Claire, au retour d'une réunion en zone sud – elle n'avait pas dit où, ni avec qui –, leur avait brossé, à Maxence et à lui, un tableau peu réjouissant de la situation et de l'organisation intérieure de la Résistance. Car si, en zone libre, le mouvement Combat semblait en bonne voie, malgré quelques réticents dont les arguments relevaient plus de la basse politique que d'une saine action nécessitant l'union de tous, il en allait autrement en zone occupée. Là, les communistes, forts des multiples attentats qu'ils revendiquaient et de tous les otages qui en payaient les conséquences, étaient en train d'essayer de prendre en main l'ensemble de la Résistance. Et tout cela était encore loin de ce que de Gaulle, à Londres, et Rex, en France, tentaient de mettre en place : l'union et le travail en commun de tous les réseaux, quels que soient leurs idéaux politiques.

Pour Londres, il était urgent que tout le monde admette que rien de bon ne pouvait sortir d'une lutte conduite, vaille que vaille, sans coordination et sans une tête dirigeante capable de négocier avec les Alliés pour en obtenir l'indispensable soutien.

— Tu crois qu'il y arrivera ? Je veux dire le Général ? demanda Michelle à qui il avait rendu compte des propos de Claire.

— Comment savoir ? D'après elle, et ça n'est pas nouveau, il y a toujours ceux qui le tiennent pour un fasciste, alors, avec de telles idées, on n'est pas à la veille de foutre les Boches dehors.

Même dans ses plus mauvais rêves, René, en cette fin septembre, n'avait jamais été confronté à une abomination comparable à celle qui venait de l'agresser.

Il était déjà de mauvaise humeur depuis des semaines car, quoi qu'il ait fait, raconté et tenté pour convaincre les oies blanches qu'il fréquentait qu'il ne tenait qu'à elles de découvrir qu'il était formidablement agréable de ne plus être ni oies ni blanches, aucune n'avait voulu changer de statut : vierges elles étaient, vierges ces imbéciles entendaient rester jusqu'au mariage. Aussi, malgré son bagou, ses avances, son charme et tous ses atouts, qu'il croyait invincibles, il n'avait pu, de tout l'été, aller au-delà d'une caresse un peu poussée avec une donzelle qui avait criaillé comme une pie-grièche alors qu'il avait seulement tenté de la débarrasser de son soutien-gorge. Il en avait été pour ses frais mais regrettait depuis de n'avoir pas rejoint plus tôt la capitale où, là-haut, certaines filles de sa connaissance ne se croyaient pas tenues de crier au viol quand on les aidait galamment à enlever leur culotte !

Il était donc d'humeur très chagrine et à deux jours de remonter à Paris quand tout avait basculé dans l'horreur. Il venait, en pure perte, d'offrir un verre à une demi-pucelle – une belle fille qui appréciait beaucoup les mains fureteuses mais refusait toujours le grand saut – et il venait donc de la laisser partir lorsque, avenue Gambetta, il s'était jeté sur une patrouille de gendarmes qui effectuaient de banales vérifications d'identité.

Parce qu'il savait que son *ausweis* et tous ses papiers étaient en règle, il les avait présentés en toute tranquillité, sûr de son bon droit. C'est alors qu'un détail auquel il n'avait jamais pensé en descendant en zone non occupée était venu transformer cette douce fin d'après-midi en une abominable soirée.

— Mais dites donc, avait constaté le sous-officier en contemplant sa carte d'identité, vous avez vingt-deux ans !

— C'est ça.

— Je ne vois pas vos papiers des Chantiers, ceux qui prouvent que vous avez fait votre temps…

Il avait cru à une farce et bêtement ricané :

— Quel temps ? Je ne suis pas au courant de tout ça, moi !

— Ah bon ? Vous n'avez jamais entendu parler des Chantiers de jeunesse et de l'obligation qui touche les jeunes de votre âge d'y faire un séjour ?

— Qu'est-ce que vous me racontez ? Je suis étudiant en pharmacie à Paris et, là-haut, ça n'existe pas votre truc !

— Là-haut, peut-être, mais ici oui. Et comme vous êtes natif de Béziers et, si j'en crois votre carte, toujours domicilié chez vos parents, vous allez nous suivre à la gendarmerie où nous dresserons ce qu'il faut. Après quoi, vous serez sous peu prévenu d'avoir à vous présenter dans le camp où vous allez rendre service au pays, comme tous les jeunes de votre âge…

— C'est une blague ? Je vous dis que je suis étudiant, à Paris, je vais rentrer en troisième année de pharmacie, et…

— Ça, on s'en fout complètement ! C'est d'ailleurs ce que racontent tous les tire-au-cul qui veulent couper aux Chantiers ! Vous verrez, huit mois au grand air, c'est vite passé !

— Vous plaisantez ! Je vous dis qu'en zone occupée, la loi…

— Ça aussi, on s'en fout complètement ! Ici, c'est la loi du Maréchal qui prime ! Les jeunes doivent servir le pays pour un temps, point final. Et si vous tentez de couper à cette obligation, vous serez considéré comme déserteur et traité comme tel ! D'ailleurs, pour l'instant, je garde vos papiers…

— Mais c'est une mauvaise blague ! avait-il redit, gorge sèche, une très mauvaise blague !

Ça n'en était pas une et, le lendemain, les pandores, dès potron-minet, trop heureux de tenir un réfractaire, s'étaient présentés chez ses parents avec, en main, une convocation en bonne et due forme qui lui enjoignait de se rendre, le jour même, au bureau de recrutement.

Il était pris, et bien pris, et tout son pacifisme, ses utopies, son refus de prendre position pour quoi que ce soit dès l'instant où il y avait quelque danger à le faire, étaient réduits à néant par la loi du 30 juillet 1940 !

Entre septembre et début novembre, Jean tenta de se convaincre que les tâches qu'on lui confiait étaient aussi nécessaires et indispensables que l'assurait Claire. Il en doutait et regrettait toujours de n'être qu'un agent de liaison, une espèce d'intermédiaire, un soldat sans arme et non un véritable guerrier.

Mais, parce que Michelle elle-même lui répétait que le travail clandestin était aussi important que celui que menaient, sous l'uniforme, les hommes de son âge en Libye et en Tunisie, il en prit son parti. Et il admit d'autant plus volontiers l'idée que tout le monde avait son utilité lorsque se multiplièrent les exécutions d'otages : cent seize le 20 septembre, les rafles, les arrestations quasi journalières, et qu'il vit aussi disparaître des hommes et des femmes à qui, la veille encore, ou la semaine précédente, il avait transmis un paquet de journaux clandestins, des documents, des faux papiers ou des tracts.

À toutes ces actions en région parisienne s'ajouta, courant octobre, un nouveau saut jusqu'à La Châtre, une expédition que Claire lui annonça dangereuse et qu'il préféra donc faire sans prendre le risque de voyager en train, les gares étant de plus en plus surveillées et les fouilles presque systématiques. Il fit donc, une nouvelle fois et toujours depuis Bourges, l'aller et retour à vélo, rencontra des amis désormais bien connus et remonta à Paris par les mêmes filières.

Dans son sac à dos, outre de quoi se nourrir un peu moins mal pendant quelques jours, reposaient dix pains de plastic que lui avait remis l'abbé en lui recommandant d'en faire bon usage. Mais, là encore, quand bien même l'eût-il voulu, il n'eût su comment employer cette matière, à l'allure et consistance de mastic, qu'il remit, dès son retour, à un dénommé Lecerf qui habitait à Ivry-sur-Seine et qui se contenta de sourire en lui assurant :

— Ça va faire du bruit…

Jean comprit à quoi il faisait allusion, mais se garda bien de tout commentaire. Il savait qu'en zone occupée se généralisaient ce qu'en zone sud les auteurs de ces plastiquages appelaient des « kermesses ». Ces opérations, qui n'avaient rien à voir avec des tombolas, avaient pour premier objectif de prévenir les collabos qu'ils étaient connus comme tels et qu'après leur boîte aux lettres ou leur vitrine viendraient des avertissement beaucoup plus sérieux. La librairie allemande Rive Gauche et celle des Perrier avaient déjà goûté à ce genre de kermesse, bien avant qu'elles se généralisent.

Mais, beaucoup plus sérieusement, le plastic était désormais un redoutable explosif qui permettait le sabotage de tout ce qui, de près ou de loin, était une aide à la force occupante. Ainsi, et très souvent, volaient en éclats les transformateurs proches des casernes ou stationnaient les troupes allemandes, les aiguillages des lignes de chemin de fer desservant principalement les intérêts du Reich, qu'elles fussent pour le transport du matériel ou des hommes, des convois de déportés, ou très utilisées pour expédier vers l'Allemagne les milliers de tonnes de denrées réquisitionnées dans toute la France.

À la suite de ce premier transport d'explosifs, Jean pensa et s'en réjouit que Claire et ceux du réseau allaient s'orienter vers une lutte beaucoup plus violente que celle qu'ils pratiquaient jusque-là. Mais, après quelques questions posées à Maxence, il comprit qu'il n'en serait rien.

— Non, pas question pour nous de sortir de notre rôle. Nous, c'est avant tout le renseignement, les faux papiers et la presse. D'autres se spécialisent dans les kermesses mais, pour ce faire, encore faut-il qu'ils aient le matériel nécessaire. Nous avons décidé de leur en livrer pour bien leur montrer qu'il est vital de travailler ensemble, en compagnons de lutte et en dehors de toute coloration politique. De leur côté, ce sont des hommes de chez eux qui nous avertissent de l'imminence des rafles et aussi des lieux en France où sont incarcérés ceux des nôtres qui se sont fait prendre et si des évasions sont possibles. Voilà, c'est donc une sorte de travail en commun, avec chacun sa spécialité.

Parce que l'étau se resserrait chaque jour autour de ceux qui devaient fuir en zone sud – et les juifs n'étaient pas les seuls pour qui il était vital de changer de zone –,

Jean fut chargé d'étudier les itinéraires qui, en dehors des chemins de fer, très surveillés, pouvaient permettre d'atteindre un point de passage sur la ligne.

Ainsi, après avoir testé en solitaire plusieurs trajets et, sur renseignements, rencontré les passeurs, il orienta beaucoup de fuyards en leur recommandant de grimper dans tel ou tel car, ou autobus ; ils partaient de la place d'Italie, de la gare d'Austerlitz ou de la Bastille et desservaient des villes comme Troyes, Tours, Bourges ou Moulins. D'autres n'allaient pas plus loin qu'Orléans, Nevers ou Blois et nécessitaient une correspondance. Mais, pour l'heure, il apparaissait que tous étaient plutôt moins surveillés que les trains. Le tout étant, pour les fugitifs, de partir avec le moins de bagages possible, des papiers, vrais ou faux, en règle, en n'oubliant pas, pour les juifs, de masquer sur leurs vêtements l'empreinte qu'avait laissée l'étoile et, suivant les lieux de passage, avec de quoi payer le passeur. Car depuis l'instauration de la ligne, s'il se trouvait encore des hommes comme Louis Pélerin, à la fois patriotes et désintéressés, un certain nombre n'hésitaient pas à réclamer de fortes sommes car, assuraient-ils, pour eux, le risque était grand de se faire prendre et aussitôt fusiller, comme d'ailleurs le rappelaient les affiches allemandes placardées sur les murs de tous les bourgs et villages proches de la ligne.

Comme beaucoup, Jean n'avait que mépris pour ce genre d'individus qui allaient jusqu'à réclamer mille francs, ou plus, par personne conduite ; ces gens-là lui rappelaient que c'était à cause d'un des leurs qu'il avait lamentablement échoué lors de son premier essai, deux ans plus tôt.

La formidable nouvelle que lui annonça Michelle l'accueillit à son retour d'une expédition, non prévue, jusqu'à Orléans. Parti au petit matin, il y avait accompagné une toute jeune femme enceinte, une juive, dont l'époux avait été arrêté huit jours plus tôt lors d'un simple contrôle, et qui était complètement perdue. Comme elle était, de surcroît, chargée d'un bébé de dix mois et d'une valise trop lourde, il avait tout de suite vu que l'affaire s'annonçait mal et risquait même de tourner à la catastrophe.

C'était sur les demandes et les indications d'une amie de Marthe Perrier qu'il avait été la chercher dans son petit appartement, dans le XIXe ; mais il n'avait pu se résoudre à la laisser partir sans accompagnement car elle était morte de peur à l'idée de se retrouver seule à Orléans. Il avait eu beau lui garantir qu'elle serait attendue par une jeune fille et aussitôt dirigée vers une cache sûre, rien n'y avait fait. À la limite de la panique, il avait vu le moment où elle allait s'effondrer avant même de monter dans le car. Réalisant qu'il était impossible de la laisser là, sans aucun soutien, ce qui équivalait presque à la dénoncer, mais pour éviter que Maxence ne s'inquiète en ne le voyant pas revenir, il avait couru téléphoner jusqu'au plus proche café. Là, en trois mots, il avait annoncé que tout allait bien mais qu'il ne serait de retour que le soir. Puis, glissant son bras sous celui de la jeune femme, empoignant sa valise de l'autre, il l'avait aidée à monter dans le car et s'était installé à côté d'elle en l'invitant à cesser de trembler.

Mis à part le fait que le bébé avait mal aux dents et qu'il avait braillé pendant une partie du voyage – mais ses cris stridents avaient sans doute beaucoup accéléré le contrôle des papiers lors d'un arrêt à Toury –, tout s'était bien passé.

Au retour, après avoir rendu compte de son périple à Maxence, il rejoignit enfin Michelle, juste avant le couvre-feu. À peine lui avait-elle ouvert la porte qu'elle lui sauta dans les bras et lança, au risque d'alerter les voisins :

— Ça y est ! Ils ont débarqué !

— Qu'est-ce que tu racontes ? Qui ? Où ?

— Les Américains, en Afrique du Nord !

— C'est sûr ?

— Certain ! Londres vient juste de l'annoncer !

Il resta sous le choc, à la fois ravi mais aussi un peu déçu, car chaque fois que la conversation, avec Claire ou Maxence, s'engageait sur ce sujet, tous estimaient que le débarquement aurait lieu vers Calais, c'était ce qui semblait le plus logique pour libérer la France le plus rapidement possible. Alors, même s'il était très réconfortant de savoir que les Alliés venaient de passer à l'action, il n'en était pas moins évident que la Méditerranée séparait toujours la métropole d'Alger ou d'Oran et que les côtes de Provence étaient loin de celles d'Afrique du Nord…

— Tu n'as pas l'air content de cette nouvelle, s'étonna-t-elle.

— Si, si ! Bien entendu, c'est formidable, mais… (Il mesura soudain qu'il était en train de lui gâcher sa joie et tenta de se rattraper.) … mais le tout est de savoir ce qui va se passer maintenant.

— Ah ça… D'après la BBC, ils se battent…

— Qui ?

— Les troupes de Vichy, naturellement, contre les Alliés.

— Quelle honte ! Et nous, pendant ce temps, on est là, quasiment à ne rien faire !

— Ne dis pas ça ! supplia-t-elle en l'enlaçant. Nous, on fait ce qu'on peut et c'est déjà beaucoup ! Allez, viens dîner, en l'honneur des Alliés et du débarquement je t'ai ouvert la dernière boîte d'anchois à l'huile d'olive qui me reste d'avant guerre. Je la gardais pour un grand événement, alors, avec deux pommes de terre chacun on va se faire un vrai festin !

Très choqué par ce qu'il venait d'apprendre, le débarquement des Alliés en Afrique du Nord, Albert, que ne rassuraient pas beaucoup les propos optimistes de ses amis au sein des rédactions de *La Gerbe* et *Je suis partout*, se précipita chez M. Delclos. Il savait que son professeur était devenu un proche de plusieurs personnalités, dont Louis Darquier de Pellepoix, et qu'il était, plus que jamais, un homme dont l'opinion et les jugements ne pouvaient être mis en doute.

Albert le rencontrait toujours chez lui car, même s'il était encore étudiant, c'était en dilettante. Pris par son travail de journaliste, il estimait ne pouvoir à la fois écrire ses articles et se passionner pour des études qui l'attiraient de moins en moins ; aussi fréquentait-il peu la Sorbonne. En revanche, il se rendait souvent chez M. Delclos en qui il trouvait un guide infaillible.

Pourtant, malgré la foi qu'il avait en ses analyses politiques, il eut du mal, ce jour-là, à prendre à la lettre ce que lui déclara son professeur en lui servant, selon son habitude, un petit verre de Dubonnet.

— Croyez-moi, Albert, nos troupes vont les rejeter à la mer. Jamais l'amiral Darlan ne baissera les bras devant des cow-boys. Il sait que le Maréchal lui fait toute confiance et il ne le décevra pas. À mon avis, tout cela va très vite finir comme à Saint-Nazaire et à Dieppe, par le massacre des envahisseurs ; et ils ne l'auront pas volé !

Albert n'eût pas demandé mieux que de le croire sur parole, mais lui revenaient toujours en mémoire les optimistes prédictions de M. Delclos au sujet de la campagne de Russie. Un temps, il n'avait pas hésité à proclamer que la chute de Moscou n'était qu'une sorte de formalité, qu'elle serait réglée en quelques semaines et serait donc, pour les rouges, une défaite assurée. Mais il n'en avait rien été, Moscou n'était pas prise et, depuis, changeant d'objectif, mais tout aussi bloquée par les bolcheviques, l'armée allemande piétinait devant Stalingrad ; un nouvel hiver approchait et rien ne prouvait que la ville capitulerait sous peu.

Parce qu'il ne pouvait s'empêcher d'analyser tout cela, Albert avait, malgré les optimistes propos de M. Delclos, du mal à croire que tout allait s'arranger en Algérie et au Maroc car, là encore, les revers que subissait Rommel en Libye et en Tunisie étaient autant de démentis aux victoires annoncées.

Peut-être eût-il abondé dans le sens de son professeur si, après le fiasco de la Wehrmacht et de la Waffen SS devant Moscou, celles-ci avaient néanmoins réussi à vaincre les cohortes de partisans qui les harcelaient. C'était loin d'être le cas, et ceux-ci résistaient à un point tel qu'il avait arrêté de suivre les opérations de la LVF ; cette dernière, qui n'avait pas brillé jusque-là et que n'appréciait pas du tout l'état-major allemand, avait eu pour mission de mater les insurgés. Mais, là encore, à en croire les permissionnaires, de moins en moins triomphants et loquaces, l'affaire était loin d'être réglée ; à les entendre, il ne suffisait pas de brûler tous les bourgs et villages, de pendre partisans et moujiks, de violer leurs femmes et leurs filles avant de les exécuter pour vaincre un peuple aussi attaché à sa terre que l'était le peuple russe. Et, toujours à ce sujet, lui revenait à l'esprit ce qui d'emblée l'avait inquiété en juin 41, le souvenir de Napoléon et de sa Grande Armée, vaincue autant par le froid que par des hommes que, déjà sans doute, il fallait tuer deux fois, sinon trois…

Aussi, par politesse, fit-il tout pour que M. Delclos ne devine pas son scepticisme et les doutes qu'il ne pouvait étouffer sur l'avenir. Il alla même jusqu'à lui dire qu'il allait annoncer la proche défaite d'une armée étrangère qui n'avait rien à faire en Afrique du Nord. Malheureusement pour lui, trois jours plus tard, alors que ses articles étaient en circulation, tomba la nouvelle que l'amiral Darlan venait d'ordonner aux troupes françaises de déposer les armes, qu'il trahissait donc sans vergogne le Maréchal, lequel, en représailles, le destituait. De plus, en réponse au débarquement, l'armée allemande envahissait la zone sud, mettant ainsi tous les Français au même régime, celui d'une occupation sans concession.

L'invasion de la zone libre bloqua, un temps, le travail de ceux qui, dans l'ombre, résistaient à leur façon. Du jour au lendemain des caches qui, jusque-là, semblaient à peu près sûres se transformèrent en pièges ; des itinéraires et des contacts établis au fil de mois et qui étaient bien rodés devinrent infréquentables.

— Déjà que ce n'était pas simple, ça va devenir très compliqué, estima Claire au cours d'un déjeuner-rendez-vous, gare Montparnasse, avec Maxence et Jean.

— On ne va quand même pas baisser les bras ? s'inquiéta Jean en regardant, avec dégoût, le plat de topinambours – soi-disant à la béchamel – que le garçon venait de poser sur la table.

— Non, pas question, au contraire ! Il faut plus que jamais développer tout ce qui peut gêner les nazis et entraver leurs actions.

— Où en sommes-nous de l'indispensable union entre les réseaux ? demanda Maxence.

— Les liens se resserrent, du moins entre ceux dont les membres ont, au sens large du terme, une approche commune sur la façon de préparer la libération et, celle-ci faite, la gestion du pays.

— J'avais cru comprendre que des progrès avaient été faits depuis quelques semaines, insista Maxence.

— Oui, j'ai appris que, depuis un mois, a été décidée, en accord avec les principaux réseaux, dont Combat, la mise en place et l'ébauche d'une armée secrète.

— Une armée ? faillit s'étrangler Maxence, c'est une plaisanterie ? Une armée demande des troupes, des armes et des chefs !

— Exact, et c'est pour cela qu'a été choisi un général pour organiser tout ça.

— Qui ? D'où vient-il ? De quelle arme ? s'inquiéta Maxence qui, en tant qu'ancien de 14, savait que l'incompétence de beaucoup d'officiers généraux croissait avec leur nombre d'étoiles.

— Il s'appelle Vidal, enfin c'est son pseudonyme, moi je n'en sais pas plus car l'armée n'est pas ma spécialité. Tout ce qu'on a bien voulu me dire, et c'est plutôt amusant, c'est que ce général Vidal a eu le colonel de Gaulle sous ses ordres en 39 ! Pour le reste, cette armée secrète doit se préparer à être, un jour, une importante force d'appoint pour les Alliés.

— On va travailler ensemble, alors ? demanda Jean après avoir réussi, grâce à une gorgée d'eau, à avaler un morceau de topinambour.

— Oui, sûrement. Aussi attendez-vous à devoir élargir votre travail d'agent de liaison entre ici, le Lyonnais et le Limousin.

Quatrième partie

Les artisans de l'aube

13.

Ce n'était pas un cauchemar, un de ces méchants délires nocturnes qui vous laissent haletant et le cœur affolé mais presque aussitôt heureux d'être sorti de l'inconscience et de constater que tout cela n'était que le fruit d'une digestion laborieuse, d'un sommier défoncé ou, tout simplement, d'une imagination débridée par le sommeil.

Là, depuis trois mois, c'était du concret, du vécu minute par minute et René n'en revenait toujours pas de n'avoir pas encore craqué. De n'avoir pas imité Dominique Bianchetti qui, à bout de nerfs, avait un soir tenté d'égorger Edmond Vigneroux, leur chef de groupe, avec son Opinel. Il était vrai que Vigneroux était un individu tout à fait répugnant et qu'on ne pouvait qu'exécrer tant il était vicieux et malfaisant. Imbu jusqu'au grotesque de son statut de petit chef, responsable de douze recrues, il exigeait que les hommes de son groupe le vouvoient et lui parlent au garde-à-vous tant qu'il n'avait pas commandé le repos.

Depuis la tentative de Bianchetti, René regrettait que quatre camarades l'aient aussitôt maîtrisé ; garrotté, il avait fini la nuit au fond de la tente et, le lendemain matin, avant même le lever des couleurs, avait quitté le camp entre deux gendarmes.

Maintenant, ce salopard de Vigneroux ne se privait pas de rappeler que tout ce que Bianchetti avait gagné c'était un séjour chez les « Joyeux », du côté de Colomb-Béchar, à quelque huit cents kilomètres au sud d'Oran ; là-bas, les punis ramassaient les cailloux par une température qui atteignait 80 °C au soleil, assurait-il en ricanant.

René n'était pas certain que tout cela soit vrai mais se taisait car, depuis le début de sa période, il faisait profil bas, courbait le dos et obéissait toujours sans rechigner aux ordres que braillait Vigneroux.

Pour René, tout avait commencé dans l'horreur, l'horreur d'apprendre qu'il ne pouvait couper à huit mois de Chantier de jeunesse. Horreur née aussi de l'humiliation du premier jour lorsque, nu comme un ver au milieu d'une vingtaine de recrues aussi malchanceuses que lui, il avait de nouveau subi une sorte de conseil de révision. Il avait passé le premier à dix-neuf ans mais, anonyme parmi une bonne centaine de jeunes, il n'avait pas ressenti la même gêne, ni surtout la même colère qu'en cette matinée de fin septembre où une poignée d'officiers chenus et pontifiants l'avaient reconnu apte aux Chantiers. Puis, après l'avoir sermonné, histoire de lui faire entendre qu'il eût dû se présenter bien avant que la maréchaussée ne le rappelle à l'ordre, ils l'avaient inscrit parmi les hommes du camp n° 5 « Hélène Boucher », sis en pleine campagne, au nord de Banon, non loin du village de Saumane. Et le fait que ce soit à moins de six kilomètres du Contadour où, avant guerre, il avait tant rêvé venir se ressourcer au contact de la nature, vivre la vraie vie et, comme dans *Que ma joie demeure*, s'extasier en contemplant Orion, cette constellation qui, d'après Giono, ressemble à une fleur de carotte, ne le consolait en rien.

Pris en charge par Vigneroux, dès son arrivée, il avait été d'écœurement en écœurement. D'abord parce que le camp, pour bucolique qu'il soit sans doute pour les amateurs de retour à la terre, était situé à mille trois cents mètres d'altitude, avec vue sur le Ventoux, donc en plein vent. Ensuite parce que les tentes qui abritaient les deux cents membres du groupement étaient d'un tel inconfort que nul n'avait envie d'y séjourner en espérant tirer au flanc ; elles prenaient les courants d'air de toutes parts et suintaient d'humidité dès la plus petite bruine ; quant aux lits en ferraille, ils grinçaient au moindre mouvement et ne paraissaient presque confortables à leurs occupants qu'après les très longues journées de travail qu'ils effectuaient.

Car les responsables du camp ne cessaient de le répéter, l'essentiel était que les jeunes dont ils avaient la charge n'aient surtout pas le temps de s'apitoyer sur leur sort, ni de réfléchir sur quoi que ce soit. Créés par le général de La Porte du Theil, les Chantiers de jeunesse étaient là pour remplacer le service militaire, il était donc logique que, mis à part le maniement des armes, ils lui ressemblent en tout, y compris pour la discipline, les corvées, la nourriture, l'uniforme et, naturellement, l'amour de la patrie et une totale vénération pour le Maréchal et sa révolution nationale.

L'emploi du temps, impitoyable quels que soient le jour de la semaine et la température, sortait les hommes de leurs châlits à 6 heures et demie. Après une séance de culture physique, faite d'une course en forêt sur mille cinq cents mètres, d'un long exercice de mouvements divers, de grimper à la corde et de tractions, s'imposait une solide toilette à l'eau froide ; et malheur aux frileux qui tentaient de se laver autrement qu'en slip et torse nu. La toilette terminée sonnait l'heure du petit déjeuner, à base d'infusion de chicorée et de flocons d'avoine, dans lesquels les charançons apportaient quelques protéines.

Cela avalé, tout le monde se groupait autour du mât pour assister au lever des couleurs, figé dans un impeccable garde-à-vous. Après une minute de silence, les chefs de groupe entonnaient quelques chants patriotiques et odes au Maréchal. Venait après, par groupe, l'audition de propos édifiants ou, suivant les jours, la lecture d'un passage sur la vie d'Hélène Boucher. Ensuite, et pour toute la journée, les jeunes s'attelaient au travail, harcelés sans cesse par les chefs d'équipe.

René, qui, de sa vie, n'avait jamais touché ni une pioche, ni une scie et encore moins une hache, avait cru périr de fatigue lorsque avec ses camarades, jour après jour, les mains pleines d'ampoules, il avait participé à la fabrication du charbon de bois. Travail non seulement fastidieux mais épuisant puisque, avant d'emplir les énormes fours de carbonisation où allaient lentement se transformer les rondins, ceux-ci devaient être coupés et sciés à la bonne taille. Cela fait, pendant la crémation, qui durait plusieurs jours, il fallait vider les premiers fours, en extraire le charbon poussiéreux et remplir les sacs que venaient chercher des attelages tractés par des mules.

Tout cela, chaque jour, était, pour René, l'idée qu'il se faisait de l'enfer. Car, lorsque, pour rompre la monotonie, les chefs changeaient le travail des équipes, ce pouvait être pire. En effet après le charbon leur incombait l'ouverture de chemins en pleine forêt, le défrichement à la main d'un champ dont il fallait extraire des mètres cubes de caillasse ou, tout aussi déprimant et épuisant, l'édification de longs murs de pierres séparant des parcelles qui, manifestement, ne seraient jamais cultivées. Alors, même s'il s'était fait un camarade qu'il jugeait un peu moins arriéré que tant d'autres jeunes du groupe, il était presque toujours à deux doigts d'imiter Bianchetti, de sauter à la gorge de Vigneroux et de l'étrangler.

Sa fatigue était telle et son moral si bas qu'il n'avait eu aucun effort à faire pour oublier aussitôt ce qu'on leur avait annoncé depuis son arrivée. D'abord ce qui était, paraît-il, une mauvaise nouvelle, le débarquement allié en Afrique du Nord, puis l'arrivée des Allemands en zone sud et, à la fin du mois de décembre, l'assassinat de l'amiral Darlan par un jeune excité, à la solde des gaullistes, aussitôt jugé et passé par les armes.

Rien de cela ne l'intéressait, pas plus d'ailleurs que le sabordage de la flotte à Toulon, car, rongé par un incommensurable cafard, il se moquait totalement de ce qui se passait en France et à plus forte raison dans le monde. Seuls les dimanches le voyaient un peu revivre lorsque, carnet de croquis en main, il traçait l'allure, la silhouette ou le visage de ses camarades, ou quelques vues du paysage. Au soir, il biffait le jour sur le calendrier et comptait ceux qui le séparaient de son retour à la vie civile. Cette merveilleuse vie d'homme libre dans laquelle, loin de cette nature immonde où on l'avait plongé et qu'il exécrait maintenant, les études – même en pharmacie – avaient bon goût. Cette existence où les filles n'étaient pas d'inaccessibles et intouchables rêves dont le souvenir et le désir brouillaient le cerveau.

Trois mois après avoir été confronté à une situation qu'il avait eu du mal à traiter, Albert se demandait toujours si ce qu'il avait écrit allait dans le bon sens.

Il ne pensait pas à son dernier article, paru juste après Noël, qui lui avait permis d'exprimer tous ses sentiments en commentant l'exécution de Darlan. Pour lui, comme pour beaucoup, elle avait été bénéfique puisqu'il était évident et admis que les traîtres – et l'amiral en était un – devaient payer leur forfaiture. De plus, avait-il écrit, personne ne pouvait se plaindre en assistant au savoureux spectacle que donnaient les gaullistes, les giraudistes et autres terroristes en s'assassinant mutuellement ; on devait même souhaiter que ces règlements de comptes se généralisent. Ne serait-ce, avait-il pensé, que pour lui offrir, sur un plateau, de quoi noircir des pages !

Mais là n'était pas ce qui le dérangeait lorsqu'il repensait à certains de ses commentaires dont le souvenir lui pesait. À leur sujet, autant il avait pu, tant bien que mal, parler de l'entrée de l'armée allemande en zone sud – elle ne faisait que répondre à l'agression des troupes étrangères sur ce territoire français qu'était l'Algérie –, autant il avait eu des difficultés pour expliquer le sabordage de la flotte à Toulon.

Il y était descendu à la demande de *Je suis partout* et de *La Gerbe*, dont les rédactions voulaient le point de vue de la jeunesse. Par chance, il avait effectué tout son reportage en compagnie d'André Zucca, photographe favori de la revue *Signal* pour ce qui concernait les reportages en France. Très flatté de faire le voyage en compagnie de l'artiste, mais très intimidé, il n'avait su que dire et, à plus forte raison, qu'écrire, pour expliquer la dramatique décision prise par l'amiral Auphan. Car le dilemme était grand de s'y hasarder sans se ranger du côté de la presse anglaise et américaine qui se réjouissait et applaudissait l'héroïque décision de l'amirauté qui avait ainsi évité que les Allemands saisissent tous les vaisseaux.

D'autre part, avait-il pensé, il eût été regrettable que cette magnifique et si puissante flotte rejoigne et se batte aux côtés de la Royal Navy, laquelle, il importait de le rappeler, n'avait pas hésité à tirer sur la marine française à Mers el-Kébir.

Mais, dans le doute, sans trop savoir s'il eût été bon qu'elle se rangeât aux côtés de la flotte allemande – l'esprit qui régnait dans la Royale française tendait à supposer qu'elle ne l'eût point fait volontiers –, il n'en restait pas moins que la vue du port de Toulon, avec les magnifiques bâtiments sabordés et inutilisables, l'avait beaucoup ému. Aussi, dans ses articles, espérait-il s'en être tiré – mais sans vraiment y croire – en avançant l'hypothèse que, peut-être, fidèles en cela au Maréchal, les commandants des quelque quatre-vingt-dix navires coulés, dont, entre autres, trois cuirassés, une quinzaine de contre-torpilleurs et une douzaine de sous-marins, eussent mieux fait de prendre la mer pour aller délivrer l'Afrique de Nord de l'occupation anglo-américaine…

Il n'avait jamais su si ses lecteurs avaient partagé et approuvé son hasardeux point de vue. Mais, sur ce sujet, lui revenaient aussi en mémoire les sibyllins propos du photographe qui, ayant deviné son état d'esprit et ses interrogations, avait soufflé, mi-sérieux, mi-rigolard, avec un geste en direction des vaisseaux en partie immergés :

— Oui, deux cent cinquante mille tonnes de ferraille à l'eau, c'est un beau gâchis ; mais, entre nous, ces bâtiments auraient aussi pu rejoindre l'Angleterre qui, grâce à cette formidable armada, serait quasiment devenue invincible sur tous les océans du globe. Enfin, moi, ce que j'en dis… Je ne suis pas là pour épiloguer, juste pour photographier, quant au reste, l'Histoire jugera.

Si la vue de la flotte sabordée l'avait troublé, la visite qu'André Zucca lui avait permis de faire, en l'invitant à l'accompagner à Manosque, l'avait beaucoup amusé car le souvenir de René et de ses propos d'avant guerre lui étaient tout de suite revenus en mémoire. Contrairement à son ancien camarade, qui vouait un culte immodéré à Giono, il n'avait jamais pris très au sérieux les idéaux que le romancier dispensait dans ses écrits ; quant à son pacifisme, il le condamnait. Aussi, prudent, et en sa présence, avait-il choisi de se taire, tout en songeant à quel point René aurait été comblé s'il avait pu rencontrer son idole et boire ses paroles.

Il ignorait que René, à quelques kilomètres de là, tout occupé à fabriquer du charbon de bois et à se briser les reins en dépierrant des friches, vouait à présent à l'enfer tout ce qui, de près ou de loin, tentait de glorifier la nature – qu'il tenait désormais pour la reine des salopes –, le retour aux sources, le pacifisme et un mode de vie qu'il haïssait désormais.

Comme l'avait prévenu Claire, Jean dut descendre plusieurs fois à Lyon, Limoges, Toulouse et Brive dans les deux mois qui suivirent l'envahissement de la zone sud. Il le fit pour livrer du courrier qui n'obligeait pas à passer la ligne en fraude, car il était illisible pour qui n'avait pas le chiffre. Mais surtout, parce que les contrôles à Vierzon s'étaient beaucoup relâchés, il transporta de faux papiers, des cartes d'alimentation et des tickets. Ce ne fut que fin janvier, alors que sévissait un froid terrible, que, pour la dernière fois, il repassa clandestinement la ligne.

Comme toujours, il le fit grâce à l'intermédiaire de Pélerin et de son beau-frère lorsqu'il dut accompagner Louis Perraut, un jeune radio, parachuté quatre jours plus tôt à Millevaches. Sa présence en zone nord était devenue indispensable depuis que son prédécesseur avait été arrêté à Paris, en pleine émission, trahi par les voitures radio-gonio allemandes qui quadrillaient toute la capitale.

Parce que c'était sa première mission en France et que, malgré son entraînement en Angleterre, il n'avait jamais été confronté à l'occupation et à la lutte clandestine, il fallait l'aider à rejoindre Paris sans trop de risques ; donc en lui évitant de faire les erreurs, d'attitude ou de langage, que son statut de néophyte pouvait lui faire commettre.

Jean, en habitué des passages, était donc un guide idéal. Ce fut pendant le voyage que ses conversations avec Perraut lui firent de nouveau regretter d'avoir échoué dans sa tentative pour aller à Londres. En effet,

Louis était à peu près de son âge et, contrairement à lui, n'avait pas raté, dès août 40, son arrivée en zone libre, ni sa fuite vers l'Angleterre.

— Enfin, pas tout à fait raté, expliqua-t-il à Jean au cours de la soirée qu'ils passèrent chez Pélerin.

Ils venaient, grâce à lui, de franchir la ligne peu avant minuit et se restauraient avec une succulente omelette au jambon confectionnée par Mme Pélerin.

— Pourquoi « pas tout à fait raté » ? demanda Jean en essuyant minutieusement son assiette avec un morceau de pain blanc qui, d'évidence, provenait d'un froment sans aucun rapport avec l'infâme simili-céréale grisâtre et indigeste en vigueur à Paris.

— Parce que je me suis fait ramasser par les carabiniers de ce salopard de Franco... Ah ! les vaches ! Qu'est-ce qu'ils nous ont mis !

— Vous étiez nombreux ?

— Deux. J'étais avec mon vieux compagnon, Bernard Vivier, un ami de toujours puisque nous étions ensemble à la maternelle. Alors bien sûr, quand les carabiniers nous ont arrêtés, pas très loin de Logrono, on a essayé de se défendre. Faut dire qu'avec Vivier, nous étions partis ensemble de chez nous, de Sedan où, avant guerre, nous fréquentions le même club de boxe... Alors quand les gardes de la patrouille de l'autre fumier nous ont coincés, on en a d'abord mis trois au tapis, mais comme ils étaient huit et qu'ils ont aussitôt manœuvré la culasse de leurs pétoires... expliqua Louis tout en se taillant une large tranche de fromage.

— Et alors ?

— Oh, très simple, jugement on ne peut plus rapide et sommaire et on en a pris pour dix mois. D'abord dans la prison la plus proche, un cul-de-basse-fosse immonde, et puis, une semaine plus tard, au camp de Miranda de Ebro, où c'était encore pire, murmura Louis soudain très ému, secoué à un tel point que Jean hésita avant de l'encourager à poursuivre.

— Et alors ? insista-t-il quand même.

— L'horreur, mon vieux, nous étions des milliers là-dedans, nous mourions de faim et, dès l'automne venu, de froid. Et puis… Et puis voilà, moi j'ai failli crever de la « mirandite »…

— La quoi ?

— Dysenterie, si tu préfères. Je m'en suis remis, je ne sais comment, mais pas l'ami Vivier, ce qui fait qu'il est toujours là-bas, dans la fosse commune et que je suis là à me régaler…

— Excuse-moi, j'ai été indiscret, dit Jean, très gêné d'avoir par ses questions, sans le savoir, rouvert une blessure qui était loin d'être cicatrisée.

— De rien, dit Louis en haussant les épaules. Voilà pourquoi j'ai dit que j'avais quand même un peu raté mon passage en Angleterre.

— Tu as quand même réussi puisque tu es là !

— Oui, ces pourris de franquistes, sans doute parce qu'ils manquaient de place pour enfermer leurs opposants, m'ont relâché, ainsi que d'autres Français, après neuf mois. Ils nous ont quasiment jetés au Portugal. Là, j'ai dû attendre avant de trouver un rafiot qui montait vers Cardiff. Bref, je suis arrivé en Angleterre début août 41, un an après avoir quitté Sedan. Et une fois là-haut j'ai été m'engager chez de Gaulle.

— Tu l'as rencontré ? insista Jean, tout émoustillé par le fait d'être en train de parler avec un homme qui connaissait ce général auquel se référaient les résistants, sans même savoir à quoi il ressemblait.

— Rencontré ? Ce serait trop dire. Vu, oui, plusieurs fois, quand il nous passait en revue et nous disait deux mots, c'est tout.

— Mais c'est beaucoup, c'est fantastique ! Parce que ici, en France, on est nombreux à ne connaître que sa voix, et encore, elle est toujours brouillée !

Pour habitué qu'il soit aux fréquentes vérifications de papiers, c'était toujours avec une désagréable appréhension que Jean présentait les siens. Aussi, même si Louis lui avait assuré que sa propre carte d'identité et son *ausweis* étaient parfaits, ce fut cœur serré et gorge sèche qu'il marcha vers le groupe de policiers et de soldats qui filtraient la sortie de la gare d'Austerlitz.

Il savait que les contrôles étaient beaucoup moins sévères depuis l'occupation de la zone sud, mais cela n'enlevait pas la crainte d'être démasqué avec de faux papiers. Peu avant de descendre du train, Louis et lui s'étaient séparés, appliquant ainsi l'élémentaire consigne qui, en cas d'arrestation de l'un, n'entraînait pas automatiquement celle du compagnon.

— Je marcherai en premier, avait décidé Jean. J'ai, dans mon sac, quelques denrées dont le volume n'est pas suffisant pour qu'on m'accuse de marché noir ; mais s'ils m'arrêtent, ça les occupera et tu passeras plus tranquillement. Et toi, tu as quoi dans ta valise ?

— Juste mes affaires, rien de compromettant.

— Alors on s'attend boulevard de l'Hôpital, devant le métro.

— D'accord, à tout de suite.

Dix minutes plus tard, alors qu'ils venaient de se retrouver comme convenu, Jean remarqua à quel point Louis était pâle, et sa voix chevrotante. Ils avaient franchi les contrôles sans être sommés d'ouvrir leurs bagages, donc sans problème, et l'état de Louis n'était donc pas justifié, sauf qu'il n'était pas assez vêtu car le vent était glacial.

— On va aller prendre un Viandox, ça nous réchauffera un peu, invita Jean en entraînant Louis vers le plus proche café où ils s'installèrent. Mais, parce que son compagnon n'arrêtait pas de trembler, comme pris de fièvre, il s'inquiéta :

— Tu es malade ?

— Non, non, juste la trouille, je veux dire le contrecoup de la trouille…

— Tes papiers sont corrects ? Non ?

— Oui, mais… enfin, c'est fait n'en parlons plus.

— Toi, tu me caches quelque chose, dit Jean, soudain soupçonneux, car si les papiers de son compagnon étaient valables et si sa valise ne contenait rien d'interdit, Louis n'avait aucune raison d'être dans l'état où il était maintenant.

— Faut vraiment que j'aille aux toilettes, s'excusa Louis en se levant, je te confie ma valise, hein ?

— Bien sûr.

— Ah, maintenant, autant que tu le saches, sous mes chemises, il y a un poste 21 MK2, une pure merveille de miniaturisation, un engin exceptionnel… Voilà. Et, contre mon mollet gauche, j'ai fixé mon 7,65. Maintenant, faut vraiment que j'aille pisser, ça urge !

— Oh ! le con ! murmura Jean en le regardant s'éloigner, et ce fut à son tour de pâlir.

Mais, pour furieux qu'il ait d'abord été de ne pas avoir été mis au courant des risques pris par Louis, les justifications que celui-ci lui donna dès son retour des toilettes – il avait repris des couleurs – le convainquirent pleinement.

— Moi, il fallait que je passe avec ma valise, d'accord ? expliqua-t-il. J'étais mort de peur, tu sais ce que c'est la peur ? Bon, toi, tu étais détendu, parfait si on t'avait demandé d'ouvrir ton sac à dos. Mais suppose que tu aies su ce que je transporte et que les autres t'aient demandé d'ouvrir ton sac, tu aurais serré les fesses, comme moi, et ça, c'était des coups à se faire aussitôt repérer. Tu sais bien qu'on n'a pas du tout la même attitude lorsqu'on redoute de se faire prendre, voilà…

— Et s'ils t'avaient arrêté ?

— Ça aussi c'était prévu, j'avais le temps d'en descendre un ou deux pendant qu'ils découvraient mon poste et de croquer aussitôt ma pastille de cyanure. C'est ce qu'on nous a recommandé de faire pendant notre entraînement, à Camberley…

— D'accord, murmura Jean, bravo pour la leçon, c'est toi qui as raison et, comme tu dis, on voit que tu as suivi un sacré entraînement, pas moi. Mais s'il y a un coup prochain, préviens-moi quand même, je ne suis pas cardiaque mais avec toi, ça viendrait vite…

Déjà mal à l'aise lorsqu'il avait dû rendre compte du sabordage de la flotte à Toulon, Albert le fut encore plus quand il tenta d'expliquer à ses lecteurs pourquoi la Grande Allemagne, et son légitime combat contre le bolchevisme, venait de subir un nouveau dramatique revers. Car, malgré toutes les circonlocutions et autres détours de style, qu'il maîtrisait très bien, les faits étaient là, impitoyables, sans appel. L'armée du Reich venait de subir une incontestable défaite. Et, pire humiliation pour tous ceux qui avaient cru en lui, von Paulus, que le Führer avait élevé au grade de maréchal, non seulement n'avait pas réussi à se rendre maître de Stalingrad mais, comble de l'ignominie, avait choisi de déposer les armes alors que son honneur de soldat lui dictait de se loger une balle dans le crâne ! Au lieu de quoi il avait lâchement livré quelque quatre-vingt-dix mille soldats aux barbares rouges !

Pour qui, comme Albert, se battait pour conduire le vrai et bon combat, celui que la France et l'Allemagne menaient contre le communisme, cette hydre qui voulait la mort de la civilisation chrétienne et européenne, la tâche de minimiser une défaite aussi importante que celle de Stalingrad était désormais quasiment impossible.

Mais il était également impossible, sous peine d'être censuré et banni de toutes les rédactions collaborationnistes, de tenter d'expliquer pourquoi, malgré les deux cent mille morts allemands qu'avait coûtés cette désastreuse offensive, les résultats se soldaient par cette lamentable et surtout honteuse capitulation, concédée par un homme en qui le Führer avait mis toute sa confiance.

Pour compliquer son travail de journaliste, il savait qu'il ne pouvait en aucun cas donner les chiffres des pertes car, pour connus qu'ils soient de l'état-major, et très discrètement chuchotés par quelques confrères, il n'était pas non plus possible de les évoquer car ils eussent aussitôt été assimilés au plus condamnable défaitisme, pour ne pas dire à une trahison. D'où, pour lui, la grande difficulté à aborder un sujet aussi délicat que cette défaite historique.

Là n'était pas son seul embarras d'auteur, tant s'en fallait. Car s'il avait été un temps où il s'était appliqué à expliquer à ses lecteurs le bien-fondé des exécutions d'otages, en réponse aux actes terroristes, il devenait très compliqué d'assimiler des lycéens, passibles de la peine de mort, à des tueurs bolcheviques. Pourtant, tel avait été le sort réservé aux cinq jeunes du lycée Buffon, arrêtés en juin et août 42, pour avoir osé manifester contre l'occupant et fabriqué quelques tracts subversifs. Ils avaient tous les cinq été fusillés, le 8 février, au stand de tir de Balard, et Albert s'était senti incapable d'en rendre compte, sachant que l'aîné de ces prétendus terroristes avait juste dix-huit ans et quinze ans les deux plus jeunes…

Pour ne rien arranger à ses problèmes d'écriture, s'il avait été un temps où Germaine l'encourageait par tous les moyens à sa disposition – et les horizontaux n'étaient pas les moindres –, cette époque était révolue depuis deux mois. Et le fait qu'il en soit responsable ne changeait rien à l'affaire, c'était bel et bien lui qui avait cédé aux torrides avances d'une adorable Allemande de vingt-six ans, belle comme un Watteau, qui, elle aussi, comme l'était Germaine à *La Gerbe*, était secrétaire à *Signal*.

Il n'avait d'abord pas compris pourquoi une aussi jolie femme qu'Angela s'était quasiment installée dans son lit ; il avait conscience de sa petite taille et de son manque d'attrait physique. Tout ce qu'il avait compris, car elle parlait un excellent français, lorsqu'il lui avait fait part de son étonnement, après l'avoir dignement honorée, l'avait laissé pantois. En fait, fidèle au Führer, qui avait décidé que la France vaincue serait en quelque sorte le bordel des vainqueurs, elle estimait qu'il n'y avait aucune raison pour que seuls ses compatriotes mâles bénéficient de l'aubaine ; et comme elle connaissait la réputation des Français en tant qu'amants et qu'elle voulait vérifier…

Il avait décidé de ne pas se vexer d'être quasiment traité comme un micheton, car Angela s'entendait à merveille pour lui faire découvrir qu'il existait des anges déchus et qu'elle excellait dans l'art si aimablement décrit par Ovide. Pour lui, le problème n'était donc pas du tout d'ordre physique, tant s'en fallait. Il était, plus prosaïquement, dans le fait que, pour adorable qu'elle soit, la volcanique et blonde Angela, même si elle pratiquait un bon français, n'était pas encore capable de lui dire si ses articles étaient excellents, hors sujet ou totalement nuls ; critiques que Germaine ne s'était jamais privée de faire. Germaine qui, depuis maintenant deux mois, lui jetait des regards furieux et ne prenait même plus la peine de lire ses papiers lorsqu'il les lui apportait au journal.

L'autre point qui l'assombrissait venait des mots qu'il avait eus avec M. Delclos lorsque celui-ci, fin janvier, alors que Laval et Joseph Darnand venaient de créer la Milice, lui avait sans détour reproché de ne pas se précipiter à Vichy pour s'inscrire dans ce mouvement qui, d'évidence, était là pour servir les idées et la politique du Maréchal.

— Là, mon cher Albert, je ne vous comprends pas. Si j'ai bonne mémoire, vous fûtes très vexé lorsqu'on ne voulut point de vous dans la LVF. Aujourd'hui, grâce à Darnand, qui est vraiment un homme exceptionnel, vous avez la possibilité de vous ranger sous sa bannière, et vous hésitez ! Ah ! si j'avais votre âge ! Franchement, votre réticence me surprend, pour ne pas dire me déçoit…

— Désolé, monsieur, mais je pense être plus utile en écrivant qu'en m'engageant dans ce mouvement qui me semble beaucoup plus proche de la police et de ses méthodes que de l'armée.

— Comment pouvez-vous proférer de telles sottises ! Mais dites-moi, vous n'avez pas toujours eu de ces… disons « pudeurs » ! Je garde souvenir du temps, pas si lointain, où vos fiches sur vos camarades de la Sorbonne ont permis quelques indispensables reprises en main et mises au pas…

— Oui, oui, je ne renie rien, mais, autre temps, autres mœurs.

— Notre combat est pourtant loin d'être fini et j'estime que la Milice, cette nouvelle chevalerie, comme le dit si justement Darnand, est une excellente arme pour le mener à bien.

— Peut-être. Mais, franchement, autant il m'aurait plu de me battre sous l'emblème de la LVF, autant celui de la Milice, ce gamma qu'on voit fleurir partout, ne m'attire pas du tout. Et d'autant moins qu'il se dit déjà, çà et là, que certains de ses membres sont d'authentiques voyous, voire des repris de justice.

— Foutaise immonde ! Vous, mon petit, je finirai par croire que vous écoutez la radio anglaise et prenez tous ses mensonges pour argent comptant !

— Absolument pas. D'ailleurs, je ne nie pas qu'il faille aider le Maréchal en mettant de l'ordre chez nous. Mais je préfère m'atteler à cette tâche par le biais de mes articles. D'ailleurs, je note que ni Drieu la Rochelle, ni Brasillach, ni Rebatet et pas même Céline ne se sont engagés dans ce mouvement, on ne peut pourtant pas leur reprocher d'être de mauvais Français !

— Certes ! Mais vous êtes beaucoup plus jeune qu'eux et, permettez-moi de vous le dire, encore très très loin d'avoir le dixième de leur talent !

Ce soir-là, Albert avait quitté M. Delclos en lui disant à peine au revoir. Depuis, il n'avait aucune envie de retourner le voir et encore moins de lui demander conseil.

Ce qu'il craignait surtout de devoir lui avouer, c'était que le doute s'était installé en lui depuis le débarquement des Alliés en Afrique du Nord. Doute oppressant, qui ne cessait de croître depuis les défaites et les reculs de la Wehrmacht, tant en Tunisie que sur tout le front de l'Est. Quant aux troupes américaines, après six mois de combats, elles venaient de prendre possession de l'île de Guadalcanal. Il apparaissait donc désormais presque certain que les armées alliées, où qu'elles soient et quel que soit le temps que ça leur prendrait, seraient un jour victorieuses.

D'ailleurs, même si des hommes comme Drieu ou Rebatet espéraient toujours en la victoire du nazisme sur le bolchevisme, leurs propos, et certains de leurs écrits, laissaient entendre qu'eux-mêmes se posaient quelques questions sur l'issue de la guerre… Et qui ne s'en serait pas posé puisqu'il était évident que non seulement l'Angleterre ne serait jamais conquise, mais que de surcroît ses bombardiers pouvaient survoler la France sans être aussitôt anéantis ; il n'en était rien et le bombardement des usines Renault de Boulogne-Billancourt du 4 avril, qui avait fait quatre cent trois morts, apportait la preuve que la soi-disant invincible Luftwaffe n'était plus maîtresse du ciel.

Parce que chaque jour écoulé le rapprochait de la libération et que René, au fil des mois, avait retrouvé un semblant de confiance en l'avenir, le choc reçu au matin du 26 avril le laissa sans voix, blême et au bord de l'évanouissement.

En ce lundi, après l'inévitable lever des couleurs, le chef de camp, le capitaine Dreux, impeccablement sanglé dans son uniforme, y alla de son laïus habituel. Mais alors que, jusqu'à ce jour, il s'était contenté de rabâcher les mêmes inepties patriotiques, qui toutes glorifiaient la révolution nationale prônée par le Maréchal et ses affidés, il prit un papier dans sa poche, ordonna que les hommes qui allaient être nommés sortent des rangs et se groupent à sa droite, puis commença l'appel.

René, encore un peu endormi malgré la séance de sport et toujours aussi affamé – il avait maigri de huit kilos depuis son arrivée au camp –, ne prêta qu'une oreille distraite à la litanie des noms et aux mouvements des camarades appelés. Il était fatigué à un point tel et, comme depuis des mois, devenu sourd et indifférent à tout ce qui l'entourait, que son voisin dut lui donner un coup de coude dans les côtes lorsque le capitaine s'y reprit à trois fois pour brailler :

— Lucas ! Alors, nom de Dieu, tu roupilles encore ? Comme toujours !

René haussa les épaules et alla se ranger avec ses camarades déjà alignés à côté du capitaine.

— Mais que nous veut ce gros con ? chuchota son plus proche voisin.

— Va savoir, encore une corvée à la gomme, comme d'habitude.

— Ouais, vivement la quille, bordel !

René allait lui annoncer qu'il en était à cinquante-huit au jus lorsque le ciel lui tomba sur la tête quand il réalisa ce qu'était en train de leur annoncer le capitaine :

— Messieurs, vous le savez, depuis bientôt un an, dans le louable but de voir enfin revenir en France vos malheureux aînés, prisonniers depuis trois ans en Allemagne, le Maréchal a décidé de créer la relève. Il se trouve que cette noble idée n'a, jusqu'à ce jour, trouvé que peu d'échos. Aussi, depuis février dernier et à la demande du plénipotentiaire Fritz Sauckel, a-t-il décidé de rendre obligatoire ce glorieux service du travail que vous devez à la France. Désormais, tous les hommes de dix-huit à cinquante ans pourront être réquisitionnés ; pour les femmes sans enfants, il en sera de même pour celles de vingt et un à trente ans. Cela étant dit, ceux que je viens d'appeler à ma droite rejoindront donc l'Allemagne pour y remplacer leurs aînés… Après les huit jours de permission qui leur sont accordés, aujourd'hui même, ils devront, sous peine de très graves sanctions, se rendre aux centres de recrutement que nous leur indiquerons. Rompez !

— C'est pas vrai ? murmura René, complètement abasourdi, tandis qu'un vent de fronde, des cris de colère et de protestation s'élevaient dans les rangs. Mais qu'est-ce que ça veut dire ? insista-t-il en s'accrochant à l'épaule de son voisin.

— Ça veut dire qu'on est baisé, une fois de plus ! Mais que ces salauds ne comptent pas sur moi dans huit jours ! Dès ma perm finie, je me tire et je rejoins mon cousin…

— Comprends rien, rien, dit René toujours aussi stupéfait.

— T'as pas entendu parler des maquisards ?
— Si, vaguement…
— Ben, il serait temps que tu te réveilles, mon vieux, si tu ne veux pas te retrouver derrière une machine-outil du côté de Berlin ou de Cologne !

Le jour même, presque en somnambule, René grimpa dans l'autobus qui allait ramener à Béziers les hommes désignés. Ce fut à peine s'il expliqua à ses parents pourquoi on venait de lui accorder une permission imprévue. À peine aussi s'il réagit lorsque son père tenta de lui dire qu'il devait être fier d'avoir été choisi et que cette façon de servir le Maréchal et la France était grandiose.

En revanche, il faillit gifler sa sœur lorsque celle-ci, loin des oreilles parentales, lui reprocha de ne pas profiter de sa permission pour rejoindre le maquis, comme l'avaient fait plusieurs de ses camarades étudiants.

— T'es pas folle, non ? Qu'est-ce que tu crois, petite cruche ? Je viens de passer plus de six mois à m'emmerder, à travailler comme un dingue, à crever de faim et à me geler les couilles sous une tente pourrie ! Et tu voudrais que je rempile en allant jouer les boy-scouts, comme tes copains, au fond des bois et en chantant ioukaï di-ioukaï da !

— C'est pourtant la seule réponse à donner à Laval, insista-t-elle, et aussi la seule conduite à tenir si tu veux continuer à te regarder dans la glace sans rougir de honte !

— Pauvre conne ! Plutôt aller visiter l'Allemagne que de me mélanger avec tous les rigolos dont tu me parles ! L'Allemagne ne pourra pas être pire que ce que je viens de vivre ! Et puis j'en profiterai pour croquer tout ce que je verrai ! Parce que, dans le fond, il n'y a que la peinture et le dessin qui permettent de s'évader, et sûrement pas toutes tes couillonnades de maquisards !

Il partit pour Hambourg six jours plus tard, via Cologne, Hanovre et Brême…

14.

Le relâchement des contrôles lors du passage de la ligne de démarcation simplifia, un peu, les contacts entre les zones. En revanche, le durcissement de la loi gérant le STO, qui visait tous les hommes, leur faisant courir le risque d'être réquisitionnés au moindre contrôle, poussa Jean à se procurer un faux certificat de travail. Le fait d'être simple vendeur à la librairie Marque-Pages, pour furieusement proallemande qu'elle s'affichât, était insuffisant pour échapper au STO. Seuls ceux qui pouvaient justifier d'un emploi indispensable à la nation, et à plus forte raison à la promotion de l'occupant, pouvaient poursuivre leur travail en France puisqu'ils œuvraient déjà pour le Reich.

Il apparut, après en avoir discuté avec Claire, que le plus simple était de demander à Félicien Maury, le patron de l'Office de publicité générale qui, outre pour la Résistance, travaillait toujours beaucoup pour la propagande de Vichy, de faire embaucher Jean par un de ses imprimeurs complices, celui de Puteaux. Dûment théoriquement engagé comme spécialiste en chalcographie depuis avril 40, il put ainsi présenter, lors des contrôles, un certificat de travail des plus convaincants.

Si l'assouplissement de la circulation entre les zones facilita un peu son travail d'agent de liaison, elle ne le poussa jamais à oublier les élémentaires règles de sécurité acquises et testées au fil des ans. Aussi devint-il plus prudent que jamais lorsqu'il apprit à quel point les rafles de la Gestapo, en zone sud, avaient créé d'immenses vides dans les rangs du réseau Combat.

Par exemple, Duval, qu'il avait plusieurs fois rencontré à Brive et dont il s'était toujours demandé pourquoi cet honorable commerçant, bon père de famille nombreuse – il se souvenait des enfants qui jouaient dans son jardin un jeudi après-midi –, avait pris le risque de se lancer dans l'aventure de la Résistance ; il avait été arrêté en février et, avec lui, d'autres contacts qu'il avait eus dans le Limousin.

Ce fut donc presque avec soulagement qu'il eut pour tâche, à la demande de Maxence, d'assister Louis dans son dangereux travail de radio. Depuis qu'il l'avait, en quelque sorte, rapatrié sur Paris – et il n'était pas près d'oublier l'épisode de la gare d'Austerlitz –, il lui avait très souvent apporté des textes à transmettre remis par Claire et Maxence.

Louis logeait dans un trois-pièces de la rue des Pyrénées, dans le XXe ; malgré les consignes qui recommandaient de ne jamais correspondre de son logis, c'était pourtant de là qu'il émettait et recevait les messages. Mais, pour tenter de déjouer les rapides repérages des voitures allemandes, toujours banalisées en d'innocentes camionnettes à gazogène de livreurs, ou en taxis, mais équipées pour la radio-goniométrie, il devait s'astreindre à une incontournable règle, celle qui l'obligeait à interrompre ses émissions toutes les dix minutes, à changer très souvent de fréquence et à reprendre son travail. Dix minutes étaient un laps de temps très court, mais suffisant pour que les écoutes allemandes repèrent aussitôt le quartier par triangulation, puis, très vite, l'immeuble d'où partaient les messages. Puisque l'opérateur, casque sur les oreilles et pris par son travail, ne pouvait à la fois observer les voitures suspectes et travailler, il n'œuvrait qu'en compagnie d'un guetteur qui, de la fenêtre, observait la rue et faisait interrompre l'émission dès qu'il avait le moindre doute sur le ou les autos, voire les triporteurs, qui s'engageaient dans l'artère surveillée.

Parce qu'il avait tout de suite sympathisé avec Louis, lequel le passionnait en lui parlant des mois d'entraînement qu'il avait suivi en Angleterre et du charme des jeunes Anglaises, un peu folles de leur corps, toujours avides d'être rassurées après les bombardements, c'était avec beaucoup de plaisir que Jean faisait fonction de sentinelle. Il s'y prêtait d'autant plus volontiers que cela le reposait un peu des longs périples à vélo qu'il effectuait et aussi parce que, son travail fini, il pouvait, d'un coup de bicyclette, rejoindre le pavillon de Michelle.

C'est au retour d'une nuit passée chez elle, alors que vers 7 heures et demie il venait d'entrer dans la librairie des Perrier, qu'il comprit, en voyant le visage décomposé de Maxence, qu'un événement gravissime venait de se produire.

— Vous voilà enfin, mon petit, lui dit Maxence en lui tapant sur l'épaule, j'avais peur que, vous aussi… Parce que au point où on en est…

— Qui ?

— D'abord une rafle terrible parmi les nôtres, hier, on est en pleine catastrophe…

— Qui ?

— Des amis, mais aussi…

— Qui ?

— Le patron, le général Delestraint – Vidal si vous préférez –, mais aussi des hommes et des femmes comme Grand Duc, Mésange, Huppe, Buse, d'autres encore…

— Oh ! merde… excusez-moi, murmura Jean, effondré lui aussi, car, derrière tous ces pseudonymes qui semblaient si peu sérieux, il revoyait les visages d'hommes et de femmes avec qui il avait sympathisé, des frères et des sœurs de lutte, des commerçants, des médecins, des enseignants, des retraités qui, pour avoir accepté de faire office de boîte aux lettres ou d'accueillir des clandestins, des évadés ou des juifs, avaient sciemment choisi de mettre leur vie en péril ; des résistants qui, maintenant aux mains de la Gestapo ou de la Carlingue – de l'immonde Henri Lafon ou de Pierre Bony –, devaient déjà subir les pires horreurs, rue des Saussaies, rue Lauriston, ou encore 180, rue de la Pompe.

— Merde, merde, redit-il, mais qu'est-ce qu'on peut faire ?

— Rien, sauf essayer de continuer notre boulot, avec nos faibles moyens et à notre échelle.

— Mme Diamond est au courant ?

— Je ne sais pas ; elle était partie en Limousin voici dix jours et j'ignore si elle est revenue. Mais quelqu'un l'a sûrement prévenue.

— Quel gâchis ! murmura Jean en se souvenant, avec émotion, à quel point Claire avait été heureuse de leur annoncer, dès le 28 mai, alors qu'elle-même venait d'en être avertie, que Rex, ainsi que huit représentants des principaux réseaux, mais aussi les responsables de la CGT et de la CFTC, et plusieurs hommes politiques mandatés par les communistes, la SFIO et les démocrates-chrétiens, s'étaient réunis à Paris au 48 rue du Four. Ils y avaient tenu leur première réunion et ainsi créé le Conseil national de la Résistance ; ce mouvement d'union qui reconnaissait Rex – ou Max – comme chef en France, car désigné et nommé par le général de Gaulle.

Un immense pas venait donc d'être franchi car, désormais unie, la Résistance allait enfin pouvoir devenir un puissant moyen de lutte contre les nazis. Mais si ceux-ci continuaient à frapper avec autant d'efficacité, il était à craindre que les temps à venir soient encore plus sombres et désespérants que les années passées. À redouter aussi que le débarquement, tant souhaité et attendu, ne soit plus qu'un rêve.

Mis à part pour réaliser ses tableaux et ses dessins et, très récemment, lorsqu'il avait été contraint de participer à la fabrication du charbon de bois ou au défrichage, René n'avait jamais travaillé de ses mains.

Il était vrai que ses débuts en études de pharmacie l'avaient davantage habitué au travail intellectuel – éventuellement aussi savoir lire une éprouvette graduée et poser une formule – plutôt qu'au vrai travail manuel. Aussi, lorsqu'il arriva à Hambourg après trois semaines d'un voyage éreintant, entrecoupé d'arrêts pour cause de bombardements, de nuits passées dans des baraquements grouillant de réquisitionnés, aussi anéantis que lui, et de repas peu nourrissants mais aussi infâmes que ceux du camp Hélène Boucher, il était prêt à tout subir, car désormais sans aucun ressort.

Ce fut donc dans une sorte de brouillard et d'une oreille plus que distraite qu'il entendit, tombant de la bouche d'un gros braillard de la Wehrmacht, que, vu le questionnaire qu'il avait rempli, il était désigné, ainsi que huit de ses camarades d'infortune, pour aller apprendre à travailler et à être utile à la Grande Allemagne dans la ville de Buxtehude.

C'était une sympathique petite cité, située à trente kilomètres au sud-ouest de Hambourg, sur l'Este, un des affluents de l'Elbe. Là, outre un port, existait aussi une sorte de centre d'apprentissage où les ignares comme lui, après avoir servi de dockers toute la journée, allaient, le soir, découvrir le fonctionnement et le démontage d'un moteur à quatre temps, essence ou diesel, d'un Lentz monocylindre et, surtout, l'art de l'ajustage !

Mais quand bien même lui aurait-on dit qu'il était désigné pour aller labourer, traire les vaches et sarcler les pommes de terre que le résultat eût été le même. Il se savait nul en tout, sauf en dessin, et comptait bien le rester où qu'on l'expédie ! Depuis que le capitaine Dreux l'avait désigné pour le STO, il s'était installé dans une espèce d'hibernation. Il s'était entraîné à ce genre d'existence hors du temps, des ordres et des événements, lors de son séjour à Saumane, et entendait, plus que jamais, poursuivre une sorte d'existence totalement végétative partout où on l'expédierait.

Aussi s'enferma-t-il dans sa coquille une fois arrivé à Buxtehude, gentille ville où, à en croire cinq anciens, eux aussi placés là pour apprendre la mécanique, l'endroit était à peu près vivable, les moniteurs pas plus malins ni moins méchants qu'ailleurs, la cuisine toujours teutonne, donc lourde mais quand même un peu nourrissante. Pour lui, tout cela était aussi nul et vide d'intérêt que les cours théoriques que tentait de leur inculquer, en un invraisemblable jargon, un vieil homme qui, manifestement, n'était déjà pas d'une grande jeunesse au début de la guerre de 14. Conflit auquel il faisait souvent référence dans son sabir où revenaient les mots : Verdun, grosse catastrophe, eau-de-vie de mirabelle et champagne ! Quant au reste, qu'il s'agisse du rôle d'un différentiel, d'un Delco ou d'un carburateur, pour René c'était de l'hébreu.

Et parce que les femmes aperçues et croisées dans les rues, les soirs de quartier libre, étaient totalement imperméables aux moindres approches, il était vain d'espérer convaincre l'une ou l'autre de découvrir les charmes de l'amour à la française. Et ce d'autant plus que leurs allures de matrones et leurs faciès rébarbatifs annihilaient toute envie, même pas de les séduire, mais simplement d'en obtenir un regard !

— Pas possible, ces salauds de Chleuhs cachent leurs jolies filles ! Parce que s'ils n'avaient que de semblables boudins pour perpétuer leur putain de race aryenne, ils seraient dix fois moins nombreux que nous et on ne serait pas emmerdé par la Grande Allemagne ! avait décrété, dès le début, un compagnon de René.

— Laisse courir, fais comme moi, pense, souviens-toi des belles que tu as connues et restes-en là..., avait murmuré René.

Mais, disant cela, parce que tout lui était encore en mémoire, lui revenait, lancinant, désarmant et terrible, le souvenir d'Huguette, belle comme Vénus, allongée sur le lit, yeux fermés et quasiment en pleine jouissance, en train d'écouter le pathétique *Nobody Knows* du grand Satchmo.

Jean apprit la nouvelle de la bouche de Maxence au retour de Troyes où il était allé porter un important courrier au contact habituel – là, c'était une pharmacie qui servait de boîte aux lettres. Elle lui coupa le souffle et il fut encore plus assommé et navré dès qu'il réalisa que si on ne lui avait pas confié le soin d'aller à Troyes, la veille, il eût dû être rue des Pyrénées, en train de surveiller les abords pendant que Louis correspondait avec Londres.

Louis qui, en cette matinée du 21 juin, parce qu'il était urgent d'expédier le message qu'une jeune fille, agent de liaison, lui avait confié, s'était livré à la tâche en solitaire ; c'est-à-dire sans qu'aucun guetteur puisse le prévenir de l'arrivée de la voiture radio-gonio, aussitôt suivie par la Gestapo.

— Alors ? insista Jean.

— C'est la concierge qui m'a fait prévenir, elle est des nôtres, c'est elle qui a dû les accompagner jusqu'à l'étage d'où il émettait. Et comme elle ne faisait pas assez vite, ils l'ont frappée.

— Ensuite ?

— Ils ont bruyamment défoncé la porte, ce qui a averti Louis et lui a permis d'interrompre son émission…

— Alors ? insista Jean, gorge nouée et en se mordant les lèvres car il redoutait d'entendre la suite.

Elle ne pouvait être donnée que sous deux formes, aussi brutales et désespérantes l'une que l'autre : ou Louis était aux mains de la Gestapo, ou… ?

« Pourvu qu'il ait eu le temps, pensa-t-il en se reprochant aussitôt d'être en train de souhaiter la mort de son ami. Mais n'était-elle pas préférable à ce qu'il allait subir si, par malheur, les autres le tenaient vivant et, sans doute, déjà en train de le torturer puis, bientôt, de le conduire au mont Valérien pour être fusillé ? Car ce n'était pas qu'il doutât du mutisme dans lequel Louis allait s'enfermer, simplement, s'imaginant à sa place, il estimait que le suicide était, de loin, la seule bonne solution pour couper aux tortures dont la Gestapo et les sbires de Lafon avaient le secret…

— Alors ? redit-il.

— Cyanure…

— Il a donc ?

— Oui, il a eu juste le temps, la concierge a tout vu.

— C'est ce qu'il avait prévu de faire, expliqua Jean en se souvenant avec quel détachement il lui avait déclaré : « J'aurai le temps d'en descendre un ou deux et avaler aussitôt mon cyanure… »

— Alors il n'a pas pu se défendre comme il l'espérait ?

— Non.

— On y passera tous, et nous, on n'a pas de cyanure pour nous évader, soupira Jean.

— J'ai envoyé Marthe prévenir Claire. Oui, elle est rentrée à Paris, depuis dimanche.

Bien qu'il n'ait aucune envie de travailler, surtout pour classer des ouvrages antisémites et pronazis, Jean était occupé à ranger les étagères lorsque, trois heures plus tard, ce fut Claire qui, contre toute prudence, se fit conduire en vélo-taxi jusqu'à la librairie.

Cette fois encore elle était profondément blessée, presque anéantie, et ce qu'elle leur annonça, dès qu'un client fut sorti, les plongea un peu plus dans la désolation.

Elle leur raconta que Marthe venait à peine de lui apprendre le sacrifice de Louis lorsqu'une autre messagère était venue la prévenir que Rex et quelques compagnons venaient d'être arrêtés, à Caluire. Le tout jeune Conseil national de la Résistance était ainsi décapité après à peine un mois d'existence.

— Vidal il y a douze jours, Max, oui Rex, aujourd'hui, mais qui donc va assurer la relève ? s'interrogea-t-elle en s'asseyant car elle avait besoin de reprendre des forces.

Elle alluma une cigarette après en avoir offert une à Maxence, fuma en silence.

— Bon, décida-t-elle peu après en retrouvant toute son énergie, il faut, plus que jamais, serrer les rangs et être prudent. J'ai commis une imprudence en venant ici, mais il fallait que je vous mette au courant et que vous sachiez qu'outre Max et ses compagnons, à Lyon, à Paris et partout en France, la Gestapo a frappé fort, très fort, et qu'elle va continuer ; nous sommes trahis de partout alors attendons-nous au pire dans les jours qui viennent, au pire.

Un mois plus tard, le sort voulut que ce soit Maxence qui, une fois de plus, annonça une sinistre nouvelle.

Ce fut au retour d'une réunion professionnelle qu'il apprit à Jean l'arrestation de Gallia. La jeune femme avait été arrêtée la veille dans la librairie Aux vœux de Louis XIII dans le VIe. Comme Claire, Jean et lui la connaissaient depuis le début de l'année et ce jour où elle leur avait apporté un paquet d'exemplaires du journal clandestin *Défense de la France*.

De plus, c'était grâce à elle – dont il se chuchotait qu'elle était, peut-être, une de ses parentes – que circulaient maintenant des photos du général de Gaulle. Clichés très réconfortants mais dont la détention, à elle seule, pouvait conduire à Fresnes, ou pis encore…

Outre Gallia, d'autres membres de son réseau avaient été dénoncés, prouvant ainsi, une fois de plus, que des mouchards étaient partout et agissaient sans trêve.

Lorsque Angela lui annonça qu'elle avait droit à quinze jours de vacances, à prendre à la fin juin, Albert n'hésita pas. La jeune femme était toujours très amoureuse de lui, bien qu'il la soupçonnât de ne pas le tenir pour le seul Français capable d'essayer de calmer ses insatiables penchants. À propos de congés, lui-même, soucieux de prouver à ses employeurs qu'il était prêt à tout pour se hisser dans la difficile voie du journalisme, n'avait pas pris la moindre semaine de repos depuis l'été 40.

En effet, même lorsqu'il avait fait un peu de tourisme du côté de Manosque en compagnie d'André Zucca, il en avait tiré plusieurs articles, lesquels, parlant de Giono et de certaines de ses déclarations d'avant guerre, lui avaient permis de ne pas trop s'étendre sur le sabordage de la flotte. Mais, parce qu'il n'était pas certain qu'une demande de congé, même légitime, ne le déprécie pas aux yeux de ceux qui l'employaient et le faisaient si bien vivre, il leur présenta sous forme d'un reportage les quelques jours qu'il espérait s'octroyer ; il leur expliqua qu'il voulait faire découvrir aux lecteurs les défenses portuaires, renforcées par les Allemands depuis la tentative de débarquement sur Dieppe.

Bien qu'il se doutât que la sécurité militaire ne lui accorderait pas l'autorisation de visiter les blockhaus, il se contenta d'avoir le droit de s'en approcher suffisamment pour pouvoir écrire qu'ils étaient tous imprenables. Ce n'était qu'un argument pour pouvoir quitter Paris avec Angela et s'offrir en sa compagnie, et en partie aux frais des rédactions, une grande semaine de vrai repos.

Il y avait, sur la côte normande, de très bons hôtels, toujours grands ouverts, très confortables et sans aucun problème d'intendance pour peu qu'on leur prouvât non seulement qu'on était du bon côté, c'est-à-dire allemand, mais surtout capable de régler, rubis sur ongle, des additions astronomiques. Sur ce sujet, il pouvait s'offrir ce luxe et entendait bien ne pas s'en priver car ses articles étaient très bien rémunérés ; sa cagnotte était d'ailleurs devenue telle que, depuis plus d'un an, n'ayant aucune confiance dans la monnaie papier, il se constituait petit à petit un pécule en pièces d'or. En effet, grâce à tout ce qu'il gagnait, même les folies qu'il accordait parfois à Angela, tant en sous-vêtements affriolants qu'en tailleurs, robes, chapeaux, chaussures et soirées au restaurant, ne creusaient pas de grands trous dans sa réserve.

Ce fut donc sans problème d'ordre pécuniaire, et tous ses *ausweis* en règle, qu'Angela et lui s'octroyèrent quelques jours de vraies vacances en Normandie. Pour leur tranquillité et leur plaisir et pour mieux goûter aux joies du tourisme, il avait acquis un confortable tandem.

Et si, comme prévu, ils ne purent entrer dans les énormes blockhaus qui protégeaient maintenant Dieppe et les petits ports environnants, cela ne l'empêcha pas d'engranger quelques impressions et souvenirs et de réfléchir aux très élogieux papiers qui annonceraient l'invulnérabilité des ports de la côte normande.

Cela lui rendit un peu d'optimisme quant à l'issue d'un conflit que le Reich se flattait toujours de conduire au mieux, même si les résultats en Afrique du Nord permettaient d'en douter. Mais, parce que le soleil, le confort des hôtels, la succulente et abondante cuisine qu'ils trouvèrent partout et les ardeurs effrénées d'Angela le comblèrent, il écrivit, dès son retour à Paris, une série d'articles qui lui valurent les félicitations de tous ses rédacteurs en chef ; et celles qui le touchèrent le plus furent celles que lui adressa M. Delclos, qui leur permirent de renouer des contacts très distendus depuis quelques mois.

Mais, et c'était à croire que le sort s'acharnait, l'enthousiasme retrouvé fut court, miné, dès le 10 juillet, par le débarquement des Alliés en Sicile. Et pour lui saper un peu plus le moral vint l'annonce, même très discrète, de l'échec de l'offensive sur Koursk, suivie de la contre-offensive soviétique, donc de la progression de l'Armée rouge en Ukraine…

Malgré l'écrasante fatigue qui eût dû le plonger dans le sommeil dès que couché, René ne pouvait dormir. Ce n'était pourtant pas faute, depuis quatre jours, de s'être physiquement dépensé avec ses camarades, du matin au soir et dans d'épouvantables conditions. Aussi, malgré son dos brisé par les diverses charges qu'il avait coltinées, ses mains désormais craquelées et rendues calleuses par le travail manuel, il ne dormait plus. Quant aux conversations apeurées et défaitistes de ses camarades de dortoir, elles relayaient toutes le même état d'esprit, celui de la terreur, la vraie, celle qui noue les tripes, malmène les sphincters, retourne l'estomac et coupe le souffle.

Car, depuis quatre nuits et le soir du 24 juillet, l'incessant va-et-vient des forteresses volantes alliées, qui vrombissaient au-dessus de Buxtehude, empêchait tout le monde de dormir. Et les curieux qui se levaient pour aller voir ce qui se passait à trente kilomètres de là revenaient tous en bégayant les mêmes conclusions : là-bas, à Hambourg, l'enfer avait pris le pouvoir ; Hambourg flambait, touché, pour la quatrième nuit, par des milliers de bombes incendiaires ! À leur sujet, il se disait que dans les quartiers qu'elles avaient le plus atteints la température ambiante s'élevait à plus de mille degrés, rendant impossible toute tentative d'approche.

René, lui aussi curieux, avait vérifié, de visu, le stupéfiant résultat des bombardements. Des bombardements dont les explosions, malgré la distance, leur arrivaient comme celles d'un infernal orage se déchaînant au loin ; et le ciel, rouge cerise comme celui d'un brasier de forge, prouvait à quel point l'offensive aérienne était en train de massacrer des dizaines de milliers de civils.

Aussi, parce qu'une forteresse, peut-être touchée par la DCA et pressée de s'alléger, avait, la veille, lâché sa cargaison de bombes incendiaires à deux kilomètres de Buxtehude, l'arrivée d'une nouvelle vague de B.17 ou de Lancaster semait la panique dans la chambrée où René, tétanisé comme tous ses compagnons, s'attendait à chaque instant à entendre le terrorisant sifflement des bombes plongeant vers eux. Car, outre les nuits, très courtes, qu'ils passaient tous à attendre le pire, nul ne pouvait oublier les cauchemardesques spectacles auxquels ils étaient confrontés depuis le 25 au matin, quand on les avait expédiés à Hambourg.

La ville était déjà en flammes et, dans les quartiers où ils s'étaient rendus et où les bombes incendiaires – on parlait de phosphore, mais qu'importait le matériau ! – avaient embrasé les immeubles comme des feux de la Saint-Jean, ils avaient tenté de juger s'il était possible de venir en aide aux éventuels survivants.

À leur sujet, René savait que, de sa vie, il ne pourrait oublier le spectacle des blessés que la mort avait malheureusement épargnés et qui, brûlés jusqu'à l'os, exigeaient, hurlaient qu'on abrège leurs insoutenables souffrances. Supplications impossibles à réaliser car, quand bien même les témoins, comme René, eussent voulu les aider à franchir le pas, ils en étaient incapables, faute d'armes pour le faire. De plus, il était évident que les sauveteurs allemands, militaires et civils, qui les encadraient n'étaient pas prêts à accepter de telles charitables actions ; à leurs yeux, les fainéants du STO étaient là pour venir en aide à une population innocente que les assassins, anglais et américains, tentaient d'anéantir. Il n'était donc pas question que les réquisitionnés se livrent à d'autres tâches que celles consistant, quand c'était possible, à dérouler des dizaines de mètres de tuyaux, à aider les pompiers à arroser les brasiers et, éventuellement, à ramener jusqu'aux postes de secours les victimes pantelantes et affreusement brûlées qui, le plus souvent, et c'était mieux, n'avaient plus la force de crier.

Au soir, après des heures où l'horreur succédait à l'abominable, l'équipe dans laquelle René n'était qu'un matricule revenait tenter de dormir à Buxtehude. Ce n'était point par humanité que ceux dont ils dépendaient agissaient ainsi, mais parce que tous les abris proches de Hambourg regorgeaient de blessés et de citadins en fuite.

Mais, parce que depuis quatre nuits l'aviation alliée revenait pilonner le brasier, sans aucun risque de se tromper d'objectif car le ciel, rouge sang, qui l'auréolait se voyait à plus de cent kilomètres, personne ne pouvait dormir dans le dortoir où René, transi de peur, comme tous ses voisins, s'attendait à mourir dans les minutes suivantes.

Il n'en fut rien et si lui-même et ceux de son équipe furent saufs, ce ne fut pas le cas des quelques quarante mille victimes civiles que firent les pluies de bombes incendiaires, lesquelles prouvèrent aux Allemands que le ciel du Reich n'était pas du tout inaccessible, et à l'Armée rouge qu'elle n'était pas la seule à conduire la guerre, tant s'en fallait.

Depuis qu'Angela lui avait présenté deux de ses amies, auxiliaires féminines du Reich, en courte permission à Paris, Albert s'était remis à beaucoup douter de l'avenir et de la victoire allemande.

Car ce que les deux jeunes femmes avaient raconté, au cours d'un sympathique et copieux dîner au Fouquet's, l'avait beaucoup inquiété. Certes, en tant que journaliste, il savait à quel point il est possible, et très courant, de forcer le trait, voire d'affabuler un peu dans la narration d'un récit. Mais les détails fournis et les larmes qu'il avait vues perler aux yeux des deux Allemandes l'avaient convaincu que, sur le front de l'Est, tout était beaucoup plus grave et dramatique que ce qu'annonçait la *Propagandastaffel* ; cette même propagande qu'il était, à son niveau, chargé de relayer, mieux même, d'enjoliver. Mais ce qu'il avait entendu, entre deux bouchées d'un savoureux châteaubriant, sauce aux truffes, lui avait presque coupé l'appétit.

Certes, ni Anna ni Gretta n'avaient personnellement vécu les scènes atroces qu'elles avaient relatées ; ni l'une ni l'autre n'avaient eu à subir des températures de moins trente-cinq à moins quarante degrés, accrues par un vent violent qui gelait non seulement les culasses des armes, mais aussi le nez et les oreilles et rendait extrêmement dangereux l'accomplissement des besoins naturels ; ni l'une ni l'autre n'avaient non plus cru périr de faim, à un point tel qu'il se disait que des actes de cannibalisme avaient eu lieu. Mais le fait de savoir qu'elles tenaient ces histoires de première main rendait celles-ci très vraisemblables, dramatiquement authentiques. D'ailleurs, l'une comme l'autre n'avaient aucune raison d'exagérer et, en les écoutant, il avait même plusieurs fois eu le sentiment que, peut-être par prudence, elles ne disaient pas tout ce qu'elles savaient sur cette épouvantable bataille de Stalingrad.

Elles pouvaient raconter une partie de son siège, car, toutes les deux fiancées, l'une à un adjudant, l'autre à un lieutenant, avaient pu comparer les souvenirs des deux hommes ; ils avaient été très grièvement blessés à la mi-décembre et, par chance, rapatriés par avion début janvier.

Mais Albert avait bien noté que lorsque Anna avait dit « par chance » un sanglot avait étouffé sa phrase. En effet, restait à savoir si c'était une vraie « chance » d'avoir retrouvé son fiancé cul-de-jatte… Quant à celui de Gretta, outre une main gelée, puis coupée, il lui manquait aussi un œil. Mais, alors que pendant les mois passés en Russie et devant Stalingrad les deux hommes n'avaient pu, à cause d'une impitoyable censure, écrire à leurs fiancées ce qu'il en était vraiment de la guerre qu'ils subissaient, une fois opérés, après leur convalescence et leur réforme, ils avaient enfin pu parler, raconter, décrire le calvaire vécu. Et, peut-être parce que les deux jeunes femmes avaient, elles aussi, besoin de s'épancher, peut-être aussi que le pomerol 1927 les y avait aidées, elles s'étaient à leur tour déchargées du poids imposé par les confidences de leurs fiancés ; par les confidences de ces deux hommes brisés, que la croix de fer n'avait en rien consolés ; ces infirmes qui, libérés du secret militaire, avaient, jour après jour, exhumé tous leurs souvenirs, et des plus horribles, étouffés jusque-là, mais tout aussi vivaces et précis qu'à la première minute.

Ce soir-là, sans qu'elles s'en rendent compte, Gretta et Anna firent plus que semer le doute dans l'esprit d'Albert, elles l'obligèrent à se dire qu'il n'avait sans doute pas fait le bon choix en se rangeant du côté de ceux en qui il avait cru, même avant juin 40, ceux qui voulaient écraser le bolchevisme qui était en train de les vaincre, à l'est ; en tirant la mauvaise carte, celle qui l'avait poussé à suivre et à travailler pour ce Reich qui devait durer mille ans, mais dont la défaite était prévisible quatre ans après le début du conflit.

Plus tard, après avoir réglé l'addition et pendant qu'il accompagnait Angela et ses deux amies au Lido, il en vint à se demander si l'aventure allait seulement durer quatre ans de plus et, sinon, ce qu'il importait de faire dans les mois à venir…

15.

Le jour de l'arrestation de Max, Claire s'était laissée aller jusqu'à prévoir que les temps à venir allaient être terribles pour la Résistance. Celle-ci, trahie et infiltrée de partout, subit en effet, entre juin et décembre, les plus gravissimes attaques auxquelles elle ait été confrontée depuis juin 40. Car autant l'Abwehr, la Gestapo et les immondes crapules françaises, assassins et tortionnaires de la Milice, étaient au sommet de leur puissance, autant la Résistance, dépecée jour après jour, avait le plus grand mal à tenir la tête hors de l'eau et à reprendre pied.

À peine réunie par de Gaulle sous la direction de Jean Moulin, dit Max ou Rex, elle était de nouveau affaiblie par le jeu des politiciens de tout âge et de tout bord qui espéraient retrouver, grâce à elle, un tremplin pour gérer le pays à leur guise dès que la victoire des Alliés, encore lointaine mais inéluctable, donnerait aux partis politiques d'avant guerre la place qu'ils estimaient être la leur : la première.

Fragilisée une nouvelle fois par ses querelles partisanes, gangrenée par des agents doubles, la Résistance vacilla car privée de ses meilleurs et plus solides membres qui tombèrent entre les mains des nazis. Malgré cela et les vides qui, au cours des mois, s'ouvraient dans les rangs des divers réseaux, ceux-ci, vaille que vaille, poursuivirent leur travail.

Dès juillet, les attentats contre l'occupant et ses complices vichystes se multiplièrent, poussant l'ennemi à des réactions de plus en plus violentes et sanguinaires. Représailles qui firent, enfin, se lever des hommes et des femmes, jusque-là confinés dans un attentisme prudent – voire une collaboration passive –, qui choisirent alors leur camp et rejoignirent les résistants de la première heure, du moins les rares qu'il en restait…

Malgré tout, tombèrent quelques bonnes nouvelles. Ainsi celle de la nomination de Bip – Georges Bidault –, un des amis de Max, comme son remplaçant à la tête du CNR. Ou encore celles que procurèrent les offensives alliées et le débarquement en Sicile, en juillet, puis en Italie en septembre et enfin en Corse, en octobre.

Mais toutes ces informations, pour réjouissantes qu'elles fussent, ne pouvaient être que très discrètement fêtées car, à peine répandues, se déchaînaient aussitôt les frappes et les rafles ennemies.

La vie des résistants devint, plus que jamais, celle de clandestins traqués, tout autant tenaillés par la peur du jour à venir que par la rage qui les animait lorsqu'ils apprenaient qu'un ami, un complice, frère et sœur d'armes, venaient d'être pris.

Et la colère grondait lorsque, à la lecture des affiches allemandes, partout placardées, ils découvraient les noms de ceux et de celles qui venaient d'être fusillés, dans le coin d'un bois, au mont Valérien ou dans les fossés de Vincennes, partout en France…

Au matin du 14 décembre, alors qu'il rangeait les dernières publications dans les rayons, Jean sut qu'un drame allait se jouer lorsque deux 15 CV Citroën noires freinèrent bruyamment, juste devant la librairie Marque-Pages.

Parce que les individus qui en jaillirent n'avaient pas besoin d'uniformes pour que l'on devinât aussitôt qui ils étaient, il regretta, une nouvelle fois, de n'avoir ni arme, ni cyanure, ni aucune possibilité d'échapper aux sept bougres qui envahirent le magasin ; tétanisé, livre en main – il se souvint, plus tard, qu'il s'agissait de *La Conquérante* de Brasillach – à la question braillée par un des hommes qui l'entouraient :

« Où est Perrier ? » il s'entendit répondre, d'une voix tremblante :

— Là, dans la remise…

Il savait qu'il n'eût servi à rien de tergiverser puisque, déjà averti par le bruit des coups de freins et la bruyante entrée des gestapistes, Maxence venait d'apparaître ; à ses côtés, pâle, décomposée, mais, lui tenant la main, se trouvait Marthe.

— C'est vous, Perrier ? Maxence Perrier ? Et vous, c'est bien Marthe ? lança celui qui devait être le chef de la bande.

— Oui, dirent-ils ensemble. Mais que signifie votre visite ? insista Maxence.

— On a pas mal de questions à te poser, oui, pas mal… Et à ta femme aussi.

— Nous y répondrons volontiers, mais je suis en droit de m'étonner de cette visite. Renseignez-vous, je suis un bon Français, fidèle au Maréchal, et ma femme…

— Ta gueule ! Ton Maréchal gâteux, on s'en fout, et on va bientôt vérifier si tu vas être aussi bavard une fois dans nos bureaux… Allez, embarquez-moi ces deux salopards, ordonna l'homme à deux de ses comparses. Et vous, dit-il aux autres, au travail ! Fouillez-moi tout ce bordel, on va sûrement y trouver des choses intéressantes ! Et toi, le barbu, tu es qui ? demanda-t-il, index tendu vers Jean.

— Moi ? Je suis simple vendeur, ici…

— Ton nom ?

— Bertaud, Jean.

— Papiers !

« S'il me demande mon certificat de travail, je suis cuit, sauf si cette brute ne sait pas qu'un spécialiste en chalcographie n'a rien à faire dans une librairie… », pensa-t-il en lui présentant sa fausse carte d'identité.

L'autre n'y jeta qu'un coup d'œil et la lui rendit car, d'évidence, seule l'intéressaient l'arrestation du couple Perrier et le résultat de la fouille à laquelle se livraient maintenant ses acolytes d'une façon démentielle.

« Ces fumiers ne trouveront rien, rien de compromettant, sauf si Maxence et Marthe ont conservé dans leur chambre les derniers numéros de *Combat*, parce que alors… », pensa-t-il.

Car, malgré les dramatiques instants qu'il vivait, il se réjouissait quand même d'avoir aidé Maxence, six mois plus tôt, à déménager tous les papiers, les cartes et cachets indispensables à la fabrication de faux papiers. Ils les avaient montés dans la chambre de bonne qui jouxtait la sienne, au sixième étage. On n'y accédait que par l'escalier de service qui s'ouvrait de l'autre côté de la cour intérieure de l'immeuble ; seuls Maxence, Marthe et lui connaissaient cette cache.

« N'empêche, se dit-il, s'ils ne m'embarquent pas, il va falloir déménager tout ça et au plus vite… »

Ce n'était pas qu'il doutât du silence dans lequel les Perrier allaient se murer, mais lui revenait toujours en mémoire ce que lui avait dit Louis, un soir de confidence :

— Tu sais pourquoi nous avons tous de quoi sauter le pas en cas d'arrestation ?

Et, devant son haussement d'épaules, il avait ajouté, avec un bon sourire :

— Parce qu'à l'entraînement on nous a appris que lorsqu'on y met les moyens, les grands moyens, et là, tu vois ce que je veux dire, on peut faire avouer à un homme de quatre-vingt-cinq kilos et d'un mètre quatre-vingt-dix qu'il est une jeune et belle pucelle d'un mètre cinquante-cinq et de cinquante kilos… Enfin, c'est façon de parler, juste pour que tu comprennes que personne ne peut jurer qu'il n'avouera jamais ce qu'on veut lui entendre dire ; personne, sauf si, par chance, le cœur lâche sous la douleur, si le torturé est tellement KO qu'il n'entend plus les questions ou si, comme moi, il a la royale chance du cyanure…

Or, Jean le craignait, ni Maxence ni Marthe n'avaient rien sur eux qui leur permît, le cas échéant et à bout de forces, de couper définitivement court aux interrogatoires, à toutes ses séances qui, au dire de Louis…

« Oui, dès que ces ordures seront parties et même s'ils ne m'arrêtent pas, il faudra que je trouve une autre cache pour tous les documents et aussi pour moi ; je file d'ici dès qu'ils auront tourné les talons. »

La fouille, systématique et sauvage, dura près d'une heure. Elle mit la librairie, la remise et l'appartement des Perrier dans un tel état que Jean comprit que, faute de trouver quoi que ce soit de très compromettant, les nervis de la Gestapo passaient leurs nerfs sur tout ce qui leur tombait sous la main. Mais qu'importait le désordre, il était réparable. En revanche, et il n'y avait pas l'ombre d'un doute, il savait que son existence venait, une fois de plus, de basculer.

Toujours immobile dans son coin et en essayant surtout de se faire oublier, il ne broncha pas lorsque, d'un coup d'épaule, un des sbires renversa une des étagères, projetant ainsi plusieurs dizaines de livres au milieu de la pièce. Enfin, manifestement déçus de n'avoir rien trouvé, les intrus, les bras quand même chargés de classeurs et de livres de comptes, quittèrent la librairie. Mais le dernier qui sortit claqua la porte vitrée, derrière lui, avec une telle violence qu'elle explosa.

« Quels sauvages ! Je n'ai plus qu'à baisser le rideau de fer », pensa Jean, toujours stupéfait d'être encore libre. Car maintenant le harcelait cette lancinante question : « Pourquoi Maxence et Marthe, et pourquoi pas moi ? Pourquoi ? »

Puis, sous le regard amusé de trois badauds qui, plantés à l'extérieur, devant la vitrine, semblaient trouver très drôle, logique et enfin arrivé le pillage de la librairie Marque-Pages, il se souvint d'autres propos du regretté Louis, des avertissements qui recoupaient, presque mot pour mot, ceux que Claire avait souvent proférés devant lui.

— Surtout, n'oublie jamais, jamais, qu'ils sont redoutables, avait insisté son ami, capables de tout et toujours du pire, vicieux et, c'est dur à reconnaître, beaucoup plus malins que nous. Parce que, eux, depuis 1933 et l'arrivée de l'autre tueur, ils se sont entraînés ; ils connaissent, sur le bout des doigts, l'art de conduire leur sale boulot ! N'oublie jamais ça !

Agacé par la présence des trois témoins qui, maintenant très réjouis et presque hilares, devaient partager leur point de vue sur la bénéfique mise à sac de la librairie proallemande par des hommes de son bord, il attrapa la manivelle du rideau et baissa celui-ci. Puis, bien que découragé et, par contrecoup, encore tremblant, il commença à remettre de l'ordre. C'est alors qu'il comprit soudain, grâce aux mises en garde de Louis, pourquoi la Gestapo l'avait peut-être laissé là, libre, du moins en apparence.

« Ah ! les cons, murmura-t-il, si c'est ce que je crois, il s'en est fallu de peu, de très peu, pour que je tombe dans le panneau. Et sans doute que ça aurait marché si l'autre voyou n'avait pas fracassé la porte. Si je n'avais pas décidé de ramasser le verre, j'étais prêt à fermer à clef derrière lui et à courir prévenir celle qui sert de relais… Et c'est vraisemblablement ce qu'ils attendent, que je les conduise tout droit à celle qui peut leur permettre de remonter la filière : Claire d'abord, puis le frère de Michelle, Michelle elle-même, d'autres encore… Il doit y avoir, pas loin d'ici, quelques salauds prêts à me prendre en filature si je mets le nez dehors. Et, si ça se trouve, les gens qui s'amusaient tout à l'heure devant la vitrine font partie du montage. L'un d'eux, peut-être, est là pour me pister jusqu'au 12 de la rue La Boétie… »

Au début de l'année, Claire avait décidé que, en cas d'arrestation de l'un d'eux, celui ou celle qui le pourrait devrait se rendre rue La Boétie pour transmettre à la concierge une feuille sur laquelle seraient juste inscrits les pseudonymes des amis tombés. C'était elle qui devait ensuite faire suivre l'information, par le biais d'une consœur, elle aussi sympathisante, et tout le monde comprendrait.

— Mais attention, Jean, avait-elle précisé, si, à Dieu ne plaise, vous devez un jour aller là-bas, n'oubliez pas que les Boches y ont interdit la circulation à tous les véhicules, vélos compris.

— Je sais, je laisserai le mien à la consigne de la gare Saint-Lazare et je finirai à pied…

« Et, comme un âne, c'est la première bêtise que j'ai failli faire tout à l'heure, me précipiter rue La Boétie… Mais alors, comment mettre les autres en garde ? Comment les avertir, le plus vite possible et sans faire de catastrophe ? »

Il prit sa décision deux heures plus tard, après avoir remis un semblant d'ordre. Il estima que si quelqu'un l'attendait dehors pour le suivre, ce pisteur avait dû perdre patience et abandonner son poste et cela parce qu'il faisait de plus en plus froid et que, déjà, quelques flocons de neige tourbillonnaient dans un vent glacial.

Il quitta la librairie et l'appartement des Perrier en sortant par la cour intérieure ; ce fut avec un pincement au cœur qu'il claqua la porte derrière lui en se disant que, vraisemblablement, sauf si, par miracle – mais il ne fallait pas rêver –, les Perrier étaient relâchés, il ne reviendrait jamais faire office de vendeur ni occuper sa chambre de bonne.

Il monta donc prendre un minimum d'affaires, qu'il fourra dans son sac à dos et décida de laisser à leur place les papiers et tout le matériel, trop encombrants, cachés dans la chambre d'à côté. Car, d'évidence, si la Gestapo avait connu l'existence de cette mansarde et de la sienne, celles-ci eussent déjà été fouillées de fond en comble.

« Mais ce n'est quand même pas une raison pour revenir dormir ici », calcula-t-il en dévalant l'escalier.

Il était occupé à récupérer son vélo, toujours cadenassé dans un coin de la cour, lorsque le concierge le héla. C'était un brave homme qui, à en croire les Perrier, était incapable de faire du mal à une mouche. Lui aussi ancien de 14, gazé en 17, il partageait souvent avec Maxence leurs souvenirs d'alors. Quant à son épouse, gentille elle aussi, c'était un petit bout de femme toujours au travail pour faire le ménage dans les escaliers, balayer la cour et sortir les poubelles car son infirme de mari, aux poumons corrodés par l'ypérite, ne pouvait que surveiller les entrées et sorties de l'immeuble et actionner le cordon.

— Et alors, qu'est-ce qui s'est passé chez les Perrier ? haleta-t-il en s'approchant, on a presque tout vu, mais ma femme m'a dit de ne pas m'en mêler et…

— Elle a eu raison, coupa Jean, ils ont eu une visite de qui vous vous doutez, puisque vous avez vu les voitures.

— Les doryphores ?

— Oui.

— Et madame ?

— Embarquée, elle aussi…

— Mon Dieu, quelle horreur ! Mais ils n'ont rien fait de mal et comme moi, sont fidèles au Maréchal ! Tout le monde le sait, dans le quartier, même que ça leur a valu de se faire dynamiter leur vitrine !

— Faut croire que c'est insuffisant.

— À mon avis, ils vont vite être relâchés. Mais dites, si vous partez et si quelqu'un demande après M. Perrier, ça arrive des fois, qu'est-ce que je dis ?

« Il a raison et, sans le savoir, sauf s'il est des nôtres sans vouloir l'avouer, il va m'aider à prévenir les amis porteurs de messages qui viennent souvent voir Maxence, et j'aurais dû y penser », se reprocha Jean.

— Si quelqu'un vient, dites-lui simplement : rue La Boétie.

— Quel numéro ?

— Aucun, ça suffira.

— Ah bon, si vous le dites c'est que vous êtes au courant, sourit le vieil homme.

Et Jean eut la certitude que, pour pétainiste qu'il se dise, il était sans doute plus proche du Général que du Maréchal.

Cela le réconforta un peu et il poussa son vélo vers la porte cochère qu'il ouvrit prudemment, sous le regard amusé, presque complice, du concierge. Cœur battant, il se hasarda dans la rue.

« C'est maintenant ou jamais que ça va se jouer. Si un mouchard est caché dans le secteur et s'il est à pied il ne pourra pas me suivre, mais s'il est en voiture… »

Il observa les alentours, ne remarqua aucun véhicule suspect, sauta sur son vélo et, la peur au ventre, détala vers la gare Saint-Lazare.

Au soir, le message était passé, Tétras et Alouette étaient aux mains de la Gestapo et pas près d'en sortir…

Depuis plus de six mois, René était maintenant complètement blasé ; il n'attendait rien, ne croyait plus en rien. Il n'espérait plus que pouvoir dormir, ne serait-ce que trois heures d'affilée. Dormir vraiment, sans qu'aucun des épouvantables cauchemars qui étaient désormais ses compagnons de lit ne le réveille en sursaut, ruisselant de sueur, malgré le froid piquant qui sévissait dans le dortoir. Dormir enfin d'un long et paisible sommeil, sans qu'aucune sirène d'alerte, annonçant l'arrivée de bombardiers, ne le jette au bas de sa paillasse.

Car elles passaient de plus en plus souvent au-dessus d'eux, ces myriades d'avions qui filaient en direction de Berlin, de Brême, de Hambourg ou de Hanovre, pour y lâcher leurs milliers de tonnes de bombes. Ces bombes, génératrices de morts, d'incendies, de destructions systématiques mais aussi, et toujours, de ses cauchemars. Car, outre la peur panique d'en recevoir une sur la tête, c'était depuis des mois, à cause de leurs effrayants impacts, le si pénible et toujours repoussant travail de déblayage qu'elles donnaient. Depuis août, après avoir, pendant des semaines, tenté de remettre un peu d'ordre à Hambourg, dans les quartiers les moins ravagés – les autres n'étaient que ruines noircies –, les équipes d'hommes du STO se relayaient pour fouiller les gravats, d'abord à Brême, puis à Wilhelmshaven.

Pour René, s'il n'avait dû, comme ses compagnons initialement stationnés à Buxtehude, qu'apprendre à limer ou à démonter un moteur, les bombardements, à condition qu'ils soient éloignés, ne l'auraient dérangé en rien. Il pensait désormais, égoïstement, que si les populations allemandes se faisaient laminer c'était bel et bien parce que leurs dirigeants et leurs armées avaient décidé d'envahir un jour la France, en attendant mieux. Il était donc bien logique qu'elles soient punies pour avoir aveuglément suivi un fou dangereux. Son pacifisme d'antan oublié, il jugeait maintenant que tout ce qui pouvait aider à anéantir les hommes et le système du Reich devait être applaudi. Car c'était bel et bien la doctrine nazie qui, par le jeu des Chantiers de jeunesse, puis du STO, avait transformé l'étudiant en vacances qu'il était en homme à tout faire, même le pire. Tout cela était impardonnable pour le pacifiste qu'il avait été ; il en concluait que le mot, à lui seul, était ridicule et que les adeptes de cette doctrine étaient tous de dangereux crétins, un troupeau de moutons, bons pour l'abattoir et dont il avait honte d'avoir fait partie.

Il estimait donc scandaleux qu'un brave garçon comme lui, qui n'avait jamais voulu la guerre, qui, jadis, n'aimait que la paix, le calme, les femmes et la peinture, soit contraint, souvent plus de douze heures par jour, de charrier des tonnes de pierres et de béton. Et s'il n'y avait eu que ces amoncellements de poutres et de gravats, leur déblaiement n'eût été, somme toute, qu'une occupation comme les autres.

Mais ses cauchemars, de plus en plus présents et terrifiants, ne venaient pas uniquement du travail de forçat qu'on leur faisait faire. Ils prenaient naissance, presque chaque jour, lorsque, au hasard d'un bloc déplacé, apparaissaient un visage écrasé, un bras, un pied, sur lesquels on devait tirer pour extraire le malheureux, un enfant parfois, qu'il fallait ensuite aller étendre avec les autres victimes alignées plus loin et que recouvraient des lambeaux de draps ou de couvertures. Et ces amoncellements de cadavres le hantaient chaque nuit.

Après le déblaiement de Hambourg, René et ses compagnons avaient été dirigés vers Brême, ville en feu, elle aussi, depuis le terrible bombardement du 8 octobre. Ensuite, après quinze jours passés là-bas, ils avaient été expédiés à Wilhelmshaven pour travailler à l'arsenal.

La ville, située en Basse-Saxe, dans la baie d'Helgoland, outre son port et les chantiers navals, abritait une base de sous-marins. Mais, alors que l'équipe du STO n'était là que depuis une semaine et faisait fonction de dockers, les Alliés avaient attaqué.

Jusqu'à ce jour, René, de loin et de nuit, avait déjà vu nombre de bombardements, tant sur Hambourg que sur Brême. Or, en ce 3 novembre, jamais encore il n'avait eu à ce point le sentiment que sa dernière minute était arrivée. Secondes terrorisantes lorsque, pendant que les sirènes d'alerte l'assourdissaient, que la DCA se déchaînait et que les chasseurs de la Luftwaffe tourbillonnaient autour des B. 17 et des Lancaster, une pluie de bombes s'était abattue sur la ville.

Arrivant par vagues, les forteresses volantes avaient pilonné le port où s'alignaient les U-Boot, ces sous-marins tellement meurtriers et efficaces que les états-majors alliés avaient pris le risque de venir les détruire en plein jour, pour que les bombardiers repèrent à coup sûr les bassins où ils étaient amarrés.

Depuis le hantait toujours l'image d'un de ses compagnons de misère tentant de le rejoindre dans le fragile et stupide abri où il s'était jeté – le dessous d'un camion. Il revoyait Alphonse, un gars de Marseille, courant vers lui et littéralement coupé en deux par un éclat, à moins de trois mètres de lui. Aussi, chaque nuit, cette vision le réveillait en sursaut. Et si ce n'était elle, c'était le grondement des forteresses, survolant la ville, qui partaient semer la ruine et la mort sur Berlin, ou plus loin.

Seule, toute petite lueur d'espérance à laquelle il s'accrochait pour tenir, envers et contre tout, était la vraie et solide camaraderie que Pierre et lui avaient nouée au fil des mois. Ils n'avaient pourtant que peu de chose en commun, sauf cette sorte de passion que l'un et l'autre vouaient à la peinture. Mais alors que René, avant guerre, était encore étudiant, Pierre, de trois ans son aîné, avait, lui, la chance de travailler déjà avec son père, propriétaire d'une galerie de peinture à Marseille. Grâce à quoi leurs conversations roulaient souvent sur les œuvres de Monet, Van Gogh, Gauguin, Picasso – époques bleue et rose –, Modigliani ; voire de Jean-Gabriel Domergue, pour ses nus si excitants.

À cela s'ajoutait, chez l'un et l'autre, le plaisir du dessin, du croquis et de l'huile et, surtout, le goût pour les femmes et leur conquête. Mais, sur ce point, tout au plus ne pouvaient-ils évoquer que leurs souvenirs et rêver aux jours où, la guerre finie, la vie reprendrait un cours normal, avec des nuits enfin vides de cauchemars et des lits partagés avec les plus belles filles du monde.

Arrêté le 14 décembre, Maxence Perrier décéda trois jours plus tard. Ce fut grâce au contact que Claire entretenait avec un proche de l'aumônier des prisons de la Santé, du Cherche-Midi et de Fresnes, qui habitait le même immeuble que lui, rue Lhomond, qu'elle apprit dans quelles circonstances Maxence avait perdu la vie.

Tous ses amis savaient qu'il était sujet à de douloureuses et dangereuses crises d'angine de poitrine et qu'il ne se séparait jamais de ses pilules de trinitrine. Or, au dire du prêtre, l'abbé Stock, un Allemand bien connu pour sa charité et le réconfort qu'il tentait d'apporter aux prisonniers, Maxence était mort d'une foudroyante crise cardiaque, rue des Saussaies, pendant un interrogatoire…

— À mon avis, expliqua-t-elle, la première chose qu'il a faite lors de son arrestation a dû être de se débarrasser de ses médicaments. Il s'est douté que jamais les autres ne lui laisseraient l'occasion, et le temps, d'avaler le tube en entier, ce qui eût correspondu à un poison mortel… Alors, en les jetant, il s'est volontairement sacrifié car il savait très bien que son cœur ne résisterait pas à une séance comme celles que pratiquent les bourreaux de la Gestapo.

Ce deuil marqua beaucoup ceux qui l'avaient connu et apprécié. Pour eux, il resterait, à jamais, parmi les très rares Français qui, dès juin 40, avaient été les premiers à vouloir organiser un semblant de résistance ; cet infime rassemblement d'hommes et de femmes qui avaient sauvé l'honneur en refusant de déposer les armes, lesquelles n'étaient alors que morales. Comme eux, Maxence s'était d'abord battu avec, pour seul moyen, sa foi en une France libre, celle pour laquelle il avait déjà combattu en 14 et pour qui il avait donné un bras. Celle qu'un général, un quasi-inconnu, entendait représenter et défendre en continuant la lutte. C'était pour que vive et triomphe cette résistance qu'il avait servi jusqu'au bout de ses forces, qu'il était mort.

Déjà blessé par son arrestation, Jean faillit perdre tout espoir lorsqu'il apprit la mort de celui qui l'avait si gentiment accueilli, nourri, logé, et qui lui avait donné du travail pendant plus de deux ans, ce charmant vieux monsieur qui l'avait toujours considéré et traité presque comme un fils.

Aussi le chagrin mais aussi la rage et la colère faillirent l'inciter à commettre des actes extrêmes et somme toute faciles, comme, par exemple, pousser un soldat allemand sous une rame de métro ; geste déraisonnable auquel aurait répondu aussitôt et inéluctablement l'exécution de quinze ou vingt otages.

Par chance, Michelle, pourtant très touchée elle aussi par toutes les arrestations qui se multipliaient autour d'eux, sut le calmer. Elle lui démontra non seulement l'inutilité, mais surtout la nocivité de ces réactions improvisées, lesquelles étaient d'ailleurs désapprouvées par Londres, à cause des représailles qu'elles entraînaient.

Encore sous le choc reçu par l'annonce de la mort de Maxence, vint, le 26 janvier, celle de l'exécution de Marthe, au mont Valérien.

Claire, Jean, et les rares rescapés du réseau, apprirent son décès par voie d'affiche et n'en surent pas plus. Mais ce que Claire en déduisit, et Jean ainsi que Michelle et son frère la suivirent dans son raisonnement, était qu'elle avait parlé sous la torture, mais parlé en taisant l'essentiel et sans révéler le moindre nom, car alors les derniers membres du réseau des Ornithologues eussent tous été aussitôt arrêtés.

En fait, ayant eu connaissance de la mort de Maxence – sans doute grâce à l'aumônier de Fresnes –, elle avait sûrement avoué l'avoir aidé dans son travail de faussaire. Elle en avait donné pour preuve l'endroit où son mari et elle avaient caché une partie du matériel et surtout les faux tampons, dans la chambre voisine de celle de Jean. Connaissant les règles élémentaires appliquées en cas d'arrestation d'un proche, elle avait aussitôt déduit que Jean, témoin de la scène, avait dans l'heure abandonné les lieux.

Claire avait compris tout cela grâce à Brigitte, une jeune agent de liaison qui, se faisant passer pour la fiancée de Jean, était ingénument allée demander au concierge de la rue de Vaugirard s'il n'avait pas récemment vu son fiancé, lequel ne lui donnait plus signe de vie.

— Vous parlez du jeune qui logeait là-haut, au sixième ? Celui avec un collier de barbe ? Un jeune bien comme il faut, d'ailleurs et bien aimable.

— C'est ça.

— Alors c'est Jean Bertaud. Mais je ne l'ai pas vu depuis que les Fridolins sont venus arrêter ces pauvres M. et Mme Perrier, j'ai oublié la date exacte…

— Pas moi. C'est depuis le 14 décembre que je n'ai plus de nouvelles, avait pleurniché Brigitte, soucieuse de bien jouer son rôle de future épouse déjà trompée.

— C'est ça, oui, le 14. Mais, huit jours plus tard, ils sont revenus. Ils sont montés directement au sixième et ils ont tout cassé, tout, dans les deux chambres qui appartiennent aux Perrier. D'ailleurs c'est toujours dans le même état, ma femme a juste réussi à fermer les portes défoncées avec une ficelle, moi, vous pensez, avec mes pauvres poumons, je risque pas de grimper là-haut…

— Bien sûr. Mais au sujet de mon fiancé, vous n'en savez pas plus ?

— De lui, non, pas trop. Mais quand ils sont redescendus, ils avaient dû trouver quelque chose, je ne sais quoi, puisqu'ils portaient une valise qu'ils n'avaient pas en arrivant… C'est alors qu'ils m'ont demandé le nom de votre fiancé. Je l'ai donné, bien sûr, et depuis quand il logeait là-haut. Moi, j'ai raconté tout ce que je savais, c'est-à-dire pas grand-chose et surtout pas ce que votre fiancé, m'a dit, juste avant de partir : rue La Boétie… Peut-être bien qu'il est parti là-bas, s'était amusé le vieil homme dont les yeux pétillaient de malice.

Et Brigitte avait deviné qu'il avait tout compris.

— Vous voyez, Jean, avait conclu Claire, tout ça nous prouve que Marthe n'a dit que le minimum, et surtout qu'elle n'a cité aucun nom puisque la Gestapo a demandé le vôtre à ce brave concierge, ce qui signifie aussi que vous êtes maintenant sur leur liste…

— Sans doute.

— Eh bien, vous allez, une nouvelle fois, changer de nom, on va arranger ça. Et à tant faire que de changer une fois de plus, vous devriez vous raser.

Ce qu'il fit le jour même. Depuis, parce qu'il ne voulait surtout pas prendre le risque de compromettre Michelle en s'installant chez elle à temps plein, il avait trouvé à se loger rue des Abbesses, grâce à Claire. Grâce à elle, toujours, même si elle lui avait expliqué que la Résistance recevait maintenant d'importantes sommes d'argent de Londres, que leur réseau en bénéficiait et qu'il pouvait donc être pris en charge, il avait préféré chercher de quoi gagner sa vie.

Là encore, par l'intermédiaire de Félicien Maury, il travaillait désormais comme massicotier, chez un des imprimeurs affiliés au réseau de la Rue de Lille ; emploi très temporaire car, autant pour Claire que pour Félicien Maury, primait d'abord son travail d'agent de liaison. Or les efficaces et trop fréquentes coupes faites par la Gestapo et la Milice dans les milieux résistants obligeaient, plus que jamais, à réorganiser et à remettre sur pied des contacts, des filières et des boîtes aux lettres difficilement établis en plusieurs années mais que réduisaient presque à néant les quelques minutes que prenaient les arrestations…

16.

En cette fin février 1944, peu inspiré par la nomination de Philippe Henriot comme secrétaire d'État à l'Information et à la Propagande, mais soucieux de ne pas évoquer, dans ses articles, l'avance des troupes soviétiques en Pologne et la progression, même lente, mais évidente, des troupes alliées en Italie, Albert ne savait trop qu'écrire qu'il n'eût déjà longuement développé.

Plus les mois passaient, plus il lui semblait difficile d'abonder dans le sens de la propagande officielle. Non qu'il la jugeât outrancière – il ne pouvait en être autrement –, mais simplement parce que, en tant que chroniqueur, il avait, plus que jamais, le sentiment d'en être réduit à toujours écrire les mêmes papiers, à ressasser les mêmes phrases, à prôner des opinions auxquelles il croyait de moins en moins.

Il se lassait maintenant d'avoir à rendre compte, par le menu, des discours du Maréchal, de Laval ou de toute autre sommité collaborationniste. Et si, deux mois plus tôt, la remise de la croix de fer à Jacques Doriot lui avait permis d'écrire plusieurs élogieux articles, tant sur la carrière et le parcours de l'homme que sur la LVF, il savait ne pouvoir trop user de cette veine.

À propos de la Légion des volontaires, il estimait avoir extrait le maximum de ce qu'il pouvait en dire puisque, non content d'avoir retracé l'itinéraire glorieux et les engagements de Doriot sur le front russe, il avait aussi, dans d'autres articles, fait longuement référence au grand et tout aussi honorable parcours de Mgr Jean de Mayol de Lupé, aumônier en titre des hommes de la LVF.

Le prélat, lui aussi décoré de la croix de fer de deuxième classe – ce qui lui avait valu de faire la couverture de *Signal* –, avait eu une existence suffisamment riche en événements – tant pendant la Grande Guerre que sur le front de l'Est – pour offrir à un journaliste en manque d'inspiration de quoi noircir plusieurs pages. Il ne fallait cependant pas abuser du sujet car il était désormais bien connu que, même si tous ses membres avaient prêté serment à Hitler, la LVF, pompeusement baptisée *Infanterieregiment 638*, était de moins en moins appréciée par l'état-major allemand. Mieux valait donc ne plus s'étendre sur son action et son rôle, très discret depuis plusieurs mois.

Aussi, justement parce que Doriot et Mgr de Mayol de Lupé s'y étaient brillamment illustrés, il était préférable de s'en tenir à cette exemplaire et courte époque... Les articles qu'il avait consacrés aux deux hommes avaient beaucoup plu, mais, désormais, faute de grands et bons sujets, il était en panne.

À ce point vide d'idées qu'il en était presque à regretter d'avoir trop tôt traité de la défense portuaire allemande. Car, depuis novembre précédent et la décision du maréchal Rommel, ce n'étaient plus seulement quelques blocklaus qui allaient défendre les plages, c'était un vrai mur, un immense barrage. Une construction gigantesque qui, sous peu, protégerait toutes les côtes de la Manche et de l'Atlantique. Mais, outre le fait qu'il doutât avoir l'autorisation d'écrire sur un tel sujet, il n'était bien sûr pas possible – secret militaire oblige – d'en parler comme il eût aimé le faire.

Trop banal aussi de tirer à la ligne en s'insurgeant, pour la énième fois, contre les bombardements alliés qui, toujours sous prétexte de détruire les usines françaises travaillant pour les Allemands, massacraient des milliers de civils innocents. Tout cela n'était désormais que du rabâchage, du bourrage de crâne, propagé par voie d'affiche et que seuls Jean Hérold-Paquis et Radio-Paris n'avaient pas honte de pratiquer à temps et à contretemps.

Impossible enfin de trop rendre compte des multiples exécutions perpétrées par l'occupant contre les résistants. Sur ce sujet, il avait maintenant le sentiment qu'il fallait modérer sa plume et ses propos et surtout ne plus applaudir, comme naguère et en les justifiant toujours, toutes les condamnations à mort ; il commençait à se dire, çà et là, que l'heure des règlements de comptes n'était pas loin de sonner pour les collaborationnistes…

Il avait eu la preuve de ce changement de mentalité dans les récents propos, à peine voilés, entendus récemment au cabaret Le Bœuf sur le toit qu'il fréquentait souvent ; un établissement pratiquant un marché noir éhonté, donc très fréquenté par les plus chauds partisans du régime. Aussi avait-il été très étonné en entendant quelques voisins de table commenter les condamnations à mort des membres du réseau Manouchian, annoncées par des affiches sur les murs de Paris.

Les propos avaient d'abord roulé sur la douteuse addition faite sur l'affiche rouge, à savoir que les dix hommes photographiés aient pu être, à eux seuls, responsables de cinquante-six attentats, cent cinquante assassinats et six cents blessés.

— Ils ne sont que dix sur l'affiche, mais, en fait, ce sont vingt-trois hommes qui étaient en cause, avait rectifié un des dîneurs.

— Quand même, quand même, avait murmuré un jeune homme, ça sent la propagande… Je crois que les chiffres sont très exagérés, comme toujours d'ailleurs ; et sans aller jusqu'à dire : « Radio-Paris ment, Radio-Paris est allemand », comme le font ces pauvres cloches de gaullistes, je crois qu'il faut prendre certaines informations avec prudence…

Albert, tout ouïe, avait guetté la suite de la conversation et en avait d'abord déduit que personne n'avait dénoncé le verdict ni sa sévérité. C'est alors qu'une jeune femme, approuvée par son compagnon, avait estimé que certains des condamnés étaient vraiment très jeunes et qu'il eût été plus humain, et de bonne politique, d'être beaucoup plus indulgent à leur égard.

— Car il y a quand même, parmi les vingt-trois condamnés, huit qui ne sont même pas majeurs, avait-elle dit.

— Certes, certes, avait grogné un des hommes, mais ce sont tous des communistes, des apatrides juifs et, de surcroît, des tueurs.

— Peut-être, il n'empêche que dix-huit ou vingt ans, c'est bien trop jeune pour mourir fusillé, enfin, c'est mon point de vue, était intervenue une autre jeune femme.

L'un des hommes avait alors changé de sujet, mais Albert n'avait pu s'empêcher de penser que les propos entendus, même relativement anodins, n'auraient jamais été tenus un an plus tôt car alors aussitôt jugés solidaires des terroristes.

Mais rien de tout cela ne lui donnait la moindre idée pour écrire de bons articles ; et n'en donnaient pas non plus les bruits, pourtant étouffés par la propagande, qui assuraient que l'année ne s'achèverait pas sans voir les Alliés débarquer entre Calais et le cap Gris-Nez…

Déjà très affaibli par le travail exigé, par la mauvaise nourriture, maintenant très mesurée, et par le froid qui, en cette fin février, continuait à sévir, René en était à se dire qu'il ne verrait pas le printemps. Quant aux encouragements que Pierre lui prodiguait en lui assurant la fin imminente du Reich – confirmée dans quelques semaines, au pis dans deux ou trois mois –, ils le laissaient de marbre. Même le fait que Pierre tienne ses informations d'un gars du STO qui, on ne savait trop par quel miracle, avait réussi à bricoler un poste à galène qui grésillait des nouvelles de Londres ne l'intéressait plus. Toujours privé de sommeil, mais néanmoins assailli par les cauchemars dès qu'il s'assoupissait, il subissait les corvées du jour en naviguant dans une sorte de brouillard, proche du somnanbulisme.

Seul le grondement des forteresses volantes, fût-il très lointain, le sortait de sa torpeur. Alors, affolé, même sans raison et quoi que lui assurent ses compagnons en lui jurant que le bombardement n'était pas pour eux, il titubait vers le premier abri venu ; il errait dans cet état second depuis le 3 février. Depuis ce jour où les Alliés étaient revenus larguer quelques milliers de tonnes de bombes sur les bassins du port, où s'alignaient toujours les U-Boot. Car le précédent raid, celui du 3 novembre, n'ayant pas suffi, malgré ses terribles dégâts, tant en hommes qu'en matériel, les forces anglo-américaines avaient de nouveau expédié plus de mille forteresses volantes sur la ville.

Une nouvelle fois, les feux et le bruit de l'enfer s'étaient déchaînés sur le port et l'agglomération. Les morts et les blessés s'étaient comptés par centaines ; quant à René, qui s'était jeté dans un caniveau dès le début de l'alerte, il avait fallu que Pierre vienne le chercher, tout grelottant, couvert de gravats et de boue, dès la fin du bombardement car, peu confiant dans la fin de l'alerte, il n'osait se relever.

Malgré le fait qu'il était, depuis, sujet à des crises de tremblements, de fièvre et qu'il avait tendance à délirer à mi-voix – la preuve en était qu'il parlait toujours d'une certaine Huguette, une très belle, mais fausse blonde –, l'infirmier, Hans Schultz, refusait de prendre tout cela au sérieux ; c'était une espèce de brute, un amateur d'alcool médical, sale et puant comme un fond de poubelle. Blessé à la tête sur le front russe et rapatrié à Wilhelmshaven après sa convalescence, il tenait à faire savoir qu'il n'était pas dupe des petits bobos dont se plaignaient, trop souvent à son gré, ces cossards de Français. Il n'avait donc pas jugé utile de parler du cas de René au médecin-major. Aussi René ne fut-il reconnu malade qu'après plusieurs semaines et grâce aux visites que Pierre obtint pour lui auprès du médecin.

Mais, malgré son état, sa pâleur et sa toux, celui-ci fut long à admettre que ce tir-au-cul de Français était vraiment malade, tuberculeux…

Dès cette évidence attestée, la peur panique de la contagion, de toutes les contagions, qui angoissait toujours le corps médical allemand, transforma le major en un maître en matière de décision. Reconnu tuberculeux le soir, René, dès le lendemain matin, reçut son billet de rapatriement et un dossier qui le délivrait de toutes les obligations envers le STO.

Fiévreux, toussant, maigre comme un râteau, il fut séance tenante expédié vers sa ville natale, Béziers. Là où, peut-être, grâce au bon air, au soleil, au repos et à une bonne alimentation il retrouverait assez de forces, et le goût pour la peinture et pour les belles femmes.

Au début de l'année 1944, la Gestapo œuvra avec une telle efficacité, une telle précision et une telle violence qu'elle parvint presque à briser toute forme de résistance. Désormais, et plus que jamais aidée par les miliciens de Darnand – heureux et fiers de prouver leur dévouement au Führer –, par les tueurs sadiques de Lafon et Massuy, et aussi grâce aux agents doubles installés au sein des réseaux, comme autant de sournois cancers, les nazis frappèrent à travers tout le pays. Sous leurs coups furent anéantis des groupes entiers de résistants ; quant aux maquis, disséminés en région, eux aussi subirent les coups de boutoir d'un ennemi qui, subodorant de prochaines défaites, exécutait aveuglément tous ceux qui, de près ou de loin, étaient soupçonnés d'aider les terroristes.

Pour le groupe des Ornithologues, animé jusque-là par Claire, mais avec le soutien actif de Maxence et Marthe Perrier jusqu'à leur arrestation, les temps, déjà vécus dans la crainte et l'appréhension du jour à venir, devinrent ceux de la peur permanente. Car la Gestapo agissait sans relâche ; bien renseignée, soit par quelques traîtres ou par des aveux arrachés, soit à la suite de dénonciations d'un proche locataire, qu'intriguaient les fréquentes visites d'inconnus chez son voisin de palier, elle cognait jour et nuit.

Et malheur à ceux et à celles surpris en train de distribuer un tract séditieux, ou un journal clandestin, par un confrère de bureau ou de commerce, trop heureux de se débarrasser à bon compte d'un concurrent. Même les épouses trompées et les maris cocus y allèrent de leurs lettres de dénonciation et de délation. Car, en ces temps immondes, les affiches fleurissaient qui proposaient jusqu'à un million de francs de récompense à quiconque désignerait tel ou tel présumé terroriste. Et qu'importait si certains nouveaux pensionnaires de Fresnes ou du

Cherche-Midi ne pouvaient rien dire puisque ignorant tout de ce dont on les accusait ; au mieux on les laissait croupir dans leur cellule, au pis ils figuraient parmi les otages dont se repaissait le commandant du *Gross Paris*, heureux d'affirmer son autorité, grâce à quelques fusillés ou déportés de plus.

Autour de Claire et sur dénonciations, mais celles-ci reposaient sur de vrais motifs, tombèrent Jeanine, alias Hirondelle, Jacques, alias Perdrix, François, alias Choucas, et tant d'autres que Jean connaissait depuis trois ans pour leur avoir transmis – ou reçu d'eux – nombre de messages, de plans, de renseignements ; des hommes et des femmes avec qui il avait sympathisé, évoquant souvent avec eux ce qui allait être des temps magnifiques et qu'ils vivraient ensemble, dans une France libérée. Ils chutèrent les uns après les autres.

Ainsi, en février, en fut-il de Brumaire, que Claire connaissait aussi sous le nom de Brossolette car c'était par lui qu'elle était en contact avec le SOE, ce bureau anglais, le Special Operations Executives, spécialiste des coups les plus pendables, que haïssait la Gestapo et vomissait l'Abwehr.

Outre sur Brumaire, les frappes ennemies devinrent telles que, fin février, Claire recommanda aux ultimes rescapés du réseau, dont Jean, Michelle et son frère, Maurice, de faire le dos rond et surtout, plus que jamais, de se méfier de tout le monde, de se taire et, si ce n'était déjà fait, de se débarrasser de tous papiers, tracts ou journaux compromettants. Le mieux eût été, pour eux, qu'ils puissent dormir chaque soir dans un nouvel abri. Mais c'était impossible, car passer une nuit à l'hôtel ne pouvait se faire qu'en présentant ses papiers, donc en prenant le risque d'être repéré par les brigades qui vérifiaient systématiquement les listes des clients.

Elle leur rappela aussi qu'existait toujours un contact dormant au 12 rue La Boétie lequel, en cas de coup dur et comme pour les précédentes arrestations, devait aussitôt être prévenu ; c'était là qu'elle avait laissé, depuis longtemps, ce qui, sous couvert de simples lettres non datées, apprendrait entre autres aux gens de Londres que son réseau avait vécu.

— Mais nous n'en sommes pas là, les Américains vont débarquer sous peu, et alors, mes amis, quelle fiesta ! plaisanta-t-elle au cours d'une conversation qu'elle eut avec Jean au buffet de la gare Saint-Lazare, pendant un frugal repas ; déjeuner auquel participaient Félicien Maury et Pierre Dumas, l'imprimeur chez qui Jean travaillait, un homme dont les rotatives, envers et contre tout, produisaient de plus en plus de journaux interdits, donc d'autant plus appréciés par tous les résistants.

Déjà déprimé par le manque d'idées pouvant donner de bons et solides articles, mais aussi par l'évolution de la guerre qui, pour les antibolcheviques et les disciples du national-socialisme, n'allait pas du tout dans le bon sens, Albert tomba de Charybde en Scylla lors du dîner qu'il partagea avec Angela.

Il n'avait pas vu la jeune femme depuis quinze jours car, au dire d'une de ses compatriotes, travaillant comme elle à *Signal*, elle avait eu l'autorisation de rejoindre l'Allemagne après avoir reçu un télégramme. Surpris qu'elle n'ait même pas pris le temps de le prévenir, il était revenu tous les deux jours au journal dans l'espoir d'avoir des nouvelles de celle qui, malgré quelques écarts – le dernier étant un jeune capitaine de la Luftwaffe en convalescence à Paris –, n'en restait pas moins une très agréable et ardente maîtresse.

Aussi, lorsqu'elle lui apprit, par un coup de téléphone, qu'elle était enfin de retour, il l'invita à dîner au cabaret L'Aiglon, rue de Berri, pressé de savoir pourquoi elle avait aussi subitement rejoint l'Allemagne, mais surtout très excité à l'idée de célébrer dignement leurs retrouvailles.

Arrivé peu avant elle, il dégustait une coupe de champagne lorsqu'elle entra dans l'établissement. Pour lui, ce fut un choc car depuis qu'il la connaissait jamais il ne l'avait vue marquée à ce point. Mal coiffée, pas maquillée et, fait rare, d'une tenue négligée, elle avait, de surcroît, le visage flétri par le chagrin et les larmes.

— Mais qu'est-ce qui se passe ? demanda-t-il après s'être levé pour aller à sa rencontre.

— Donne-moi à boire, du très fort, dit-elle en s'asseyant à la table qu'il avait réservée.

Il hésita car, vu l'heure, elle devait être à jeun mais lui commanda quand même une fine à l'eau ; il reprit une coupe en attendant qu'elle fût servie, la vit, avec étonnement, vider son verre d'un trait et insista :

— Bon Dieu, qu'est-ce qui t'arrive ? Parle ! Raconte !

Elle haussa les épaules et il fut soudain totalement décontenancé en la voyant pleurer, sans bruit, mais à grosses larmes, alors que les sanglots qu'elle cherchait à retenir lui secouaient les épaules.

Gêné, ne sachant que dire, il se leva, alla s'asseoir à ses côtés et l'attira contre lui :

— Qu'est-ce qui ne va pas ? Explique, quoi !

Alors, entre deux lourds flots de larmes, mais après s'être écartée, elle parla. Appelée deux semaines plus tôt à Stuttgart, pour « cause de deuil » avait prévenu le télégramme, elle était partie sur l'heure, angoissée car à Stuttgart vivaient son père, un vétéran de 14-18, totalement aveugle pour avoir reçu un éclat qui lui avait sectionné le nerf optique, sa mère, tout occupée par les soins qu'il demandait, sa grand-mère, une vieille dame presque impotente, qu'elle adorait et…

Là, Angela s'était tue, submergée par le chagrin, elle n'avait pu poursuivre, sauf pour dire :

— Recommande un double cognac, sans eau…

Ébahi, il l'avait vue avaler l'alcool aussi vite que précédemment et avait insisté :

— Explique, ça te fera du bien.

Un peu grise, tenant pourtant des propos cohérents, elle avait alors raconté. D'abord sa découverte d'une Allemagne, sa patrie, dans laquelle elle n'était pas revenue depuis dix-huit mois. Un pays qu'elle avait quitté encore peu touché par la guerre, vivant, joyeux, sûr de son bon droit et de son avenir, et qu'elle n'avait pas reconnu. Car, dès la frontière passée, alors qu'elle s'attendait à retrouver un havre de paix, lui avaient très vite sauté aux yeux les résultats des bombardements et le chaos qu'ils engendraient.

— Mais, au début, c'était quand même soutenable, des usines et des zones industrielles dont on apercevait les hangars effondrés, quelques retards à cause d'un pont détruit ou d'une gare endommagée, dans le fond, juste des pertes matérielles… Et puis… Et puis ce fut Stuttgart ! sanglota-t-elle en serrant son verre à le briser. Stuttgart, ma ville natale, affreusement bombardée, mutilée, rasée par endroits et sur laquelle flottait encore une chape de fumée puante. Oui, ma ville, presque anéantie parce que ces salauds d'Anglais et d'Américains, tes ordures d'amis, y déversent des milliers de tonnes de bombes chaque fois qu'ils y expédient jusqu'à mille forteresses volantes en une seule nuit ! Je les hais ! Tous, tous !

— Ce ne sont pas mes amis, rectifia-t-il, mais surtout, calme-toi, supplia-t-il car gêné par les regards que leur lançaient maintenant les clients du cabaret.

— Me calmer ? Jamais ! Tu sais pourquoi j'ai reçu un télégramme, tu le sais ? Non, pauvre petit trou du cul de Français, que nous avons écrasés, laminés, pas encore suffisamment puisque les ordures comme Churchill, Roosevelt vous viennent de plus en plus en aide ! Salauds !

— Calme-toi, je ne comprends rien !

— Comme d'habitude ! Tu n'as d'ailleurs jamais rien compris ! Mon télégramme ? Tiens, il ne disait pas grand-chose, sauf qu'il fallait que je rapplique « pour cause de deuil »… Alors je suis arrivée à Stuttgart, dans mon quartier, chez moi, et là, plus rien ! Tu m'entends, plus rien ! Si, des tas de pierres, des ruines. Et puis le responsable de l'îlot qui, après avoir pris mon nom et consulté sa liste, m'a dit, sans être plus ému que ça :

« Ah oui, au numéro 23 de cette rue… Ah, c'étaient vos parents et votre grand-mère ? Eh bien on n'a quasiment rien retrouvé d'eux… Enfin, dites-vous qu'ils sont morts sans souffrir, c'est déjà beaucoup et… Heil Hitler ! »

— Désolé, murmura-t-il, pris de court.

— Toi ? Désolé ? Ça m'étonnerait ! Tu n'as jamais pensé qu'à baiser avec moi, une petite Allemande, une ennemie, façon comme une autre de croire que tu gagnais une bataille et la guerre chaque fois que tu me faisais jouir !

— Mais non ! Qu'est-ce que tu racontes ! protesta-t-il, mais assez lucide pour avoir le tact de ne pas lui rappeler que c'était elle qui avait fait les premières avances, qui l'avait incité à la pousser sur le lit et à la satisfaire, dans un tourbillon de baisers fébriles et de sous-vêtements déchirés car trop gênants avant d'être arrachés.

— Tais-toi ! Surtout tais-toi ! Pour moi, maintenant, tu n'es qu'un ennemi, responsable de la mort de mes parents et de ma grand-mère, un salaud, une vermine, comme tous les Français !

— C'est pour me dire ça que tu es venue ce soir ?

— Oui ! Il fallait que je le dise à quelqu'un comme toi, un minable de petit Français dégénéré, un fin de race gangrené par la juiverie ! Et aussi un collabo, comme vous dites, un salopard qui travaille contre son pays, un vendu qui va m'offrir un bon dîner, une bonne bouteille et une bonne nuit d'amour dont j'ai grand besoin pour me calmer un peu et retrouver le sommeil ! Car tu n'es pas bon à autre chose qu'à écrire des bêtises et pas bon à autre chose qu'à baiser, comme tous les Français, petits coqs prétentieux qui s'imaginent posséder une femme lorsqu'ils lui font l'amour et qui n'ont pas compris que c'était l'inverse, que c'était nous qui vous tenions ! Et qui ne le croiront jamais, même si on le leur dit. Alors, ça ne te suffit pas ? Tu ne quittes pas la table en me laissant l'addition ? ricana-t-elle en faisant signe au garçon pour qu'il lui serve un troisième double cognac.

Il haussa les épaules, de plus en plus confus, dépité, vexé aussi car tous leurs voisins n'avaient pas perdu un mot de l'esclandre.

— Non, dit-il en se levant et en jetant un gros billet sur la table, je paie les tournées. Mais pour ce qui est de calmer tes ardeurs, trouve-toi un compatriote, même s'il est moins doué que nous, Français ! Des coqs prétentieux tu as dit ? Eh bien, va te faire baiser par un jars, c'est le mâle de l'oie et il marche toujours au pas !

Ce soir-là, seul dans sa chambre, Albert réalisa qu'il ne savait plus du tout quoi écrire mais que, quand bien même eût-il eu un bon sujet à traiter, il n'eût pu le faire car il ne croyait plus en ce qui l'avait enthousiasmé depuis des années, cette lutte pour la victoire du fascisme contre les bolcheviques.

Angela, sans même s'en rendre compte, par ses outrances, ses injustes propos, mais aussi son indéniable douleur et sa haine, palpable, l'avait totalement retourné, transformé. Emportée par sa violence et sa détresse, elle lui avait donné la preuve que l'Allemagne avait maintenant perdu la guerre aérienne. Qu'elle n'était plus la maîtresse de ce ciel dont Goering, en 40, avait paraît-il juré qu'il déciderait de s'appeler « Mayer » le jour où un avion anglais forcerait les défenses aériennes du Reich et si une seule bombe tombait sur Berlin ! C'était chose faite, et depuis longtemps.

Et pour lui qui, depuis des mois, se faisait violence pour croire encore un peu à une victoire du Reich, les insultants propos d'Angela l'avaient mieux renseigné sur l'issue de la guerre que tous les communiqués. Il savait qu'elle était perdue pour ceux qui avaient choisi le mauvais camp. Il devinait surtout qu'il était désormais incapable d'écrire une ligne qui aille dans le sens qu'il avait suivi jusqu'à ce soir.

Claire Diamond, alias la Hulotte, mais de son vrai nom Berthe Vialhe, née le 25 août 1893 à Saint-Libéral-sur-Diamond, en Corrèze, fut arrêtée à son domicile à l'aurore du 2 mars 1944.

Elle s'était jusqu'à ce jour tellement battue et dépensée pour contrecarrer, à sa façon, les perfides actions de ceux qui avaient assassiné Helmut, son fiancé, et qui tentaient d'asservir l'Europe entière qu'elle était soulagée de pouvoir enfin baisser les bras. De n'avoir plus à jouer le double rôle qu'elle détestait, celui de la résistante, toujours contrainte à la clandestinité, et celui de la grande couturière, reconnue jusqu'aux Amériques. Car, sous le nom de Claire Diamond – nom emprunté au ruisseau qui naissait sur le plateau de Perpezac-le-Blanc avant d'atteindre Saint-Libéral –, elle avait été contrainte, dès septembre 40, de faire bonne figure aux occupants. Pis, elle avait dû, en souriant, satisfaire les goûts et les lubies vestimentaires des épouses et des maîtresses des officiers allemands, qu'ils fussent de la Wehrmacht, de la Waffen SS ou de l'Abwehr, les seuls capables de s'offrir les folies qu'était l'achat d'une robe du soir, voire même d'un chapeau griffé Claire Diamond. Et, pour mieux donner le change, il lui avait fallu, dès le début, accepter les invitations de ses clients et clientes, très fiers de s'afficher avec la grande Claire Diamond, dans les restaurants et les spectacles les plus chics de Paris ; dans les établissements haut de gamme que fréquentaient aussi les Cocteau, Arletty, Lifar, Sacha Guitry, Colette, tant d'autres encore… Elle avait toujours détesté jouer le rôle de la femme du monde qui se devait d'être indifférente à la guerre et à l'Occupation, mais, grâce à ce jeu, elle avait pu mener son combat à sa guise, et il n'avait pas été vain.

Maintenant, tout était terminé et elle savait depuis le début ce qui arriverait lorsque, comme une demi-heure plus tôt, trois hommes de la Gestapo pousseraient sa porte… Pour l'instant, ils étaient occupés à vider ses meubles, à fouiller partout, puis, leur moisson de documents faite, ils la pousseraient dans la 15 CV et la conduiraient avenue Foch, ou rue des Saussaies. Elle n'ignorait rien de ce qui allait suivre…

Mais, immobile dans un coin du salon, elle ne perdait cependant pas espoir. Car si les hommes de la Gestapo étaient chez elle : Claire Diamond, couturière très connue des sommités nazies, donc théoriquement d'excellente réputation, c'était qu'ils avaient compris qui elle était vraiment. Ou, s'ils doutaient encore un peu, à peine, c'était pour l'obliger à parler qu'ils allaient l'arrêter.

Malgré tout, quoi qu'ils fassent d'elle, même s'ils la torturaient à mort, la fin de leur abominable régime était inéluctable. Et c'était cette certitude qui lui permettait de conserver foi en l'avenir. Il se ferait sûrement sans elle mais qu'importait, son travail, même modeste, aurait participé, à son échelle, à la victoire et c'était l'essentiel. Car, avec ou sans elle – elle n'était d'ailleurs qu'un pion dans ce terrible et mortel jeu d'échecs –, la victoire était maintenant à portée de main.

« Et puis un autre, ou une autre, me remplacera très vite, c'est écrit et même chanté », se dit-elle en se souvenant de l'émotion qui l'avait tellement secouée lorsque, un soir de l'année précédente, malgré les brouillages, elle avait entendu sur les ondes de la BBC ce qui s'appelait alors le chant de la Libération : « Ami, si tu tombes, un ami sort de l'ombre à ta place », donc on la remplacerait. « Mais l'important maintenant va être que cette brave Marcelle transmette ce qui doit l'être, et elle va le faire », se dit-elle rassurée sur ce sujet car, de l'autre côté de la rue, juste en face du salon, la concierge de l'immeuble balayait devant la porte cochère. Et les discrets regards qu'elle lançait en direction de l'établissement prouvaient qu'elle avait compris et que, bientôt, ce serait à elle d'agir.

Claire connaissait Marcelle depuis qu'elle avait ouvert son salon en 1925. Un matin, c'était parce qu'elle avait pris un peu de recul pour vérifier que l'enseigne « CLAIRE DIAMOND » avait belle allure qu'elle avait entendu dans son dos, avec une pointe d'accent qu'elle connaissait bien :

— C'est joli, ça se voit bien, les lettres sont belles…

Amusée, elle s'était retournée et avait vu Marcelle, la concierge, mains sur les hanches, occupée elle aussi à admirer l'ensemble des vitrines. Parce que les deux jeunes femmes avaient le sens du contact et que Marcelle, curieuse, avait demandé à l'autre d'où elle venait, les liens s'étaient noués car l'une, Berthe Vialhe, était native de Corrèze, l'autre de la Creuse.

Aussi, malgré les grandes différences professionnelles qui auraient pu les séparer, elles étaient restées, au fil des ans, parce que Limousines et loin de chez elles, en excellents termes. Relations qui, dès 1942, sans bien sûr révéler quoi que ce soit de son engagement dans la Résistance, avaient poussé Berthe à faire confiance à Marcelle ; elle lui avait donné deux lettres, deux enveloppes à remettre directement à une de ses consœurs, une Creusoise elle aussi, dont Claire connaissait les engagements pour la Résistance.

— Je vous confie ces messages, j'espère que vous n'aurez jamais à les transmettre ; mais si un jour vous voyez que ça va mal chez moi, avec, par exemple, une descente de police allemande, soyez gentille de les porter le plus vite possible chez la concierge du 12 rue La Boétie, c'est tout. Je peux compter sur vous, n'est-ce pas ?

— Bien sûr, ce sera fait.

Claire avait beaucoup apprécié que sa voisine ne demande aucune explication.

« Et je suis certaine qu'elle va y aller dès qu'elle pourra », pensa-t-elle en sursautant sous la morsure des menottes qu'un homme à manteau de cuir venait de lui claquer sur les poignets.

Vivement poussée vers la Citroën, elle eut juste le temps de lancer à sa collaboratrice, qui venait d'arriver et qui était paralysée par la peur :

— Je compte sur vous pour remettre un peu d'ordre et tenir le salon. De toute façon, je serai très vite de retour, alors à tout de suite !

Elle s'était efforcée de lancer cette phrase car, connaissant les méthodes de ceux qui l'emmenaient, elle savait que ce « à tout de suite » n'était qu'une ultime provocation, une sorte de « Vive la France »…

17.

Les précautions prises par Claire se révélèrent efficaces car Marcelle, fidèle à sa promesse, alla porter les enveloppes à l'adresse indiquée.

Jean fut prévenu dans le courant de l'après-midi, alors qu'il travaillait à l'imprimerie de Puteaux. Ce fut par un coursier que lui délégua Félicien Maury qu'il apprit la nouvelle. Et même si, selon la consigne, il n'y avait qu'un pseudonyme sur le papier que lui remit le messager, il comprit en lisant : « Hulotte » que tout venait de basculer et que la Gestapo venait, une fois de plus, de marquer un point ; ce n'était pas le dernier.

Effondré, malheureux, mais aussi fou d'inquiétude en pensant à Michelle qui, peut-être, avait elle aussi reçu la visite tant redoutée, il sauta sur son vélo et fonça vers Vincennes et son avenue de la République.

Bien que tenaillé par la colère et la peur, il ne commit pas l'erreur de se précipiter sur les lieux de travail de la jeune femme, l'agence d'assurances de Maurice. Prudent, c'est après avoir laissé sa bicyclette dans l'arrière-cour d'un bistro qu'il fréquentait depuis longtemps, tout proche des bureaux, qu'il s'approcha à pied, en flemmardant, pour bien vérifier que nulle voiture ni aucun planton suspect n'étaient aux abords de l'agence. Puis, c'est comme un client qu'il poussa la porte du bureau.

Il vit aussitôt que tout était terminé, que Maurice avait sûrement été arrêté et Michelle aussi car les deux pièces, maintenant désertes, avaient été fouillées de fond en comble.

Maîtrisant l'envie de vomir, mais aussi de sauter à la gorge du premier Allemand qu'il croiserait, il parvint à se calmer et à réfléchir sur la conduite à tenir.

Hébété, torturé par l'angoisse, il s'efforça néanmoins de quitter les bureaux du pas d'un client désappointé par ce qu'il venait de découvrir et soucieux de ne pas s'attarder en des lieux infréquentables. Ce fut en passant devant la loge des concierges, tenue par un vieil homme, retraité de la police municipale, et par sa femme, que lui revint en mémoire, avec beaucoup d'émotion, ce que Maxence lui avait expliqué le jour où, début 41, il lui avait naïvement demandé pourquoi le courrier qu'on lui confiait devait toujours être remis en main propre aux hommes et aux femmes qui faisaient office de boîtes aux lettres.

— Réfléchissez, mon ami, pourquoi pensez-vous qu'on ne transmet pas nos messages comme de simples lettres timbrées ? Pas du tout parce que nous ne faisons pas confiance à l'administration des postes, mais parce que tout le courrier, dans tous les immeubles, passe d'abord entre les mains des concierges. Ce sont eux qui le distribuent ensuite. Alors que penseraient-ils si, du jour au lendemain, une personne qui, jusque-là, ne recevait quasiment rien croulait soudain sous les lettres. C'est donc pour cela que, comme correspondants et dépositaires, nous choisissons de préférence – et c'est à eux que vous aurez affaire – des médecins, des pharmaciens, des commerçants, des agents d'assurances, bref des professionnels qui ont une clientèle journalière, laquelle n'étonne personne, pas plus les concierges que les voisins, déjà tous habitués au va-et-vient. Mais souvenez-vous toujours, les concierges voient tout, savent tout et sont curieux de nature, surtout les femmes… Il en est qui sont des nôtres, mais pas tous, car certains sont de très bons indicateurs pour la police, alors prudence.

Jean ignorait quelles étaient les opinions politiques du couple qu'il allait voir, mais il prit malgré tout le risque de le questionner ; il fallait à tout prix qu'il sache ce qu'il en était de Michelle. Et peu lui importait si cette démarche le trahissait, il ne pouvait rester ainsi, dans cette torturante ignorance.

La loge empestait le chou et le lard rance et il trouva les pipelets assis devant la table, encore encombrée par la vaisselle du repas, occupés à éplucher des rutabagas, peut-être destinés au dîner.

— Ah ! c'est vous m'sieur Bertaud, dit le vieil homme en posant le tubercule qu'il venait de gratter et en s'essuyant les mains sur son pantalon. Dites, z'avez vu ce vilain travail chez m'sieur Maurice ? insista-t-il.

— Oui, justement, je…

— Sont venus tôt ce matin, ce pauvre m'sieur Maurice venait à peine d'arriver et d'ouvrir ses bureaux. Z'ont tout fouillé, même que ma femme et moi on sait pas trop quoi faire…

— Et M. Maurice ?

— Embarqué comme un malpropre et avec les menottes. Ces vaches ont même dû salement le tabasser parce qu'il avait le nez en compote et un œil pas beau à voir…

— Et Mlle Michelle ?

— L'était pas encore arrivée au travail ; coup de chance parce que, d'habitude, elle est plutôt toujours en avance. Elle a dû repérer la voiture des autres et comprendre. Croyez pas ?

— Si, si, approuva-t-il, un peu soulagé mais quand même toujours très inquiet car l'absence de Michelle ne prouvait rien. Elle avait pu être arrêtée à son domicile de la rue Diderot, à cette heure qu'affectionnait la Gestapo, celle du laitier…

— Bon, merci du renseignement, dit-il, mais, à mon avis, si vous avez les clefs vous devriez fermer les bureaux. Je crois que M. Maurice ne reviendra pas avant longtemps…

« Si jamais il revient un jour ! » pensa-t-il en sortant de la loge.

Indécis car il ne savait où aller pour apprendre ce qu'était devenue Michelle, il revint chercher son vélo. Peu après, même s'il estimait sa démarche stupide et dangereuse, il pédala vers chez la jeune femme où la Gestapo l'attendait peut-être, tout comme elle l'attendait aussi chez lui, rue des Abbesses…

Lorsque Jean arriva à proximité du pavillon de la rue Diderot, de cette demeure qui, dans ses souvenirs, resterait à jamais celle de Michelle, de leur découverte de l'amour et de leur éblouissement mutuel, il avait, plus que jamais, la peur au ventre, et la haine, une haine sauvage, prête aux pires débordements.

Car trop, c'était trop. Parce que, après les Perrier, ses vieux amis, Louis, Joaquin et sa femme et aussi toutes les autres connaissances et compagnons de lutte dont les arrestations et les exécutions l'avaient bouleversé, l'idée que Claire, Maurice et sans doute Michelle étaient aux mains des tortionnaires de la Gestapo le révulsait, attisait sa fureur tout en le plongeant dans le désespoir de ne savoir que faire, de ne pouvoir rien faire, rien…

« Et si encore je connaissais le salopard ou la garce qui nous trahit ! Car il est bien évident que quelqu'un renseigne les autres ordures. Mais qui ? Bon Dieu, si je mets un jour la main sur lui, ou sur elle, je les tue ! »

Or, sur ce sujet aussi, il n'oubliait pas les propos désabusés que Claire avait tenus devant lui, juste après l'arrestation de Rex :

— Bien sûr que nous sommes trahis, vendus, que nous le serons encore et que Rex a été donné. Trahis soit par des agents allemands infiltrés dans nos réseaux depuis des années, soit par des Français, des nôtres, gênés par Rex, car il n'allait, pas plus que le Général, dans le sens de leur politique… Soit toujours par des Français, peut-être bons pères de famille, disciples du nazisme et prêts à tout pour qu'il triomphe. Ou encore, et c'est tout aussi répugnant, par des gens qui vendraient père et mère et que l'Abwehr et la Gestapo paient grassement pour chaque dénonciation. Mais de là à mettre un nom sur ces gens-là… Enfin, heureusement qu'on en démasque parfois quelques-uns, pas assez souvent, mais quand même. Et là, pas de pitié…

« Oui, pas de pitié », pensa-t-il en filant en roue libre pour ralentir à l'approche de la rue Diderot et du pavillon de Michelle.

Il en était encore à plus de quinze mètres lorsqu'il comprit que le pire était arrivé. Car le râteau, qu'il eût dû voir dressé à côté du portail, n'était pas à sa place, preuve manifeste que Michelle était absente, ou encore peut-être chez elle, mais en compagnie et surveillée par deux ou trois miliciens qui l'attendaient, lui.

Car il n'y avait aucune raison pour qu'il ne soit pas, lui aussi, sur la liste des résistants à arrêter en ce jeudi 2 mars. Fou de douleur, hésitant plus que jamais sur la marche à suivre, il accéléra, passa devant le pavillon sans y jeter un regard et pédala vers Paris.

Accablé, écœuré, Jean était dans un tel état qu'il fut, une nouvelle fois, à deux doigts de commettre l'irréparable en agressant le premier uniforme *feldgrau* qu'il croiserait. Puis lui revinrent en mémoire les propos de Michelle, lui démontrant que ce genre d'action était vain.

« Mais maintenant, qu'est-ce que je vais faire ? se demanda-t-il, et d'ailleurs où aller ? Voir M. Maury, rue de Lille ? Mais si ça se trouve, les autres y sont déjà ! Encore une chance qu'il ait pu me faire prévenir de la rafle de ce matin… Mais ça ne prouve pas que les autres fumiers ne sont pas arrivés chez lui juste après et qu'ils y sont encore. »

Il était de plus en plus dépité car, depuis les dernières arrestations, y compris celles du jour, il ne connaissait plus grand monde capable de l'aider.

« Ou alors quelques braves courageux qui servent de boîtes aux lettres ; je ne peux pourtant pas prendre le risque d'aller chez eux car eux aussi sont peut-être déjà arrêtés. Quant à rentrer dormir rue des Abbesses, ça… Il faut pourtant que je trouve un abri, une fois de plus. Oh et puis merde ! Il arrivera ce qui doit arriver », décida-t-il soudain en changeant de direction car il roulait jusque-là vers la rue de Lille.

Fatigué, désabusé, allant même jusqu'à se dire que, quoi qu'il fasse, il serait sous peu lui aussi arrêté et que puisque Michelle l'était déjà cela n'avait plus aucune importance et qu'il n'avait plus rien à perdre, il pédala vers Montmartre.

C'est en grimpant, en danseuse, la rue des Martyrs que lui vint, sinon un peu d'espoir, du moins un raisonnement des plus logiques. En effet, en y réfléchissant, seules Claire et Michelle – peut-être aussi son frère, mais c'était douteux – connaissaient son adresse. Il ne logeait là que depuis l'arrestation des Perrier et l'abandon de sa chambre de la rue de Vaugirard. En calculant bien, sauf si Claire ou Michelle parlaient sous la torture – mais il ne voulait pas y croire, tout en s'efforçant d'oublier ce que Louis lui avait dit un jour –, la Gestapo ne pouvait connaître son adresse.

Pour la vieille dame, sa voisine de palier qui, il l'avait remarqué, bavardait beaucoup avec tous les commerçants du quartier, il n'était que Jean Taubert, sa nouvelle identité, et il travaillait dans une imprimerie ; ce qui expliquait ses départs très tôt le matin et ses retours peu avant le couvre-feu. Quant aux nuits, trop rares à son goût, où il restait chez Michelle, il avait expliqué à sa voisine, curieuse, un lundi matin, de savoir où il avait passé le week-end, qu'il allait, de temps en temps, voir des cousins qui habitaient du côté de La Celle-Saint-Cloud.

« Oui, les autres ne peuvent pas savoir où j'habite », pensa-t-il un peu rassuré. De toute façon, je dois trouver un point de chute et il fait beaucoup trop froid pour aller dormir dans un des caveaux abandonnés du cimetière Montmartre, alors à Dieu va !

La nuit tombait lorsqu'il arriva place des Abbesses et qu'il constata à quel point il avait faim, et soif. Prévenu peu après un très frugal et mauvais repas de l'arrestation de Claire, il avait d'abord, depuis Puteaux, pédalé jusqu'à Vincennes. De là, l'estomac retourné après avoir découvert l'état de l'agence de Maurice, il était reparti vers le centre de Paris, pour bifurquer ensuite et grimper vers son appartement. Maintenant, il se sentait faible, proche du malaise, car ce n'était pas la purée de pommes de terre et de rutabagas à l'eau poussée d'une tranche de pain noir qui lui avait donné des forces pour son parcours de la journée.

C'est en passant devant le bistro qu'il fréquentait parfois pour y boire un ersatz de café qu'il eut soudain envie d'un Viandox bouillant, histoire de se réchauffer un peu et de reprendre un semblant de forces.

« D'ailleurs, je n'ai que deux pommes de terre pour dîner ce soir, alors un peu d'eau chaude sera la bienvenue », pensa-t-il en attachant son vélo à un réverbère.

Peu après, accoudé au zinc, sa tasse de Viandox entre les mains, seuls trois ans de clandestinité l'empêchèrent de sursauter et surtout de hurler son prénom lorsque Michelle poussa la porte du bistro.

Souriante, malgré le voile de tristesse et de peur qui assombrissait encore plus ses yeux noirs, elle se coula à ses côtés et, câline, lui caressa la joue du revers de la main.

— J'ai eu tellement peur qu'ils t'aient ramassé toi aussi, comme Maurice, murmura-t-elle.

— J'ai crevé de peur pour toi, dit-il, ému jusqu'aux larmes, mais comment es-tu là ?

— Offre-moi un Viandox et puis allons nous asseoir au fond de la salle, on sera tranquilles pour parler ; et demandons si on peut avoir quelque chose à manger, je meurs de faim.

Peu après, alors que le patron leur avait apporté ce qui semblait être des saucisses, sans trop de viande ni de matière grasse, mais avec beaucoup de mie de pain trempée, qui trônaient au milieu d'une douteuse purée de pois cassés, ils purent parler sans crainte d'être entendus.

— Raconte, pour Maurice.

— J'ai tout vu de loin. Ma roue arrière a crevé à deux minutes du bureau et…

— Je vois, coupa-t-il en comprenant qu'outre la détresse causée par l'arrestation de son frère, il allait lui porter un nouveau coup en lui annonçant celle de Claire, car personne n'avait pu lui faire part de l'étendue de la rafle du matin.

— Faut que tu saches, dit-il en lui prenant les mains, ce matin, ils… ils… Ah ! et puis qu'ils crèvent ! Tous !

tous ! s'emporta-t-il, pas assez fort heureusement pour que les autres consommateurs entendent.

— Que se passe-t-il ? insista-t-elle, choquée de le voir dans un tel état de rage.

— Hulotte…

— Tu veux dire…

— Oui, Mme Diamond, ce matin…

— Oh ! c'est pas vrai ! Pas elle ! Pas Claire ! C'est pas vrai ! protesta-t-elle en serrant les poings, tandis que des larmes perlaient à ses paupières, les salauds, les ordures !

— Oui, ils ont eu Claire et ton frère, d'autres aussi sans aucun doute. Mais dis-moi, comment tu as fait, toi, pour leur échapper ?

Elle se maîtrisa, serra les dents et s'essuya les yeux d'un revers de main.

— Je t'ai dit, j'ai crevé juste avant d'arriver au bureau. Je savais que je n'avais plus de rustines, alors je suis partie vers l'agence en poussant mon vélo, expliqua-t-elle. (Elle étouffa un sanglot et poursuivit :) J'étais presque arrivée lorsqu'ils m'ont doublée avec leur Citroën ; eux, ils n'ont pas besoin de gazogène, et j'ai tout de suite compris qui conduisait. Et puis, j'ai vu, de loin, qu'ils s'arrêtaient devant l'agence, voilà, c'est tout, chuchota-t-elle.

— Et ensuite ?

— Je ne savais plus quoi faire, alors j'ai fait demi-tour et j'ai cherché quelqu'un qui veuille bien me donner une rustine. Ça a pris du temps, et la réparation aussi. Ensuite, je me suis dit qu'il ne fallait surtout pas que j'aille rue Diderot, où ils pouvaient être…

— Tu as eu raison, et après ?

— J'ai roulé vers le bois de Vincennes et j'y suis restée, longtemps… Mais il fallait bien que je dorme quelque part. Alors j'ai pensé venir ici, chez toi, en espérant que tu leur avais échappé, mais j'en étais de moins en moins sûre, parce que ça fait deux heures que je traîne dans le quartier.

— Où ?

— Pas loin, sur la place et aussi devant ton immeuble, pour être certaine qu'ils n'y sont pas. Et puis j'ai fait la tournée des bistros du coin. J'allais, à tout hasard, monter chez toi quand je t'ai aperçu ici, voilà...

— Et s'ils m'avaient arrêté ?

— Alors plus rien n'aurait eu d'importance et je serais revenue chez moi, quitte à y trouver la Gestapo.

— Bien sûr, souffla-t-il en chipotant sa purée de pois cassés dans laquelle reposait une très belle larve de ver de farine, ou autre bestiole : Oui, mais maintenant, que faire ?

— Je ne sais pas.

— Bon, décida-t-il après avoir avalé plusieurs bouchées sans s'occuper du locataire de sa purée car il mourait de faim, on va s'installer chez moi, chez nous. Et comme ma voisine va entrebâiller la porte et passer le museau pour savoir qui est avec moi, à partir de maintenant, pour elle et pour tout le monde, tu es ma sœur, Michelle Taubert. Nos parents habitent... disons... Tiens, La Roche-sur-Yon, je ne sais pas trop où c'est mais ça sonne bien. Voilà, et tu es montée à Paris pour... Pour quoi au juste ?

— Chercher un travail de secrétaire, décida-t-elle. Après tout c'est mon métier et j'espère bien trouver de quoi vivre grâce à lui. L'agence, c'est fini pour moi, je ne peux plus y mettre les pieds, celui qui a vendu Maurice n'a pas dû se priver de me vendre aussi...

Peu après, en cette soirée du 2 mars, Jean et Michelle, contraints et forcés par les événements, commencèrent une vraie vie de couple.

Depuis la si pénible scène avec Angela, suivie de la rupture de toutes leurs relations, Albert, déjà très souvent en panne d'inspiration, en était maintenant réduit à relire ses anciens articles dans l'espoir d'y trouver un thème à creuser. Malgré cela, en cette fin avril, aucun sujet ne lui donnait l'envie, comme naguère, de s'installer à son bureau et de se lancer, avec une fougue rageuse, dans de longues et violentes diatribes dirigées autant contre les mauvais Français que contre leurs alliés.

Certes, à la fin mars, la mise au pas des maquis des Glières lui avait permis de retrouver un semblant de verve et quelques belles tirades, mais le cœur n'y était plus. D'abord parce que s'il était normal de louer le principe de l'opération, il n'était pas possible de la transformer en glorieuse épopée. Personne, pas même les auditeurs béats de Hérold-Paquis, ne pouvait croire qu'il y avait eu là un vrai fait d'armes. Même les plus benêts adulateurs du Reich – et il en restait beaucoup – n'avaient pu que discrètement se réjouir, mais quiconque eût trouvé le plus petit mérite aux vainqueurs se fût ridiculisé. Car où était la difficulté quand on savait que plus de trois mille hommes de la Wehrmacht, aidés par des policiers français et aussi par plusieurs centaines de miliciens, pressés d'assassiner tout ce qui ressemblait à des terroristes, avaient abattu cent quarante maquisards. Cent quarante jeunes hommes peu aguerris, qui avaient livré là un de leurs premiers mais dernier combat.

De même, la plus élémentaire prudence l'avait poussé à ne souffler mot de la terrible nuit du 1er au 2 avril que la ville d'Ascq avait vécue. Car, là encore, comme aux Glières, les SS n'avaient pas eu la moindre difficulté à massacrer quatre-vingt-six civils, réveillés en pleine nuit et aussitôt mitraillés. L'affaire avait été présentée comme de légitimes représailles, décidées à la suite du sabotage de la ligne de chemin de fer Baisieux-Lille, responsable du déraillement d'un train militaire allemand. Furieux, bien qu'ils n'aient eu à compter aucun blessé, les SS s'étaient aussitôt déchaînés sur la population.

Sur ce sujet encore, Albert s'était senti incapable d'écrire une ligne. S'il était malgré tout parvenu à composer quelques autres papiers, cela avait été sans aucun enthousiasme car, pendant qu'il transpirait sur ses textes, le harcelaient toutes les informations qui, même très édulcorées, prouvaient que la situation était de plus en plus critique pour l'armée allemande, où qu'elle soit…

Désormais, exactement comme l'avait hurlé Angela, les bombardements sur toutes les grandes villes du Reich étaient devenus d'une telle banalité que même la BBC ne les annonçait pas tous. On apprenait, entre autres, que mille forteresses volantes avaient lâché deux mille tonnes de bombes sur Nuremberg. Alors, devant de tels chiffres, comment comparer, pour les dénoncer, les bombardements sur les villes françaises comme Villeneuve-Saint-Georges, Fives-Lille et le quartier de La Chapelle à Paris et leurs mille six cents victimes, tuées ou blessées. Certes, c'était honteux de la part des Alliés, mais si modeste par rapport aux massacres et destructions causés par deux mille forteresses volantes larguant deux mille tonnes de bombes sur Berlin !

Et puis, pour un journaliste chargé d'entretenir le moral des adeptes du IIIe Reich, comment expliquer que l'Armée rouge était maintenant en passe de prendre toute la Roumanie ? De même, comment justifier que, pour provisoirement bloquées qu'elles soient à Monte Cassino, les troupes alliées n'en étaient pas moins de plus en plus nombreuses à débarquer dans le sud de l'Italie.

Rien de tout cela ne permettait de se lancer dans les longs et solides exposés que ses lecteurs aimaient lire et commenter. Bien sûr, il n'avait pu faire moins que de relater, par le menu, la nouvelle opération de recrutement lancée par Doriot à la mi-avril. Accompagné par Mgr de Mayol de Lupé, il avait une nouvelle fois réussi à réunir une foule d'admirateurs au Vél' d'Hiv. La LVF avait été chaudement applaudie et Doriot en avait profité pour laisser entendre que, sous peu, grâce à la suggestion d'Henrich Himmler, et dès l'accord du Führer, les hommes de la Légion des volontaires allaient être intégrés à la Waffen SS, sous un nom qui restait à déterminer, peut-être Légion Charles-Martel ou Charlemagne…

Mais, pour Albert, outre la vexation qu'était toujours pour lui le souvenir de son humiliante réforme, ce qu'il savait des maigres résultats des Français sur le front russe lui donnait peu envie d'applaudir. De même tenait-il pour douteux les bruits qui couraient au sujet des armes secrètes – genre avion sans pilote – dont allait sous peu disposer la Luftwaffe. Il avait déjà si souvent entendu ce genre d'information, dans les diverses rédactions qu'il fréquentait, qu'il les accueillait maintenant avec beaucoup de scepticisme.

Tout au plus, seule petite satisfaction, il avait pu, comme à la belle et grande époque de Vichy, se laisser aller en décrivant l'enthousiasme des Parisiens et l'accueil qu'ils avaient réservé au Maréchal. Celui-ci n'était pas revenu à Paris depuis juin 40 mais, trouvant un prétexte dans le dernier bombardement sur Paris-La Chapelle, il avait décidé de rendre visite aux blessés soignés à l'hôpital Bichat. Auparavant, il n'avait pas manqué – après avoir été reçu avec les honneurs – d'assister à une grand-messe à Notre-Dame. Beaucoup de badauds, sans doute prévenus par le bouche-à-oreille, étaient donc venus l'acclamer, tant sur le parvis de Notre-Dame que sur la place de l'Hôtel-de-Ville lorsque, du balcon, il avait salué la foule.

Albert, qui avait suivi toute la manifestation, avait brillamment rendu compte de cette visite éclair. Mais, même pour traiter d'un sujet aussi porteur, il avait presque dû se faire violence pour ne pas trahir ce qu'il pensait vraiment. À savoir que les Parisiens étaient, de loin, moins nombreux que ne l'avaient proclamé la police et les gens de la propagande ; mais c'était, là aussi, un constat qu'il valait mieux ne pas ébruiter.

De plus, comme toujours, le libre penseur qu'il entendait être et rester s'était une fois de plus agacé de ce qui était un rite depuis quatre ans, cette habitude qu'avaient le Maréchal et ses disciples de réclamer, à toutes les occasions, l'aide du ciel à grand renfort de messes chantées, de prières publiques, d'évêques, d'archevêques et de cardinaux en grande tenue. Mais, sur ce point encore, il n'était absolument pas envisageable de formuler la moindre critique sur les excellentes relations établies entre Vichy et la quasi-totalité des prélats de France. Il était entendu depuis juillet 1940 que l'État français était sous la protection du Très-Haut, comme Paris l'était sous celle de sainte Geneviève, et la France entière sous celle de Jeanne d'Arc. Et les athées comme Albert n'avaient rien à y redire !

Désespéré, mais surtout épuisé, tant au moral qu'au physique, Jean, selon les consignes, fit le mort pendant quarante-huit heures. Cela fait, ignorant l'étendue de la rafle, il se garda bien de revenir à l'imprimerie de Puteaux avant d'être certain qu'aucune souricière n'y était tendue. Prudent, ce fut depuis un café qu'il passa un bref coup de téléphone Rue de Lille, au bureau de Félicien Maury, lequel lui assura que la voie semblait libre.

Les deux hommes se retrouvèrent une heure plus tard aux Deux Magots. Là, tout en touillant, avec dégoût, un semblant de café, Félicien lui apprit que, décapité par l'arrestation de Claire et de tant d'autres, le réseau des Ornithologues n'existait plus.

— Et dites-vous bien que votre amie et vous avez eu beaucoup de chance de n'avoir jamais été en contact avec l'ordure qui nous vend et qui a sans doute aussi vendu notre ami Marc Sangnier, et trois de ses compagnons. Ils ont été arrêtés dans leur imprimerie en train de composer *Défense de la France*, journal interdit bien sûr ; ils sont maintenant à Fresnes…

— Alors, qu'est-ce que je peux faire si tout est désorganisé et surtout s'il n'y a plus personne ? Et Michelle, qu'est-ce qu'elle va devenir ? demanda Jean de plus en plus démoralisé.

— Vous parlez de votre amie ?

— Ma fiancée.

— Je vous dirais bien de rejoindre un maquis quelconque, ils ne manquent pas !

— J'y pense aussi.

— Je n'en doute pas, mais…

— Oui ?

— C'est très bien de vouloir faire le coup de feu, mais ici aussi on a besoin d'aide pour tenir le coup.

— Je sais, approuva Jean en se souvenant presque mot pour mot des propos que lui avait tenus Claire, en janvier 41 : « Si vous restez avec nous, on ne vous promet pas des combats glorieux, armes à la main. En fait, on ne peut vous promettre que la peur d'être pris et torturé, c'est tout… »

— Mais que voulez-vous que je fasse, insista-t-il, à quoi sert un agent de liaison s'il n'y a plus de liaisons à faire ?

— Détrompez-vous. J'ai du travail, à temps plein, pour vous et pour votre fiancée aussi puisqu'elle est secrétaire de métier. Vous n'imaginez peut-être pas, mais la publication de la presse clandestine nous prend un temps fou. Et ça va aller en augmentant, car il se dit que le débarquement ne va pas tarder ; dès cet instant, il faudra que les ordres de De Gaulle et des Alliés soient transmis dans les plus brefs délais, par tracts, journaux, affiches. Déjà, certaines de nos publications sont tirées à cinquante mille exemplaires et il faut s'occuper de leur acheminement et de leur distribution. Vous voyez ce que je veux dire ? Mais avant, il faut les composer, les imprimer, bref, les fabriquer sans se faire prendre. Alors, voulez-vous m'aider ? Mais si vous choisissez de prendre le maquis, je vous indique une filière, dès ce soir ; alors ?

Jean réfléchit quelques instants, puis lâcha :

— Je n'ai jamais eu de fusil entre les mains, j'ignore tout du sabotage et des explosifs, alors le maquis… Et puis, je suis certain que Mme Diamond aimerait que je reste. Alors d'accord, vous pouvez compter sur moi, et sur Michelle.

— Dès demain ?

— Dès demain !

Malgré les horribles séances de torture auxquelles elle fut soumise, pendant des semaines, Claire ne parla pas. Elle hurla de douleur, à en perdre le souffle et à s'en évanouir, mais elle ne livra aucun nom, sauf le sien. Eût-elle faibli que Félicien Maury, ses amis et résistants de la Rue de Lille et les imprimeurs de Puteaux et d'Ivry eussent tous été arrêtés dans les jours qui suivirent le 2 mars. Et il en eût été de même pour Jean et Michelle.

Ceux-ci, par chance, n'avaient jamais été en contact avec l'indicateur qui, après des mois, aidé en cela par une des petites mains de Claire, grassement payée pour l'espionner, avait découvert son double jeu. L'agent de la Gestapo, qu'intriguaient beaucoup cette belle femme et ses hautes relations, qui disparaissait souvent pour plusieurs jours, voire semaines, sans que l'on sache où elle allait, ni pourquoi, l'avait suivie à Lyon, à Toulouse et en Limousin et, par recoupement, avait déduit qu'elle tenait un rôle important dans la Résistance.

Quant à Maurice, il ne parla pas non plus. Son nom avait été balbutié par un jeune homme de dix-sept ans, arrêté dix jours plus tôt, sur dénonciation, qui, pour faire cesser les coups et les séances de baignoire, était prêt à reconnaître n'importe quoi, à dénoncer n'importe qui... Cela ne lui avait pas évité le peloton...

Mais, pour Maurice, sans doute parce que ses tortionnaires étaient peu convaincus par les aveux arrachés au jeune, tous ses interrogatoires, pour musclés qu'ils furent, restèrent un peu moins violents, comparés aux autres... À tel point que, dans le doute et devant ses véhémentes dénégations, plutôt que de le faire fusiller sans plus attendre, le tribunal, dans sa « mansuétude », se contenta de l'expédier dans le camp de concentration du Struthof, lequel, pour être situé en France à cinquante kilomètres de Strasbourg et proche du village de Natzwiller, n'en était pas moins un authentique camp d'extermination, donc de la mort, parfaitement tenu et équipé pour la rapide élimination des terroristes, ou présumés tels...

Quant à Claire, épuisée mais non brisée et surtout sans avoir lâché un nom, ce fut après trois mois passés à Fresnes qu'on la poussa dans un convoi qui, via Compiègne, Strasbourg et Magdebourg, la conduisit à Ravensbrück.

18.

Depuis quatre ans, même s'ils s'étaient juré de hurler de bonheur quand ils apprendraient la nouvelle que la fin de la nuit était proche et que l'aurore, tant attendue, pointait enfin, l'annonce du débarquement les laissa sans voix, fous de joie, mais rendus muets par l'émotion.

Car, sans se concerter, l'un et l'autre eurent les mêmes pensées et ils n'eurent pas besoin de se parler pour que surgisse en eux et les émeuve aux larmes le souvenir de l'abbé Leclerc, de Maxence et Marthe, de Germaine, de Joachin et de Carmela, de Louis, de Maurice, de Claire et de tous ceux et celles que les autres avaient arrêtés, torturés, déportés, massacrés. En ce jour, et plus que jamais, tous les combattants, morts ou vivants, sortaient de l'ombre.

— Voilà, c'est enfin arrivé, dit Jean en enlaçant Michelle que la nouvelle, captée sur la radio anglaise, venait de surprendre pendant sa toilette du matin. Elle avait travaillé très tard le soir précédent, soucieuse de retaper un long article manuscrit confié par Félicien Maury et que Jean devait transmettre à l'imprimerie d'Ivry.

— Tu crois que cette fois c'est pour de bon ? demanda-t-elle, inquiète, car encore échaudée par tous les faux espoirs donnés depuis plusieurs jours par la BBC.

Par tous ces messages, peut-être mal compris ou prématurés, qui avaient parfois poussé des groupes de maquisards, croyant le grand jour arrivé, à sortir des bois et à attaquer quelques patrouilles allemandes. Actes héroïques qui avaient souvent fini dans un bain de sang et aussi permis à la propagande d'assurer que, grâce à l'invulnérable mur de l'Atlantique, le débarquement ne pourrait être qu'un fiasco.

— Oui, cette fois, ça doit être bon, décida-t-il, autant pour la tranquilliser que pour se convaincre lui-même de l'authenticité de l'annonce. Habille-toi vite, et filons sur Puteaux, décida-t-il.

— Et l'article pour Ivry ?

— Après ce qu'on vient d'entendre il est périmé. Tu sais ce que nous a dit Félicien, on ne va pas manquer de travail, crois-moi. Les rotatives vont tourner à plein pour proclamer l'événement partout en France et transmettre tout ce qui doit l'être.

Pris en charge dès son rapatriement par un pneumologue ami de son père, René, vu son état, avait été aussitôt dirigé vers le sanatorium des Petites Roches, à Saint-Hilaire-du-Touvet, perché au soleil de l'Isère. Là, grâce au bon air, au repos, aux soins ponctuels et à une copieuse alimentation, il avait, en trois mois, retrouvé un semblant de forces ; son souffle était un peu moins court et sa toux moins caverneuse et fréquente. Aussi, depuis peu, avait-il repris goût à l'existence et si, pour l'heure, seuls les souvenirs de quelques anciennes conquêtes le faisaient béatement rêver – il s'efforçait d'oublier le plus obsédant, celui d'Huguette –, il avait en projet, quand tout irait encore mieux, d'essayer de séduire Jeanine.

C'était une mignonne jeune fille, pâle, poitrinaire comme lui, mais néanmoins très attirante et avec qui il aimait converser. Outre le bon air et le confort, le sanatorium avait aussi, pour l'artiste peintre qu'il entendait maintenant devenir, l'avantage d'être situé en un lieu superbe. Bâti en moyenne altitude, sa terrasse et le parc donnaient sur de magnifiques horizons qui, après quelques semaines, lui donnèrent envie de reprendre ses pinceaux ; ce qu'il fit avec l'autorisation du corps médical et surtout l'impérieuse consigne d'abandonner sa toile à la moindre fatigue.

En cette matinée du 6 juin, son petit déjeuner et ses médicaments pris, il avait en projet d'aller poser son chevalet sur la terrasse. Là, dans un premier temps et en quelques traits de fusain, il allait d'abord croquer les malades qui, allongés sur leur chaise longue et couvertures bariolées sur les jambes, profitaient du soleil.

Il venait de poser son matériel et avait ouvert sa boîte, pleine de tubes et de pinceaux, lorsque Jeanine vint s'asseoir à ses côtés et lui lança, tout émoustillée :

— Vous avez appris la nouvelle ? C'est formidable, non ?

— Quoi ?

— Le débarquement ! Depuis le temps qu'on l'attendait !

— Ah oui, le docteur m'a annoncé ça, dit-il en traçant quelques silhouettes sur la toile.

— Ça n'a pas l'air de vous émouvoir beaucoup !

— Il en faudrait beaucoup plus pour m'émouvoir ! Moi, voyez-vous, j'ai, une fois pour toutes, décidé de me désintéresser de tout ça ! Oui, oui, la guerre, la politique et ses politiciens véreux, tout quoi !

— Vous plaisantez, j'espère ?

— Pas du tout ! Vous me dites : « Les Alliés ont débarqué ». Très bien. Vous me dites : « Ils vont massacrer des tas de Boches ! » Parfait, chacun son tour d'en baver. Mais si demain vous me dites qu'ils se sont fait refoutre à l'eau, je vous répondrai que ça ne me concerne pas !

— Je ne peux pas croire ce que vous dites ! lâcha-t-elle en haussant les épaules, persuadée qu'il plaisantait.

— Vous avez tort. Après tout ce qu'on m'a fait subir, je refuse de prendre parti, pour qui que ce soit, sauf pour moi. Moi, il y a quatre ans, je ne prenais déjà parti pour personne, j'étais même bêtement pacifiste, je croyais que ça me protégerait ! Ah ouiche ! Je me suis fait embarquer comme un bagnard et on m'a expédié m'esquinter dans les Chantiers de jeunesse, cette vaste couillonnade, puis au STO, ces travaux forcés pour tous les crétins comme moi et où j'ai failli crever ; c'est d'ailleurs à cause d'eux que je suis là ! Alors qu'on ne vienne plus me casser les oreilles avec toutes ces bêtises ! Moi, je ne voulais que la paix à tout prix et je me suis retrouvé en Allemagne, sous les pluies de bombes de vos amis anglais. Alors maintenant, zéro pour toutes ces histoires !

— Ce n'est pas une raison pour tenir des propos aussi égoïstes, protesta-t-elle, et ses joues, trop diaphanes, rosirent un peu.

— Appelez ça comme vous voudrez, je m'en moque ! Égoïste ? Peut-être mais ça me convient très bien et, quoi qu'il arrive, débarquement réussi ou pas, je ne changerai pas d'un iota ! La vie est beaucoup trop courte pour la perdre à s'occuper des bêtises que font les autres !

Furieuse, à deux doigts de le gifler, elle se leva et s'éloigna sans un mot.

« Bon, c'est pas avec elle que je pourrai m'entendre, pensa-t-il en prenant un peu de recul pour voir où il allait poser son pinceau, mais quelle importance ? Aucune. De toute façon, elle est trop maigre et manque de seins et moi, les sacs d'os… »

Albert le pensait vraiment, depuis le 6 juin la fin d'un monde était en marche. Les autres étaient là, et bien là, innombrables troupes et ahurissant matériel qui, telle la charge d'un gigantesque rouleau compresseur, avançaient inexorablement. Ils étaient là, dans la place !

La preuve, eux dont on assurait, quatre mois plus tôt, qu'ils ne pourraient même pas poser un pied sur la Côte d'Opale, la plus proche de l'Angleterre, l'avaient fait sur les plages normandes et les avaient intégralement investies ; conquises à un tel point que, malgré tous les meurtriers combats engagés pour freiner leur avance, ils étaient maintenant à quelques jours, peut-être même quelques heures, en mesure d'entrer dans Paris…

D'envahir cette capitale qui, depuis le 18 août, était atteinte de folie puisque, à l'appel à la grève générale lancé par les résistants, même la police, une fois de plus très obéissante, mais pas aux mêmes chefs, avait suivi le mouvement.

Tout partait à vau-l'eau depuis des semaines et les sabotages et les attentats se multipliaient. Le pire avait été atteint lorsque, le 28 juin, en réponse à l'assassinat de Jean Zay, huit jours plus tôt et en se faisant passer pour des miliciens, un groupe de résistants avait, en toute impunité, abattu Philippe Henriot dans son appartement du ministère de l'Information, au 10, rue de Solferino, dans ce quartier du VIIe arrondissement pourtant éminemment gardé par les troupes allemandes. Depuis, malgré les obsèques nationales qui, célébrées en grande pompe à Notre-Dame par le cardinal Suhard, en présence de Laval et du général Brécard, représentant du Maréchal, avaient déplacé une foule considérable, tout allait de mal en pis. Tout !

Piètre mais vaine consolation, lui revenaient en mémoire ses craintes, pour ne pas dire son scepticisme lorsque, trois ans plus tôt, à deux mois près, il avait eu des doutes quant aux résultats de l'opération Barberousse. À l'époque – il se complaisait aujourd'hui à s'en souvenir – lui était venue à l'esprit la chute de la Grande Armée de Napoléon…

Mais à quoi servait de se répéter qu'il avait eu raison de s'inquiéter puisque, comme un crétin, poussé en cela par des idées fascisantes et par des hommes comme M. Delclos, il avait choisi le mauvais camp, celui des vainqueurs de l'époque, sous peu maintenant vaincus, dans tous les pays où la folie d'un Führer les avait poussés ! Seule ridicule et maigre satisfaction, qu'importait désormais qu'il soit en manque total d'inspiration puisque la grève générale ne permettait plus aux journaux, sauf aux clandestins, d'annoncer quoi que ce soit.

Mais le grand problème qui se posait pour lui était de savoir comment il allait pouvoir justifier ses engagements pronazis, ses multiples dénonciations et tous les articles, outranciers à l'extrême, qu'il avait commis. Certes, il tentait de se rassurer en misant sur le fait que, depuis le début de la guerre et ses premiers billets d'étudiant, il n'avait jamais signé un seul papier de son vrai nom. Il se doutait bien toutefois que les résistants qu'il avait tant combattus n'étaient pas dupes et connaissaient depuis longtemps sa véritable identité mais, tant qu'ils n'étaient pas encore maîtres de Paris, tout était possible.

Possible donc, et même recommandé, de préparer un chemin de repli, une fuite vers ce pays du Sud – peut-être le plus malin car il n'avait pas vraiment pris parti – qu'était l'Espagne. Albert tenait de première main que, depuis quelques semaines, bon nombre d'hommes et de femmes qui, comme lui, n'avaient pas du tout la conscience tranquille avaient commencé à déguerpir. À descendre vers ce pays, lui aussi tenu par un autre fasciste, donc par un homme qui les comprenait et qui était prêt à les accueillir, pour peu qu'ils aient de quoi vivre, ce qui, pour Albert, était le cas grâce à sa réserve en pièces d'or.

Fuir, c'était d'ailleurs ce que M. Delclos lui avait dit à demi-mot lorsque, début juillet, l'avance des troupes alliées en Normandie ne laissait plus aucun doute sur leur victoire. Seule restait incertaine la date de celle-ci, mais plus personne ne pouvait croire que les troupes du Reich pourraient stopper les Anglo-Américains dans la reconquête. Et puisque même les armes secrètes d'Hitler, enfin opérationnelles depuis peu, les fameux V1, malgré leur terrible pouvoir de nuisance, se révélaient impuissantes, ne restait plus maintenant aux collaborationnistes qu'à trouver le moyen de fuir…

Cette fois, c'était presque gagné. Et, sauf ultime sursaut et représailles des occupants, Paris allait recouvrer la liberté d'un jour à l'autre. Déjà, dans beaucoup de quartiers, malgré un évident manque d'armes et de munitions, ce n'étaient, contre les forces allemandes, qu'escarmouches, tentatives d'embuscades et barricades.

C'étaient aussi des actes isolés, souvent désespérés, d'hommes et de femmes écrasés, excédés par quatre ans d'occupation, de brimades, de misère, de faim et d'exécutions qui, à leurs risques et périls, tentaient le coup de feu. Et le sang de beaucoup de ceux-là vint fleurir les trottoirs…

Pour Jean et Michelle, comme l'avait annoncé Félicien, le travail devint tel que, dès le 18 août, ils préférèrent rester bivouaquer dans les locaux de l'imprimerie de Puteaux et y somnoler quelques heures par nuit, malgré le bruit des rotatives lancées à plein régime. Car, outre les journaux renseignant les Parisiens sur la progression des troupes alliées et françaises, les tracts portant les consignes du Comité parisien de libération, ce mouvement recouvrant toutes les tendances politiques, il fallait aussi distribuer les proclamations qui, dans tous les quartiers, appelaient aux armes et encourageaient les insurgés à tenir bon.

Au petit jour, pendant que Michelle et deux autres secrétaires attentives, malgré leur épuisement, prenaient en sténo ce que leur dictaient Félicien et ses amis, Jean partait avec Octave Maugey qui, contrairement à lui, savait conduire la camionnette à gazogène, chargée de journaux et d'affiches.

Pour Octave, un vieil employé de l'imprimerie, résistant depuis 40, venait alors le choix, un peu hasardeux, des rues et boulevards à emprunter sans risque d'être pris sous le feu rageur de quelques mitrailleuses embusquées dans les minuscules guérites bétonnées, disséminées dans la capitale. De même fallait-il avoir le coup de volant rapide pour bifurquer dans la première artère venue dès que s'apercevait, au loin, un char tapi en embuscade, ou le mufle d'une automitrailleuse.

Ainsi, vaille que vaille, toujours en rusant et parfois en essuyant quelques rafales, heureusement imprécises, Jean, grâce à Octave, put, pendant les derniers jours, remplir le rôle, modeste mais indispensable, que Claire, en janvier 41, lui avait demandé de tenir, celui d'agent de liaison.

Albert, déjà très abattu par l'accélération des événements, par le climat insurrectionnel et angoissant qui régnait dans tous les quartiers, par l'avance des Alliés et leur imminente entrée dans Paris, ressentit, au matin du 20, plus qu'un grand choc, une immense déception. Le dégoût et l'amertume le submergèrent lorsque, pour mieux se faire expliquer par M. Delclos quelle filière il fallait emprunter pour rejoindre discrètement l'Espagne, il se rendit rue du Chemin-Vert et trouva porte close.

Étonné, il pensa d'abord que son professeur s'était absenté pour faire quelques courses. Mais, le voyant très dépité, car il avait fini par sonner chez elle, ce fut sa voisine de palier, Mlle Dupuy, qui le renseigna sans le moindre détour, ni délicatesse. Il la connaissait depuis quatre ans, pour l'avoir maintes fois rencontrée dans l'escalier et dans le quartier lorsqu'il venait rendre visite à celui qu'il tenait pour un de ses maîtres à penser.

— Vous cherchez M. Delclos ? demanda-t-elle.

Et son ton autant que son sourire et son regard ironique l'inquiétèrent.

— Oui, mais il ne répond pas…

— M'étonnerait beaucoup qu'il réponde avant longtemps ! Il vous a pas prévenu ?

— De quoi ? s'étonna-t-il car, lors de leur dernière rencontre une semaine plus tôt, M. Delclos ne lui avait rien dit.

— Ah ! je vois, dit-elle en étouffant un fou rire moqueur. Eh bien, croyez-moi, s'il ne vous a pas donné son adresse, vous n'êtes pas prêt de le revoir…

— Pourquoi ?

— Parce qu'il est parti il y a… cinq jours, avec deux grosses valises.

— Parti ? balbutia-t-il en se doutant de ce qu'il allait entendre.

— Oui, il m'a dit qu'il allait rejoindre sa femme, en province. Mais sa femme, je l'ai jamais vue, même avant guerre…

— Sa femme, sa femme ? redit-il en se doutant de ce qu'il allait être contraint d'admettre, car il savait que M. Delclos était veuf depuis des années.

— Oui, s'amusa la voisine, sa femme, en province, je ne sais pas où. Mais croyez-moi, ça doit être loin, et pour longtemps parce qu'il a même dit au concierge que ce n'était pas la peine de faire suivre son courrier, c'est dire…

— Je vois, murmura-t-il, abattu, furieux, mais encore plus vexé de n'avoir rien vu venir de ce qu'il tenait pour une vraie trahison, et surtout d'avoir été berné comme un gamin.

Désormais, en ce 20 août, alors que la population, sans tenir compte de la trêve demandée, comme prise de folie, dépavait les rues, abattait les platanes et les marronniers pour élever des barricades dans les coins les plus invraisemblables, Albert ne savait plus que faire.

Et, de plus en plus envahissante, paralysante, la peur des jours à venir le rongeait.

Convalescent et après avoir promis à son médecin traitant de ne faire aucun excès, René quitta le sanatorium des Petites Roches et rejoignit Béziers le 16 août. Mais lui qui s'était juré de ne plus jamais avoir le moindre contact avec les militaires, quelles que soient les couleurs de leurs drapeaux, plongea dans la tornade que venait de déclencher le débarquement en Provence des forces franco-américaines.

Béziers, toujours occupée – mais les Allemands préparaient leur évacuation en toute hâte –, était loin d'être la ville calme et reposante qu'il espérait retrouver pour y vivre dans une totale indifférence envers les événements. Aussi, la pagaille, les va-et-vient, le brouhaha qui régnaient partout et le flot de véhicules allemands, en provenance de Perpignan, qui remontait vers le nord lui firent perdre sa bonne humeur.

Il l'avait pourtant retrouvée, avant même qu'on l'autorisât à rejoindre ses parents, lorsqu'une lettre de Pierre, le seul ami qu'il se soit fait au STO, l'avait comblé. Pierre, lui aussi rapatrié suite à une sévère jaunisse, avait rejoint Marseille et retrouvé la galerie de peinture tenue par son père ; mais celui-ci, âgé et fatigué, voulait lui passer le flambeau, le plus tôt possible.

— Et si tu veux, avait proposé Pierre, j'ai une place pour toi, on ne sera pas trop de deux pour gérer l'affaire. J'entends lancer au plus vite quelques jeunes talents dont les œuvres, j'en suis certain, vont bientôt s'arracher aux États-Unis. Rien ne t'empêchera donc d'exposer et de négocier tes propres toiles…

René y comptait bien et ce d'autant plus que, alors qu'il était encore au sanatorium, il avait, depuis deux mois, totalement changé d'inspiration et de style. Désormais – et cela avait fait hurler les quelques curieux, malades comme lui, qui étaient venus le voir travailler – ni les paysages, ni les bouquets de fleurs et pas même les nus n'avaient ses faveurs. En revanche, il adorait maintenant se lancer dans des tableaux qui, les uns après les autres, en une facture très moderne, proposaient des scènes de guerre et de bombardement, et leurs effets étaient d'une violence et peints de couleurs telles que les *Désastres de la guerre* et même *Guernica* faisaient presque figure d'images pieuses pour premières communiantes ! Ses toiles, il en était persuadé, allaient plaire aux vrais amateurs.

Son bonheur eût donc été parfait si la guerre, qu'il aimait tant peindre, mais surtout ne pas faire, ne lui avait ressauté au visage depuis qu'il avait quitté le calme et la sérénité de Saint-Hilaire-du-Rocher et des Petites Roches. Son humeur, déjà assombrie dès qu'il avait plongé dans la pagaille qui régnait en ville, tourna à la colère froide lorsque, le 21 août, en fin d'après-midi, alors qu'il flemmardait sur la place Garibaldi, débarquèrent plusieurs camions, bardés de drapeaux français, de croix de Lorraine et de grands FFI peints sur les capots et, surtout, remplis de maquisards en armes.

« Manquaient plus que ces pingouins pour foutre encore un peu plus de bordel ! Au diable tous ces connards ! » grommela-t-il en s'empressant de rejoindre le domicile familial.

Mais, là encore, il eut des mots avec sa sœur qui, folle de joie de savoir les maquis enfin là, l'invita à partager son bonheur.

— Fous-moi la paix, tu veux ? J'ai déjà beaucoup trop donné à cause de toutes ces couillonnades et je ne veux plus en entendre parler ! Plus jamais !

— Tu seras donc toujours aussi… aussi…

Elle cherchait encore ses mots quand il la coupa et, en ricanant, lui lança, en souvenir de la petite Jeanine qui lui avait fait la même scène :

— Tu veux dire « égoïste », je pense ?

— Non, pire ! Lâche, capon !

— Parfait, les deux me vont très bien et j'entends maintenant tout faire pour le rester.

Le 24 au soir, leurs livraisons d'affiches et de journaux terminées, Octave et Jean regagnèrent l'imprimerie de Puteaux peu après minuit. Ils n'avaient pu le faire plus tôt car le moteur de leur camionnette les avait d'abord laissés en panne porte de Clignancourt. Heureusement que le couvre-feu n'était plus respecté depuis la semaine précédente et qu'Octave avait des notions de mécanique. Il s'était donc couvert de cambouis pour trouver la panne et la réparer, mais cela les avait beaucoup retardés. Manque de chance, arrivant à Levallois-Perret, un des pneus arrière, usé jusqu'à la corde, avait éclaté ; d'où un nouveau retard le temps de le changer, aidé en cela par un cric qui, lui aussi, donnait beaucoup de signes de faiblesse.

Ce fut lorsque Octave se stationna enfin devant l'imprimerie et qu'ils sortirent du véhicule que leur parvint, distinctement dans la nuit, le chant des cloches parisiennes, relayé par les paroisses de banlieue.

— Ah ça, c'est bon signe, eut le temps de murmurer Jean, juste avant que Michelle, sortant de l'imprimerie, se précipite vers lui en criant :

— Ils sont là ! Ils sont là ! Et folle de bonheur, elle lui sauta au cou et le couvrit de baisers en lui lançant : J'étais folle d'inquiétude en vous attendant, mais *ils* sont là à Paris ! ils sont arrivés !

— Raconte !

Mais, déjà, arrivant à son tour, accompagné par les deux typographes et les deux dactylos, Félicien, hilare, annonçait :

— Un coup de téléphone vient de me prévenir, il y a trois minutes, des chars sont entrés dans Paris ! Et ce sont des nôtres ! Oui des nôtres ! Ceux de Leclerc et de sa deuxième division blindée ! Ils ont été jusqu'à Notre-Dame, devant la préfecture ! Ah mes amis, mes amis, quelle joie ! Quel bonheur ! Ici, je n'ai rien pour arroser ça, mais on se rattrapera demain, et comment ! Juré ! En attendant, la nuit va encore être très longue pour nous ; il faut que, dès demain matin, les murs de Paris soient couverts d'affiches appelant la population à aider et à accueillir les troupes qui vont entrer, alors au travail !

De la fantastique journée du 25, le premier événement qui frappa Jean fut tellement ahurissant, tellement invraisemblable, qu'il crut d'abord que l'homme qui venait de l'interpeller se moquait de lui.

C'était sans doute un Américain et il venait de faire stopper sa Jeep devant la Peugeot. Celle-ci, capot grand ouvert, semblait vouloir avaler Octave, penché sur le moteur de nouveau défaillant, mais cette panne était on ne peut plus banale. En revanche, tout semblait fou depuis qu'Octave et Jean étaient entrés dans Paris, dès l'aube.

Ils avaient d'abord essuyé des tirs sporadiques venant ils ne savaient d'où. Ensuite, ils avaient dû éviter les troupes allemandes, aperçues çà et là, qui fuyaient peut-être, mais rien n'était moins sûr ; enfin, ils s'étaient heurtés à des barricades derrière lesquelles se pressaient des hommes et des femmes, et même des gamins, plus ou moins armés de fusils de chasse, de Lebel, de mousquetons et de vieux revolvers ; et, flottant sur Paris, des volutes de fumée puante fusaient toujours du Grand Palais, incendié depuis la veille par quelques obus allemands.

Mais tout cela pouvait passer pour presque classique puisque le spectacle était quasiment le même depuis le 18 et l'appel aux armes lancé par le Comité parisien de libération. Par contre, Jean, pensant avoir mal compris, avait dû faire répéter sa question à l'officier, ou sous-officier – il ne connaissait pas les grades –, qui, le plus sérieusement du monde, alors que sa Jeep venait de débouler rue Jeanne-d'Arc et stopper devant eux, lui avait demandé, en un excellent français :

— Dites, c'est où Paris ?

Estomaqué, croyant à une farce car il venait de remarquer l'écusson français qui ornait une des épaules de l'homme, il avait jeté :

— Vous vous foutez de moi, ou quoi ?

— Pas du tout, avait protesté le militaire, c'est où Paris ? Puis, se tournant vers le conducteur, il lui avait reproché : « Tu vois, je t'avais bien dit qu'on s'était trompés de route ! »

— Mais, bon Dieu ! Arrêtez de déconner ! avait lancé Jean, vous êtes rue Jeanne-d'Arc, qui donne boulevard de l'Hôpital et boulevard de la Gare, dans le XIIIe arrondissement !

Et, devant le scepticisme de l'autre, il avait demandé l'aide d'Octave, tout aussi héberlué que lui :

— Mais dites-lui, quoi ! Expliquez-lui !

— Non, non, à Paris, il y a la tour Eiffel et on ne la voit nulle part, alors soyez gentils, c'est où Paris ? avait insisté l'autre en sortant son paquet de Camel. Vous fumez ?

— Non, merci.

— Moi, oui, avait dit Octave qui, après avoir puisé une cigarette et longuement humé la Camel avant de l'allumer, avait insisté :

— Dites, les gars, vous venez d'où ? De la lune ? Parce que même à mon âge, et je vais sur mes soixante ans, personne ne m'a encore autant étonné que vous, personne !

— Nous ? Ben on vient de Nouméa...

— Vous voulez dire de... insista Jean après quelques secondes de réflexion.

— Ben oui, de la Nouvelle-Calédonie, quoi !

— Ah... Bien sûr, bien sûr... La Nouvelle-Calédonie.

— Ben oui, on a un peu triché sur notre âge, on s'est engagés dès juin 40 et on a rejoint l'Afrique ; plus exactement le Tchad. Là, on s'est retrouvés chez Leclerc. On risquait pas d'aller avec un autre, y avait que lui ! Alors nous, ça fait quatre ans qu'on veut voir Paris et la métropole aussi, parce qu'on ne la connaît pas non plus, sauf depuis qu'on a débarqué...

« Quand je raconterai ça à Michelle et à Félicien, pas sûr qu'ils me croient », avait murmuré Jean, son regard soudain attiré par un half-track qui passait sur le boulevard de l'Hôpital.

— Tenez, dit-il, suivez-le, il a l'air de savoir où il va ! Et ne vous inquiétez pas, d'ici peu, vous verrez la tour Eiffel, elle est bien là et elle vous attend ! Vous êtes bien à Paris, mes amis, chez vous ! Et merci d'être venus nous aider ! Merci d'être là !

Peu après, Octave, tout chose lui aussi, une cartouche de Camel entre les mains – l'homme de Nouméa la lui avait donnée en remerciement –, n'avait pu que répéter :

— Bon Dieu, j'ai jamais entendu un truc pareil ! Tu te rends compte, ils viennent des antipodes pour nous délivrer et ils ne savaient même pas qu'ils étaient enfin arrivés à Paris !

Pour Jean, la suite de la journée ne manqua pas non plus d'imprévu. D'abord, Octave et lui abandonnèrent la Peugeot dont le moteur, d'après Octave, avait attendu ce jour de la libération pour décider que, vraiment, il détestait le principe du gazogène et préférait donc en finir là, rue Jeanne-d'Arc.

Plus tard, après avoir beaucoup marché, guidés par les grondements des chars qui arrivaient et les cris de joie de la foule, ils assistèrent, stupéfaits, au défilé des véhicules, chars, Jeeps, GMC, Dodge, automitrailleuses couverts de Parisiens, mais surtout de Parisiennes, tellement heureux d'être là et que seuls, parfois, quelques tirs de mitrailleuses ou de canons allemands précipitaient aussitôt à plat ventre dans les caniveaux.

Puis, vers 14 heures, après avoir téléphoné à Michelle, toujours à l'imprimerie, et lui avoir donné rendez-vous là où tout le monde s'assemblait maintenant, place de la Concorde et les Champs-Élysées, il l'attendit, appuyé contre le mur des Tuileries, heureux comme jamais, car conscient de vivre un des plus grands et plus importants jours de sa vie, inoubliables.

Une heure plus tard, c'est en pleurant de joie que Michelle se jeta dans ses bras. Et leur bonheur, déjà immense d'être ensemble pour partager de tels moments, atteignit son apogée lorsque, portée à pleine voix par la foule, se répandit la nouvelle : Il était là ! De Gaulle était là, quelque part au milieu d'eux, en marche vers l'Hôtel de Ville. Ils ne purent l'apercevoir, mais qu'importait puisqu'il était là, enfin là !

Au soir, avec Michelle, enlacés, ils se mêlèrent à la foule, ivre de joie, qui acclamait les libérateurs et qui chantait, buvait, dansait, se donnait à ceux qui, depuis

Koufra, s'étaient juré de libérer la France et qui étaient maintenant là, fidèles à leur serment.

L'un des regrets de Jean, en cette soirée, outre de ne pouvoir la vivre avec tous les amis avec qui, depuis novembre 1940, il avait lutté – et la liste des disparus était très longue –, fut de ne pas pouvoir retrouver et fêter dignement avec ces deux hommes de la Nouvelle-Calédonie qui, sans y avoir jamais mis les pieds, avaient un jour voulu délivrer la métropole et qui, perdus rue Jeanne-d'Arc, n'avaient pas encore réalisé qu'ils étaient enfin dans *sa* capitale.

Beaucoup plus tard, dans la nuit, Jean et Michelle rejoignirent enfin la rue des Abbesses et s'aimèrent à plein corps, pour fêter dignement le jour qu'ils venaient de vivre et cette libération pour laquelle, à leur façon, à leur niveau et à leurs risques et périls, ils s'étaient tant donnés.

Fou d'angoisse, conscient du sort qui l'attendait s'il était pris, Albert se terrait depuis une semaine dans son petit appartement de la rue du Dragon. Il avait, un instant, envisagé d'aller se réfugier avenue Parmentier, chez ses parents. Mais il n'avait pu s'y résoudre, devinant que, là ou ailleurs, si on le cherchait on le retrouverait.

Tapi dans sa chambre, sursautant aux moindres pas résonnant dans l'escalier, sa seule raison de ne pas perdre tout espoir était d'avoir prévu cette espèce de détention volontaire. Dès son retour de la rue du Chemin-Vert et malgré la rage qui l'animait, il avait, en payant au prix le plus fort, acheté de quoi s'alimenter pendant un bon mois. Malgré cela, et la certitude de ne pas être contraint de quitter son abri pour aller quérir de quoi ne pas mourir de faim, il avait peur – une peur atroce.

Elle s'estompa au fil des jours et, après trois semaines, puisque personne n'était venu cogner à sa porte en le sommant d'ouvrir, il reprit un peu confiance.

Bien que cela lui coûtât, car il redoutait plus que tout la séparation qui l'attendait, Jean se décida début septembre. Il le fit avec le plein accord de Michelle, même si celle-ci l'approuva sans pouvoir retenir ses larmes.

Ce soir-là, ils s'aimèrent comme ils s'aimaient depuis le premier soir, depuis qu'ensemble ils avaient découvert toute la solidité des liens, moraux, intellectuels et physiques qui ne pouvaient que les unir à vie.

Reposé, calme, et alors qu'elle lui caressait le torse, il se lova contre elle, murmura, comme s'il se parlait à lui-même :

— Peux pas en rester là, les autres continuent et moi je suis ici à ne plus rien avoir à faire d'important…

— Je sais à quoi tu penses, va, parle.

— Je pense à Claire, à Maxence et à Marthe, à ton frère, à tous, tous ! À tous ceux que les autres salauds tiennent encore. Et surtout à tous ceux qui sont morts pour que nous puissions être là, ce soir, tranquilles, heureux… Et je pense aussi à ces deux gars de la Nouvelle-Calédonie qui auraient pu rester, tranquilles, à se baigner et à rôtir au soleil sur leur île, mais qui ont pris le risque de venir se battre pour nous, alors qu'ils ne connaissaient même pas la métropole…

— Continue, murmura-t-elle car elle aussi ne pouvait oublier que Maurice, dont elle avait reçu un court message, était toujours là-bas, dans ce camp du Struthof ; quant à Claire, nul ne savait ce qu'il en était d'elle… Continue, insista-t-elle.

— Je me suis renseigné et je crois, non, je suis sûr, que je vais m'engager pour la durée de la guerre, m'engager chez Leclerc et enfin me battre ; me battre vraiment, comme je voulais le faire lorsque je n'ai pas été foutu de passer la ligne de démarcation !

— Ne regrette rien, tu as été utile, à ta place.

— À notre place. Et puis, sourit-il, si j'avais réussi nous ne serions pas ensemble, comme nous le sommes ce soir…

— Et je serais toujours une jeune fille sage, rêvant au prince charmant, et toujours vierge, tenta-t-elle de plaisanter car, déjà, elle savait ce qui l'attendait dès qu'il serait parti, l'attente justement…

— Alors voilà, je vais m'engager, tu ne m'en veux pas ?

— Non, et je t'en voudrais de ne pas le faire. La guerre, notre guerre, n'est pas finie. Mais, s'il te plaît, jure-moi de revenir en bon état. N'oublie pas que nous avons passé quatre ans en risquant chaque jour d'être pris. Mais ils ne nous ont pas eus, alors arrange-toi pour que ça continue jusqu'au jour où les autres seront écrasés.

Albert fut dénoncé par Germaine. Elle ne lui avait jamais pardonné qu'il la quitte pour se jeter dans les bras d'Angela. Aussi, quand elle avait été arrêtée et interrogée, parce que secrétaire dans un journal collaborationniste, et quel journal ! elle avait aussitôt lâché les noms, et surtout les pseudonymes, de tous ceux qui, par leurs écrits, avaient attisé les haines ; tous ceux, dont Albert qui, par leurs dénonciations, avaient fait condamner à mort ou à la déportation ceux et celles qui, contrairement à eux, se battaient pour que ne triomphe jamais le nazisme.

Arrêté le 14 septembre au matin, à l'heure légale, promptement menotté, malgré ses protestations, il fut, le jour même, enfermé à Fresnes, avec promesse d'un très proche procès.

Et les hommes et les femmes qu'il vendit à son tour, lors des interrogatoires – il chargea ainsi M. Delclos et ses amis collaborationnistes comme lui, mais ils étaient loin ! –, ne suffirent pas pour convaincre la cour. Pas plus que ne l'impressionna la plaidoirie du jeune avocat qui tenta de le défendre en arguant que son client n'était, somme toute, qu'un simple étudiant, peu responsable, car victime, lui aussi, de la gangrène que lui avaient transmise de mauvais maîtres. De plus, plaida-t-il, certes l'accusé avait commis quelques articles douteux, mais ceux-ci devaient être considérés non seulement comme des erreurs de jeunesse, mais comme le médiocre travail d'un apprenti en matière de journalisme, un naïf.

Mais, nommé pour épurer une société pourrie par le fascisme, et parce que beaucoup de jeunes du même âge qu'Albert avaient été exécutés car résistants, le procureur réclama et obtint aussitôt la peine de mort.

Dans l'attente du résultat de la demande en grâce aussitôt déposée par son avocat et de son exécution, Albert fut enfermé le jour même à la prison de la Santé.

En cette fin mai 1945, Jean, désormais civil puisque la victoire contre le Reich avait clos la guerre en Europe depuis quinze jours, attendait dans le hall de l'hôtel Lutetia. À ses côtés, Michelle, rayonnante, car elle l'avait retrouvé non seulement en bonne santé mais de plus en plus amoureux, guettait l'arrivée des autobus dans l'un desquels, peut-être, d'après ce qu'on lui avait dit, se trouvait Maurice…

Elle avait appris, trois semaines plus tôt, par une courte lettre écrite de sa main, qu'il était vivant et que, puisque Dachau venait d'être libéré, elle pouvait s'attendre à le voir revenir sous peu.

Renseignement pris, elle avait su que les nazis, début septembre 44 et devant l'avance des Alliés, avaient fait évacuer le camp du Struthof et expédié les survivants vers d'autres enfers, dont Dachau. Aussi, pour très heureuse qu'elle soit, elle se rongeait quand même d'inquiétude car, depuis maintenant huit jours qu'elle venait au Lutetia, dans l'espoir de voir le nom de Maurice inscrit sur le tableau des rapatriés, la vue des déportés, hommes et femmes, l'avait plongée dans un abîme d'horreur.

D'abord, l'indéfinissable odeur qui assaillait quiconque entrait dans l'hôtel – cet aigre mélange de désinfectant, de chlore, de transpiration et d'oripeaux imprégnés de DDT – lui avait mis le cœur au bord des lèvres. Mais ce n'était encore rien.

Pourtant prévenue par Jean qui, pour son compte, avait déjà découvert en Allemagne les monstrueuses abominations des camps, enfin libérés mais où, tels des stères de bûches, étaient entassés les cadavres, elle s'était retenue pour ne pas s'effondrer de colère, et surtout de honte pour le genre humain, dès qu'elle avait vu l'état de ceux et celles qui, par miracle, avaient échappé à l'enfer. Et ce n'était pas tant leurs loques de bagnards et leur inimaginable maigreur qui l'avaient le plus marquée. C'était le regard de tous ces rescapés qui, selon le mot de l'un d'eux, allaient, coûte que coûte, devoir apprendre à « re-naître » ; et tous n'y parviendraient pas, même enfin libres.

Jean et Michelle attendaient donc là, gênés d'être en bonne santé au milieu de tous ces fantômes, lorsqu'une voix les avait vivement fait se retourner, une voix inoubliable. Une voix que, dans leurs plus fous espoirs, mais sans vraiment y croire, ils espéraient à nouveau entendre un jour.

— Et alors, les enfants, on ne me dit plus bonjour ?

Devant eux, méconnaissable, tondue, ses quelque trente kilos flottant dans ses habits rayés, se tenait Claire. Claire dont le sourire prouvait qu'elle était enfin revenue dans le monde des vivants et qu'elle entendait bien y rester, le plus longtemps possible.

— Madame Diamond… Hulotte… murmura Jean sans oser faire un pas, pétrifié par l'émotion.

— Non, mon petit Jean, ça, c'est fini, terminé. Je m'appelle Berthe Vialhe et j'attends que vous m'embrassiez, tous les deux.

Ce fut en protestant un peu, pour le principe et en assurant qu'ils allaient l'écraser, la casser – ce qui était possible, vu son état –, qu'elle se laissa étreindre, longuement, passionnément.

Puis, parce que ce n'était pas encore ce jour-là que Maurice serait de retour – il n'arriva que deux jours après et la joie fut encore éclatante –, Berthe, tout simplement, comme si rien ne s'était passé depuis le 2 mars 44, jour de son arrestation, demanda à Jean d'appeler un taxi.

— Et maintenant, à la maison, décida-t-elle, j'ai vraiment besoin d'un bon bain, d'une coupe de champagne et d'un solide repas que nous allons prendre ensemble ; venez les enfants.

Jean et Michelle se marièrent en août et pour eux, et quoi qu'elle en dise, celle qui resterait Claire Diamond, alias Hulotte, accepta d'être leur témoin.

Invitée à dire quelques mots à l'issue de la cérémonie, c'est en souriant qu'elle lança :

— Voilà un grand jour. Vous vous êtes battus, nous nous sommes battus, pour que triomphe la liberté. Pourtant, aujourd'hui, vous vous êtes enchaînés l'un à l'autre, pour la vie. Mais votre engagement est, plus que jamais, le triomphe de la liberté ; c'est sa gloire puisque vous vous êtes choisis librement, sans contrainte, sans que personne ne vous oblige à justifier vos origines, ni celles de vos ancêtres, ni votre race, ni votre religion ! Pour vous, pour nous, c'est cela le résultat de notre combat pour la liberté ! Alors, longue vie à vous, et à elle !

Marcillac, octobre 2010

Bibliographie

Claire ANDRIEUX, Philippe BRAUD, Guillaume PIKETTY, *Dictionnaire de Gaulle*, Bouquins/Robert Laffont.

Jean-Pierre AZEMA, *De Munich à la Libération*, Seuil.

Jean-Pierre AZEMA, François BEDERIA, *La France des années noires*, Seuil.

Henri AMOUROUX, *La Grande Histoire des Français sous l'Occupation*, dix volumes, Robert Laffont.

Robert ARON, *Histoire de la libération de la France*, Arthème Fayard.

Marc BLOCH, *L'Étrange Défaite*, Éditions Franc-Tireur.

Robert BRASILLACH, *Comme le temps passe*, *Les sept couleurs*, Plon.

Guillain de BÉNOUVILLE, *Le Sacrifice du matin*, Robert Laffont.

Georges BERNANOS, *Où allons-nous ? : « Cahiers du Témoignage chrétien ». Lettre aux Français : « Les Cahiers de Libération ».*

François BROCHE, Georges CAITUCOLI, Jean-François MURACCIOLE, *Dictionnaire de la France libre*, Bouquins/Robert Laffont.

Louis-Ferdinand CÉLINE, *Mort à crédit*, Denoël. *Voyage au bout de la nuit*, Denoël. *Bagatelle pour un massacre*, Denoël. *D'un château l'autre*, Denoël.

Daniel CORDIER, *Jean Moulin*, quatre volumes, Gallimard. *Alias Caracalla*, Gallimard.

Jacques DELARUE, *Histoire de la Gestapo*, Fayard.

Cécile DESPRAIRIE, *Paris dans la collaboration*, Seuil.

Jacques DUQUESNE, *Les Catholiques français sous l'Occupation*, Grasset.

Marie GRANET, Henri MICHEL, *Combat : histoire d'un mouvement de Résistance*, PUF.

Pierre DRIEU LA ROCHELLE, *Socialisme fasciste* (essai), Gilles (1939) et (1942), Grasset.

Max GALLO, *De Gaulle*, quatre volumes, Robert Laffont.

Yves GUÉNA, *Le Temps des certitudes*, Flammarion. *Mémoires d'outre-Gaulle*, Flammarion. *De Gaulle*, Gründ.

Charles de GAULLE, *Mémoires de guerre*, Plon.

Jean-Pierre GUÉNO, Jérôme PECNARD, *Paroles de l'ombre*, Les Arènes.

Henri MICHEL, *La Seconde Guerre mondiale*, PUF. *Histoire de la Résistance en France*, PUF.

François MARCOT, *Dictionnaire de la Résistance française*, Bouquins/Robert Laffont.

Edmond MICHELET, *Rue de la Liberté*, Seuil.

Louis MARTIN-CHAUFFIER, *L'Homme et la bête*, Gallimard.

Henri NOGUÈRES, *Histoire de la Résistance en France*, cinq volumes, Robert Laffont.

Robert. O. PAXTON, Olivier CORPET, Claire PAULHAN, *Archives de la vie littéraire sous l'Occupation*, Tallandier.

Lucien REBATET, *Les Décombres*, Denoël.

Colonel RÉMY, *On m'appelait Rémy*, Perrin.

Daniel RONDEAU, Roger STÉPHANE, *Histoire de la France libre par ceux qui l'ont faite*, Grasset.

Joseph ROVAN, *Contes de Dachau*, Julliard.

Maurice SCHUMANN, *Honneur et Patrie*, Éditions du livre français.

SAINT-LOUP, *Les Hérétiques*, Presses de la Cité.

Jacques SOUSTELLE, *Envers et contre tout*, Robert Laffont.

Élisabeth TERRENOIRE, *Les Femmes dans la Résistance : Combattantes sans uniforme*, Bloud et Gay.

Louis TERRENOIRE, *Sursitaire de la mort lente*, Seghers.

Pierre TROUILLET, *Journal d'un préfet pendant l'Occupation*, Gallimard.

Pierre VALLAUD, *Les Français sous l'Occupation*, Pygmalion.

VERCORS, *La Bataille du silence*, Presses de la Cité.

André ZUCCA, Jean BARONNET, Jean-Pierre AZEMA, *Les Parisiens sous l'Occupation*, Paris, Bibliothèque Gallimard.

Journaux : divers numéros 1937-1945

Candide
L'Aube
Sept
Marianne
Combat
Témoignage chrétien
Les Petites Ailes
La Gerbe
Je suis partout
Les Lettres françaises
L'Université libre
Le Petit Parisien
Révolution nationale
Résistance
Le Rouleau rouge
Paris-Soir
L'Œuvre
Libération
Signal
Temps présent.

Revues : divers numéros 1933-1945

Lecture pour tous (mars 1934)
L'Illustration
Plaisir de France

Table des matières

Achevé d'imprimé
sur les presses de GGP Media GmbH
à Pößneck
en mars 2012

POCKET - 12, avenue d'Italie 75627 Paris cedex 13

Dépôt légal : avril 2012
S22141/01